U0946740

勵耘语言學刊

2019年第2辑

（总第31辑）

北京师范大学文学院 主办

中 华 书 局

图书在版编目(CIP)数据

励耘语言学刊.2019年.第2辑/北京师范大学文学院主办. —北京:中华书局,2019.12
ISBN 978-7-101-14246-4

Ⅰ.励… Ⅱ.北… Ⅲ.①中国文学-文学研究-丛刊②汉语-语言学-丛刊 Ⅳ.①I206-55②H1-55

中国版本图书馆CIP数据核字(2019)第257727号

书　　名	励耘语言学刊(2019年第2辑)
主 办 者	北京师范大学文学院
责任编辑	白爱虎　俞国林
出版发行	中华书局 (北京市丰台区太平桥西里38号　100073) http://www.zhbc.com.cn E-mail:zhbc@zhbc.com.cn
印　　刷	北京瑞古冠中印刷厂
版　　次	2019年12月北京第1版 2019年12月北京第1次印刷
规　　格	开本/787×1092毫米　1/16 印张20¼　插页2　字数360千字
国际书号	ISBN 978-7-101-14246-4
定　　价	128.00元

《励耘语言学刊》编委会

（按姓氏笔画排列）

目　　录

◎语言学史研究

◎书　评

◎章黄之学研究

《春秋左传读》名字解诂考论

凌丽君

（北京师范大学民俗典籍文字研究中心）

提要：有清一代至民国时期，学者们对古人的名字作了大量的研究。其中，章太炎《春秋左传读》也有六十多则名字解诂材料，但鲜少被学界关注及称引。从考证条目看，《春秋左传读》一方面继承王引之的《春秋名字解诂》，补充解释存疑条目，并对其说加以认同或修订。另一方面，也增加了一些新的考证条目，主要是双音节名和同一人物在不同文本或典籍中的称谓名。在考证古人名字的同时，章太炎也借助名字的意义关系，去探讨文献词义、字词通假、异文形成等语言现象。作为章太炎早期的一部著作，《春秋左传读》中的名字考证条目受到乾嘉考据较多的影响，采用了证通假和同类相证等手段与方法，考证过程中也存在一些不足。

关键词：章太炎；春秋左传读；春秋名字解诂；名字；考证

有清一代至民国时期，学者们对古人的名字作了大量的研究。首当其冲的，要数王引之的《春秋名字解诂》（亦名《周秦名字解诂》）。王氏用声音审文字，因文字察训诂，开启了古人名字意义关系的训诂考证之路。其后便如雨后春笋，涌现出俞樾《〈春秋名字解诂〉补义》、胡元玉《驳春秋名字解诂》、王萱龄《周秦名字解诂附录》、陶方琦《春秋名字解诂补谊》、洪恩波《圣门名字纂诂》、刘师培《春秋名字解诂书后》、黄侃《春秋名字解诂补谊》等诸多解诂之作。从书名也可看出，后出者基本都是在王引之《春秋名字解诂》的基础上,对王氏之说或补充修正,或增加其所未释条目。

除此之外,章太炎《春秋左传读》也有大量的名字解诂材料,但鲜少被学界关注及称引。可能是因为这部分材料融合在整书的考证中,并没有专门分类纂集,也没有以名字解诂的方式命名。《春秋左传读》作于章太炎杭州诂经精舍学习期间①,此书开启了章太炎对经学的研治之路,也被现代学者誉为"近代《左传》学中举足轻重的经疏"②。已有研究比较关注《春秋左传读》的史学和经学价值,从语言文字角度进行专门研究的较少。有鉴于此,本文即以《春秋左传读》中的名字解诂作为切入点,一方面对其加以梳理,补充名字解诂方面的材料。另一方面旨在通过书中有关春秋人物的名字解诂,去理解章太炎对古人名字的认识,以及其早期小学研治的方法与思路。

一、《春秋左传读》对《春秋名字解诂》的继承

名字问题,尤其是先秦人物名,为何引起这么多人的关注?原因在于历史的主要构成因素之一是人物,如何证实"史"的真实性,人物的真实性是不可缺乏的条件之一。而古人的称谓又有其特殊处,人物指称可以由姓、氏、名、字等多个内容组成。在先秦典籍中,不同文本或同一文本内部对同一人物的指称往往纷繁复杂。比如,《春秋》及三传的人物名使用错出纷杂,没有一定的规律。正如章太炎在《春秋左传读》中所言:"试观《左氏》于人名字谥号,随便错出,若如后世史法,则必先言某人字某,后言卒,谥某,否则于错出处自注明白,如《史记》'亚父者,范增也'之例,而《传》皆无之。"③因此,只有通过对姓氏、名字的勾系或认同,才能落实人物的身份,进而证实事实的同一性和真实性。

除此之外,《春秋》及三传中的人物名字由于春秋笔法的因素,姓、氏、名、字的书写有褒贬的作用,因此也更值得去梳理。关于这一点,章太炎在《春秋左传读》中也有明确表

①关于《春秋左传读》的撰作和刊印时间,学界有不同意见。如俞国林、朱光虎认为《春秋左传读》初印在光绪十九年(1893)三月至七月间,见《章太炎上曲园老人手札考释》,《文献》,2016 年第 1 期。沙志利最初认为撰作时间应在 1896 年前后,后来吸纳了俞、朱一文观点,认为《春秋左传读》九卷撰写于 1893 年以前,见《〈春秋左传读〉撰作及刊印时间考》,《儒家典籍与思想研究》第八辑,北京大学出版社,2016 年 3 月。黄翠芬则认为作于光绪十七年(1891)到二十二年之间,见《章太炎春秋左传学研究》,台北:文津出版社,2006 年,第 142 页。虽然具体时间有所不同,但《春秋左传读》作于章太炎杭州诂经精舍学习期间是无疑的。

②黄翠芬:《章太炎春秋左传学研究》,台北:文津出版社,2006 年,第 7 页。

③章太炎:《章太炎全集·春秋左传读》(《左传·宣公十七年》"郄子登,妇人笑于房"条),上海:上海人民出版社,2014 年,第 395 页。

示:"其书名者,固与仇荀一例,又安知非泄冶官卑,其名未当见《经》,而书名已为褒乎?"①又如:"此以申蒯为邢蒯聩,足补诸家之隐略,而所论亦见《左氏》大义矣。"②

正因如此,《春秋左传读》非常关注人物名字的训诂考证,全书共涉及将近60则名字解诂问题③。从书中所提及的人物或书目看,《春秋左传读》主要参考了三书,一是王引之的《春秋名字解诂》,二是俞樾的《〈春秋名字解诂〉补义》,三是胡元玉的《驳春秋名字解诂》。其中,对于胡元玉主要持批评态度④。对胡氏的批评历来较多,黄侃在《春秋名字解诂补谊》中态度更为鲜明:"湘潭胡元玉者,奋笔正王君(王引之)之误,此二十事,亦赫然具陈,然穿穴傅会,徒以破字为恤,卒又自乱其例。"⑤并且直言:"胡元玉不知师法,于其说未尝征引。"⑥而对于王氏、俞氏二者,《春秋左传读》则以继承和补充为主,其中尤以《春秋名字解诂》为甚。具体表现为:或解释王氏存疑条目,或对王氏之说加以认同补充,或对其说作修订。

王引之在《春秋名字解诂》中曾经说到:"名字相应,故训所存,而古义不可周知,姑阙所疑,以俟达者。"⑦他一共罗列了25个存疑名字,13个出自《左传》,12个来自《晋语》注、《吕氏春秋》注以及《史记》等。对于13个《左传》人物名字,除了"齐颜涿聚字庚"这一名字外,章太炎基本都作出了解释。除此之外,"晋士蔿,字子舆""晋祁奚,字黄羊"虽然出自《晋语》注、《吕氏春秋·去私篇》注,但在《左传》中也涉及到,因此太炎也加以说明。为了表明解释的是王氏存疑部分,《春秋左传读》一般会在这些条目中直接点明"《名字解诂》无说""《名字解诂》无释"。

有些条目,王引之已经作了阐释,章太炎认可其说法,一般会加以明确。如"西乞术"这一名字⑧:《春秋名字解诂》认为姓西,名术,字乞。但如依《广韵》"西"字的解释,则

①章太炎:《章太炎全集·春秋左传读》,上海:上海人民出版社,2014年,第360页。

②章太炎:《章太炎全集·春秋左传读》(《左传·襄公二十五年》"'申蒯'至'皆死'"条),上海人民出版社,2014年,第498页。

③这六十则主要以考证名与字的意义关系为主,其中也涉及人物的姓氏等问题,如《左传·襄公二十五年》"'申蒯'至'皆死'"条,沟通"申蒯"与"邢蒯聩",申与邢是同一人物的两个姓氏。《左传·定公四年》"祝佗"条,沟通祝佗与史鳅,祝和史是同一人物的两个姓氏。

④章太炎在《春秋左传读》中明确批评胡元玉"其说迂矣""臆说无据"。其中"其说迂矣"见《左传·僖公二十八年》"公子买"条,"臆说无据"见《左传·襄公五年》"楚公子贞字囊"条。

⑤黄侃:《黄侃国学文集》,北京:中华书局,2006年,第297页。

⑥黄侃:《黄侃国学文集》,北京:中华书局,2006年,第297页。

⑦王引之《经义述闻》(三),上海:上海古籍出版社,2016年,第1435页。

⑧章太炎:《章太炎全集·春秋左传读》(《左传·僖公三十二年》"西乞白乙"条),上海:上海人民出版社,2014年,第282页。

“西乞”为复姓。哪一说更为准确呢？太炎结合《左传·僖公三十三年》“西乞、白乙”原文，认为《左传》没有单独举姓氏的条例，同时也认可王氏论证“术”和“乞”的意义关系，称赞王引之“证其名字相应，其说允矣”。有时也作进一步的补充，如“解扬，字子虎”①，王引之认为“虎”是“盱”的假借，根据《方言》，名“扬”和字“盱”是同义关系。章太炎极为认同，大赞其“信哉，伯申说也”，并引用《说苑》《史记》进一步证明霍扬其人。

除此之外，章太炎还对《春秋名字解诂》的部分名字训诂考证提出了异议，重新予以阐释。如“宋乐溷，字子明”②，《春秋名字解诂》认为名“溷”为“焜”之假借，作明亮义，与字“明”恰好意义相应。而章太炎则认为“溷”应作“圂”，反威为圂，而“明”则为“猛”的假借，名圂字猛，相反为义。又如“郑罕达，字子姚”③。《春秋名字解诂》认为“姚”为“佻”，《诗经》有“佻兮达兮”句，名字与此相关；而太炎则认为“姚”可作本字理解，表示舒缓义，而“达”有急速义，名字相反。

同一名字，章、王二人有不同的观点，这是研究名字意义关系中最常见的分歧点。很大原因在于古代人物名字自身的研究难点，因为没有充分的语境，所以学者只能依据假想中的语义关系、历史事实、典章制度等，去探寻名与字之间的某种可能性。因此，我们常常看到同一个名字，学者们持不同观点。有的分歧较小，可能仅仅是意义的理解不同，如“公子买，字子丛”④，章太炎认为“买”通“瞑”“密”，与“丛”俱为小义，名字相应；而黄侃《春秋名字解诂补谊》则认为“买”通“密”，与“丛”均有聚集义。有的则连本字都理解得不同，如“楚公子贞，字囊”⑤，对于名“贞”和字“囊”之间的关系解说，起码有6种说法⑥。“囊”字，有通“膌”“谅”“良”等不同意见。

---

①章太炎：《章太炎全集·春秋左传读》（《左传·宣公十五年》“使解扬如宋”条），上海：上海人民出版社，2014年，第390页。

②章太炎：《章太炎全集·春秋左传读》（《左传·定公六年》“乐溷”条），上海：上海人民出版社，2014年，第693—694页。

③章太炎：《章太炎全集·春秋左传读》（《左传·哀公二年》“罕达”条），上海：上海人民出版社，2014年，第712页。

④章太炎：《章太炎全集·春秋左传读》（《左传·僖公二十八年》“公子买”条），上海：上海人民出版社，2014年，第270页。

⑤章太炎：《章太炎全集·春秋左传读》（《左传·襄公五年》“楚公子贞字囊”条），上海：上海人民出版社，2014年，第448页。

⑥章太炎认为“贞”借为“禎”，“囊”为本字。除此之外，胡元玉读“囊”为“膌”；张澍解“贞”为贞卜、卜问，“囊”即龟囊；俞樾取“贞”为贞固义，“囊”为敛藏义；于豪亮取“囊”通“谅”，“谅”“贞”都表真实、诚信义；王挺斌又根据出土文献，提出“囊”通“良”，“贞良”常连用。以上各说，见王挺斌《春秋名字解诂补正》，《中国典籍与文化》，2018年第1期。

除了学者之间存在不同意见外，同一学者对名字也往往有两解。以章太炎为例，他在《春秋左传读》中常以“一曰”或“或曰”表示不同的解释。如《左传·成公十六年》“将鉏”，一说“鉏”为“葙”之借，一说“鉏”为“且”之借；又如《左传·昭公二十年》“子高鲂”，名鲂，字子高。一说“舫”通“彭”，“高”通“骄”“蹻”，名与字都表示气盛义，一说“舫”通“肪”，“高”通“膏”，都指肥胖义。

要特别留意的是，章太炎对《春秋名字解诂》加以修订的这些条目，往往发疑的起点是字的意义。他认为是王引之对古义理解不确而导致的错误，并且常引用《贾子》(《贾谊新书》)一书加以证明。如“宋乐溷，字子明”，章太炎之所以否定王氏的说法，认为“圂”作反威讲，主要因为《贾子·道术》篇有“诚动可畏谓之威，反威为圂”一句。又如“郑罕达，字子姚”，为什么对王氏的解释起疑惑？是因为在《贾子·容经》篇有“姚不惛，卒不妄”，在这句话中，“姚”与“卒”相对成文。因此，太炎认为“卒”通“猝”，为突然义，那么“姚”则应作舒缓讲①。

有意思的是，章太炎看到了《春秋名字解诂》的初稿，尽管有些条目后来被删除了，太炎仍然进行了修订。如“乐祁，字子梁”②，《春秋名字解诂》最初认为“祁”通“祈”，“祈”为高义，与字“子梁”相应。太炎则认为“祁”是“隄”的借字，“隄”作梁义，与字“子梁”相应，并且还推测王氏删除此条的原因，可能是“意有未惬”。

二、《春秋左传读》名字解诂的特点

总体而言，《春秋左传读》中的名字解诂条目以继承王引之为主。除此之外，也有一些新的补充，这些新补解诂条目，也反映出《春秋左传读》名字考证工作自身的特点。

首先，双音节名得到了更多的关注和辨析。古人以单名为主，双音节名往往是联绵词，学者一般从语音角度予以关注。正如章太炎引钱大昕之语所言：“古人以二字名者，多取双声叠韵。与夷、犁来、涛涂、弥明、弥牟、灭明、由于、于姚，双声也；龙降、台骀、鉏吾、围龟(麟案：围龟非叠韵。)、且居、髡顽、州仇、魁垒，叠韵也。鞫居亦取双声。”③除了承认

---

①除了这两条外，在其他人物的称谓中，章太炎也经常引用《贾子》中的文句来证明相关词义，如下文的“蚡冒”条。

②章太炎：《章太炎全集·春秋左传读》(《左传·定公六年》“乐祁”条)，上海：上海人民出版社，2014年，第695—696页。

③章太炎：《章太炎全集·春秋左传读》(《左传·文公二年》“狐鞫居”条)，上海：上海人民出版社，2014年，第304页。

双音节名大部分具有语音关系外,《春秋左传读》还对双音节名进行了辨析,认为有合音和语义之别。所谓合音,往往是指该双音节为某一词的反切语。如《左传·定公十四年》中有“越人灵姑浮”,太炎认为“灵姑浮”即“灵姑銔”,而“姑銔”合音则为“旗”。因此,“灵姑浮”一名,其实就是“灵旗”。

所谓语义,是指有些具有语音关系的双音节名有义可寻。正如太炎在《春秋左传读》中所言:“地名取双声,亦有谊……地名取此,人名亦取此。”①在他眼中的语义,一种是可分析构词理据的词汇义,如“玃且”,认为“玃”即“玃”,作母猴义,而“且”则为“狙”,也是猴子。因此这一双音节名是同义组合。又如“蚡冒”,认为“蚡”通“奔”,“冒”为抵触,“蚡冒”这一命名来源于《贾子》“坌冒楚棘”,表示奔触楚棘义。一种则是联绵词的词源义。如“公孫弥牟,字子之”,章太炎认为“弥牟”是“蔑蠓”的假借,根据“蔑蠓”“蠛蠓”(《甘泉赋》)“蔑蒙”(《史记》《思玄赋》)等这些形体不一的联绵词的文献用例及注释材料,归结出“蔑蠓”的意义特点:群飞貌。所以,名“弥牟”有群飞的语义特点,与字“之”意义相应。而对于联绵词的得名之由,太炎还明确地提出“凡双声连语,固不限于一谊也”②。以“蒙蔑”为例,此处认为其得名之由是群飞貌,而在《新方言》中则又分析为“小貌”③。两处的分析不一,正切合了太炎所提出的“双声连语,不限于一谊”这一理论。

其次,《春秋左传读》注重考察同一人物在不同文本或典籍中的称谓关系。在选择条目上,王引之所考证的人物名称一般是确定的,他所要做的工作并非去论证称谓所指的同一性,而是在确认两者已是名字关系的前提下,去挖掘彼此的意义关联。而章太炎所考证的名字中,除了继承王氏或作进一步修订的这部分外,新补充的名字条目,往往是一些出现在不同文本或典籍中的人物名,没有直接显性的证据证明两者即为同一人的指称。对于这些条目,章太炎一般先从事实出发,认为史实一致,因此推断人物为一,进而通过训诂考证,去梳理人物的名字关系。

如卫人祝佗字子鱼,《春秋左传读》并非去证实名字“佗”与“鱼”之间的意义关系,而是看到《左传》《史记》两处记载人名有所不同,因而发疑考证。《左传·定公四年》作“卫侯使祝佗私于苌弘曰”,《史记·管蔡世家》作“卫使史鰌言康叔之功德”,太炎首先认为

①章太炎:《章太炎全集·春秋左传读》(《左传·文公二年》“狐鞫居”条),上海:上海人民出版社,2014年,第304页。

②章太炎:《章太炎全集·春秋左传读》(《左传·哀公二年》“子之”条),上海:上海人民出版社,2014年,第730页。

③见章太炎《新方言·释言第二》:《方言》“蒙爵”,《荀子》谓之蒙鸠,又小虫谓之蠛蠓,是蔑、蒙皆有小义。《易》言童蒙,则茅蔑,故曰物之稚。

两处所指史实是一致的,因此"祝佗"与"史鰌"当为一人。通过结合古代相关的典章制度、历史事实,章太炎认为古代可以官名作姓氏名,而祝佗因为身兼祝、史二职,因而有两个姓氏;同时,古人也有同义取名的惯例,如公子荆,名荆,又名楚。类似的,"佗"与"鰌"都是名,意义相同。"佗"的本字作"施","鰌"的本字作"䱵"。"施"即戚施,"䱵"即䱵黿,都指蟾蜍义。这样名"佗""鰌"与字"鱼"就构成同类关系,名字相应①。

因为要勾系不同史书中的记载,因此他的名字解诂工作,很多是对同一个名字的不同书写形式的沟通。又如《左传·昭公二十六年》作"太子任",根据服虔注,此太子任即楚昭王。但《左传·哀公六年》作"楚子轸",《史记·楚世家》《十二诸侯年表》又均作"太子珍"。这就涉及到几处人物名"任""轸""珍"是否有关?太子任是否即楚王轸?章太炎认为"任""珍"都是"轸"的假借,因此形成了异文②。而人物名的勾系,实际上证实了《左传》《史记》两书所载史实的同一,使史实的真实性从而得到进一步证明。

除了在名字考证上,《春秋左传读》对王氏有进一步的补充外,在对待名字关系上,太炎基于《春秋左传读》整书的环境,不纯粹将名与字的意义关系作为考证对象,反而借助名与字所存在的这一意义关联事实,去探讨文献词义、字词通假、异文形成等语言现象。如:

《左传·庄公四年》"余心荡",杜预注:"荡,动散也。"针对这一注释,章太炎根据《庄子》中商太宰名盈字荡,认为"盈"和"荡"既然作为名和字的关系,意义必然相关,此处当是相反为义。因此"荡"作为"盈"的反义词,是"空"的意思。而"荡"之所以有"空"义,是本字"宕"有"洞屋"义,凡洞屋都有空义③。

在这一则里,章太炎对杜预的修订是否准确,可待讨论。但通过这一则可以看到,古人物的名字,已经不纯粹是解诂对象,反而是可以作为探讨词义的一种补充手段。除了利用名字的意义关系去修订杜注外,《春秋左传读》还利用名字的相反相成义去证实字词的通假关系。如:

《左传·桓公十年》中有"天王使家父来求车"一句,章太炎为了证实此处的"家父"即《仪礼·士冠礼》郑玄注中的"嘉甫",借用了"周丑,字子家"这一名字关系。他认为

①章太炎:《章太炎全集·春秋左传读》(《左传·哀公十二年》"祝佗"条),上海:上海人民出版社,2014年,第684—685页。

②章太炎:《章太炎全集·春秋左传读》(《左传·昭公二十六年》"大子任弱"条),上海:上海人民出版社,2014年,第655—656页。

③章太炎:《章太炎全集·春秋左传读》(《左传·庄公四年》"余心荡"),上海:上海人民出版社,2014年,第163—164页。

“丑”与“家”既然构成名字关系，意义必然有关。因此，“家”是“嘉”的通假字，“嘉”表好义，与名“丑”意义相反。通过名字中两者的通假关系，以此来证实“家父”与“嘉甫”中的家、嘉也能建立联系①。

此外，章太炎还提出名字对异文形成的影响。如上文所讨论的“祝佗”条，“祝佗”一名在《论语》、《诗经·下泉》正义等文献中写作“祝鮀”。“佗”之所以变“鮀”，是因为受到字“子鱼”的类化影响，从而形成了这样的异文②。

三、《春秋左传读》名字解诂方法及不足

正如前文所言，章太炎的名字解诂主要以王引之《春秋名字解诂》为继承对象，基本建立在名与字的“同训、对文、连类、指实、辨物”这几种意义关系上③，去辨析和证实名与字的关系。证实名与字的关系，实际是在探讨两个语言单位之间的语义关系。在这个过程中，我们可以看到乾嘉考据学对章太炎早期的治学影响。

《春秋左传读》主要运用了证通假和同类相证等方式与方法。在有清一代“训诂之旨本于声音”的大环境影响下，清代考据中因声求义彼彼皆是，又兼名字意义关系的难点是没有充分的语境，因此在名字解诂中证通假是最常见的手段。以黄侃《春秋名字解诂补谊》为例，尽管他曾批评胡元玉“徒以破字为恤，卒又自乱其例”④，但在其补谊的 26 例中，只有一例认为可以“不破字亦得”⑤，剩下的也基本采用沟通借字和本字的方法。同样，《春秋左传读》在名字关系解诂条目中，几乎每一例都在证通假。

通假成立的首要条件是语音相近相同，章太炎主要利用重文、声训、异文等材料来证明语音关系，在论证语音关系时往往采用 A=B、B=C，因而 A=C 的思路。如“乐溷，字子明”，为了证实字“明”是“猛”的通假字，首先通过声训，沟通“明”与“孟”的语音关系，进而通过异文证明“孟”与“猛”的语音关系，从而借助“孟”，将“明”与“猛”沟通，总的思路就是明=孟、孟=猛，因此明=猛。又如“公孙弥牟，字子之”，太炎认为“弥牟”是“蔑蠓”

①章太炎:《章太炎全集·春秋左传读》(《左传·桓公十年》“天王使家父来求车”条)，上海:上海人民出版社，2014 年，第 150 页。

②章太炎:《章太炎全集·春秋左传读》(《左传·定公四年》“祝佗”条)，上海:上海人民出版社，2014 年，第 684—685 页。

③王引之:《经义述闻》(三)，上海:上海古籍出版社，2016 年，第 1451 页。

④黄侃:《黄侃国学文集》，北京:中华书局，2006 年，第 297 页。

⑤此条为“鲁县成，字子祺”，见黄侃:《黄侃国学文集》，北京:中华书局，2006 年，第 303 页。

的借字，为了证明“牟”与“蠓”的关系，首先通过“蝥”“蛑”的异体关系，证实“牟”与“矛”声音相同，其次通过声训、异文证明“矛”与“蒙”声近，最终通过牟＝矛、矛＝蒙，因而牟＝蒙，而“蒙”又是“蠓”的声符，自然“牟”与“蠓”就有了语音关系。

由于没有充分的语言环境，名与字的意义关系探讨就有不确定性。为了增强意义联系的确定性，名字解诂中常常采用同类相证的方式，即用同类形式的名字或同类的命名倾向以证名与字某一语义关系的成立。这种同类相证，也体现了清代乾嘉之学中的类比思维。以王引之《春秋名字解诂》为例，他或将具有相同名与字的人物名罗列在一起，如为了证实名“嘉”与字“孔”之间必然存在某种语义关系，罗列“宋公孙嘉字孔父”“楚成嘉字子孔”“郑公子嘉字子孔”等诸多人物名，用同类人物名的数量来证实这一名字联系的非偶然性。或通过诸多语言事实来证明古人命名中的某一类取名倾向，如“鲁孔纥字叔梁”，王引之认为名“纥”当通“仡”，表示强壮。为了证实这一点，王氏通过大量的语言事实得出“古人名字多取强梁之义”①。用一种命名倾向来佐证一个单独的名字意义关系，目的在于减弱名字意义关系的不定性。正是因为具有这种类比的思维与方式，因此王氏归纳出古人的六条命名规则：“通作”“辨讹”“合声”“转语”“发声”“并称”②。

《春秋左传读》在名字解诂中充分继承了王氏的这种同类相证法，或以同类人物名来证实某一名字，如“子玉霄”这一称谓，《通志》认为子玉是姓氏，而太炎则否定了这一看法，他认为应是字子玉，名霄。“玉”通“痏”，“霄”通“痟”，恰好与“良霄，字伯有”命名相同。或借助王氏所归纳的命名规则以证实某一名字，如提出名号中可有助声词，以此证实“吴子遏，号诸樊”中的“诸”为发声词，此即王氏所言之“发声”；或采用某一类命名倾向来证某一名字，如提出古人有以蟾蜍为名的倾向，证实祝佗一名史鳍，佗、鳍都表蟾蜍义；古人可以地名作为名字，而且双音节地名往往可拆分，以此论证“祁奚”之“奚”得名于古代薮名“奚养”。

在《春秋左传读》中，同类相证法还用于证实通假关系的成立。如《左传·宣公三年》“生子瑕”，章太炎认为应是名瑕，字溉，“溉”是“乞”的假借，并列举“驷气，字子瑕”，来说明名“气”、字“瑕”在古人物名中有组名的同例，以此支撑“溉”与“乞”的通假关系。又如《左传·昭公二十五年》“季公亥”，章太炎认为“亥”通“欬”，并根据《史记·仲尼弟子列传》中“鲁乐欬，字子声”，认为古人有名“欬”的惯例，同样是为了支撑“亥”与“欬”的通假关系。

①王引之：《经义述闻》（三），上海：上海古籍出版社，2016年，第1302页。
②王引之：《经义述闻》（三），上海：上海古籍出版社，2016年，第1451—1452页。

无论是证通假，还是同类相证，都可以看到章太炎对于乾嘉考据方法的继承与吸纳，充分发挥了他在文字声韵训诂方面的长处，但也正如学者所评价的："由于他（章太炎）还不敢冲破封建经学这一大网罗，强要使《左传》与《春秋》合符，过分拘泥于左丘明为《春秋》作传及《左传》传授系统等旧说，书中牵强疑滞之处也还不少。"①

这种牵强疑滞在名字解诂中的体现之一就是通假过多，可信度低。本字与借字之间往往借助第三者才能构成通假关系，而且从现代语言学的理论高度看，通假成立的第二条件必须有文献用例证明，而关于这一点，《春秋左传读》甚少提供。

其次，意义关系的论证也存在一些缺失，或将训释直接等同于词义，如"季公亥"，名亥字若，太炎认为名与字意义相反，"若"为顺义，"亥"则为逆。"亥"之所以有逆义，是因为通"欬"，"欬"实际是咳嗽义，《说文》训释为"欬，屰气也"，解释咳嗽的起因。而太炎直接将训释词"屰"等同于词义，这种以训代义的论证思路是有误的。

或以单纯词的构词语素等同于单纯词义，如"狐鞫居"，名鞫居，章太炎认为"鞫居"同义。其论证思路就是"鞫"通"究"，"居"同"究"，所以两者借助"究"实现对等关系。"鞫"通"究"表示穷困义，在文献中的确有用例。但"居""究"的同义关系，太炎是怎么得出的呢？他认为"居居"和"究究"在《诗经·郑风·羔裘》处于上下二章的对文位置②，词义相同。因为"居居"同"究究"，因此"居"同"究"，这是直接将构词语素义等同于词义。但并非每个重言词的词义等同于单个语素义，否则"关关雎鸠"中的拟声词"关关"，就等同于单音词"关"了。更何况，此处"究究""居居"即使意义相同，若依《毛传》的解释，表示怀恶不相亲比貌，清人马瑞辰则认为是盛貌。无论哪种意见，都与穷尽义无关，也无法等同于"鞫"。

无论以训代义，还是将构词语素义等同但单纯词义，都是乾嘉之学中常见的考据通病。究其原因，还在于虽然清人对语言文字的认识已有了一定理论高度，但他们对义和训、字和词、语素和单音词等重要关系还没有彻底的辩证认识。尽管章太炎后来也曾对乾嘉时期考据学中的一些方法有过反思，但从他青年时期的考据实践来看，不可避免地也受到了一些影响。

四、结语

总体而言，《春秋左传读》以考证的形式探讨古人物名字意义关系，较之有清一代的

①姜义华：《章太炎思想研究》，上海：上海人民出版社，1985年，第27页。
②《诗经·郑风·羔裘》一章"羔裘豹祛，自我人居居"，二章"羔裘豹褎，自我人究究"。

名字解诂,论证过程更为详实,涉及语境也更为充分。虽然,就名与字之间的意义关系而言,并非每则都是的证确考,但却让我们看到人名在沟通典籍、证同史实中的作用及重要性。

此外,通过名字解诂也让我们看到太炎对礼制与史实的取舍。《左传·桓公六年》鲁大夫申繻提出了贵族命名的五种方法"名有五:有信、有义、有象、有假、有类"①,六项规条"不以国,不以官,不以山川,不以隐疾,不以畜牲,不以器币"②。《礼记·曲礼》中也有类似记载:"名子者不以国,不以日月,不以隐疾,不以山川。"③根据文献所记载的这些制度,命名要以德,不能以国家、官职、山川、隐疾、动物、器帛等命名。而太炎结合具体的名字分析,提出和归纳了一些古人的命名原则。如取名观,一般认为字以表德,但章太炎结合实际的人物名,提出恶言恶德说:"古人如齐恶、石恶之类,无妨以恶德过行为名字。"④对于人物名的命名来源,认为有取自他国国名的,如郑公子宋,晋女齐,"宋""齐"都为国名;有取自山名的,如"介葛卢"之名"葛卢"是山名。有取自官名的,如"师叔"以官命名,就如周公称"师旦"一样;有取自动物名,如上文所说的"貜且""祝佗"等,前者为猴子,后者为蟾蜍。由此也可看到,在史实和礼制之间,太炎遵循从语言事实出发的史实。

参考文献

王引之:《经义述闻》(三),上海:上海古籍出版社,2016 年。

章太炎:《章太炎全集·春秋左传读》,上海:上海人民出版社,2014 年。

黄侃:《黄侃国学文集》,北京:中华书局,2006 年。

姜义华:《章太炎思想研究》,上海:上海人民出版社,1985 年。

黄翠芬:《章太炎春秋左传学研究》,台北:文津出版社,2006 年。

沙志利:《汉朝人名字特点及命名心理》,《华夏文化》,2007 年第 4 期。

沙志利:《〈春秋左传读〉撰作及刊印时间考》,《儒家典籍与思想研究》第八辑,北京大学出版社,2016 年 3 月。

王挺斌:《春秋名字解诂补正》,《中国典籍与文化》,2018 年第 1 期。

---

①[清]阮元校刻:《十三经注疏·春秋左传正义》,台北:艺文印书馆,2007 年,第 112 页。

②[清]阮元校刻:《十三经注疏·春秋左传正义》,台北:艺文印书馆,2007 年,第 113 页。

③[清]阮元校刻:《十三经注疏·礼记注疏》,台北:艺文印书馆,2007 年,第 38 页。

④章太炎:《章太炎全集·春秋左传读》(《左传·昭公二十年》"子高鲂"条),上海:上海人民出版社,2014 年,第 633 页。

A Study on the Interpretation of the Names of the Ancients in *Chunqiu Zuozhuan du*

Ling Lijun

(Beijing Normal University)

Abstract: From the Qing Dynasty to the Republic of China, scholars have done numerous research on the original names and the courteous names of the ancients. However, the related analyses pretty often overlooked and seldom mentioned Zhang Taiyan's *Chunqiu Zuozhuan du*, which involves over 60 cases on the interpretation of the names. On the one hand, *Chunqiu Zuozhuan du* adheres to Wang Yinzhi's *Chunqiu Mingzi Jiegu*(*the Interpretation of the Names in Spring and Autumn Annals*) by complementing explanations to suspected contents and approving or revising the latter. On the other hand, Zhang added new cases of textual research, mainly about disyllabic names, as well as the appellation of the same person in different text or canons. Aside from textual research into the names, Zhang also discussed linguistic phenomena such as literature semantic changes, the interchangeability of words or characters, and the form of variants by exploiting the close relations between the original names and the courteous names. Written in Zhang's early period, *Chunqiu Zuozhuan du* and its studies in the names is affected greatly by Qian-jia textology of Qing Dynasty, adopting methods such as demonstrating the interchangeable characters and kindred examples, albeit some flaws in the process.

Keywords: Zhang Taiyan; *Chunqiu Zuozhuan du*; *Chunqiu Mingzi Jiegu*(*the Interpretation of the Names in Spring and Autumn Annals*); the original name and the courteous name; textual research.

◎文字学与文字研究

“兄”、“考”补说

黄国辉

（北京师范大学历史学院）

提要：从商末周初开始，“祝”字已经出现从跽跪之形变成立人之形，但当时的变化还仅发生在作为偏旁的字形中。后来随着作为偏旁的“兄”大量变为立人形以后，而这种变化逐渐影响到了独体“祝”字的形体，使得独体的“祝”亦在春秋战国时逐渐从跽跪之形演变成立人之形。时至战国，“祝”字基本上都是作立人形，跽跪之形的“祝”字已较少见。西周时期，由于“考”、“老”二字分化未尽，不仅造成“老”字用作“考”的情况，同样也造成了少数“考”字用作“老”字的情况。由于这一情况还较为少见，所以不能据此认为两者时时通用无别。

关键词：兄；祝；考；老

一

“兄”称是商周社会的基本亲属称谓之一，古文字习见，甲骨文作[illegible]，金文作[illegible]、[illegible]，简帛作[illegible]、[illegible]等。但“兄”的本义学界争论较大，尚不能确知。李孝定先生指出，可能与人的形体动作有关，“兄”字无缘以兄长为本义，此义盖借字。后世形声之字日滋，原为借字者，多新创形声字以代之，于是于借字旁另注声符，此[illegible]字之所由作也①。这是较为中

①李孝定：《金文诂林读后记》卷八，台北：“中央研究院”历史语言研究所，1992年版，第331—332页。

肯的。

甲骨文中又有“祝”字作□，很长一段时间学界均混同于“兄”字，始自姚孝遂先生才把它们分开。姚先生指出，论者多以为卜辞“兄”、“祝”同字，这完全是一种误解。□下部从□，□下部从□，形体是有别的，其用法也截然不同……卜辞所见□与□数以百计，都是以□为祝，以□为兄，区分严格，并不相混。偶有以□为兄者，当属误刻①。如今，姚先生的卓识基本成为学界的共识。

除了□以外，姚先生还认为甲骨及金文中尚有□、□亦表“祝”字，金文以“□”为兄是混而无别。对此，沈培先生近年研究认为，西周金文中还没有看到确切的“□”可以释读为“祝”的例子，这说明西周时代“□”还没有变成“□”。其据“国差𨯓”的年代认为至迟在鲁成公时，跽跪、覆手形的“祝”字已经开始有立人形的一种写法了②。

笔者以为，虽然跽跪、覆手形的“祝”字演变为立人形的时间还难以确定，但大致说来沈先生的看法还是较为合理，即至少西周以前□、□有别，□表祝字，□表兄字，常通作贶。这里还需要补充说明的是为什么战国以后的“祝”字基本是作立人形的，如葛陵楚简作□（乙四：128），□（乙四：139）等？

要了解这一点，我们还需要从“祝”字本身的形体入手来说明。商西周时期的“祝”字大致说来可分为两种形体：一种是独体的□和□，另一种是带示旁的□或□、□等。从甲骨到西周金文，独体的□和□均表“祝”字，其字形大体尚未发生变化。但带示旁的祝字，其形体到西周时期已经有所变化，这个变化即是其所从的“兄”旁，已经由原来完全的跽跪之形变成跽跪之形和立人之形兼而有之。如“大祝禽鼎”（《集成》01938，西周早期）中的“祝”字作□形，禽簋（《集成》04041，西周早期）中的“祝”字作□形。而“小盂鼎”（《集成》02839，西周早期）中的“祝”字则作□形，“长甶盉”（《集成》09455，西周中期）中的“祝”字亦作□形。“柞伯簋”铭文曾记：

柞伯十称弓，无废矢。王则畀柞伯赤金十钣，徣赐□见。

“□见”二字学界多有异议，发掘者隶定为“柷见”，读为“椌楬”，指乐器；宋镇豪先生释为“贶见”；李学勤先生隶定为“柷虎”，读为“柷敔”等等③。实际上，裘锡圭先生已经指

---

①姚孝遂：《古文字的符号化问题》，《姚孝遂古文字论集》，北京：中华书局，2010年版，第49页。

②沈培：《说古文字里的“祝”及相关之字》，《简帛》第2辑。

③王龙正、姜涛、袁俊杰：《新发现的柞伯簋及其铭文考释》，《文物》1998年第9期。宋镇豪：《从新出甲骨金文考述晚商射礼》，《中国历史文物》2006年第1期。李学勤：《柞伯簋铭文考释》，《文物》1998年第11期。

出,字已见于甲骨文作,两者是一字①。裘先生的看法是很正确的。甲骨文中的常作地名,如:

于壬乃田,亡𢦏。无名组(屯南2739)

"见"字当读为献,本为动词,这里当是名动连用,指贡纳之物。常隶定为"祝"。故"柞伯簋"中的"见"当是指周王赏赐给柞伯来自(祝)地的贡物。

从"柞伯簋"中,我们可以看出,甲骨文中的作跽跪之形的,到西周金文中已经开始变成了立人之形的。这种变化远要早于独体的和的变化。笔者以为,独体的和正是受到作为偏旁的和之变化的影响而逐渐也从跽跪之形变成了立人之形。即"祝"字从跽跪之形变成立人之形的时间实际上很早,至少从商末周初就已经开始,只不过当时的变化还仅发生在作为偏旁的字形中。后来随着作为偏旁的和大量变为立人形以后,而这种变化逐渐影响到了独体"祝"字的形体,使得独体的"祝"亦在春秋战国时逐渐从跽跪之形演变成立人之形。时至战国,"祝"字基本上都是作立人形,跽跪之形的"祝"字已较少见。

需要指出的是,沈培先生认为,裘先生关于"柞伯簋"中的字即为甲骨文字的看法是有待商榷的。他认为字和字并不是一个字,怀疑"柞伯簋"中右边覆手形是""的误写。窃以为,沈先生的看法可能是担心如果"柞伯簋"中的字和甲骨文中字是同一个字的话,就会影响到他所考释的结论,即西周时代""还没有变成""。之所以产生这种担心,可能是因为沈先生并没有把独体的和的变化与作为偏旁的和的变化分开。但其实这种担心是没有必要的。因为独体字形的变化和作为偏旁的字形的变化之间关系较为复杂,尤其是在金文中,两者的变化并不是完全同步的②。西周时期,作为偏旁的和字形变化不一定就意味著作为独体的、与、之间不存在差别。这就像陈剑先生曾指出的,甲骨金文中有"/俎"字作,其异体字"𠂤"作,但""字中的""形,实际上根本就不能看作"宜"字。我们不能据"/俎"、"𠂤"一字说"宜"与"且/俎"同字,就好比不能据""、""一字说"兵"与"斤"为同字③。同样在甲骨及西周金文时期,我们亦不可据、同字和、同字来说明当时、与、同字一样。

①裘锡圭:《商铜鼋铭补释》,《中国历史文物》2005年第6期。

②甲骨文由于受到同刻手风格的影响,会存在相对明显的同步性,如林沄先生对"比"和"从"的考释即是如此。见林沄:《甲骨文中的商代方国联盟》,《古文字研究》第6辑。

③陈剑:《甲骨金文旧释""字及相关诸字新释》,http://www.gwz.fudan.edu.cn/web/show/280,2007年12月29日.

相反，从沈先生所研究结果上看，西周时期作为独体的、与、之间恰恰是有着严格界限的。

二

考，《说文》："老也"；老，《说文》："考也"。这是许慎所举最为典型的转注之例。甲骨文中有明确的"老"字作、形，似老人拄杖之形，属表意字。目前学界研究多以甲骨文中"考"、"老"同字，西周后逐渐分化，这是学界的共识，可信。但对其分化的过程，则有不同看法。如林沄先生以为，西周时期"考"、"老"二字分化后，"老"字仍有按习惯用作"考"者，"考"字则不能用作"老"字。大概到东周以后，才完全分化为用各有当的两个字①。而季旭升先生则以为，尽管"考"、"老"二字在西周时期已经开始分化，但两者仍然时时通用，此即典型之转注②；笔者以为，金文中"考"、"老"字例甚多，通观其用字情况，若仅就"考"、"老"关系而言，当以两位先生的看法都有合理之处，但也都还有需要补充说明的地方：

其一，关于"寿考"的理解。"寿考"既见于先秦典籍，亦见于周代青铜铭文。先秦典籍均记为"寿考"，周代铭文亦多记为"寿考"，其中有四例倒作"考寿"，分别是春秋晚期的"蔡侯尊"（《集成》06010）、"蔡侯盘"（《集成》10171）与春秋中后期的"叔尸钟"（《集成》00272）、"叔尸镈"（《集成》00285），前两器铭文相同，为一人之物，后两器亦相同。有三例记为"寿老"，分别是春秋中后期的"𬭚镈"（《集成》00271）和春秋早期的"夆叔盘"（《集成》10163）、"夆叔匜"（《集成》10282）。详参下表：

器物	时期	字形	备注
毛公旅方鼎（《集成》02724）	西周早期		寿考
䟒簋（《集成》03700）	西周中期		寿考
䟒簋（《集成》03701）	西周中期		寿考
牧簋（《集成》04343）	西周中期	（摹本）	寿考
向[illegible]簋（《集成》04033）	西周晚期		寿考

①林沄：《古文字转注举例》，《林沄学术文集》，北京：中国大百科出版社，1998 年，第 36 页。
②季旭升：《说文新证》下，台北：艺文印书馆，2004 年，第 36 页。

续表

器物	时期	字形	备注
向[illegible]簋(《集成》04034)	西周晚期		寿考
叔尸钟(《集成》00272)	春秋晚期	(摹本)	考寿
叔尸镈(《集成》00285)	春秋晚期	(摹本)	考寿
蔡侯盘(《集成》10171)	春秋晚期		考寿
夆叔盘(《集成》10163)	春秋早期		寿老(考)
夆叔匜(《集成》10282)	春秋早期		寿老(考)
黏镈(《集成》00271)	春秋中后期		寿老(考)

注:图表所举仅以《殷周金文集成》为例。

季旭升先生盖是看到了此类"寿考"、"寿老"相混用的情况,故以为二字时时通用。其实不然,正如林沄先生所指出,"考"、"老"二字分化后,"老"字仍有按习惯用作"考"者,故以上三例"寿老"当是"寿考"。

"寿考"亦见之于文献,《礼记·曲礼下》:"寿考曰卒"。《故训汇纂》"考"字条下引孔颖达疏作:"寿、考,老也"。这种理解可能是对孔疏的误解。笔者以为孔疏当理解为:"寿考,老也"。《礼记》原文作:"寿考曰卒,短折曰不禄"。"寿考"与"短折"相对,当已成词,不可分开解释。故《白虎通·乡射》记:"老者,寿考也",即是如此。无论是铭文还是文献所见"寿考",均当作如是观。因此,笔者以为"寿考"一词当是习语,仅从铭文上看,这一习惯用于早在西周初期就已经形成。"考"、"老"二字自西周以后的分化是很明显的,两者当属不同词义。

需要指出的是,林沄先生认为西周时期"考"、"老"二字分化后,"老"字仍有按习惯用作"考"者,这大体是符合金文情况的。但林先生认为西周时期"考"字则不能用作"老"字,这又是有待商榷的。我们认为就目前所见西周金文实际情况看,"考"、"老"二字确实已经分化,但由于分化未尽,这不仅造成了如林先生所言的,"老"字仍有按习惯用作"考"的情况,同样也造成了极少数"考"字用作"老"字的情况。如:

西周早期的"叔趯父卣"(《集成》05428)记:

叔趯父曰:"余考(老),不克御事,唯汝焂其敬嬖乃身,毋常为小子。余兄为汝兹小郁彝。汝其用飨乃辟軝侯逆复出入使人。呜呼!焂,敬哉!兹小彝妹吹,见余,唯用其[illegible]汝"。

叔趯父卣

“叔趯父卣”是1978年出土于河北元氏西张村墓葬，现藏河北省文物研究所，其器盖同铭，“余考”之“考”分别作[image]和[image]形。按铭文大意“考”皆当是“老”。

西周晚期的“伯公父簠”（《集成》04628）记：

伯大师小子伯公父作簠……用盛糕稻糯粱，我用召卿士辟王，用召诸考诸兄。用祈眉寿多福无疆，其子子孙孙永宝用享。

这里面的“诸考”当是“诸老”。同属西周晚期的“殳季良父壶”（《集成》09713）记：“殳季良父作敍姒尊壶，用盛旨酒，用享孝于兄弟、婚媾、诸老，用祈介眉寿，其万年灵终难老，子子孙孙是永宝。”这里的“诸老”盖指在世同宗长辈。两个器物中“诸老”与“诸兄”排序的不同，当是与押韵不同有关。“伯公父簠”中是粱、王、兄、疆、享相押，皆为阳部字；“殳季良父壶”中是酒、老、寿、老、宝相押，皆为幽部字。

值得注意的是，虽然我们认为“叔趯父卣”与“伯公父簠”中的“考”字皆当是“老”字，但这只是由于“考”、“老”二字在西周时期分化未尽的结果，而不是“考”字本身就有“老”字的意义。

可见，西周时期，由于“考”、“老”二字分化未尽，不仅造成“老”字用作“考”的情况，同样也造成了少数“考”字用作“老”字的情况，而不是“考”字绝不用作“老”字。仍需指出的是,虽然"考"字用作"老"字的情况确实存在,但这一情况还较为少见,我们不能据此认为两者时时通用无别。

Supplementary Explanationof "Xiong" and "Zhu"

Huang Guohui

Abstract: From the end of the shang dynasty to the beginning of zhou dynasty, the character "zhu" has gone from being a person. Later, as many of the "xiong" whose works were nearby changed into standing figures, the change gradually affected the form of the word "zhu", sitting as a figure, as well as the "zhu", which looked like a man in the spring and autumn period and warring states period. In the warring states period, the Chinese character "zhu", comprising of a sitting figure, is now rare. In the western zhou dynasty, due to the incomplete differentiation of "kao" and "lao", not only "lao" was used as "kao", but also a few "kao" characters were used as "lao". Although this situation is relatively rare, it should not be regarded as no difference.

Key Words: Xiong ZhuKao Lao

秦简牍和张家山汉简中“灋”“法”分流现象试说*

翁明鹏

（中山大学中文系、出土文献与中国古代文明研究协同创新中心）

提要：“法”字自古以来就被看作是“灋”的简体，学者们认为二者在用法上完全等同。文章经过大量调查目前所见秦简牍和张家山 M247 汉简资料发现，“灋”“法”二字在用法上的分流比较明显。“灋”主要用来表示法律、法令、法度、法式、法则、依法之{法}和废弃之{废}，“法”则主要用来表示数学专业术语“除数”之{法}。文章认为在秦至汉初的一段时间内，人们可能约定俗成地用这对繁简异体字来记录不同的词。

关键词：灋；法；废；用字习惯；书同文字

“法”，许慎认为是“灋”字之省，《说文·廌部》云：“灋，刑也。平之如水。从水，廌所以触不直者去之，从去。法，今文省。”传世文献中“灋”“法”二字的分布虽然也有不同，具体说是《周礼》一书中的“法”字皆作“灋”，①而《左传》《国语》却不用“灋”而用“法”，②

---

* 本文是国家社科基金重大项目“战国文字诂林及数据库建设”（项目编号：17ZDA300）、国家社会科学基金项目“秦至西汉简帛文献中字形与音义关系研究”（批准号：13BYY104）和国家“2011 计划”出土文献与中国古代文明研究协同创新中心博士创新资助项目“秦简牍字词关系研究”（项目编号：CTWX2017BS029）的部分成果。拙文是在陈师斯鹏先生的悉心指导下完成的，后在 2019 年汉语言文字学高级研讨班暨青年学者论坛（北京语言大学，2019 年 7 月 25 日）上宣读，会上蒙徐朝东、齐元涛二位先生和多位学友批评赐正，获益良多。会后承齐先生抬爱，又积极推荐拙文发表。在此一并表示最衷心的感谢！

①朱红林：《“法”义追寻》，《法制与社会发展》（双月刊），2008 年第 3 期，第 82 页。

②张伯元先生引王沛先生说。参看张伯元：《“法”古文拾零》，《政法论丛》，2012 年第 1 期，第 61 页。

其他同时代的传世典籍也多用“法”，但是历来注释家们在注释这些经典的时候显然也都是把它们等同起来的。孙诒让在《周礼正义》中就明确指出：“凡经皆作灋，注皆作法，经例用古字，注例用今字。”①现代文字学者如裘锡圭先生在《文字学概要》中也把“灋”和“法”当做一对用法完全相同的“省略字形一部分跟不省略的不同”一类的狭义异体字。②除文字学家外，法律专家、历史学家们也纷纷从法律史的角度对“灋”“法”二字进行了有意义的探索，创获颇多。但是他们也没有较多地讨论“灋”“法”的细微差别。其中值得一提的是朱红林先生，因为他似乎已经注意到了“灋”“法”二字的不同。他说：“同时，亦已出现了专门的‘法’字。不过，目前所见考古资料中‘法’字多用于人名，尚未见用于‘法律’或‘规章制度’之义者。”③可惜他没有进一步申说。韩织阳先生虽然也对“法”字的源流做了比较详细的考辩，且亦注意到“灋”和“法”的这种区别，然其误认为放马滩秦简的时代为战国晚期，④统计数据亦不完备，对相关的字词关系交替和例外现象也没有详细的分析。⑤ 另外，韩文得出结论说“灋”和“法”的“这种分野在秦代已经非常明显，到汉代彻底固定下来”⑥，我们猜想韩先生得出这个结论的原因是误把岳麓秦简的《数》当作秦代抄本了，⑦而且也没注意到马王堆帛书、孔家坡汉简、银雀山汉简等西汉初年的出土文献中已经出现了“法”渐渐取代“灋”来表示法律之{法}和废弃之{废}的现象。故韩文的观点实多有可商之处。

的确，传世文献在使用“灋”“法”二字时通常不做什么区分，把它们看作是一对“省略字形一部分跟不省略的不同”一类的狭义异体字也是正确的。然而，笔者经过大量调查目前所见秦简牍和张家山汉简资料发现，“灋”“法”二字在用法上呈现出比较明显的分流。“灋”字最早见于商代晚期的作册般铜鼋，秦简牍中最早见于统一前的睡虎地秦简，北京大学藏秦简、岳麓书院藏秦简、放马滩秦简、龙岗秦简、里耶秦简也习见，常用来

①[清]孙诒让著，汪少华整理：《周礼正义》，北京：中华书局，2015年，第77页。

②裘锡圭：《文字学概要(修订本)》，北京：商务印书馆，2013年，第198—200页。

③朱红林：《“法”义追寻》，第81页。“法”作为人名用字可参看汤志彪编著：《三晋文字编》，北京：作家出版社，2013年，第1437—1438页；故宫博物院编，罗福颐主编：《古玺文编》，北京：文物出版社，1981年，第247页。

④放马滩秦简确定无疑是秦代的写本，详后文注释。

⑤参韩织阳：《“法”字源流考辩》，《出土文献综合研究集刊》第五辑，成都：巴蜀书社，2016年，第189—205页。

⑥韩织阳：《“法”字源流考辩》，《出土文献综合研究集刊》第五辑，成都：巴蜀书社，2016年，第199页。

⑦关于岳麓秦简《数》属于战国秦文献参拙文：《岳麓秦简〈数〉的抄写年代考辩》，《出土文献》第十四辑，上海：中西书局，2019年，第290—296页。

表示法律、法令、法度、法式、法则等之{法}(下文用{法$_1$}代替)和废弃之{废},且{法$_1$}多不用“法”字记录。秦简牍中“法”字最早出现在统一前的北大秦简《算书》甲种第三部分的“算题汇编”中(目前公布所见凡 8 例),①也集中出现在岳麓秦简《数》、张家山汉简《算数书》和睡虎地 77 号西汉墓竹简《算术》(目前公布所见凡 3 例)②等文献中,多用来表示数学专业术语“除数”之{法}(下文用{法$_2$}代替),且{法$_2$}也通常不用“灋”字记录。兹将秦简牍和张家山汉简中“灋”“法”二字的分布情况做成表格,以便观览。

表 1:秦简牍和张家山汉简中“灋”“法”二字分布表

<table>
<tr><th rowspan="2"></th><th colspan="3">灋</th><th colspan="3">法</th></tr>
<tr><th>{法$_1$}</th><th>{法$_2$}</th><th>{废}</th><th>{法$_1$}</th><th>{法$_2$}</th><th>{废}</th></tr>
<tr><td rowspan="2">睡虎地秦简</td><td>16</td><td></td><td>21</td><td rowspan="2"></td><td rowspan="2"></td><td rowspan="2"></td></tr>
<tr><td colspan="3">总数:40(有 3 例用为{法$_1$}还是{废}不太明确,但绝不是用为{法$_2$})</td></tr>
<tr><td>北京大学藏秦简《算书》甲种</td><td>1</td><td></td><td></td><td></td><td>8</td><td></td></tr>
<tr><td>北京大学藏秦简《禹九策》</td><td></td><td></td><td>1</td><td></td><td></td><td></td></tr>
</table>

①参看朱凤瀚:《北京大学藏秦简牍概述》,《文物》,2012 年第 6 期,第 70 页图 2 左起第 2、3 枚简;韩巍:《北大秦简中的数学文献》,《文物》,2012 年第 6 期,第 87 页;韩巍:《北大秦简〈算数〉土地面积类算题初识》,《简帛》第八辑,上海:上海古籍出版社,2013 年,第 38 页;杨博:《北大藏秦简〈田书〉初识》,《北京大学学报(哲学社会科学版)》,2017 年第 5 期,第 66 页。今按,之前学者多以为“法”字最早见于天水放马滩秦简。在北大秦简《算书》和岳麓秦简《数》公布之后,这一认识有了变化。因为过去学界大多认为放马滩秦简的书写年代是战国晚期。程少轩、日人海老根量介和陈伟等先生通过对简文中“民”“黔首”“皋”“罪”等字词现象的考察,认为这批简的抄写年代当在秦统一后。这是值得信服的结论。参看陈伟主编,孙占宇、晏昌贵、陈伟、高大伦撰著:《秦简牍合集. 释文注释修订本(肆)》,武汉:武汉大学出版社,2016 年,第 5 页;陈伟:《秦简牍中的“皋”与“罪”》,简帛网 2016 年 11 月 27 日,http://www. bsm. org. cn/show_article. php? id = 2673,后此文以《“皋”与“罪”》为题收入陈伟:《秦简牍校读及所见制度考察》第一章第三节,武汉:武汉大学出版社,2017 年,第 19—25 页。后来,孙占宇先生又利用统一后里耶 8-461 号木方上秦代“书同文字”的相关规定,系统考察了放马滩秦简中的用字用语情况,认为放马滩秦简的抄写年代应在秦统一以后不久。参孙占宇、鲁家亮:《放马滩秦简及岳麓秦简〈梦书〉研究》,武汉:武汉大学出版社,2017 年,第 1—9 页。而北大秦简《算书》甲种和岳麓秦简《数》的书写年代是统一前的[关于北大秦简《算书》甲种属于统一前的秦文献参看拙文:《从〈禹九策〉的用字特征说到北大秦简牍诸篇的抄写年代》(《文史》,待刊)],它们孰早孰晚就不言而喻了。

②释文和图版分别参看熊北生、陈伟、蔡丹:《湖北云梦睡虎地 77 号西汉墓出土简牍概述》,《文物》,2018 年第 3 期,第 49—50 页。据整理者介绍,《算术》一共有 216 枚简(见该文第 49 页)。如果这批简全部公布,数量当然会更多。

续表

	灋			法		
	{法$_1$}	{法$_2$}	{废}	{法$_1$}	{法$_2$}	{废}
岳麓书院藏秦简(壹)《为吏治官及黔首》	1			1		
岳麓书院藏秦简(贰)《数》		4			104	
岳麓书院藏秦简(叁)	6					
岳麓书院藏秦简(肆)	22					
岳麓书院藏秦简(伍)	38					
放马滩秦简《日书》乙种			5			1
龙岗秦简	7					
里耶秦简(壹)	6					
里耶秦简(贰)	5①					
张家山 M247 汉简	31				101	
合计	123	4	27	1	213	1

从上表“灋”和“法”的分布可以清楚地看到,“灋”“法”分流的现象非常明显。其中以北大秦简和张家山汉简最为突出。因为这两批简中同时出现{法$_1$}和{法$_2$},其中{法$_1$}无一例外全部用“灋”字表示,如:

(1)以作命天下之灋。②(《北大秦简·算书甲种》4-138)

(2)与盗同灋。(《张家山汉简·二年律令》20)

(3)受赇以枉灋,及行赇者,皆坐其臧(赃)为盗。(同上 60)

---

①9-3161 号牍文“灋”上一字整理者缺释,里耶秦简牍校释小组疑是“執”,见里耶秦简牍校释小组(凡国栋执笔):《〈里耶秦简(贰)〉校读(三)》,简帛网 2018 年 5 月 23 日,http://www.bsm.org.cn/show_article.php?id=3127;陈伟主编,鲁家亮、何有祖、凡国栋撰著:《里耶秦简牍校释(第二卷)》,武汉:武汉大学出版社,2018 年,第 554 页。今按,此字图版作 ,左半残存“幸”之下部,右半残存“丮”字左右两边的竖笔和下面一短横,与秦简牍“执”字作 (《里耶秦简(贰)》9-26)、 (同上 9-1779)、 (同上 9-2244)、 (《岳麓(伍)》060)、 (同上 128)、 (同上 216)等形之轮廓极似。且秦简牍“执灋”一词习见,上引诸“执”除《里耶秦简(贰)》9-1779 外,辞例皆为“执灋”。故 当为“执”字之残形。

②释文和图版分别参看韩巍、邹大海整理:《北大秦简〈鲁久次问数于陈起〉今译、图版和专家笔谈》,《自然科学史研究》,2015 年第 2 期,第 234 页和第 237 页。释文亦见韩巍:《北大藏秦简〈鲁久次问数于陈起〉初读》,《北京大学学报(哲学社会科学版)》,2015 年第 2 期,第 32 页。

(4)不谨奉灋以治。(《张家山汉简·奏谳书》86)

(5)不以灋论之。(同上 146)

(6)治病之灋,视先发者而治之。(《张家山汉简·脉书》66)

(7)此军之灋也。(《张家山汉简·盖庐》13—14)

(8)为吏不直,狂(枉)灋式,留难必得者,攻之。(同上 48)

北大秦简《算书》甲种的这 1 例“灋”出现在开头的一篇讲述数学思想和社会功用的独立文章中(非算题类文献),整理者韩巍先生对此注云:“《史记·律书》:‘王者制事立法,物度轨则,壹禀于六律,六律为万事根本焉。’所谓‘命天下之灋’即指此而言。”①可见此处“灋”表示{法$_1$}。张家山汉简的“灋”出现在《二年律令》(16 例)、《奏谳书》(11 例)、《盖庐》(3 例)和《脉书》(1 例)四种文献中,上揭辞例显然也是全部用为{法$_1$}的。

而{法$_2$}则全部用“法”字记录。如:

(9)曰启广述(术):先直(置)其从(纵)数以为法,欲求一亩,即直(置)二百卌步以为实。(《北大秦简·算书甲种》4-177)

(10)除实,如法得一〖步〗,不盈步者以法命分。(同上 4-178)②

(11)以分子除母,少(小)以母除子,子母等以为法,子母各如法而成一。(《张家山汉简·算数书》18)

(12)令如法一步。(同上 69)

(13)如法一步。(同上 83)

(14)以卌步为法,以二百卌步为实。(同上 159)

例句中的“法”表示除数,“实”表示被除数。“如法一步”的意思是进行除法运算。③类似的算题《岳麓(贰)》中也有很多,可参看,此不赘述。从上表可以看到,岳麓秦简《数》和张家山汉简《算数书》这类纯粹的数学算题中“法”字的出现频率都超过了 100。而北大秦简《算书》中“法”的频次似乎不能与《数》和《算书数》等量齐观。其实,在已公

①韩巍:《北大藏秦简〈鲁久次问数于陈起〉初读》,《北京大学学报(哲学社会科学版)》,2015 年第 2 期,第 32 页。

②以上两条辞例参看韩巍:《北大秦简中的数学文献》,第 87 页。图版参看朱凤瀚:《北京大学藏秦简牍概述》,第 70 页图 2 左起第 2、3 枚简。

③参看朱汉民、陈松长主编:《岳麓书院藏秦简(贰)》,上海:上海辞书出版社,2011 年,第 32 页注[二][三][四]。

布仅有的几枚《算书》算题类竹简中,“法”就出现了8次。而据整理者介绍,北大秦简《算书》算题类竹简一共有330余枚,①远远超过《数》的230多枚和《算书数》的190枚。我们相信,如果这部分竹简全部公布,“法”的用例恐怕也不会少。这种压倒性的频率差所显示的用字习惯足以证明秦至汉初人们在使用“灋”和“法”上的细微差别。

过去,一些学者因为没有留意这种细微差别,就在这个上面犯了错误。如张伯元先生就说:“从时间上看,睡虎地秦简《法律答问》较早,可能是商鞅时期的遗存,而《语书》则是秦始皇二十年发布的文告,其间相隔百余年,‘灋’的词义扩大了。词义扩大了,字形却没有改变。不过,过不了多长时间,字形也是要变的。读张家山汉简,我们就已经基本上看不到‘灋’字的影子了,由从水从去的‘法’字取而代之。”②再如周朋升先生曾以“西汉初简帛文献用字习惯研究”为博士论文题目,对张家山汉简的用字习惯展开过专门研究。但他在“法”字条下误把张家山汉简表示{法$_2$}的“法”释成了“灋”并用圆括号括注出“法”,所举例句就是上揭例(11)。而且,从他整理出的字词关系表格看,周先生似乎认为张家山汉简无“法”字,因为在张家山汉简这一栏他只列了“灋”,而在马王堆简帛、阜阳汉简和银雀山汉简都列有“灋”跟“法”。③ 这大概是周先生统计之疏失。不过此点殊为重要,笔者认为必须提出来加以纠正。笔者又查阅了《张家山汉墓竹简[二四七号墓]》和《张家山汉墓竹简[二四七号墓]》(释文修订本),发现此二书均在“凡例”中说“释文尽可能用通行字体排印,如灋改作法等”。④ 于是,上揭张家山汉简中的“灋”当然就不见于以上二书了。这恐怕也是张伯元先生出现误判的原因。

另外,上表所揭还有几个例外需要解释。现将这些辞例全部抄录如下:

(15)室有法(废)祠,口舌不塈。(《放马滩秦简·日书乙种》281)

(16)库臧(藏)羽革,臧(藏)盍(盖)必法({法$_1$}),封闭毋堕。(《岳麓(壹)·为吏治官及黔首》83)

---

①参看韩巍:《北大秦简中的数学文献》,第85页。

②张伯元:《“法”古文拾零》,第61页。顺便提一下,张先生在该文中又说:“在睡虎地秦简《法律答问》中‘灋’字多出,但都读为‘废’。……没有一例作法律意义上的“法”字用。”(第61页)其实,睡简《法律答问》简20和简32中的“灋”均表示法律之{法$_1$},张先生可能疏忽了。

③参看周朋升:《西汉初简帛文献用字习惯研究(文献用例篇)》,吉林大学博士学位论文(指导教师:吴振武教授),2015年,第148页“法”字条。

④参看张家山二四七号汉墓竹简整理小组编著:《张家山汉墓竹简[二四七号墓]》,北京:文物出版社,2001年;张家山二四七号汉墓竹简整理小组编著:《张家山汉墓竹简[二四七号墓]》(释文修订本),北京:文物出版社,2006年。

(17)其述(术)曰:同三卿(乡)卒,以为灋(｛$法_2$｝),各以三卿(乡)卒乘千人責=(实,实)如灋(｛$法_2$｝)一人。(《岳麓(贰)》136)

(18)布八尺十一钱,今有布三尺,得钱几可(何)。得曰:四钱八分钱一。其述(术)曰:八尺为灋(｛$法_2$｝),即以三尺乘十一钱以为責=(实,实)如灋(｛$法_2$｝)得一钱。(《岳麓(贰)》145—146)

先来讨论例(15)和例(16)这秦简牍中唯一仅见的以"法"表示｛废｝和以"法"记录｛$法_1$｝的例子。

例(15)"室有法祠"之"法"作，原整理者无说。① 孙占宇先生在其博士论文中亦无说。② 程少轩先生的博士论文③、孙占宇先生后来撰著的《天水放马滩秦简集释》④和《秦简牍合集.释文注释修订本(肆)》⑤均括注"废"。《合集修订本(肆)》说:"祠有不治者,或即上文'室有法(废)祠'"。⑥ 王辉先生主编的《秦文字编》"灋"字条收录此字时加按语说:"此字不清晰,是否法字不能完全确定。"⑦今按,比较秦简牍中其他"法"字写法,此字释为"法"恐怕没有什么问题,读为废弃之｛废｝应当也是正确的。要解释这个例子,我们先要来看看秦简牍中｛废｝的用字情况,如下表:

表2:秦简牍中｛废｝的用字情况表

		｛废｝		
		灋	法	废
统一前	睡虎地秦简	21		
	北大秦简《禹九策》⑧	1		

①甘肃省文物考古研究所编:《天水放马滩秦简》,北京:中华书局,2009年,第101页。

②孙占宇:《放马滩秦简日书整理与研究》,西北师范大学博士学位论文(指导教师:张德芳研究员),2008年,第77页。

③程少轩:《放马滩简式占古佚书研究》,复旦大学博士学位论文(指导教师:裘锡圭教授),2011年,第123页;程少轩:《放马滩简式占古佚书研究》,上海:中西书局,2018年,第124页。

④张德芳主编,孙占宇著:《天水放马滩秦简集释》,兰州:甘肃文化出版社,2013年,第252页。

⑤陈伟主编,孙占宇、晏昌贵、陈伟、高大伦撰著:《秦简牍合集.释文注释修订本(肆)》,武汉:武汉大学出版社,2016年,第164页。下文简称《合集修订本(肆)》,引用时只注明页码。

⑥陈伟主编:《合集修订本(肆)》,第172页注[93]。

⑦王辉主编,杨宗兵、彭文、蒋文孝编著:《秦文字编》,北京:中华书局,2015年,第1537页。

⑧关于北大秦简《禹九策》的书写年代参看拙文:《从〈禹九策〉的用字特征说到北大秦简牍诸篇的抄写年代》(《文史》,待刊)。

续表

		{废}		
		灋	法	废
统一后	放马滩秦简《日书》乙种	5	1	
	里耶秦简(壹)			3①
	里耶秦简(贰)			2
	岳麓书院藏秦简(肆)			6②
	岳麓书院藏秦简(伍)			17
合计		27	1	28

从表2我们可以清楚看到,统一前秦简牍中“废”字尚未出现。统一后放马滩秦简《日书》乙种另有5例以“灋”表{废}的例子,且全部出现在《帝》篇中。可见放马滩秦简仍然继承了统一前以“灋”记录{废}的用字习惯。统一后的里耶秦简8-461号木方有“灋如故,更废官”的规定,陈侃理先生认为这句话的含义是“记录法度之{法}仍用‘灋’字,记录废官之{废}是改用‘废’字”。③ 统一后《岳麓(肆、伍)》所载的秦代律、令中涌现了大量的“废”字可以证明陈侃理先生的看法是正确的。如此,统一后{废}的记录形式就经历了“灋——法——废”的演变过程。统一后仅见的1例以“法”表{废}的现象与秦简牍中大量使用以“灋”表{废}和以“废”表{废}的用字习惯形成了强烈的反差。而秦简牍中同样有这种反差的是上揭例(16)以“法”表示{$法_1$}的现象。例(16)的意思是府库所收藏的羽毛皮革,一定要依法妥善保藏,而且必须要封闭起来打上官府的印章,不要让皮革随意动用、通行或打开以及出现损坏。④ 此处之“法”与《为吏治官及黔首》简72“臧

①里耶简8-1459中的“废”,《里耶秦简[壹]》释“履”,《里耶秦简牍校释(第一卷)》从之,后陈伟先生改释“废”。参看湖南省文物考古研究所编著:《里耶秦简[壹]》,北京:文物出版社,2012年,释文部分第71页;陈伟主编,何有祖、鲁家亮、凡国栋撰著:《里耶秦简牍校释(第一卷)》,武汉:武汉大学出版社,2012年,第332页;陈伟:《“废戍”与“女阴”》,简帛网2015年5月30日,http://www.bsm.org.cn/show_article.php? id=2242。

②《岳麓(肆)》简217中的“废”,整理者释“瘐”,朱锦程先生改释。参看朱锦程:《读〈岳麓书院藏秦简〉(肆)札记(一)》,简帛网2016年3月25日,http://www.bsm.org.cn/show_article.php? id=2495。

③陈侃理:《里耶秦方与“书同文字”》,《文物》,2014年第9期,第78页。

④睡简《秦律十八种》简10和《秦律杂抄》简16分别有“禾、刍稾彻(撤)木、荐,辄上石数县廷。勿用,复以荐盖”和“有臧(藏)皮革橐(蠹)突,赀啬夫一甲,令、丞一盾”这些关于藏盖的规定,《秦律十八种》的《田律》和《金布律》均有官府封印的相关法律,如《金布律》简64规定“官府受钱者,千钱一畚,以丞、令印印。不盈千者,亦封印之”,可参看。

(藏)盍(盖)不灋"①的"灋"显然是同一个词,意思是依法,只不过一个是肯定的表达("必法"),一个是否定的表达("不灋")。根据表 1 的数据,统一前秦简牍的{法$_1$}皆用"灋"记录,凡 23 例;统一后秦简牍的{法$_1$}除例(16)外,也都用"灋"记录,凡 79 例。

综合上述,统一后秦简牍中仅见的 1 例以"灋"的简体"法"表示{废}和 1 例以"法"表示{法$_1$}的现象与秦简牍中大量使用以"灋"表示{法$_1$}{废}和以"废"表示{废}的用字习惯形成强烈的反差。这种现象可能说明了秦代"灋"和"法"的这样一个语言文字事实:虽然趋简是文字发展的大趋势,但是曾一度出现的以"法"表示{废}和以"法"表示{法$_1$}的字词关系在跟以"废"表示{废}和以"灋"表示{法$_1$}的竞争中并没有占据上风而取得合法地位,统一后仍然大批量使用繁体的"灋"来表示{法$_1$}和开始出现比"法"字写法更为繁复的"废"(繁体作"廢")来专门记录{废}的现象就是证明。当然,这或许也可以理解成简化字方案的失败。

边田钢先生曾详细探讨了出土文献中"灋""废"二字在记录{废}上的竞争和更替,认为"经过秦朝的文字规范和汉朝的巩固使用,'废'字表'废弃'义的搭配一直延续至今。目前公布的所有汉代简帛材料中均未见'灋'字表'废弃'义用例,而'废'字表'废弃'义已不胜枚举。这表明'废'字代替'灋'字表'废弃'义的完成时间不晚于汉代初年"。② 这种看法大致是正确的。不过,边先生似乎没有注意到放马滩秦简中以"法"表示{废}的现象,致使他没有把"法"纳入到记录{废}的竞争序列和环节当中。本文之鄙见似可补边文之阙。

再来看例(17)和例(18)这 4 例以"灋"表示{法$_2$}的例外情况。③

从分布上看,这 4 例"灋"集中出现在岳麓秦简《数》的衰分类算题的两道题中,它们所处的位置要么是同一道题的同一枚简,要么是同一道题的相邻竹简,分布并不是随意而零散的。而且,我们还发现这 4 例"灋"字出现的环境很有特点。第一,例(17)所在的

①本句整理者作"臧(藏)盍不法",复旦大学出土文献与古文字研究中心研究生读书会指出:"'不'下一字当释作'灋'。'盍'字当读作'盖'。"参看复旦大学出土文献与古文字研究中心研究生读书会(石继承执笔):《读〈岳麓书院藏秦简(壹)〉》,复旦大学出土文献与古文字研究中心网站 2011 年 2 月 28 日,http://www.gwz.fudan.edu.cn/Web/Show/1416。

②边田钢:《"灋""废"二字在表"废弃"义上的历时替换》,《中国语文》,2015 年第 6 期,第 560 页。

③这个现象肖灿女士和许道胜、李薇先生都已注意到了,但他们都认为这是由《数》可能有不同的抄本造成的。参看肖灿、朱汉民:《岳麓书院藏秦简〈数〉的主要内容及历史价值》,《中国史研究》,2009 年第 3 期,第 39 页;肖灿:《岳麓书院藏秦简〈数〉研究》,湖南大学博士学位论文(指导教师:朱汉民教授),2010 年,第 10 页。许道胜、李薇:《从用语"术"字的多样表达看岳麓书院秦简〈数〉书的性质》,《史学集刊》,2010 年第 4 期,第 28 页。

简136不但以“灋”表示{法$_2$},同时还出现了以“卿”表示乡里之{乡}这种统一前的用字习惯。① 而《岳麓(贰)》“卿”凡6见,全部出现在同一道算题中(简134—简136),且全部用来记录乡里之{乡},②这说明这道算题的抄写时间应该是秦统一前的。第二,例(18)的简145-146虽然没有出现带有明显时代特征的用字现象,但是正如《岳麓书院藏秦简(贰)》释文、注释的执笔者肖灿女士所说,简0773(即简145)“‘布八尺十一钱’同睡虎地秦墓竹简‘金布’简66-67,……其年代当在战国晚期,秦统一中国前。”③这进一步说明了这道算题的抄写年代应该在秦统一前。而且《岳麓(贰)》字迹风格统一,应是由一人书写的,④故它的抄写年代大致是秦统一前就可以敲定了。第三,《岳麓(贰)》也没有像《岳麓(肆、伍)》一样出现“黔首”“皇帝”“罪”“泰”“树”“予”“贷”等带有明显统一后时代特征的字词。除此之外,北大秦简《算书》甲种部分释文和图版的公布,也为推定《岳麓

①秦统一后的里耶秦简8-461号木方有“卿如故,更乡”的规定,据陈侃理先生的研究,这一规定在秦统一后的秦简牍文献中执行得非常严格,参看陈侃理:《里耶秦方与“书同文字”》,第78页。以“卿”记录{乡}和以“乡”记录{乡}分别体现的是战国秦简牍和秦代简牍的用字习惯又可参看田炜:《谈谈马王堆汉墓帛书〈天文气象杂占〉的文本年代》,《古文字研究》(第31辑),北京:中华书局,2016年;田炜:《论秦始皇“书同文字”政策的内涵及影响——兼论判断出土秦文献文本年代的重要标尺》,《中央研究院历史语言研究所集刊》(第89本第3分),台北:艺文印书馆,2018年。此外,拙文《说睡虎地秦简〈马禖〉等篇与北大藏秦简〈祠祝之道〉的抄写特点和年代问题》(《简帛研究》,待刊)对此亦有探讨。

②“卿”,陈松长先生本来释作“乡”,参氏著:《岳麓书院所藏秦简综述》,《文物》,2009年第3期,第85页。许道胜、李薇两位先生改释,并认为“卿”的含义是军队将领,参氏著:《从用语“术”字的多样表达看岳麓书院秦简〈数〉书的性质》,第24页注⑩。肖灿女士在其博士论文和《岳麓书院藏秦简(贰)》的释文中认为“卿”是“乡”之讹字,参看肖灿:《岳麓书院藏秦简〈数〉研究》,第69页;朱汉民、陈松长主编:《岳麓书院藏秦简(贰)》,第104页注[一]。后来,许道胜先生又引用乃师陈伟先生的意见,也认为“卿”是“乡”之讹字,参氏著:《岳麓秦简〈为吏治官及黔首〉与〈数〉校释》,武汉大学博士学位论文(指导教师:陈伟教授),2013年,第189-190页。今按,肖灿、《岳麓书院藏秦简(贰)》的整理者和许道胜等学者把“卿”看成是“乡”之讹字的观点恐怕是在对这批简的抄写年代认定为秦代的基础上产生的。但是,这种观点恐怕是欠妥当的。因为,这批岳麓简的年代并不像龙岗秦简和周家台秦简那样都整齐划一地属于秦代。例如,《岳麓(叁)》多是统一前的抄本,而《岳麓(肆、伍)》就多是秦代的律、令。另外,上文我们也引了陈侃理和田炜二位先生的意见,指出用“卿”表示{乡}是统一前的秦文献特征,统一后的周家台秦简和里耶秦简均改用“乡”表示{乡}。所以我们认为此处的“卿”并不是“乡”的讹字而是属于统一前秦简牍文献的用字习惯,详参拙文:《岳麓秦简〈数〉的抄写年代考辩》,《出土文献》第十四辑,上海:中西书局,2019年,第290—296页。

③肖灿:《岳麓书院藏秦简〈数〉研究》,第16页。

④参看肖灿、朱汉民:《岳麓书院藏秦简〈数〉的主要内容及历史价值》,第39页;肖灿:《岳麓书院藏秦简〈数〉研究》,第10页。

(贰)》的抄本年代提供了旁证。① 关于《算书》甲种的抄写年代，整理者韩巍先生认为："《算书》甲篇的四个组成部分都是同一书手所抄，抄写时间可能相距不远。……北大秦简中的数学类简牍，其抄写年代与岳麓秦简《数》接近，二者同为目前所见我国年代最早的数学书籍。"②田炜先生则列举了大量证据论证了北大秦简《算书》甲种开头的那篇独立文章——《鲁久次问数于陈起》"应该是战国时期的抄本"，③这个结论是令人信服的。此外，北大秦简《算书》甲种不仅在《鲁久次问数于陈起》篇出现了以"鼠"记录给予之{予}这种战国秦文献的用字现象，在算题中也出现了。④ 这也可以作为上引田炜先生对《鲁久次问数于陈起》篇抄本年代推定的补充证据。

将北大秦简《算书》甲种和《岳麓(贰)》的时代认定为战国抄本之后，秦简牍中"灋"字简体"法"的产生时代当然也就提前至战国时期了。⑤ 但是《岳麓(贰)》的 4 例以"灋"表示{法$_2$}与以"法"表示{法$_2$}在目前所见出土数学文献中的数量对比是 4∶213。⑥ 如此数量悬殊的对比恐怕不能简单地说在表示{法$_2$}时"灋""法"二字通用。陈师斯鹏先生认为这可能是词义引申或假借的结果。⑦ 参考陈师的意见，我们认为秦简牍最初在记录{法$_2$}时，人们就约定俗成假借"灋"之简体"法"。因为"六艺"之一的"数"是古代官学的必修课，{法$_2$}这个专名出现的频次必然不少，既然都是假借，采用简体"法"当然比繁体"灋"更便于书写。又考虑到《岳麓(贰)》可能转抄自不同原本，⑧故我们认为产生以"灋"表示{法$_2$}的现象最可能的原因在于原本书手的不审。原本书手在抄写这两道算题的时候，显然是忘记了表示{法$_2$}时要用"法"而不用"灋"的约定俗成的用字习惯，所以

①关于岳麓秦简《数》的抄写年代参看拙文：《岳麓秦简〈数〉的抄写年代考辩》，《出土文献》第十四辑，上海：中西书局，2019 年，第 290—296 页。

②韩巍：《北大秦简中的数学文献》，第 88—89 页。

③田炜：《谈谈北京大学藏秦简〈鲁久次问数于陈起〉的一些抄写特点》，《中山大学学报》，2016 年第 5 期，第 46 页。

④参看韩巍：《北大秦简〈算书〉土地面积类算题初识》，《简帛》第八辑，上海：上海古籍出版社，2013 年，第 37 页。

⑤上文曾提到，过去学者多误认为秦简牍中有"法"字出现的天水放马滩秦简是统一前的抄本，所以也得出了"法"产生自战国秦写本的结论。现在看来此结论自然是对的，但是所用的材料却是秦代写本。

⑥上文说过，如果北大秦简《算书》算题类文献和睡虎地汉简《算术》全部公布，这个比例差距肯定会更大。

⑦此蒙陈师面告。

⑧参看许道胜、李薇：《从用语"术"字的多样表达看岳麓书院秦简〈数〉书的性质》，第 28 页；肖灿：《岳麓书院藏秦简〈数〉研究》，第 10 页。

才会出现这种比较少见的以常常记录｛法$_1$｝的“灋”来表示｛法$_2$｝的现象。同样是含有数学文献的北大秦简和张家山汉简“灋”“法”泾渭分明、整齐划一的记词现象就是明证。

值得注意的是，上述这些例外出现的时间是有先后顺序的。正因为“灋”的简体“法”用来表示｛法$_2$｝的时间是在战国，而此时“灋”字早已产生，所以用“灋”来表示｛法$_2$｝在时间上是允许的。但是在战国秦文献中从来未见用“法”表示｛法$_1$｝和｛废｝的现象。可见，秦朝文献里偶尔使用“灋”的简体“法”来表示与｛法$_2$｝音同音近的｛法$_1$｝和｛废｝的这种文字简化现象应该是在长期习惯使用“法”表示｛法$_2$｝并形成了固定的字词关系之后才出现的，只是用“法”表示｛法$_2$｝一直得到官方和人民的认可，而用“法”表示｛法$_1$｝和｛废｝则没有得到认可罢了。

2018 年 4 月 17 日初稿

2019 年 9 月 24 日改定

Experimental Discussion on the Dividing Phenomenon of the Terms“Fa”(灋) and “Fa”(法) in Qin Bamboos and Zhangjiashan Han Bamboos

Weng Mingpeng

(Sun Yat-sen University)

Abstract: It lasts a very long period from the ancient times that the character “Fa”(法) was viewed as a simplified form of “Fa”(灋). Scholars usually thought that these two terms had totally same usage. But during work on this essay, after a lot of investigation on the Qin Bamboos and Zhangjiashan Han Bamboos available, I discovered that these two terms showed a quite clearly distributary on the usage. The character “Fa”(灋) was mainly used to describe laws, decrees, rules, models, principles, or borrowed to be a substitute of the character “Fei”(废) which means “Abolish” and the same time, the term“Fa”(法) was mainly used to mean “divided number” as a mathematical term. So further on the conclusion I just mentioned, this essay hold an opinion on that from Qin to the early Han period, people used these two terms to describe different conceptions.

Keywords: “Fa”(灋);“Fa”(法);“Fei”(废);character usage;the unification of writing system.

《汉语大字典》《中华字海》人部疑难字考释*

杨宝忠　王亚彬

（河北大学文学院）

提要：以《汉语大字典》《中华字海》为线索，对历代大型字书人部贮存的28个疑难字进行了考释。

关键词：大型字书；人部；疑难字；考释

《汉语大字典》（以下简称《大字典》）是当今编纂水平最高的大型字书，《中华字海》（以下简称《字海》）是当时收字最多的大型字书①。由于传承失误与编纂失误，两部大型字书贮存下来了成千上万的字疑难字②。大量疑难字的存在，不仅直接影响到两部大型字书的编纂质量和利用价值，而且还带来了多方面的负面影响③。近30年来，学界对大型字书疑难字的考释取得了令人瞩目的成就，考释疑难字总数超过1万。代表性著作有张涌泉《汉语俗字丛考》、郑贤章《龙龛手镜研究》、邓福禄等《字典考正》以及杨宝忠《疑难字考释与研究》、《疑难字续考》、《疑难字三考》等。虽然如此，《大字典》《字海》中仍有大量疑难字没有得到考释，而已有疑难字考释成果有一些也需要补正。现将笔者最近考

---

* 本研究得到国家社科基金冷门“绝学”和国别史研究专项“大型字书疑难字汇考”（项目编号：2018VJX082）的经费支持。

①《字海》1994年出版，收字85568个。台湾地区《异体字字典》2011年网络版第1版收字105982个，经多次修订增补，至2017年网络版第6版收字达到106333字；2018年出版的《汉字海》正文收字102434个，附录收字11112个。

②本文所谓疑难字，是指音义不全（或“未详”）、音义错误或异体认同失误的字，也就是字典编纂者不识或误释的字。

③参看杨宝忠《疑难字的负面影响》，《近代汉字研究》（第一辑），河北大学出版社2018年6月。

释的《大字典》《字海》人部疑难字整理发表，不当之处，敬请读者批评指正。

两书均按部首笔画编排。《大字典》人部包括亻、入两个附形部首，同笔画下先列从人或入的字，后列从亻的字；《字海》分人、亻为两个部首，从入的字归入人部。本文所用“人部”与《大字典》同，包括《字海》人（入）、亻两部。由于《字海》收字比《大字典》多，有些字《字海》收而《大字典》不收，故本文所考疑难字大致依据《字海》排次。

01 伏

同“汏”。字见朝鲜本《龙龛》。（《字海》66C）

按：朝鲜本《龙龛》卷一《人部》：“伏，新藏作汏，音太。”（39 下）此字高丽本《龙龛》已收录，注同。佛经文献有“伏”字，乃“汏”字俗讹[①]。《可洪音义》卷二十七《高僧传》卷五音义：“法伏，音太。与汏同也。伏字误也。”（35 册 569a）对应传文作“法汏”，竺法汏为东晋高僧。汉文文献亦有“伏”字，亦“汏”字之变。宋·董衝《唐书释音》卷十九：“伏，他盖切。”（276 册 596）文渊阁本《新唐书·李德裕传》作“汏”，北宋嘉祐刊本作“忲”。宋·史炤《资治通鉴释文》卷九：“侈汏，上尺氏切，泰也。下他盖切，奢也；本作伏。”四部丛刊景明本唐·李德裕《李文饶别集·纳诲箴》：“汉骜沈湎，举白浮鍾；魏叡侈伏，凌霄作宫。”“侈伏”即“侈汏”。

02 㑜

同“㑥”。字见朝鲜本《龙龛》。（《字海》67B）

按：朝鲜本《龙龛》卷一《人部》去声：“㑥，羊制切，合板～缝也。又丑利切，～伇[②]。”（40 上）又入声：“㑜，音折。㑥，《方言》：刻也。谓相难～（今增）。”（41 下）高丽本《龙龛》卷一《人部》去声：“㑥，羊制反。合板～缝也。”（36）又入声：“㑜，音折。”（40）《万象名义·人部》：“㑥，尹世反。合板际也。或笶。”（21 下）今本《玉篇·人部》：“㑥，夷世切。亦作笶。所以合版际也。”“㑜”“㑥”二字读音本不相同，朝鲜本《龙龛》“㑥”字两见，一入去声，一入入声。其入声一读盖读同“折”，故以同音而置于“㑜”字下，然未言

①参看韩小荆《可洪音义研究》，697 页。

②“伇”当作“刻”，“㑥”训刻，见《方言》卷十三。

“㣈”同“㪿”。“㣈”为何字俗讹，尚待考证①。

03 㐷

bā 音巴。姓。(《字海》67B)

按：此字《字海》未举证。《古今姓氏书辩证·黠韵》：“㐷，出《姓苑》。㐷，音八。”编者案：“字韵诸书俱无此字，《广韵》亦不载，疑即仈字之讹，音与八同。今附入黠韵。”书前目录字作“仈”。《新修玉篇》卷三《人部》引《龙龛》：“仈，音八。姓也。”(22上)《篇海》卷十五《人部》引同。今本《龙龛》无“仈”字。检传世文献，既无㐷姓，亦无仈姓者，“仈”“㐷”二字恐皆俗讹。字书有“仉”字，《万象名义·人部》：“仉，之丈反。人姓。”(21上)《元和姓纂·养韵》：“仉，人姓，梁州(“州”字衍)有仉啓(胥)。”《集韵》上声《养韵》值两切：“仉、𠆢，仉督，梁四公子名。或从爪。一说从几者误。”《转注古音略·养韵》：“仉，音掌。反爪为仉。人姓，孟子母仉氏，又梁公子仉齊(胥)后也。通作掌。晋有琅邪掌同、前凉掌㩦，宋有掌禹锡，修《本草》者。”“仈”“㐷”与“仉”形体相近，而“仉”正为姓氏用字。“仉”音掌，而“仈”“㐷”音八者，或望形生音欤？

04 㳄

(二)cì《洪武正韵》七四切。姓。《洪武正韵·寘韵》：“㳄，《荀子》注云，荆有㳄飞，得宝剑于干越。”(《大字典》125A/157B，《字海》68A略同)

按：《洪武正韵·寘韵》七四切：“佽，便利，《诗》：决拾既佽。又助也，《诗》：胡不佽焉？又代也，递也，及也。又佽飞，古剑士，汉取为军名，亦作㳄。”接云：“㳄，《荀子》注云：荆有㳄飞，得宝剑于于越。”此《大字典》所本。《洪武正韵》明言“佽”又作“㳄”，《大字典》“佽”“㳄”兼收而不沟通二字正俗关系，欠妥。《古今韵会举要·寘韵》七四切：“佽，……又佽飞，汉武官名……或作㳄，《荀子注》：荆有㳄飞，得宝剑于于越。《集韵》通作次。”此《洪武正韵》所本。宋·毛晃增注、毛居正重增《增修互注礼部韵略·寘韵》七四切：“佽，……又佽飞，古剑士，汉取为军名。亦作㳄。”又云：“㳄，《荀子》注云：荆有㳄

①《龙龛》卷一《人部》：“㐺、众，音吟。衆立也。”(27)“㐺”“众”并“㐺(䚷)”字异写。“㣈”与“㐺”形近，疑亦“㐺”字之变，然“㐺”字不音折。若“㣈”字音折不误，则佛经文献“折”字或有作“㣈”者与？未能定也。

飞,得宝剑于干越(重增)。”此又《韵会》所本。《荀子·劝学》:“于越夷貊之子,生而同声,长而异俗,教使之然也。”杨倞注:“于越,犹言吴越。《吕氏春秋》:荆有佽飞,得宝剑于于越。”古逸丛书景宋台州本、清抱经堂丛书本“佽”并作“次”,二字古通;毛居正所见《荀子》注作“伙”,“伙”当是“佽”字省变。

05 伔

chén 音沉。信。见朝鲜本《龙龛》。(《字海》68B)

按:朝鲜本《龙龛》卷一《人部》今增字:“伔,食针切。信也。”(36 上)成化本《篇海》卷十五《人部》引《龙龛》:“伔,食针切。信也。”(827 下)金刻元修本,明正德、万历本,《新修玉篇》同。今本《龙龛》无“伔”字,朝鲜本《龙龛》“伔”为今增字,是所据《龙龛》亦无“伔”字而据《篇海》新增也。“伔”音食针切,训信,当是“忱”字之变。《广韵》平声《侵韵》:“諶,氏任切,诚也。《尔雅》云:信也。愖,上同。忱,上同。訦,上同。《说文》:燕代东齐谓信曰谌。”“伔”“忱”义同;读音至近,后世无别。俗书亢、冗部件相乱,故“伔”又为“伉”字俗书。《可洪音义》卷八《观佛三昧海经》卷一音义:“伉儷,上苦浪反。”(59 册846A)对应经文作“伉儷”。

06 㣎

shèn 音肾。义未详。见朝鲜本《龙龛》。(《字海》69A)

《字典考正》云:“‘㣎’为‘㴨(滲)’的异写字。考《龙龛·水部》:‘㴨,俗;湙,通;滲,正。所禁反。滲漏也。’‘㴨’为‘滲’的更换声旁字,而‘㣎’则又是‘㴨’之省变。构件‘亻’与‘氵’在行草书中常混……语音上,‘㣎’音‘色禁反’与‘㴨’音‘所禁反’正同。”(4)

按:朝鲜本《龙龛》卷一《人部》:“㣎,色禁切。俗。”(39 下)此《字海》所本。高丽本《龙龛》卷一《人部》:“㣎,色禁反。俗。”(35)此朝鲜本《龙龛》“㣎”字所从出。《字典考正》谓“㣎”为“㴨”字省变,“㴨”为“滲”字异构,所言是也。写本佛经文献“滲”字多有写作“㴨”者。《可洪音义》卷八《十住断结经》卷一音义:“澡漏,上所禁反。漉水也,又水入干地也。正作滲、墋二形。诸经亦作㳂。”(34 册 904c)又卷十一《大庄严论》卷十二音义:“㳂没,上所荫反。液也,水没入也。正作滲。”(34 册 1041b)又卷十三《别译阿含经》

卷十五音义："⿰氵杉漏，上所谶反。正作滲。"（35 册 3c）又卷二十二《付法藏因缘经》卷一音义："⿰氵杉入，上所荫反。正作滲。"（35 册 344c）同卷《内身观章句经》音义："⿰氵戕漏，上所谶反。水入地也。正作滲墋亦作⿰氵⿱林彡（洓）三形也。又子廉反、子结、子末三反，并非也。"（35 册 354b）盖行均所见佛经写本文献"洓"字又有讹作"⿰忄彡"者，故将其字收入《龙龛》。

07　⿰亻幼

同"效"。见《篇海》。（《字海》73B）

按：正德本《篇海》卷十五《人部》引《搜真玉镜》："⿰亻幼，乌绞切。"（275 下）万历本同。"效"字《广韵》胡教切，与"⿰亻幼"字读音不同，《字海》谓"⿰亻幼"同"效"，非是。以形音求之，"⿰亻幼"字当是"㑇"之俗讹。《玉篇·人部》："㑇，乙孝切。很㑇也。"《集韵》去声《效韵》於教切："㑇、拗，很戾也。或作拗。"《直音篇·人部》："㑇，拗同。很也。"（20 下）《广韵》上声《巧韵》："拗，於绞切。手拉。"《集韵·巧韵》："拗、拗，於绞切。拉也。或作拗。""⿰亻幼"字乌绞切，与"㑇（拗）"字形近音同。

08　侓

lù《集韵》勒没切，入没来。［侓魁］大貌。《集韵·没韵》："侓，侓魁，大皃。"（《大字典》154B/189A，《字海》74A 略同）

按："侓"乃"律"字俗书。《楚辞·刘向〈九叹·忧苦〉》："偓促谈于廊庙兮，律魁放乎山间。"王逸章句："律，法也。魁，大也。言拘愚蔽闇之人反谈论廊庙之中，明于大法贤智之士弃在山间而不见用也。"王念孙《读书杂志余编下·楚辞》："今案律魁，犹魁壘也，壘、律声相近……律、魁皆高大之意……偓促、律魁皆叠韵也。凡叠韵之字皆上下同义，不宜分训。"《集韵》"侓魁"训大貌，盖所见《楚辞》"律魁"之"律"有作"侓"者，因收其字于《集韵》也。《可洪音义》卷三《大方等大集经》卷二十音义："拘侓陁，上音俱，中音律，下音陁。舍利弗名也。"（34 册 703b）对应经文作"拘律陀"。又卷八《观佛三昧海经》卷一音义："侓陁，上音律，下音陁。"（34 册 925c）对应经文亦作"拘律陀"。此"律"俗作"侓"之证。

09 ⿰亻貝

pèi 音配。[颠～]同“颠沛”，穷困，受挫折。见玄应《一切经音义》卷五。(《字海》75B)

按：中华藏《玄应音义》卷五《央掘魔罗经》卷四音义：“颠沛，又作蹎䟺二形，同。[上]都贤反，下补昧反。谓偃仆也。经文从犬作狽①，非也。”(56 册 889a)对应经文作“顛沛”。玄应明谓其字从犬作“狽”，《字海》引作“⿰亻貝”者，“⿰亻貝”当是“狽”字之误。《玄应音义》卷十一《杂阿含经》卷十九音义：“蹎沛，又作䟺，同，浦昧反。谓偃仆也。经文作狽，非体也。”(56 册 987c)对应经文作“顛沛”。此亦可证“颠沛”之“沛”或作“狽”，不作“⿰亻貝”也。

10 ⿰亻戚

同“慼”。《龙龛手鉴·人部》：“⿰亻戚，正作慼。憂也。”(《大字典》223B)

同“杙”。见朝鲜本《龙龛》。(《字海》81C)

《丛考》云：“《龙龛》卷一人部：‘⿰亻戚，俗，仓历反，正作慼，憂也。’朝鲜本标目字作‘⿰亻戚’，馀大体同。疑‘杙’字为《字海》排录之误。”(57)

按：张说是也。就字形而言，“⿰亻戚”乃“戚”字俗讹，行均以为“慼”之俗字，不确。《可洪音义》卷三《大方广佛花严经》卷十音义：“憂⿰亻戚，仓历反。憂⿰亻戚，同上，憂也，惧也，痛也。正作[戚]、慼二形也。”(59 册 654A)对应经文作“慼”，用今字也。

11 ⿰亻戚

同“蹙”。字见朝鲜本《龙龛》。(《字海》82A)

按：朝鲜本《龙龛》卷一《人部》：“⿰亻戚，俗。子六切。正作蹙。急近迫也。⿰亻戚、⿰亻戚、⿰亻頻、⿰亻頻、⿰亻戚，并同。”(41 下)此《字海》所本。高丽本《龙龛》卷一《人部》：“⿰亻戚、⿰亻戚、⿰亻戚、⿰亻頻、⿰亻頻、⿰亻戚，六俗。子六反。正作蹙。急近迫～也。”(39)此又朝鲜本《龙龛》所本。就

①高丽藏本同。高丽藏本《慧琳音义》卷四十四作“猽”。

字形而言,“𠋫”“儯”乃“蹙”字俗书,“俄”“𠍊”乃“戚”字俗书,“𠒎”“𠐊”乃“顣”字俗书。“戚”“蹙”“顣”三字虽音近义通,古书或通用,然非一字也。《龙龛·人部》又云:“𠍙、𠌾、㑶、㑔,仓历反。与戚同。忧惧也。”(39)其中,“𠍙”为“慼”字俗书;剩余三形,皆“戚”字俗书,而“𠌾”与“𠍊”、“㑶”与“俄(俄)”字形尤近。参看梁春胜《大型字典疑难字例释》(发表于《语言研究集刊》,第十四辑)。

12 㣚

hào《字汇》乎老切。地名。《字汇·人部》:“㣚,北方地名。”(《大字典》204B-205A/243B,《字海》86C 略同)

《康熙字典·人部》:“㣚,《篇海》乎老切,音皓,北方地名。按今直隶真定府有鄗,即高邑;陕中有鎬、滈,并无㣚。《篇海》不知何据?”

按:《新修玉篇》卷十五《人部》引《奚韵》:“㣚,乎老切。北方地名。”(26 上)《篇海》卷十五《人部》引同。此“㣚(㣚)”字之早见者。《正字通·人部》:“㣚,旧注音皓,泛云北方地名,无稽,沿《篇海》误。”(81 下)《增修互注礼部韵略·晧韵》胡老切:“鎬,温器。又地名,周武王所都,俗作鎬,亦作鄗、㣚。”《诗·小雅·六月》:“侵鎬及方。”郑笺:“鎬也、方也,皆北方地名。”释文:“鎬,胡老反。”“㣚”字乎老切、训北方地名,音训与“鎬”相同。《增韵》谓“鎬”或作“㣚”者,或所见《诗经》古写本“鎬”有作“㣚”者与?

13 偖

zhuó《集韵》陟略切,入藥知。①施。《集韵·藥韵》:“偖,施也。”②安。《集韵·藥韵》:“偖,安也。”③姓。《玉篇·人部》:“偖,姓也。”(《大字典》223B/246B,《字海》87B 略同)

按:《玉篇·人部》:“偖,张略切。姓也。”《集韵》入声《藥韵》陟略切(与“箸[著]”同一小韵):“偖,施也,安也,亦姓。”此《大字典》《字海》所本。“偖”训施、训安,乃“著”之后起加旁字。《可洪音义》卷十三《相应相可经》音义:“著(著)意,上知略反。安也,置也。正作著,古作偖。”(35 册 30c)对应经文作“著意”。《慧琳音义》卷三《大般若波罗蜜多经》卷三百一十二音义:“推著,下张略反。正从草从者,或从人作偖,或从手作掿,今经两点下作着,因草书谬也。”(42 册 45b)对应经文作“推著”①。或以为“儲”之俗字,《龙龛》卷一《人部》:“偖,俗;儲,正。音除。贮也,积也,偫也。偫,直利反。”(22-23)“儲”俗作“偖”,未详所出。

14　僡

同“惠”。《正字通·人部》:“僡,俗惠字。”(《大字典》217B/257A,《字海》90A 略同)

按:《正字通·人部》:“僡,俗惠字。”(86 下)《字汇·人部》:“僡,同惠。”(444 上)金刻元修本《篇海》卷十五《人部》引《奚韵》:“僡,係揆切。与也。”《新修玉篇》卷三《人部》引《奚韵》:“僡,系揆切。與也。”(26 上)此“僡”字之早见者。《广弘明集》卷五:“洋溢惠声,与八风而共远;优游玉体,等六律而相调。”其中“惠”字宋元明及宫本作“僡”。四库本亦作“僡”,音释云:“僡,音惠。與也。”是“僡”同“惠”之用例。

15　傢

同“衆”。《正字通·人部》:“傢,俗衆字。”(《大字典》220B/260A,《字海》91A 略同)

按:此字《大字典》原版作“**傢**”,第二版作“**傢**”(《字海》同),字形微殊。《正字通·人部》:“**傢**,俗眾字。眾横目下从三人,会眾意。复加人旁,非。旧注改音喧,智慧口利也,又疾也,又舞也。并非。”(87 上)此《大字典》《字海》所本。《字汇·人部》:“**傢**,许缘切,音喧。智慧口利也,又疾也,又舞也。”(444 下)此《正字通》所谓“旧注”也。成化本《篇海》卷十五《人部》引《龙龛》:“**傢**,许缘切。智惠口利也,亦疾也,又舞也。”(831 上)此《字汇》“**傢**”字所从出。《新修玉篇》卷三《人部》引《龙龛》亦云:“**傢**,许缘切。智慧口利也,亦疾也,又舞也。”(26 上)高丽本《龙龛》卷一《人部》:“**傢**,许缘反。智慧了利也,亦疾也,又舞也。”(24)此又《类玉篇海》之所本而为《篇海》《新修玉篇》所承袭者。以形音义求之,“傢(**傢**、**傢**)”当是“儇”字俗讹。《万象名义·人部》:“**傢**,呼缘反。利也,慧也,了也,疾也。”(15 下)《新撰字镜·亻部》:“**傢**、**傢**,二同。胡缘反。慧也,捷也,疾也,胜也,圣利也。”(76)今本《玉篇·人部》:“儇,呼缘切。《诗》云:揖我谓我儇兮。儇,利也,又慧也。”《广韵》平声《仙韵》许缘切:“儇,智也,疾也,利也,慧也,又舞皃。”《龙

①参看郑贤章《龙龛手镜研究》163—164 页。

龛》"㑥"字与"𠈲""㑥"形近而音义相同。《正字通》不考《字汇》"㑥"字之来历,不顾"㑥"字之音义,仅据"㑥"字形体而谓"俗㮚字",其说不足信从。

16 㒧

lín 音林。义未详。见《篇海》。(《字海》92B)

按:成化本《篇海》卷十五《人部》引《搜真玉镜》:"㒧,音林。"(832 上)此《字海》所本。以形求之,此字当是"鵂"字俗讹。"鵂"字部件易位变作"鵀",《可洪音义》卷八《佛说孛经》音义:"鵄鵀,上尺夷反,下许牛反。"(59 册 822 上)对应经文大正藏本作"鵄梟",元、明、圣、圣乙本作"鵄鵂"。俗书作"䳑",《可洪音义》卷二十一《出曜经》卷一音义:"鵄䳑,上赤脂反,下许牛反。正作鵄鵂字。"(60 册 193A)对应经文作"鵄鵂"。又作"𩿧",《可洪音义》卷十三《治禅病秘要法》卷下音义:"車𩿧,音休。正言鵄鵂也。讹。"(59 册 1044C)对应经文大正藏本作"車鵂",宋元明本作"鵄鵂"。俗书鳥、馬二旁相乱①,故"䳑""𩿧"又讹变作"㒧"也。"鵂"音休,"㒧"音林者,"林"当是"休"字形误。

17 㑼

jié《集韵》子结切,入屑精。同"節"。《集韵·屑韵》:"㑼,博㑼,犹趣㑼也。"《正字通·人部》:"㑼,同節。"(《大字典》235A/265B,《字海》92C 略同)

按:明州本《集韵》入声《屑韵》子结切:"㑼,僔㑼,犹趣節也。"述古堂本、金州军本、中华书局影宋刻本及《类篇》同;楝亭本注文作"博㑼,犹趣節也","博"乃"僔"字形误(参见《集韵校本》校记,925)。《大字典》所引《集韵》盖楝亭本而又误"趣節"为"趣㑼"②。《字汇·人部》:"㑼,子结切,音節。僔㑼。"(446 上)《正字通·人部》:"㑼,同節,俗加人,非。旧注音训与節同,重出。"(90 下)《字汇》"㑼"训僔㑼,训义不明。《正字通》谓《字汇》("旧注")"㑼"字训与"節"同,当属臆测;而谓"㑼"字同"節",其说则是。《礼记·曲礼上》:"是以君子恭敬、撙節、退让以明礼。"郑玄注:"撙,猶趨也。"《集韵》"㑼"字

①如:"鵐"俗作"駈"、"鴣"俗作"駘"、"鶩"俗作"騖"、"鵲"俗作"䮶"、"鷩"俗作"驚"、"鸁"俗作"贏",是其例。参见韩小荆《可洪音义研究·异体字表》,梁春胜《楷书异体俗体部件例字表》(未刊稿)。

②明刻本《篇海》卷十五《人部》引《馀文》作"趣㑼"。

注文"儁儎"当即《礼记》"撙節"之变,"犹趣節"当本郑玄注,"趣""趨"二字古通用。庄履丰、庄鼎铉《古音骈字续编》卷五:"儁儎,撙儎(《玉篇》)。""儁儎"二字出《集韵》,见前引;"撙儎"二字庄氏谓出《玉篇》者,今本《玉篇·手部》:"撙,祖本切。《曲礼》曰:君子恭敬撙節。撙,犹趨也。"此庄氏所本而"撙儎"作"撙節"。

18 儯

《说文》:"儯,币也。从人,對声。"段玉裁改"币"为"市",并注云:"宋刻、叶抄及《广韵》作'市'。今按市为长。其字从對则无口匝意。盖即今之兑换字也。"

duì《广韵》都队切,去队端。微部。兑换。后作"兑"。《说文·人部》:"儯,市也。"段玉裁注:"盖即今之兑换字也。"……(《大字典》230B/271A)

duì 音对。同"兑",兑换。见《说文解字注》。(《字海》93C)

按:《大字典》第二版引《说文》"币"字及段改之"币"皆"帀(匝)"字之误,原版亦误;引段注"口匝"之"口"当作"囗",原版不误。《说文》"儯"字训帀,"帀"或作"市",二字形近,当有一误。段玉裁以"儯"字从對,"對"无周匝之意,因谓注文作"市"者为长;又以其字从人从對、對亦声,因谓"儯"盖即兑换之"兑"。形声字之声符有兼表意(或语源)者,亦多仅表音而不表意者。段玉裁以"儯"字声符不表意而谓"帀"当作"市",进而以"儯"为兑换之"兑"本字,其说恐不足信。《新撰字镜·亻部》:"儯,丁退反。帀也。"(79)《万象名义·人部》:"儯,丁退反。帀①也,遍也。"(19上)《新撰字镜》《万象名义》"儯"字及说解来源于原本《玉篇》,顾野王《玉篇》"儯"字训帀来源于《说文》,是六朝以前《说文》"儯"固训帀也;"帀""遍"同义,故"儯"字又或训遍。宋刻、叶抄《说文》"儯"训市、故宫本《裴韵》"儯"又训中,"市""中"皆"帀"字之形误。"儯"不训市,自然不是兑换之"兑"本字、不"同'兑'"也。

19 乏

同"乏"。《改并四声篇海·人部》引《川篇》:"乏,音乏。古文。"《字汇补·人部》:

---

①原字作"卞",乃"帀"字俗书。《万象名义·水部》:"淍,之由反。迊(匝)也,卞(帀)也。"今本《玉篇·水部》:"淍,之由切。帀也。或作周。"《万象名义·勹部》:"匌,公荅反。卞(帀)也。敆字。"今本《玉篇》作:"匌,公合切。帀也。或作佮、合。"

“㐃,古文乏字。”(《大字典》111A/142B-C,《字海》99C 略同)

按:成化本《篇海》卷十五《入部》引《川篇》:“㐃,音乏。古文。”①(835 下)《字汇补·入部》:“㐃,古文乏字。”(469 上)此《大字典》《字海》所本。检传世字书,未见“乏”字古文作“㐃”者。以形音求之,“㐃”字疑为“㐃”楷定之异者,“㐃”乃古文“法”字,见《古文四声韵·乏韵》引石经。《字汇补》谓“㐃”为古文“乏”字,恐不足信。

20 风

gē 音哥。义未详。见《篇海》。(《字海》99C-100A)

按:金刻元修本《篇海》卷首《杂部》:“丸,音割字。”(8 上)明刻本《篇海》同。《龙龛》卷四《杂部》:“风,音割。”此《篇海》所本。以音求之,“风”字疑即“匄”字俗讹。唐写本《唐韵》入声《曷韵》古达反(与“割”字同一小韵):“匃(匄),乞。亦作丐。又音盖。”(700)“风”字音割,与“匃”“丐”音同形近。

21 畲

xī《改并四声篇海·人部》引《搜真玉镜》:“畲,音西。”(《大字典》190B)

同“西”。字见《篇海》。(《字海》103B)

按:金刻元修本《篇海》卷十五《人部》六画引《搜真玉镜》②:“畲,音西。”明成化、正德、万历诸本同。其字部首外笔画为六画,《大字典》《字海》引作“畲”,字形失真。《篇海·人部》五画又引《搜真玉镜》:“畲,音西。”高丽本《龙龛》卷一《田部》:“畲,音西。”(153)续古逸丛书本《龙龛》卷一《由部》:“畲,音西。”“畲”“畲”“畲”“畲”形近音同,一字之变也。《大字典》《字海》收“畲”字,俱不识。《丛考》据朝鲜本《龙龛》“畲,古文西字。畲,同”谓“畲”“畲”皆“西”的讹俗字(83),其说是也。《篇海》卷十《西部》引《类篇》:“畲,音西。”(734 下)《新修玉篇》卷十五《西部》字作“畲”。“畲”当是“畲”“西”二字之叠加,“畲”则“畲”字传刻之异者。

①《新修玉篇》卷十五《入部》引同。金刻元修本与明正德、万历本《篇海》“音乏”作“音之”,误。

②引书符号脱落,据明刻本补。

22 㑦

chǒu《字汇》齿九切。①同“𠀍”。《正字通·人部》:“㑦,即𠀍字变体。”②姓。《字汇·人部》:“㑦,姓也。”(《大字典》155B/190B)

同“𠀍”。见《正字通》。(《字海》103B)

按:此字《大字典》原版及《正字通》《字汇》皆作“㑦”。《字海》《大字典》第二版作“㑦”,新旧字形之异也。“㑦(㑦)”作为姓氏用字,乃“俞”字之变;《正字通》谓“㑦”即“𠀍”字变体,不可信从。说详拙著《疑难字续考》“㲽”字条(58-60)。

23 俞

chǒu 音丑。姓。(《字海》104A)

按:“俞”为姓氏用字者,宋·邓名世《古今姓氏书辩证·宥韵》云:“俞,《姓苑》曰:汉有俞連。《吴志》:孙韶伯父何,本吴人,姓俞。《集韵》曰:俞[①],音胄,姓也,丑救切。武阳高棐曰:一画为俞,音余,平声;两画为俞,音胄,去声。今衡州有此氏,乃音丑,盖音变也。”[②]此“俞”为姓氏、音丑之早见者。宋·郭忠恕《佩觿》卷上:“俞有丑救、弋驹二翻,俗别为俞。”郭氏所言是也。姓氏字之“俞”乃“俞”字之变,说详拙著《疑难字续考》“㲽”字条(58-60)。

24 㚀

qǐng 音请。大。见《直音篇》。(《字海》104A)

按:《直音篇·大部》:“㚀,音頃。大。”(97下)此《字海》所本。“頃”字《广韵》一读平声清韵去营切,一读上声静韵去颖切。“㚀”字《直音篇》收在御韵下,“頃”当是“預”字形误,“預”为御韵字也。成化本《篇海》卷十五《入部》引《川篇》:“㚀,音預。大也。”[③](835下)此《直音篇》“㚀”字所从出,而直音字正作“預”。成化本《篇海》卷四《大

①唐代《切韵》系韵书、《广韵》、《集韵》并作“俞”。“一画为俞”、“两画为俞”乃后人强为区别。

②旧注:“按《元和姓纂》有㑦氏,亦引此。俞、㑦疑即一氏。”

③《新修玉篇》卷十五《入部》引《川篇》字作“㚀”,注同。

部》引《类篇》:"奐,音傘。"(640)金刻元修本、明正德、万历本同。"奐"音傘,即"傘"字俗讹。"傘"字俗书作"𠍾"(《可洪音义》卷十八,60册81B)、又作"余"(《可洪音义》卷二十三,60册272A)、"傘"(《篇海》卷十五《人部》引《搜真玉鏡》),可资比勘。"奍"字音預,其上所从当是余之俗书①,故"奍"当即"奐"字异写。"奐"为"傘"字俗书,音散、训盖;而"奍"音預、训大者,音训恐俱不足信从。

25 𠆭

同"雲"。《改并四声篇海·人部》引《俗字背篇》:"𠆭,音雲,义同。"(《大字典》205A,《字海》104A略同)

按:成化本《篇海》卷十五《人部》"俗字背篇":"㑒,音雲,义同。"(829下)正德、万历本同。"𠆭"即"㑒"字所楷正者。《直音篇·云部》:"云,千(于)分切。言也。又古文雲字。𠄔,古文雲字。云,篆文,同上。㑒,同上。"(311上)就字形而言,"雲"字似无由变作"𠆭",因疑"𠆭"字乃"侌"字俗讹。《万象名义·雨部》:"霒,於今反。云蔽日。侌,古文。"(200下)续古逸丛书本《龙龛》卷一《人部》:"侌、侌、侌,三同。於金反,又去声。""𠆭"与"侌""侌""侌"并形近。

26 𠆲

xiān《改并四声篇海·人部》引《搜真玉镜》:"𠆲,音仙。"(《大字典》205A)

同"仙"。见《篇海》。(《字海》104A)

按:《篇海》卷十五《人部》六画引《搜真玉镜》:"𠆲,音仙。"(829下)五画又引同书:"𠆲,音仙。"(828下)俗书山、止二旁相乱,"𠆲""𠆲"当是一字之变。《大字典》第二版据《直音篇》收"𠆲"字,注云"同'仙'";据《篇海》收"𠆲"字,缺义训。《字海》亦收"𠆲""𠆲"二字,并谓"同'仙'"。就字形而言,"𠆲"当是"企"字异写。《说文》八篇上《人部》:"企,举踵也。从人,止声。𠆸,古文。"《万象名义·人部》:"企,去跂反。望也。𠆲,古文。"(15下)《古文四声韵·纸韵》引《说文》"企"字古文作"𠆸"、"跂"字古文作

①从余得声之字或音預,"悆""悇""畬"(并见《集韵·御韵》)诸字是也。

“[?]”“[?]”①。《龙龛》卷四《足部》:“[?],丘弭、去智二反。踶~。与跂同。”(461)止、[?]乃同一部件之异写,故“[?]”又写作“[?]”,讹变作“[?]”。然则“[?]”“[?]”二字当音企,《篇海》引《搜真玉镜》二字音仙者,盖“企”俗书作“屳”,又转写作“仙”也。《玄应音义》卷十五《五分律》卷十音义:“企行,古文[?],同。祛豉反。《通俗文》:举踵曰企。企,望也。字从止。”(56册1052b)又卷十七《出曜论》卷八音义:“企望,古文[?],同。祛豉反。《通俗文》:举踵曰企。企,亦望也。字从止。”(57册24b)玄应一再言“企”字从止者,以俗书“企”多从山作“屳”也。《可洪音义》卷十六《弥沙塞部和醯五分律》卷十音义:“屳行,上诘智反。足跟不着地也。正作企。又丘耳反。又许延反,非也。”(35册147a)又卷二十一《出曜经》卷八音义:“屳望,上去智反。”(35册318b)是其证。《新撰字镜·人部》:“[?](企),斤(丘)豉反。尒(亦?)启也,开也。从山(止)。[?],上古文。[?],许延反(此音当是“屳”字),平;又祛豉反(此音当是“企”字)。字从止。轻去[?](?)也。举皃。[?],上古文。”(57)此亦“企”“屳”二字相乱、“[?]”为古文“企”字讹变之证。

27 [?]

yǐn 音引。义未详。见《篇海》。(《字海》104C)

《丛考》云:“《篇海》卷一五入部引《川篇》:‘[?],音饮。’此字疑即‘飲’的讹俗字。‘飲’字古文作‘[?]’,又作‘[?]’,可参。”(76-77)

按:张说是也。《古文四声韵·寝韵》引崔希裕《纂古》“飲”字古文作“[?]”,俗书人、入二旁相乱,故“[?]”又作“[?]”。

28 [?]

gòng《字汇补·人部》:“[?],渠用切,音共。见《篇海大成》。”(《大字典》198B/237A)

gòng 音共。义未详。见《字汇补》。(《字海》107A)

按:金刻元修本《篇海》卷首《己丑重编杂部》:“[?],渠脂切。”(8上)明刻诸本同。《海篇直音》卷首《背篇列部之字引》:“[?],音其。”(327上)《海篇群玉·人部》:“[?],音共。”(246)“[?]”字渠脂切,当音其,《字汇补》所引《篇海大成》与《海篇群玉》“[?]”音共

①《说文》“跂”下无古文,此二形仍是“企”字古文。古书“企”“跂”通用,非一字也。

者,"共"当是"其"字传刻之误,形相近也。"㑹"音渠脂切,疑为"㑹"字之变。《广韵》平声《支韵》巨支切:"㑹,参差也。""㑹""㑹"形近,实际读音相同。

参考文献

[日]昌住:《新撰字镜》,京都帝国大学文学部国语学国文学研究室编《古典索引丛刊》本,临川书店,1975年。

〔宋〕陈彭年等:《广韵》,北京:北京市中国书店影印张氏泽存堂本,1982年。

〔宋〕丁度等:《集韵》,北京:北京市中国书店影印扬州使院重刻本,1983年。又金州军本、明州本、宋刻本等。

汉语大字典编辑委员会:《汉语大字典》第二版,成都:四川出版集团等,2010年。

胡吉宣:《玉篇校释》,上海:上海古籍出版社,1989年。

〔唐〕慧琳:《一切经音义》(简称《慧琳音义》),高丽藏本(42册)、中华藏本。

〔金〕韩道昭:《改并五音类聚四声篇》(简称《篇海》),《四库存目丛书》影印明成化七年募刻本又正德本、万历本、金刻元修本。

〔金〕韩道昭著、今人宁忌浮校订:《五音集韵》,北京:中华书局本,1992年。

〔明〕黄道周、郑大郁:《新刻洪武元韵勘正切字海篇群玉》(简称《海篇群玉》),美国哈佛大学哈佛燕京图书馆中文善本汇刊第八册,2003年。

《精镌海若汤先生校订音释五侯鲭字海》(简称《五侯鲭字海》),《四库存目丛书》影印湖北省图书馆藏明刻本。

〔五代〕可洪:《新集藏经音义随函录》(简称《可洪音义》),北京:中华书局,中华藏本(第59册、60册)1993年。又高丽藏本(第34册、35册)。

冷玉龙等:《中华字海》(简称《字海》),北京:中华书局、中国友谊出版公司,1994年。

〔梁〕顾野王:《玉篇》(残卷),《续修四库全书》影印日本东方文化丛书本。

〔明〕李登:《详校篇海》,《续修四库全书》影印明万历三十六年赵新盘刻本。

朝鲜本《龙龛手镜》,日本影印朝鲜咸化八年增订本。

〔明〕梅膺祚:《字汇》,《续修四库全书》本。

[日]释空海:《篆隶万象名义》(简称《万象名义》),北京:中华书局缩印日本崇文丛书本1995年。

〔辽〕释行均:《龙龛手镜》(简称《龙龛》),北京:中华书局影印高丽本,1985年又续古逸丛书本。

旧题〔明〕宋濂:《篇海类编》,《四库存目丛书》影印北京图书馆藏明刻本。

〔清〕吴任臣:《字汇补》,《续修四库全书》影印清康熙五年汇贤斋刻本。

徐中舒等:《汉语大字典》(简称《大字典》原版),湖北辞书出版社、四川辞书出版社,1986—1990年。

〔东汉〕许慎:《说文解字》(简称《说文》),北京:中华书局,1963年。

〔唐〕玄应:《一切经音义》(简称《玄应音义》),高丽藏本(32册)、中华藏(56、57册)金藏广胜寺本、明永乐南藏本。

《新校经史海篇直音》(简称《海篇直音》),《续修四库全书》影印复旦大学图书馆藏明嘉靖二十三年金邑勉勤堂刻本。

〔金〕邢准:《新修絫音引证群籍玉篇》(简称《新修玉篇》),《续修四库全书》影印金刻本。

周祖谟:《唐五代韵书集存》,北京:中华书局,1983年。

张涌泉:《汉语俗字丛考》(简称《丛考》),北京:中华书局,2000年。

〔明〕章黻:《直音篇》,《续修四库全书》影印明万历三十四年明德书院刻本。

杨宝忠:《疑难字考释与研究》,北京:中华书局,2005年。

郑贤章:《龙龛手镜研究》,长沙:湖南师范大学出版社,2004年。

韩小荆:《可洪音义研究》,成都:巴蜀书社,2009年。

郑贤章:《〈新集藏经音义随函录〉研究》,长沙:湖南师范大学出版社,2007年。

The ChineseKnotty Characters of Ren Radical in the Grand Chinese Dictionary(汉语大字典) and ZhongHuaZiHai(中华字海)

Yang Baozhong　WangYabin

(College of Literature,Hebei University)

Abstract:Take the Hanyu Da Zidian(汉语大字典)and ZhonghuaZihai(中华字海)as the clue,we try to make a sequent investigation on 28 knotty characters in the Large-sized Dictionaries in Radical "ren".

Key words:Large-sized Dictionary;Renbu;Knotty characters;Investigation

◎音韵学研究

《周易音义》之“如字”举隅

——特指宋元递修本有、敦煌残卷本无的“如字”首音*

储丽敏　杨　军

（安徽大学文学院）

提要：宋元递修本、敦煌残卷本《周易音义》中存在40余条宋本有、殘卷无的“如字”首音，在认识到《经典释文》早在唐代就有被勘改的基础上，我们以为并不能将这些“如字”笼统归结为残卷抄录者不小心漏抄，而有必要结合《释文》所有相关数据和各经典经注，综合运用内部互证法、文献对比法、考察经注原文法等多种论证方法对其逐一进行考证，以求确切。研究发现这些“如字”有的是被有意删除、有的是宋本妄加等多种复杂因素而使之然。本文举“应”“行”二字为例，试图探寻一二。

关键词：周易音义；宋元递修本；敦煌残卷；“如字”；应；行

前期我们从反切层的角度，整理分析了部分历时和共时的反切材料，初步说明了宋元递修本、敦煌残卷本《周易音义》均在唐代就受到修改。一一比勘各对应条目发现，此二者中存在40多条宋本有、残卷无的“如字”首音，即宋本标注为“如字”的首音对应的残卷首音是反切或释义，并且这些对应的词条都有一个特点：宋本去掉“如字”后的注与残

* 国家社科基金重大招标项目：《经典释文》文献与语言研究（14ZDB097）。

卷的注大抵相同。例如宋本词条"井养,如字,徐以上反"对应残卷为"井养,以向反"。①虽然残卷是唐人手抄本,为了简省,其中不乏大量简写、俗写、异写字,但并不能就此断定这40几条"如字"都是"残卷抄录者有意简省之";又因现宋、残仍有一一对应的"如字"首音50余条,例如"朋,如字,京作崩91.11",故也不能简单下结语"残卷本无'如字'"。宋本有、残卷无的这些"如字"到底是否为陆德明原出?受篇幅限制,我们按序先取"应""行"二字为例,初探其情况的复杂性,以就正于方家。

一、应

宋、残《周易音义》中可比勘字头"应"共5条,其中完全一致的只2条,有1条也互异,属另一种情况,暂不讨论,属于宋本有、残卷无之"如字"的有2条,详见表1。

表1:宋本有、残卷无的"如字"之"应"

序号	版本	宋本页码、条目	字头	具体词条《周易音义》	对应的经注原文
1	宋本	83.12	应	所应,如字。旧音应对之应。	居泰上极,各反所应。《泰卦》(注)
	残卷		应	应,应对之应。	同上
2	宋本	104.01	应	二簋应,师如字。旧应对之应	二簋应有时。《损卦》
	残卷		应	簋应,应对②。	同上

这两条中,宋本的注包括首音"如字"和一个又音(释义)"应对之应""应对",而残卷的首音分别是"应对之应""应对",是宋本中的又音,而未见"如字"。显然对于同一个词条,有且只有一种情况是陆氏原出。

我们分别找出这两个条目所对应的经注原文,列于上表1之末。编号1,《周易·泰卦》之注文:"居泰上极,各反所应"。即指:如果情形已发展至极好,各事物就会返回到其最初的当值之貌。此"应"作"当也、值也"义。编号2,《周易·损卦》:"二簋应有时。"经

①所谓"如字",即《经典释文》为常用异读字注常用音、义时的简称;"首音"即《释文》为每个词条出注的第一个音或义,例如此处的"如字"为"首音",代表了被注字"养"的常用音义,"徐以上反"为"又音"。据《释文·条例》,"首音"是陆德明认可的音,在所有音义中起最核心作用,其后的其他音义皆用于不同程度的参考。

②残卷原文为"簋应,对=",据通志堂等其他诸版本及《释文》对所有"应"字注音情况,改作"应对"为是。

下注文曰:“至约之道不可常也。”孔颖达疏:“正义曰申明二簋之礼不可为常,二簋至约,惟在损时应时行之,非时不可也”,可得“应”义为“应对”,本句经文释作“二簋这种质薄之器,只用于‘行为有过失而用以表忠信时’相应举行的享祀之礼,非此时不可用。”显然,宋本中,这两条的首音皆为“如字”,但二者释义却互异,故其二至少有一者为讹误,残卷亦如是。

下面,我们将结合“应”在十三部①经典经注中的出现情况及其在《释文》中被出注的全部情况,找出“应”的各种音、义对应关系,确定“如字”,剔除表 1 之讹误项。“应”在经注原文中共出现 629 次,《释文》为其中的 161 条出注。详见表 2。

表 2:“应”在《释文》中的所有出注情况

<table>
<tr><th>应
编号</th><th>所出音、义
(《释文》注文原文)</th><th>计数</th><th>《释文》示例
页码. 条目</th><th>对应的经注原文</th><th>首音</th><th>首音之义</th></tr>
<tr><td>1</td><td>自对门也</td><td>1</td><td>1562. 25</td><td>略去。《庄子》</td><td rowspan="6">平蒸影</td><td>自对门</td></tr>
<tr><td>2</td><td>忆升反</td><td>1</td><td>1477. 18</td><td>略去。《庄子》</td><td rowspan="4">当</td></tr>
<tr><td>3</td><td>音鹰</td><td>1</td><td>137. 18</td><td>畣者,应也,亦为然。《尔雅》</td></tr>
<tr><td>4</td><td>音鹰,当也</td><td>1</td><td>212. 09</td><td>喻今公子亦信厚,与礼相应,有似于麟。(注)《毛诗》</td></tr>
<tr><td>5</td><td>於陵反,旧音应对之应</td><td>1</td><td>819. 01</td><td>言行相应之貌。(注)《礼记》</td></tr>
<tr><td>6</td><td>本或作膺,同,於矜反</td><td>1</td><td>1604. 28</td><td>昌、敌、强、应、丁,当也。《尔雅》</td><td>相当</td></tr>
<tr><td>7</td><td>应对之应,如字</td><td>1</td><td>1401. 02</td><td>上礼为之而莫之应,则攘臂扔之。《老子》</td><td rowspan="8">去证影</td><td rowspan="8">应对</td></tr>
<tr><td>8</td><td>应对之应,又音膺</td><td>1</td><td>112. 21</td><td>上下敌应,不相与也。《周易》</td></tr>
<tr><td>9</td><td>应对之应,注同,徐於甑反</td><td>2</td><td>182. 22</td><td>已!汝惟小子,乃服惟弘王,应保殷民。《尚书》</td></tr>
<tr><td>10</td><td>於甑反,篇内同</td><td>1</td><td>771. 33</td><td>应感起物而动,然后心术形焉。《礼记》</td></tr>
<tr><td>11</td><td>於证反</td><td>2</td><td>843. 01</td><td>古者深衣盖有制度以应规矩。《礼记》</td></tr>
<tr><td>12</td><td>抑证反</td><td>1</td><td>1390. 01</td><td>应对进退则可矣。《论语》</td></tr>
<tr><td>13</td><td>应对之应</td><td>138</td><td>75. 16</td><td>子曰:同声相应,同气相求。《周易》</td></tr>
<tr><td>14</td><td>音膺</td><td>4</td><td>1608. 03</td><td>略《周易略例》</td></tr>
</table>

①《释文》共为十四部经典的经注出音义,但由于《庄子音义》参照的经注底本尚不能确定,谨慎起见,故未统计,此处的总数仅十三部经注里的数据,后文同。

续表

应 编号	所出音、义 （《释文》注文原文）	计数	《释文》示例 页码.条目	对应的经注原文	首音	首音之义
15	如字，音应对之应	1	857.12	合而言之，取其相应，有象大数也。（注）《礼记》	如字	如字
16	（师）如字，旧音应对之应	2	83.12	居泰上极，各反所应。（注）《周易》		
17	如字，当也	1	1576.18	略去。《庄子》		
18	於敬反	1	1331.28	《麟之趾》，《关雎》之应也。（注）《谷梁传》	去映影	“映”之异文

我们穷尽梳理且列出了《释文》为“应”出注的所有词条（完全一致的项予以合并），共计161条，按照每条全部的出音、义信息，分类列作18个编号，给出其在宋本《释文》中的示例页码和条目，结合示例条目对应的经注原文，参考《说文》《玉篇》《广韵》等字书、韵书中对应的音义，将“应”的音义标注于表2末两列，详见上表2。整理后，发现宋本《释文》共为“应”字出4类音（含如字），即“於陵切”（平蒸影，当也，自对门也，正门也）；“於证切”（去证影，应对，相应也）；“於敬切”（去映影，作“映”之异文）；“如字”，详见后文。

1.1《释文》“应”字头之校勘

在确定“应”之如字音义之前，我们有必要将《释文》对“应”的全部出注情况进行校勘，将表2中违背《释文》中出音、出注原则的词条剔除，详见表3。

表3：“应”之有问题条目校勘

编号	页码.条目	《释文》原文	音韵地位			校勘
			被切字	切上字	切下字	
2	1562.25	应，忆升反。	曾开三平影蒸	曾开三入影蒸	曾开三平书蒸	校勘
12	1390.01	应对，抑证反。	曾开三去影蒸	曾开三入影蒸	曾开三去章蒸	
10	771.33	应感，於甑反，篇内同。	曾开三去影蒸	遇开三平影鱼	曾开三去精蒸	
			首音与又音关系			
7	1401.02	应，应对之应，如字。	应对之应=如字			
15	857.12	相应，如字，音应对之应。	如字=应对之应			
16	83.12	所应，（师）如字，旧音应对之应。	如字≠应对之应			
17	1576.18	应其，如字，当也。	如字=当也			

通过一一考察“应”在《释文》中的全部出注情况，我们根据有问题条目绘制出表3（编号承表2）。编号2：“应，忆升反”。从被切字“应”，切上字“忆”，切下字“升”三者的音韵地位看，切上字同被切字关系密切，同属“三等、开口、平蒸韵”，是“准直音”式反切类型，这种反切在敦煌毛诗音和慧琳《一切经音义》中都占主导地位，是新型反切，不属于陆德明音。

编号12：“应对，抑证反”，情况与编号2同，属“准直音”式反切。同时，通过考察，“抑”在《释文》中仅此1条作为切上字，3次作“亿、意”的直音字，其余皆为被音字，本条切上字可疑。而且，编号12中的被音字“应”与“应对”成词同出，纵观《释文》全文，共用了142次“应对之应”来限制“应”的音，此时“应”之音肯定为已知，不可能也没必要再为其出音，此条为后人增添。

编号10：“应感，於甑反，篇内同”虽然从音韵地位上看，两个注音字能够切出被音字，但是该条首音的切下字“甑”在《释文》中是个要被音的非常用字。因为《释文》为其出音5次，除本条外，用作切下字时，都是引徐、刘等经师音，而非陆氏认可的常用字，但此处陆氏是直接用了徐邈的反切，将其放在首音位置，从表2的编号9：“应对之应，注同，徐於甑反”可见一斑，陆德明引徐邈“於甑反”为“应对之应”出音，即“应”义作“应对之应”时，音“於甑反”。

编号7，15，16，17存在矛盾。编号7、15同，即“应对之应”同于“如字”；编号16即“如字”异于“应对之应”，且后者为旧音；编号17中“如字”义作“当也”。同时，在不同版本的《释文》中，这种矛盾也存在，如下表4列出宋本与兴福寺古钞本《礼记音义》中的相关对应条目①：

表4：宋本、兴福寺本部分条目比勘

编号	条目	宋本	兴福寺本
11	以应843.01	於证反	应对之应
15	相应857.12	如字，音应对之应	如字，一音（应对之应）
19	服膺818.15	徐音应，又於陵反	徐音应，於陵反

由表4可知，编号11“於证反”就是“应对之应”；编号15中，宋本的“如字”音是“应

①杨军、储泰松：《从兴福寺本〈礼记音义〉残卷论今本〈释文〉的“首音”》，《汉语史学报》，2016年第16辑，第1—14页。

对之应",兴福寺本的"如字"音不是"应对之应";编号 19 中,徐邈"膺""应"同音,但与"於陵反"不同音(宋本)或同音(兴福寺本),这之中必定有错讹,具体分析详见后文。

1.2《释文》"应"之"如字"

十三部经典经注中,共见"应"630 次,《释文》出音义 161 次,其中"应对之应"(去证影)作"首音"142 次,显然,从《释文》出音体例看,占出音总数约 90%的"应对之应"不当为"如字"。《释文》未出音义的 468 次"应",或者经文对应的注文已给出音义,如"媚兹一人,应侯顺德《毛诗》",其下注曰"应,当";或者作其他字的注解,如"咸,感也。感,应也《周易》(注)";最多的是义作"当",音"於陵切",如"安贞之吉,应地无疆《周易》",又如:"宋始以不义取之,不应得,故王之谓之郜鼎《公羊传》(注)",再如:"三者之来,则应使辨理之《周礼》(注)"。故义作"当",音"平蒸影"是"应"的常用义、常读音,即为"如字"。当某字在经注中是"如字"音义,若据上下文不会产生歧义时,无需注"如字";如果有可能产生歧义,或者是特殊的人名、地名时,注"如字"以作提醒。

如此,那么表 2 中编号 7、15、16、17 间的矛盾也得以解决。编号 16、17 正确,即"如字"作"当也"且异于"应对之应",编号 7、15 有误,"应对之应"非"如字"。下面结合兴福寺古钞本中可比勘的条目(见上表 4),再次审核我们的判断。①

编号 11 宋本:"於证反",兴福寺本作:"应对之应";编号 15 宋本:"如字,音应对之应",在兴福寺古钞本中作:"如字,一音(应对之应)";编号 19 宋本:"服膺,徐音应,又於陵反"相对的兴福寺本作:"徐音应,於陵反"。两版《礼记音义》中这 3 条可比勘条目存在矛盾,编号 15 中,宋本"应"的"如字"音即"应对之应",古钞本的"如字"音不是"应对之应";编号 11 中,宋本"应"的"於证反"与古钞本"应对之应"同音,即"应对之应"就是"如字"音;条目 818.15 中,宋本的"膺"跟"应"同音,跟"於陵反"不同。古钞本的"膺""应"与"於陵反"同音。通过以上条目,得宋本的"膺"跟"应"同音时读去声,而"应"的"如字"音就是去声;而古钞本的"膺"跟"应"同音时则读平声,且"应"的"如字"音是平声,两版本矛盾。那么,到底是今本正确还是古钞本正确呢?这需要我们对《经典释文》中所有的"膺"也进行一次穷尽考察。

表 5 列出"膺"在宋本《释文》中的全部被注情况,共计 6 次。"服膺"的"膺"还有 1 次注音:"服膺,於陵反。礼记音义 793.24",读音为平声,跟宋本 818.15 的注音不同。余下 4 次皆为"膺"注平声的:"膺,於陵反。礼记音义 640.16""膺,於陵反,胸前也。礼记音义 759.20""马膺,於陵反。春秋左传音义 883.02""膺,於矜反。尔雅音义 1610.20"。

①我们在《〈经典释文〉文献与语言研究》重大项目标书(2014 年)中对"应"字也曾有过相关论证。

因此我们可以判断818.15的今本不正确,兴福寺本是对的。同理,编号15也是兴福寺本正确,编号15的今本显然刊落了原书"一音"的"一",又在818.15的直音和反切之间妄加"又"字。当"应"仅有一个去声音时,《释文》共用了142次"应对之应"来限制其读音而绝无反切,编号11是唯一的例外,因此,编号11同古钞本之所以互异,就是因为宋本把原来的"应对之应"改成了反切式注音,表2中"应"字其余的注音足以证明我们的判断。编号7或也当添"又"字,改为:"应对之应,又如字"。另外,编号5是为"应"注反切"如字"音,这有悖《释文》出音体例,后人增添之嫌较大。

表5:"膺"在《释文》中被出注情况

字头	全部信息	音义名	页码条目
膺	膺,於陵反。	礼记音义	640.16
	膺,於陵反,胸前也。	礼记音义	759.20
	服膺,於陵反。	礼记音义	793.24
	服膺,徐音应,又於陵反。	礼记音义	818.15
	马膺,於陵①反。	左传音义	883.02
	膺,於矜反。	尔雅音义	1610.20

至此,结合前面分析的各条经注原文,我们可以确定:表1中,编号1的"如字"正确,编号2不应有"如字"。即,条目83.12是宋本符合条例,条目104.01是残卷符合条例。

二、行

字头"行"在宋、残《周易音义》中共存27条可比勘项,其中26条完全一致,仅一条互异,且属于宋本有、残卷无之"如字"的情况。如下表6:

表6:宋本有、残卷无的"如字"之"行"

字头	版本	宋本页码、条目	具体词条《周易音义》	经注原文
行	宋本	101.17	同行,如字,王肃遐孟反。	二女同居,其志不同行。《周易·睽卦》
	残卷		同行,去。	

①递修本误作"移",据北宋本校作"陵"。

该词条中,宋本的注包括首音“如字”和一个又音“王肃遐孟反”,残卷的注文仅一字“去”,是全部音注也是首音。宋本的“又音”引用“王肃”的“遐孟反”。残卷中存在4条只标注声调的出音方式(宋本未见),除本词条之外,另有:“见,去98.01”“以施,去105.01”“将近,去117.12”,考察发现,此“去”表示被注字的非“如字”去声。本条中的“去”即代表了“行”的非“如字”去声音。那该词条中“行”的音义到底是什么呢?

“行”字在十三部经典经注中共出现了4233次,是一个非常典型的常用异读字。“行”在《释文》中被注514次,我们结合经注原文、参看《说文》《玉篇》《广韵》等字书韵书,“行”的被注音情况有如下六种,第一单独出音“去映匣”,共367次,注有“下/遐孟反、户孟反”,义作“事也,迹也,所行事也”,如“德行,下孟反。周易音义98.07”;第二单独出音“平唐匣”,共75次,注有“户康反、户郎反、户刚反、下郎反”,义作“伍也,列也,位也”,如“行伍,户郎反。春秋左传音义876.02”;第三单独出音“平庚匣”,共3次,注有“户更反、音衡、户明反”,作动词“适也,往也,用也”,如“五行,户更反。尚书音义177.12”;第四单独出“如字”,共8次,如“云行,如字。周易音义74.20”;第五“去映匣”“如字”同出,共38次,如“之行,下孟反,又如字。春秋左传音义1175.25”,故“去映匣”非“如字”;第六“平唐匣”“如字”同出,共9次,如“太行,户刚反,又如字。尚书音义158.16”,故“平唐匣”非“如字”;余下10次未出音。另外,我们注意到有4条“如字”首音后紧跟释义“道也”,详见表7。

表7:“如字”后加释义“道也”的“行”词条

页码条目	词条全部信息	音义名	经注原文
252.38	行上,并如字。行,道也。《左传》云:“斩行栗。”	毛诗音义	栗,行上栗也(注文)《郑风·东门之墠》
287.10	周行,毛如字,道也。郑胡郎反,列位也。	毛诗音义	人之好我,示我周行《小雅·鹿鸣》
394.12	之行,如字,道也;王、徐并下孟反。	毛诗音义	彼徂矣,岐有夷之行《周颂·天作》
1011.17	行栗,如字。行,道也,栗表道树。	左传音义	杞人、郳人从赵武、魏绛斩行栗。《襄公·襄公九年》

结合表7中各词条的音注和这4条“行”对应的经注原文看,“行”在这些经注原文中都可作“道也”义,它们被注的首音都为“如字”,即“行”之“如字”义作“道也”。

与此同时,我们注意到“行”在《释文》中作切上字5次,作切下字3次,作直音1次,此时“行”必以其常读音“如字”音为这9次出音。详见表8。

表8:“行”在《释文》中作注音字的情况(首音)

序号	词条全部信息	首音	音义名	页码、条目
1	不暇,行嫁反。	行嫁反	左传音义	880.10
2	暇,行讶反。	行讶反	论语音义	1380.28
3	夏,行雅反。	行雅反	尚书音义	155.18
4	咸,行缄反。	行缄反	礼记音义	684.33
5	于核,行隔反。	行隔反	礼记音义	747.40
6	更,古行反。	古行反	尚书音义	196.13
7	代更,古行反,下同。	古行反	礼记音义	790.12
8	更立,古行反。	古行反	礼记音义	797.07
9	衡,字或作蘅音行。	音行	尔雅音义	1674.30

由表8序号1至5得,“行”作“暇”“夏”“咸”“核”的切上字,故“行”常读音的声母为“匣”。从序号6至序号8可知,“行”3次作“更”的切下字①。又,“更”在《广韵》中只一平一去2音,即“平庚见开二”“去映见开二”。十三部经典经注共出现“更”410次,《释文》未出注的327次“更”多作“复也,再也”,是“如字”义,故不需出注,如《公羊传》的传文:“疑非凡邑,故更问之”,结合《说文》《广韵》等,此时“更”作去声,是如字音。《释文》出音注的84次,结合每条对应的经典经注原文,除去后人增添的4次“如字”反切②,余下皆非如字音,其中“平庚见开二”79次,对应多义,如“代也,改也,易也,迭也,历也”,包括“音庚”65次,“古衡反”10次,“江衡反”1次,“古行反”3次(详见表8-1)。

表8-1:“行”在《释文》中作切下字的情况

序号	词条全部信息	首音	经注原文	“更”释义	经注来源	页码、条目
6	更,古行反。	古行反	政教有用俗改更之理	改也	尚书·毕命(注)	196.13
7	代更,古行反,下同。	古行反	马县之乃官代哭	代也	礼记·丧大记	790.12
8	更立,古行反。	古行反	七代之所更立者:禘、郊、宗、祖	改也,易也	礼记·祭法	797.07

①另,宋本第394.31条“时迈,迈行反。”参照《经典释文汇校》知“反”是“也”之误。

②今本《释文》中“更”被注“如字”反切4次,即去声“古/居孟反”,违反注音条例,怀疑是后人删改之。

故表 8 中作切下字的“行”之韵母当作“平庚开二”，是“行”之如字音韵母。“行”作直音 1 次，见序号 9：“衡，字或作蘅，音行（1674. 30）”，当且仅当“行”为“如字音”时，“蘅”“行”同音。综合考察“行”在《释文》中作注音字的三种情况，我们可以确定“行”的如字音为“平庚匣开二”，结合未被《释文》出注的三千多条经注原文中的“行”，例如：“不害人以行权《公羊传》”“我行其野，芃芃其麦《毛诗》”，同时参考《说文》《广韵》等字书、韵书，找到其对应的如字义为动词“适也，往也，用也”，另，“行”在《释文》中有 30 条的首音是“如字”，其中有 4 条“如字”首音后紧跟释义“道也”（详见上表 7），故“行”的如字义也包括“道”。由于“行”的如字音为“平庚匣开二”，其 5 次作切上字时，均与被切字“暇”“夏”“咸”“核”的等第开合一致（开口二等），属于以敦煌毛诗音和《慧琳音义》的反切为代表的新反切，故《释文》中的这 5 条的切上字亦有被改之嫌。

表 5 末列已标注词条 101. 17 对应的经注原文：“二女同居，其志不同行《周易 · 睽卦》”，其下疏曰：“二女共居一家，理应同志，各自出适，志不同行，所以为异也”，此“行”作“适也，往也”，当为如字，而非去声音义，故词条 101. 17 是宋本符合条例，残卷缺落“如字”首音。

三、小结

上文所举字头“应”“行”是宋元递修本同敦煌残卷本《周易音义》中宋本有、残卷无之“如字”首音的开头两例，在此主要运用内部互证法、文献对比法、考察经注原文法等多种论证方法，首先判断它们在《释文》中不同的音义对应关系，找出“如字”音义，再结合所要判断词条对应的经典经注原文，最终确定词条中首音位置的“如字”是否为陆氏原出。余下的 40 个“如字”，从宋、残条目的对应情况来看，其类型同上文讨论的“应”“行”，例如宋本条目“草木丽，如字，说文作麗 96. 07”对应的残卷条目作“木丽，说文作麗”，又如宋本条目“欲，如字，孟作浴 104. 07”对应的残卷条目作“欲，孟作浴”，均是残卷无“如字”，而宋本词条的“如字”首音后皆加残卷对应条目的全部音注。从造成这些宋本有、残卷无之“如字”首音的原因来看，有的很明显是残卷抄丢的，例如宋本条目“不食，如字，又音嗣 110. 09”对应的残卷条目作“不食，又嗣”，再如宋本条目“寡发，如字，本又作宣，黑白杂为宣发 133. 29”对应的残卷条目“寡发，又作宣，发黑白杂为宣发”，这些残卷条目都将“又音①”标于“首音”的位置，

①“又音”指“首音”后的有明显标记“又”引出的音注，体例如“又某某反”或“又音某”等，如果某个音注由“又”引出便不可能是“首音”，即“又”前肯定有其他形式标注的“首音”。

不符合《释文》标音体例,故其对应宋本条目中的首音“如字”必是二者所据某一祖本《释文》的原出音;更多的情况是需要结合整部《释文》和每个条目对应的经注原文进行详细考证,例如前文考察的“应”“行”二字,有的仅存在于宋本的“如字”是被后人妄加的,有的是残卷失落的。究其原因,或是残卷抄写者无意抄落,或是残卷抄写者对“如字”音义谙熟于心,写本若为自己所用,便可有意减少抄录笔墨,或是宋本抄录者不小心添加,也或是在宋本抄录者抄录之时,某些条目的“如字”音义在其当时已非“如字”,有意添之,以作提醒。总之,这些宋本有、残卷无的 40 余条“如字”首音较复杂,至于其更深层次的成因,我们当另文讨论。

参考文献

阮元:十三经注疏附校勘记,北京:中华书局,1979 年。

法伟堂:《法伟堂经典释文校记遗稿》,上海:华东师范大学出版社,2010 年。

陆德明:《经典释文》(宋元递修本),上海:上海古籍出版,2013 年。

黄焯:《经典释文汇校》,北京:中华书局,2006 年。

雷昌蛟:《〈经典释文〉常用异读字注音问题研究》,贵阳:贵州人民出版社,2017 年。

万献初:《〈经典释文〉音切类目研究》,北京:商务印书馆,2004 年。

张金泉、许建平:《敦煌音义汇考》,杭州:杭州大学出版社,1996 年。

张涌泉:《敦煌经部文献合集》,北京:中华书局,2008 年。

杨军、储泰松:《从兴福寺本论后人对〈经典释文〉注释的改动》,第四届全国辞书理论与辞书史学术研讨会论文,2012 年。

杨军:《〈经典释文〉音注性质考察之一法》,纪念蒋礼鸿先生诞辰 100 周年暨第九届中古汉语国际学术研讨会论文,2016 年。

On Two Illustrations of “*Ruzi*”(如字)in “*Zhouyiyinyi*”(《周易音义》)

——Both Existed in *SongyuandixiuEdition*(宋元递修本)

but not in *Dunhuang Remnants*’(敦煌残卷本)

Chu Limin　Yang Jun

(Anhui University)

Abstract: *Songyuandixiu edition*(宋元递修本)and *Dunhuang Remnants*’(敦煌残卷本)are two different editions of *Zhouyiyinyi*(《周易音义》)in *Jingdianshiwen*(《经典释文》).

There are more than forty“*Ruzi*” (如字) which only existed in the former, but not in the latter. On the basis of the fact that *Jingdianshiwen* had been modified as early as the Tang Dynasty, the forty Ruzi is a complex problem. They could not just be attributed as carelessness or intended deletions of the scribes, as perhaps there were actually no Ruzi in some of *Lu Deming'*s original annotations, or even more complex causes of those inexistence of *Ruzi*. To make clear of them, the forty *Ruzi* have to be researched rigorously by employing the methodologies of internal cross-proving method, documentation and comparison analysis, and employing textual research on the original text of the classics. So the first two illustrations of this kind of *Ruzi*existed in characters of *Ying*(应) and *Xing*(行)have been focused on in this paper.

Keywords: *Zhouyiyinyi*; Songyuandixiu edition; Dunhuang Remnants; *Ruzi*; *Ying*; *Xing*

《蒙古字韵》的声母格局与近代韵图中的“交互音”*

宋洪民

（济南大学文学院）

提要：元代韵书《蒙古字韵》的声母系统因匣、影、喻（含疑）分化而多出了元代特有的几个声母合、幺、鱼，同时由于知组、照组及非敷的合并又减少了几个声母。多出那几母的分化是源于八思巴字拼写系统及蒙古语的影响；因合并而减少的相关声母，则与《蒙古字韵》所从出的近代韵图《七音韵》中所附“交互音”之类的规定密切相关。而《蒙古字韵》声母系统的保留全浊则又与近代韵图的保守性紧密相联。

关键词：《蒙古字韵》；韵图；《七音韵》；“交互音”

○、缘起

元代是汉语语音史上的重要阶段，其间最引人注目的莫过于曲韵书《中原音韵》。该书一般被认为代表了元代北方官话真实的口语音系，这一点为北音史家所津津乐道。与之形成鲜明对比的是，差不多同时代的另一韵书《蒙古字韵》则因其音系的保守性多为音韵史家所诟病。最突出的无过于该书无视浊音清化的事实而依然保存全部浊音，而浊音清化这一近代汉语中的重要音变现像已为《中原音韵》所揭示，是公认的事实。当然，当前对《蒙古字韵》语音系统的性质又有了新的看法，如张民权 2016 是将该音系放在官话系统中来讨论（这与对该音系的传统看法还是比较接近的），但刘海阳 2017 则提出全新

* 本研究得到国家社科基金项目“元代八思巴字的推行情况及其与汉语韵书的相互影响研究”（项目编号：13BYY101）资助。另，匿审专家提出了富有建设性的修改意见，在此谨致谢忱。文中错谬概由作者本人负责。

的看法，指出今天山西方言中就有与该系统比较吻合的现象，认为该书反映的应该是活的音系。而杨耐思先生则一直主张《蒙古字韵》的编者更重视韵书和韵图的分类（杨耐思1997:81），这也不能抹杀。于是近来又有先生主张要重新审视近代韵图的语音性质，或许它们不像一直说的那么保守，而是与近代语音的新变化相一致的。如果要弄清这一问题，这就要对整个近代汉语的语音系统与韵书韵图等的性质进行全面的审视与深入研究了，当然，这个问题也绝不会一蹴而就，需要学者们的热烈讨论与通力合作。限于篇幅，我们先不涉及这一讨论，本文在这里只讨论《蒙古字韵》与韵图的关系，至于这二者的音系性质到底是怎样的，俟异日以专文讨论（这丝毫不妨碍我们这里的讨论）。无论如何，进一步揭示《蒙古字韵》与其他韵书韵图的关系，始终是有助于问题的澄清与解决的。循此思路，我们对该书的声母系统又进行了深入的研究。与传统的三十六字母比较，《蒙古字韵》的声母系统因匣、影、喻（含疑）分化而多出了元代特有的几个声母合、幺、鱼，同时由于知组、照组及非敷的合并又减少了几个声母。多出那几母的分化原因宋洪民 2013 已专门讨论了，影、喻等分化是源于八思巴字拼写系统（宋洪民 2013），而匣母二分则是由于受到了蒙古语的影响（宋洪民 2017）；因合并而减少的相关声母，据我们研究，则与近代韵图如元人刘鉴《经史正音切韵指南》前附“分五音”等条目中的“交互音”之类的规定密切相关。今讨论如下。

一、守旧革新并立的矛盾声母格局

总体看来，《蒙古字韵》并非一味保守，其中也有反映新的音变的革新成分。如并照于知，并穿于彻，并床于澄，非、敷不分，疑、喻混并等。罗常培先生曾经探讨这一现像（《八思巴字与元代汉语》增订本页 173，详本文第四部分）。先看下表（据照那斯图、杨耐思《八思巴字研究》）：

八思巴字字母总表

编号	字母	汉译	转写	编号	字母	汉译	转写	编号	字母	汉译	转写
				19	[illegible]	惹	dz	38	[illegible]	恶	(待定)
1	[illegible]	葛	k	20	[illegible]	嚩	w	39	[illegible]	也	ė/e
2	[illegible]	渴	k'	21	[illegible]	若	ž	40	[illegible]	局	ụ
3	[illegible]	嘎	g	22	[illegible]	萨	z	41	[illegible]	耶轻呼	ị
4	[illegible]	誐	ŋ	23	[illegible]	阿	·	42	[illegible]	(奉)	hụ
5	[illegible]	者	tš	24	[illegible]	耶	j/y	43	[illegible]	(书)	$š_2$
6	[illegible]	车	tš'/č	25	[illegible]	啰	r	44	[illegible]	(匣)	ħ
7	[illegible]	遮	dž/ǰ	26	[illegible]	罗	l	45	[illegible]	(幺)	j
8	[illegible]	倪	ň	27	[illegible]	设	$š_1$/š	46	[illegible]		p'
9	[illegible]	怛	t	28	[illegible]	沙	s	47	[illegible]		r
10	[illegible]	挞	t'	29	[illegible]	诃	h	48	[illegible]		r
11	[illegible]	达	d	30	[illegible]	哑	'	49	[illegible]		ṭ
12	[illegible]	那	n	31	[illegible]	伊	i	50	[illegible]		ṭ'
13	[illegible]	钵	p	32	[illegible]	邬	u	51	[illegible]		ḍ
14	[illegible]	发	p'	33	[illegible]	翳	e/ė	52	[illegible]		ṇ
15	[illegible]	末	b	34	[illegible]	污	o	53	[illegible]		ī
16	[illegible]	麻	m	35	[illegible]	遐轻呼	G	54	[illegible]		ī
17	[illegible]	拶	ts	36	[illegible]	霞	γ	55	[illegible]		ụ
18	[illegible]	攃	ts'	37	[illegible]	法	hụ	56	[illegible]		ē

说明：1-41 号字母属原字母表；42-56 号字母为后增字母。38 号字母仅见于文献中的字母表，未见实际用例。 42-45 号字母分别同 37、27、29、24 号字母相对立，仅用于汉语。

46-56 号字母用于转写梵文、藏文。 原字母表中 31、32、33、34、39 号字母为元音字母，40、41 号为半元音字母。

八思巴字母和三十六字母对应情况如下（与“交互音”有关的加下划线。“交互音”讨论见下节）：

八思巴字母和宋人三十六字母对应表

清浊/五音		全清	次清	全浊	次浊	清	浊
牙音		见	溪	群	疑		
		ꡀ	ꡁ	ꡂ	ꡃ（含部分喻母）		
舌音	舌头	端	透	定	泥		
		ꡈ	ꡉ	ꡊ	ꡋ		
	舌上	知	徹	澄	娘		
		ꡄ	ꡅ	ꡆ	ꡇ		
唇音	重唇	帮	滂	並	明		
		ꡌ	ꡍ	ꡎ	ꡏ		
	轻唇	非	敷	奉	微		
		ꡤ	（同非）	ꡰ	ꡓ		
齿音	齿头	精	清	从		心	邪
		ꡐ	ꡑ	ꡒ		ꡛ	ꡕ
	正齿	照	穿	牀		审	禅
		（同知）	（同徹）	（同澄）		ꡚ	ꡮ
喉音		影			喻	晓	匣
		ꡝ ꡖ			ꡗ ꡭ（含部分疑母）	ꡜ	ꡣ ꡯ（ꡜ，汉语少用）
半舌音					来		
					ꡙ		
半齿音					日		
					ꡔ		
					ꡘ，汉语少用）		

这些变化在金代的《五音集韵》中已经有所体现了。宁忌浮先生《韩道昭〈五音集韵〉第二音系考》一文进行了详细讨论。宁先生指出，《五音集韵》的第二音系中，韵母上三四等已经合流，有些韵有重新合并的现像；而声母上呢，最多的是浊音清化，其次

是……再就是彻穿、非敷、影喻、疑喻分别混用（宁忌浮 2010:84）。

我们不禁要问，为何《蒙古字韵》中守旧、革新两种因素能熔于一炉呢？或说《蒙古字韵》的声母革新源自何处呢？

二、《蒙古字韵》声母格局与"交互音"

从文献源流上说，《蒙古字韵》的音系应该都是以《七音韵》为基础的，但如上节所论，《七音韵》的韵图应当是七音三十六母、四等格局，难以展示这些革新变化。更为棘手的是，《七音韵》已佚，难以悬揣。但我们在元代的另一韵图元人刘鉴《经史正音切韵指南》前附"分五音"等条目中发现了"交互音"一条。其内容是：

交互音：知照非敷递互通，泥娘穿彻用时同，澄床疑喻相连属，六母交参一处穷。

其所包含声母正好是《蒙古字韵》声母系统中那些大胆合并表现革新变化的类别（见上节字母表加下划线的声母对照），仅泥娘分合不同，我们将在后文讨论。

知、彻、澄一组与照、穿、床合并，即：并照于知，并穿于彻，并床于澄；

非、敷混并；

疑、喻混并；

（泥娘有分有合）

这会是巧合吗？我们认为不是。因为如果这些革新表现是《蒙古字韵》的编写者自发而为之的，那我们就无法解释为何他不像《中原音韵》和明末的《等韵图经》那样彻底表现早已出现的浊音清化，还有影母与疑喻等全都变为零声母而混并也没有得到体现。其革新表现的不彻底及其模式与"交互音"的高度一致性使我们只能得出这样的结论：《蒙古字韵》对声母革新的表现是依据"交互音"之类规定的，而这些规定就存在于其编写所依据的《七音韵》中。

现在的问题是，《蒙古字韵》的编写依据或说其音系来源是什么？该源头著作中能否同时容纳有保守和革新两种声母特点呢？如上文所述，包含有"交互音"的《经史正音切韵指南》等金元韵图就正好容纳了这两种因素，其主体音系一般都保留三十六字母的保守体系，同时又有记录新的语音变化的"交互音"之类附加条目。而更令我们坚定这种想法的是，学界一般认为《蒙古字韵》音系就源于金元韵图《七音韵》。

三、金元韵图及《七音韵》的守旧性

杨耐思、宁忌浮二先生都主张，元代韵书《蒙古字韵》与《古今韵会举要》及韵表《礼部韵略七音三十六母通考》①的音系都来源于早佚的音韵学著作《七音韵》(杨耐思 1989；又见杨耐思 1997:144。另见宁忌浮 1997:7)。但因《七音韵》亡佚，其内容无缘得见。不过，从《蒙古字韵》诸书完整保存浊声母来看，《七音韵》的韵图形式不外乎《四声等子》、《切韵指南》等近代韵图所呈现的七音三十六母四等的格局。

宁忌浮《〈古今韵会举要〉及相关韵书》(1997:11-12)对《七音韵》在韵图类别及其发展史上的地位给出了准确地描述(《七音韵》属最后一类，表参看第一章)，现存的几种宋金韵图有《韵镜》、《七音略》、《四声等子》、《切韵指掌图》等，还有《七音韵》，元代则有《切韵指南》，明代还出现了极富革新精神的《等韵图经》等。

至于《七音韵》，因为其早佚，所以关于其内容我们只能通过受其影响颇深的《蒙古字韵》、《韵会》及《通考》来推知。至于其革新程度，我们认为不能轻易下结论，因为宋元时期的等韵著作所表现出的革新精神往往是与其固守传统的举措混为一体的，要下一番剥离的功夫才行。这在号称革新的《切韵指掌图》中表现得尤其突出。

《指掌图》的声母就固守了三十六字母的传统。在韵部上，则表现出了革新与守旧的混并。具体表现是：

A.《指掌图》对《广韵》的不少韵部进行了合并(如东与冬、鱼与虞、谈与覃等)。全书共分二十图，其内容与《四声等子》的二十图不完全相同。

B.《指掌图》没有摄的名称，但有摄的内容，按其各图的特点进行归类，共有十三摄，独居一图的韵为一摄，开合相配图中的韵合为一摄。十六摄中的果与假、宕与江、梗与曾在《指掌图》中被分别合为一图，故比十六摄少了三摄。这十三摄可以称作：

通 止 遇 蟹 臻 山 效 果(假) 宕(江) 梗(曾) 流 深 咸

C.《指掌图》对开合的处理与《四声等子》有所不同，如《四声等子》将江韵归于开口图，《指掌图》则将江韵归于合口图。

将读音趋同的韵合并，这当然是《指掌图》革新的表现，但我们不应忽视的是，其守旧

①为行文简洁，《蒙古字韵》、《古今韵会举要》、《礼部韵略七音三十六母通考》与《七音韵》多分别省作：《字韵》、《举要》(或《韵会》)、《通考》与《七音》。

表现也非常突出，即在韵部合并的同时，该书始终如一地恪守等第之别(即使是一向视为革新突出表现的止摄精组字升为一等，李思敬 1994、蒋冀骋 1997 也认为是韵图编者排韵列等的某种从权做法)。由于韵部的合并，其韵图的数量由《韵镜》的 43 张图减为 20 图。不过，虽然图的数量有变化，但单张图的横纵搭配格局却没变。韵图是由三十六字母跟四等构成的横纵经纬网，这个格局不容破坏。这是继承传统韵图、恪守等韵门法的突出表现。正因恪守等第之别，所以语音相近的韵中同等第的小韵(指韵图上实际所处的等第)较易合并，而跨越等第界限的合并则很难实现，等第之别仍是一道不可逾越的鸿沟。正因如此，所以就单张图的格局来看，较之《韵镜》，《指掌图》并没有实质性的变化，较为惹眼的一点不过是因声母变为线性排列之后带来的“拉抽屉式”的变形，这在舌、齿音中表现得尤其突出。齿头音精清从心邪占据一、四等，好比是抽屉的外框，正齿音照穿床审禅好比是抽屉的内匣。在《韵镜》的格局中，抽屉是合着的，到了《切韵指掌图》，抽屉则拉开了。无论合着还是拉开，等第基本没有变化。舌头音和舌上音的格局也是如此。看下图：

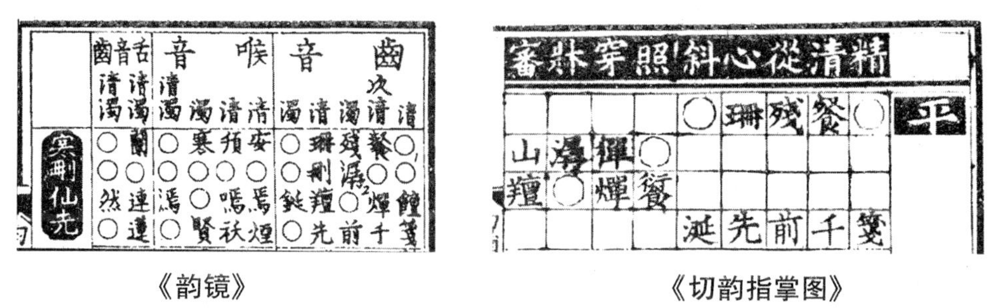

《韵镜》　　　　《切韵指掌图》

这种“拉抽屉式”的变形既可以描述韵图的形制变化，同时也可以概括近代多部韵图及韵图式韵书中韵部合并的特点，即韵部的合并基本限于在同等第的韵(指韵图上实际所处的等第)之间进行，其运行模式呈现为“横向运动、纵向阻隔”。《四声等子》和《切韵指南》情形与此也十分接近。只是到明末(1606)才出现了极富革新精神的《等韵图经》，突破四等与声调格局。从《蒙古字韵》诸书保存浊声母、七音四等格局基本完好来看，作为其音系来源的《七音韵》绝不会如《等韵图经》般革新。《七音韵》应该受制于它所处的时代，与《等子》、《指掌图》、《指南》等相近(因为这三种韵图也是以革新著称的)，也是七音三十六母、四等格局。

四、“交互音”的革新

如上文所说，《蒙古字韵》的音系是以《七音韵》为基础的，其韵图形式不外乎《四声等子》、《切韵指南》等近代韵图所呈现的七音三十六母四等的格局，这就决定了《七音韵》本身和《蒙古字韵》声母系统的保守性，而“交互音”之类的规定则又决定了《蒙古字韵》声母系统中革新成分。其革新表现的不彻底及其模式与“交互音”的高度一致性使我们只能得出这样的结论：《蒙古字韵》对声母革新的表现是依据“交互音”之类规定的，而这些规定就存在于其编写所依据的《七音韵》中。

罗常培先生在《八思巴字与元代汉语》中进一步指出：“从八思巴字对音考证出来的元代汉语声类，也和汉语音韵史上许多地方相合”，如《清通志·七音略》曰：“知、彻、澄古音与端、透、定相近，今音与照、穿、床相近。泥、娘，非、敷，古音异读，今音同读。”罗先生据此认为：“果如所言，则知、彻、澄、娘、敷之混变自北宋已见其端。故旧传朱熹之三十二母有照、穿、床、泥而无知、彻、澄、娘，陈晋翁《切韵指掌图节要》之三十二母有知、彻、澄、泥而无照、穿、床、娘，吴澄之三十六字母删知、彻、床、娘，黄公绍《韵会》之三十六母并照于知，并穿于彻，并床于澄……此四家者，虽亦略有出入，要不外于知、彻、澄、娘与照、穿、床、泥之混并。”①可见这些新的音变已不算太新，只是守旧的韵图没能及时反映而已。

“交互音”的规定中，《蒙古字韵》未严格遵守的只有泥娘二母，“交互音”规定同用，而《字韵》分立。其原因当为二者的等第之别，泥属于端透定一组，而娘属于知彻澄一组，分属不同等第，而《字韵》对等第是颇为看重的。疑、喻的合并也是以等第相同为前提条件的（宋洪民 2013）。《字韵》遵循“交互音”合并声母时，是严格以等第的相同与否为分合依据的：即等第相同的声母可据“交互音”的相关规定加以合并，等第不同的则即使“交互音”规定要合并，《字韵》依然固守等第的畛域界限而各自分立。看下表：

音喉	音齿			音牙	音舌				音唇		
				疑	泥						一等
	床	穿	照	疑	娘	澄	彻	知			二等
喻	床	穿	照	疑	娘	澄	彻	知	敷	非	三等
喻				疑	泥						四等

知组与照组等第相同，可以合并；非、敷等第相同，可以合并；疑、喻在相同等第间，可以合并，但不同等第的要严格区别；泥、娘等第不同，不能合并。《蒙古字韵》对等第是颇为看重的，而且我们发现，该书中的韵类分合严格遵循“等韵门法”（宋洪民 2017）。

①罗常培、蔡美彪编著：《八思巴字与元代汉语》（增订本），北京：中国社会科学出版社，2004 年，第 173 页。

为了彻底搞清楚泥娘的纠葛，我们将《蒙古字韵》中所有的泥娘母小韵系全都找出来，列为一表：

	韵母对立			假对立（等第不同）	单向对立	
					本为泥母	娘转泥母
	靠声母区别	靠韵母区别	靠声韵两种手段区别			
一东	nuŋ/ ňuŋ 浓					
二庚					niŋ 宁（四等青韵泥母）/	
二庚					nhi ŋ 能（一等登韵泥母）/	nhi ŋ 佇（二等耕韵娘母。《韵会》泥耕切，注云：音与蒸韵能同。）/
三阳	naŋ 囊/ ňaŋ 娘					
四支				ni 泥 惄 /ňi 尼 暱（《韵会》亦 ni 惄 / ňi 暱 对立）		
四支				nue 内/ ňue 诿		
五鱼			nu：怒/ ňėu 女			
六佳					naj：乃/	
七真						/纫（该小韵系只此一字，本娘母字，拼作泥母；《韵会》泥邻切，注云：旧音尼邻切）
七真					nun 嫩/	

续表

	韵母对立			假对立（等第不同）	单向对立	
					本为泥母	娘转泥母
八寒					nan:难/	
					non 暖/	
九先				nen:年 /（《韵会》与“辗”字对立）		
十萧					naw /	
						/ nėw 嫋
					nu̯aw/	
十一尤				/ ňiw 纽		
					nhiw 耨 /	
十二覃					nam:南/	
				nem: 鲇拈念/ ňem 黏粘		
十三侵				（《韵会》对立，此处列“南”字，取尼林切的叶韵音）/ ňim 赁（本娘母字，该小韵系只此一字）		
十四歌					no 那傩 /	
					nu̯o /	
十五麻					nė 涅（泥母屑韵四等）/	n ė 聂（本娘母葉韵三等）/
					nu̯a /	
						[ ]na :拏（《韵会》奴加切，注云：旧韵女加切。）纳 /

因为真为三等韵，无一、四等泥母字，故娘母写作泥母也不会导致与泥母混淆。

我们可以看到，表中泥、娘二母的对立可以分为三种情况：

A、单向对立。因为该类中没有泥、娘混淆的可能存在，所以娘母一般就写作泥母。

B、假对立。据《中原音韵》那些已经同音的字，在这里因声母有泥、娘的不同而分立，我们认为这是假对立，多是拘于等第之别（大多是泥母字是四等，而娘母字是三等）。即靠泥、娘的不同拼写形式来展示字音的等第之别。

C、韵母对立。有些字确实读音有别，但这种差别不是声母的泥、娘对立（泥、娘应该已经合并），而是韵母的差异。但由于八思巴字拼写形式受到多种限制，所以有时就用这种声母的差别来表示韵母的差异，如 nuŋ 农/ ňuŋ 浓，nM naŋ 囊 / ňaŋ 娘。当然有的韵中也可以同时将韵母的不同展示出来，如 nu nu：怒/ N|u ňėu 女。“农”“囊”等对立中之所以韵母对立没有展示出来，其原因是含 ė 的韵母一般是拼喉牙音的，而娘母字则要服从“知彻澄娘”整体的拼合规律。“三阳”韵部中 |M ėŋ 韵是拼牙喉音的（再加精组和来母字），“娘”字只好与知彻澄一起归入 M aŋ 韵。其韵母中的介音就只能由声母来提示了。

当然知组字有时会出现参差。如在《蒙古字韵》“一东”韵部中，与知三章组字本为一类的澄母字“虫、重”等字，韵母拼写与知三章组的其他声母字不同，归在 ėuŋ 韵；相反，庄组的崇母字却与知三章组字拼同一韵母 uŋ。不过，在其中我们会发现比较有趣的一种现像，那就是假二等的崇母字尽管在拼写上与知三章拼同一韵母 uŋ，但如表中所示，韵中排在二等的有崇母，但排在三等的澄母和船母位置却都空着；而在下表中， ėuŋ 韵三等有澄母字，但二等庄组根本无字出现。所以这儿所谓庄组声母与知三章组的相混，其实并没有真的混并。接下来我们要问的是，一东韵部中难道真的会出现这种现象吗？知三章组字中本为一类的澄母字（虫、重等）另类别居，别出另为一韵，而本不同类的庄组的崇母字却恰恰与知三章组变得韵母一致起来。我们认为这儿所谓庄组声母与知三章组的相混，并没有真的混并，尽管庄组的崇母与知章组确实与同一韵母 uŋ 相拼了，但两组声母字并没有真正出现在同一个小韵中，即没有出现绝对的同音字（因为澄母去与 ėuŋ 韵母相拼了）。《中原音韵》展示的是“崇重虫”合并同音的格局。所以我们推断《字韵》这种“崇”、“重”纠葛的格局是一种人为的现象。因为《蒙古字韵》的编者更重视韵书和韵图的分类（杨耐思 1997：81），也就是要遵循“等韵门法”，所以“知三章”与“知二庄”一定要拼不同韵母的约定不容打破。这在我们转引杨耐思先生的研究结论中看得很清楚。而这种区别更突出地表现在三等韵的庄组字与其他声母字在声韵拼合上的表现。“崇”“虫”不同韵，守住了假二与三等不同音的底线。《字韵》的格局是人为造成的。这应该是由于庄组崇母字占用了这一八思巴字头 tšuŋ，澄母字因恪守假二与三等不同音的原则①,便只好脱离了“知三章”的群体,退守到了 ǀuM ėuŋ 韵中,拼作 JǀuM tšėuŋ。这种格局的形成是《字韵》恪守等韵门法的证据之一,它遵循的就是门法的“正音凭切”门。正音凭切是指反切上字为照组声母二等字,下字如果是三等或四等韵的字,切出的字也应是二等字。据此,照组声母的假二等字和三等字是严格区分的。可以说,“崇”“重”的拼写差异是八思巴字拼写系统为了区分庄组声母与知三章组声母作出的人为区分,是为了遵循等韵门法而作出的选择。在这种情况下,娘母自然要服从大局归在 uM uŋ 韵。而“女”字的标音呢,则因为“五鱼”韵部知三章组字整体上都与 ǀu ėu 韵相拼,所以娘母也可以与之相拼,当然这样就有两种区分标志了,手段就冗余了。

综上述,我们的分析结论是,在泥、娘两类字不会混淆的情况下,娘母可以写作泥母。

质言之,泥娘有别的情况无论是 C 类的韵母确实有别而用声母来加以区分,还是 B 类的假对立,它们都表现为韵图上的等第之别。也就是在上述情况下,泥娘的分立就是为了不要混淆这种等第之别,而当不存在混淆的危险时(即没有对立的情况),如类的 A 单向对立中,娘母就写作泥母。这说明,娘母已经变为泥母了。

当然,这种守旧与趋新的双重性、矛盾性在其他等韵学著作中也存在着。如《切韵指南》即是如此,其“交互音”就有反映新的语音变化之处:“知照非敷递互通,泥娘穿彻用时同,澄床疑喻相连属,六母交参一处穷。”邵荣芬《汉语语音史讲话》(1979:143)说“这些东西,不知道是不是刘氏的作品”。何九盈《中国古代语言学史》(2000:216)谈到:“这个‘交互音’如果为刘鉴本人所作,说明实际上只有 30 个字母了,因为知彻澄已与照穿床合一,非敷合一,疑喻合一(引者按,似乎漏掉了“泥娘合一”),减少了 6 个声母。”不过,即使“交互音”一条不是刘鉴本人所作,其时代也不会太晚,这应代表了元明学人的共识。因为明朝的袁子让就因为此条批评了《切韵指南》。袁氏《字学元元》卷一“分三十六母本切”:“诸母牙音中,见溪群三母无谬,惟疑母有讹呼作夷者。此母一谬,则以鱼为余,颙为容,危为为,银为寅,元为员,牛为尤,敝不可胜道。即作《指南》者,亦谓疑喻相通,可笑哉!”又曰:“齿音中,精等、照等,亦各相肖,惟精五母出在两齿头相合之处,而照等五母在正齿之内,舌稍用事,故中有少似舌上音者。少不别于毫厘之间,则即以作《指南》者,亦谬谓穿彻同用,而澄床互通矣。”李新魁《汉语等韵学》(1983:188)也谈到:“这‘交互音’一节,说的都是音变的实际现象,而这,在韵图本身并没有表现出来,只在卷首作了说明。

①关于“照组声母的假二等字和三等字是严格区分的”这一原则,在舒声韵中表现得更为彻底,而在入声韵字中偶有突破。如《蒙古字韵》萧部来自药韵假二等的“斮”字(庄),和来自三等的“著”(知三)、“灼”(章三)被归在一起。关于入声字的表现,这是匿审专家指出的,特此致谢。关于这一问题,俟后以专文讨论。

这也反映了《切韵指南》一定程度的保守性。”《蒙古字韵》与《七音韵》也表现出了类似的这种守旧与趋新的双重性、矛盾性，这当然导源于表现革新因素的“交互音”与其他保守因素的新、旧并存。

参考文献

韩道昭著，宁忌浮校订：《校订五音集韵》，北京：中华书局，1992 年。

黄公绍、熊忠著，宁忌浮整理：《古今韵会举要》，北京：中华书局，2000 年。

李新魁：《韵镜校证》，北京：中华书局，1982 年。

刘鉴：《经史正音切韵指南》，中国台北：台北艺文印书馆《等韵五种》影印明弘治九年思宜重刊本，1981 年。

陆志韦：《记徐孝〈重订司马温公等韵图经〉》，《燕京学报》1946 年。又收入《陆志韦近代汉语音韵论集》，北京：商务印书馆，1988 年。

司马光：《宋本切韵指掌图》，北京：中华书局，1986 年。

佚名：《四声等子》，中国台北：台北艺文印书馆《等韵五种》影印明弘治九年思宜重刊本，民国七十年三月二版(1981)。

照那斯图、杨耐思：《蒙古字韵校本》，北京：民族出版社，1987 年。

郑樵：《七音略》，收入《通志 · 二十略》，北京：中华书局，1995 年。

何九盈：《中国古代语言学史》，广州：广东教育出版社(第 2 版)，2000 年。

蒋冀骋：《舌尖元音产生于晚唐五代说质疑》，《中国语文》1997 年第 5 期。

李思敬：《从吴棫所描写的某些南宋俗音音值证〈切韵指掌图〉的列等》，《音韵学研究》第 3 辑，北京：中华书局，1994 年。

李新魁：《汉语等韵学》，北京：中华书局，1983 年。

刘海阳：《韵图三四等对立在现代方言中的反映》，《方言》，2017 年第 4 期。

鲁国尧：《〈卢宗迈切韵法〉述评》，《中国语文》，1992 年第 6 期、1993 年第 1 期，又收入《鲁国尧自选集》，河南郑州：河南教育出版社，1994 年。

罗常培、蔡美彪编著：《八思巴字与元代汉语》增订本，中国社会科学出版社，2004 年。

宁忌浮：《五音集韵的“重纽”假象》，载胡竹安、杨耐思、蒋绍愚主编《近代汉语研究》，北京：商务印书馆，1992 年，第 225—234 页。

宁忌浮：《古今韵会举要及相关韵书》，北京：中华书局，1997 年。

宁忌浮：《宁忌浮文集》，长春：吉林人民出版社，2010 年。

宁忌浮：《重读〈蒙古字韵〉》，《传统中国研究集刊》九、十合辑，上海：上海人民出版社，

2012 年。
邵荣芬:《汉语语音史讲话》,天津:天津人民出版社,1979 年。
宋洪民:《八思巴字拼写系统中的"影、疑、喻"三母》,《民族语文》2013 年第 1 期。
宋洪民:《元代蒙、汉语言接触在喉音声母和复元音韵母上的表现》,《中国语文》2017 年第 2 期。
宋洪民:《等韵门法所涉等第对立对蒙古字韵标音的影响》,《语言学论丛》56 辑,北京:商务印书馆,2017 年。
杨耐思:《〈韵会〉〈七音〉与〈蒙古字韵〉》,原载吕叔湘等著《语言文字学术论文集》,知识出版社,1989 年。又载杨耐思《近代汉语音论》129—145 页,北京:商务印书馆,1997 年。
赵荫棠:《等韵源流》,北京:商务印书馆,1957 年。
张民权等:《〈蒙古字韵〉编撰与近代官话语音史问题》,《山西大学学报》2016 年第 2 期。
照那斯图、杨耐思:《八思巴字研究》,《中国民族古文字研究》,北京:中国社会科学出版社,1984 年,第 374—392 页。

The Initial System of*Menggu Ziyun* and Jiaohuyin

Song Hongmin
(Jinan University)

Abstract: The Initial System of *Menggu Ziyun* had increased Initial He 合, Yao 幺, Yu 鱼 and decreased Initial Zhao 照, Fu 敷 than Sanshiliuzimu 三十六字母. Initial He 合, Yao 幺, Yu 鱼 are induced from the rules of hP'ags-pa spelling and influence of Mongolia. But the decreasing of Initial Zhao 照, Fu 敷 are complied with Jiaohuyin. In contrast, the voiced initials in the Initial System of *Menggu Ziyun* had been preserved because of the conservative ideas of rhyme tables.

Keywords: *Menggu Ziyun*; rhyme tables; Qinyinyun; Jiaohuyin

◎词汇学与词汇研究

两周金文同义连用现象整理与分析*

彭著东

（北京师范大学文学院）

提要:同义连用是古汉语中一种普遍而重要的现象。在两周金文中,存在较为丰富的同义连用现象。本文在全面整理两周金文同义连用现象的基础上,着重分析其类型、成因、源流、特点和语言地位。研究发现,两周金文同义连用共有147例,按组成成份的词类可分成名词、动词、形容词、副词、代词、介词的同义连用六种类型,其产生是语言内部的韵律、语义因素与认知因素共同推动的结果,具有明确的历史源流关系,具备表意确定性、语义聚合性和形式多样性的语言特征。两周金文中同义连用现象的性质是词组,其中有个别凝固成词的现象。在汉语词汇双音化过程中,两周时期同义连用起到了十分重要的作用。深入研究两周金文同义连用现象,对汉语词汇史研究有着不可低估的意义。

关键词:两周;金文;同义连用;复合词

同义连用是古汉语中一种普遍而重要的现象。从汉唐经清代至今,大量学者都对传世文献中的同义连用现象进行过研究,取得了丰硕的研究成果①。和传世文献相比,出土

---

* 本文的写作曾得到李国英教授的指导,完成后蒙匿名审稿专家提出宝贵的修改意见,谨致谢忱。

①李素娟:《汉语同义连用研究综述》,《中州学刊》,2009年第4期。

古文字材料可信、数量稀少,对汉语构词法和词义研究等领域都有十分重要的作用①。其中,两周金文是出土文献中的重要组成部分,“不少是长篇巨制,前人以之与《尚书》相比,有很宝贵的价值。”②但是,学界对出土文献中同义连用现象的研究却显得较为薄弱,两周金文同义连用现象的研究亦是如此。廖序东、王秀丽③等人曾有专文研究这一课题,然而其研究或是举例说明、整理不够充分,或是相关理论探讨不够全面。因此,本文旨在立足现代语言文字学的理论高度,吸收传统“小学”和近现代学者的相关研究成果,系统彻查两周金文中的同义连用现象,展现其基本面貌,梳理其历史源流,分析其成因、特点与语言地位,从而为同义连用现象的研究提供语料支持,深化对同义连用现象的认识,推进汉语词汇史的研究。

一、两周金文同义连用现象的整体状况

历史上对同义连用现象有不同的称呼,其具体内涵也不尽相同。我们认为,同义连用是指两个或两个以上义位基本相同的单音节语素并列使用的语言现象。本文主要以中国社会科学院考古研究所编《殷周金文集成》(简称《集成》)和钟柏生等编《新收殷周青铜器铭文暨器影汇编》(简称《新收》)为语料范围。统计得出两周金文同义连用现象共有 147 例。④ 根据并列成份的不同词性,可分为名词同义连用、动词同义连用、形容词同义连用、副词同义连用、代词同义连用和介词同义连用。

两周金文同义连用表

		语义类别	同义连用例	计数
名词30	一	土地	强土(疆土)、封疆、土田、田甸	4
	二	人物	辟君、辟君王、君王、辟王、又陼(友邻)、倗[illegible](倗友)、婚遘(婚媾)、师旟、君公、室家、师尹、宾客、先旧、胤嗣	14

①裘锡圭:《谈谈古文字资料对古汉语研究的重要性》,《中国语文》,1979 年第 6 期。

②李学勤:《古文字学初阶》,北京:中华书局,1985 年,第 38 页。

③廖序东:《金文中的同义并列复合词》《金文中的同义并列复合词续考》,《廖序东语言学论文集》,北京:商务印书馆,2004 年。王秀丽:《金文词汇同义连用现象探究》,《宁夏大学学报(人文社会科学版)》,2012 年第 6 期。

④在统计时,同组同坑同时代器物、器盖同铭、两面同铭皆算一例。

续表

		语义类别	同义连用例	计数
名词30	三	光明、功绩	耿光、光剌(烈)、工烈(功烈)	3
	四	谋略	谋虑、诲猷	2
	五	福	福禄、乍福(祚福)、祜福	3
	六	其他	楚荆、典尚(典常)、祭祀、邦国	4
动词71	一	赐予	光商(贶赏)、易商(赐赏)、休易(休赐)[易休(赐休)]、赐宾、休眦(休畀)、休賚(休赉)、赐賚(赐赉)、贶畀、𡨦受(𡨦授)	9
	二	损毁、毁灭	𡉚克(圣克)、且射(沮厌)	2
	三	征伐、击伐	征伐、朿伐(刺伐)、攻開(攻钥)、𢦏伐(划伐)、博伐(搏伐)、各伐(格伐)、征行	7
	四	遵循、效法	帅型[型帅]、井斆(型斆)	2
	五	辅助、辅佐	達即(弼攸)、尢保(尪保)、達匹(弼匹)、𥁕夹(绍夹)[夹𥁕(夹绍)]、绍匹、弜尃(弼辅)、左疋(佐胥)、左右(佐佑)、𤔲辪(襄乂)、保嬖(保艾)、辅相	11
动词71	六	掌管、治理	𤔲官嗣(辥官嗣)、官嗣、䝨嗣、戉𤔲(越历)、諫辪(敕乂)、经𤔲(经维)	6
	七	祈求	𣄴匄(祈匄)、祈奉(祈祓)	2
	八	返回	复还、来归、来复	3
	九	铸造	乍铸(作铸)[铸乍(铸作)]、乍为铸(作为铸)、乍为(作为)、铸造、铸乍为(铸作为)、乍造(作造)[造乍(造作)]	6
	十	开拓	辟启、创辟	2
	十一	安保、防御	干吾(捍敔)、保奠[奠保]、定保、妥安(绥安)	4
	十二	接受	承受、膺受	2
	十三	其他	奔走、死亡、圝屦(绍缵)、𩰫祈(摕祇)、𩰫屖(甄毓)、勤劳[劳勤]、迷惑、诱导、䵼熏(申重)、敕择、俞改(渝改)、获得、来各(来格)、田猎、匍有	15
形容词39	一	敏捷	敏諫(敏速)、肇诲(肇敏)	2
	二	美	休异(休翼)、休善、再盩(称戾)	3
	三	静	青幽(静幽)、宝静(宁静)、鼏(谧)静安宁、康静	4
	四	长寿	寿考[考寿]、寿耇、寿老	3

续表

		语义类别	同义连用例	计数
形容词39	五	明	[illegible]明(粦明)、明慙(明哲)、[illegible]皇	3
	六	和协	㶾龢(协龢)[龢协]、龢平	2
	七	敬	虔敬、睗共(惕恭)、虔共(虔恭)、畏忌、敬恭、祗敬、严敬	7
	八	乐	喜侃[侃喜]、喜乐、喜侃乐、康乐	4
	九	其他	丮哀(慈爱)、䎸屖(舒迟)、尔[illegible]、恖[illegible](冲襄)、[illegible]皀(猒餫)、䖒虐(暴虐)、畯永(畯永)、蕃昌、孔硕、懅惕、颉[illegible](诘曲)	11
副词			既咸[咸既],亡弗(无弗)、母弗(毋弗)、毋不	4
代词			余我、余朕[朕余]	2
介词			雩若	1
总计				147

我们可以看到,两周金文中,动词同义连用现象最多,共 71 例。根据义类,可分为赐予、损毁/毁灭、征伐/击伐、遵循/效法、辅助/辅佐、掌管/治理、祈求、返回、铸造、开拓/开辟、安保/防御、接受和其他共十三类。其次是形容词同义连用现象,共有 39 例。其中除"喜侃[侃喜]""喜乐""康乐"是形容词的使动用法,"再盩(称戾)"是形容词活用为动词,其他皆为一般形容词。根据义类,可分为敏捷、美、静、长寿、明、和协、敬、乐和其他共九类。名词同义连用现象也较多,共 30 例。其中,除"楚荆"是专有名词外,其他都是一般名词;"乍福(祚福)"名词活用作动词。根据义类,可分为土地、人物、光明/功绩、谋略、福和其他共六类。此外,两周金文中还有一些其他类型,包括副词、代词、介词的同义连用,分别有 4 例、2 例、1 例。相对来说,数量较少。

二、两周金文同义连用的历史源流

考察两周金文同义连用现象的历史源流时,一方面,我们将其与殷商时期出土文献中的同义连用现象进行比较;另一方面,我们将其与先秦两汉乃至后世传世文献中的同义连用现象进行互证。就语言文本属性而言,同义连用现象具有四方面的比较标准:字、词、序、意,即当组成同义连用的单音节语素的用字、单音节语素的词义、同义连用的词序、同义连用之后的语义相同时,就可认定有历史源流关系。

（一）两周金文同义连用与殷商出土文献的渊源

据陈年福、黄天树①的相关研究，殷商甲骨金文中出现的同义连用共 41 例②。其与两周金文同义连用相同的有 5 个：来归、来复、光商（贶赏）、易商（赐赏）、咸既。其他发生变化的有三种情况：

其一，殷商时期的一些同义连用现象到了两周，意义或用法已经发生变化，不再是同义连用。如："至于"，甲文为动词同义连用，表"到达"之义。在金文中，"至"为动词，"于"为介词，或合用为介词，其用法与今相同。如穆公簋盖："唯王初如乃自商师复还至于周。"与兵壶："余严敬兹禋盟穆穆趣趣，至于子孙参拜项首于皇考。"故不再是同义连用。

其二，一些殷商同义连用例到了两周，相同的语义用不同的词来表示。如："乂畯"表"治理"义，西周此义发展为多组同义连用："戉[illegible]（越历）""諫辥（敕乂）""经[illegible]（经维）""[illegible]官嗣""官嗣"和"[illegible]嗣"。

其三，一些殷商甲骨文独有的例语到金文中就消失了。如：卜贞［贞卜］、贞曰［曰贞］、祝曰、御往（御禳）。

由此可见，两周金文同义连用与殷商出土文献是有渊源的。但由于甲骨文、金文自身文体的限制，殷周相同的同义连用较少，大部份殷商甲骨金文中的同义连用例到了两周金文中都有所变化。

（二）两周金文同义连用与先秦两汉传世文献的互证

同义连用现象在先秦两汉以来的传世文献中经常出现。由于两周金文语料的时间跨度较大，以及传世文献历史定性的复杂性，我们认为它们之间是互证关系，而不是简单的渊源关系。

在比较互证中，两周金文中的一些同义连用例与传世文献的语例相同，即都用相同的两个单音节语素、以相同的语序进行连用，以表示相同的语义。

（1）名词同义连用的互证。包括"疆土、土田、封疆、辟王、君王、倗[illegible]（倗友）、婚媾、君公、室家［家室］、师尹、宾客、胤嗣、光剌（光烈）、耿光、功烈、诲猷（谋猷）、谋虑、楚荆、

①陈年福：《甲骨文动词词汇研究》，成都：巴蜀书社，2001 年，第 64—68 页。黄天树：《商代甲骨金文中的同义词连用》，《古文字研究》，2010 年第 28 辑。

②分别是：往出、往步、出步、来出、来归、来复、来入、来以［以来］、擒获、告令、告曰、告言、贞曰［曰贞］、卜贞［贞卜］；光商（贶赏）、易商（赐赏）、返入、呼令（令呼）、来羞、来即、乂畯、告鞫、祝曰、御往（御禳）、分卯、言曰、入乞、见（献）以、以入、至于、获执、蔑[illegible]、众人、求艰（咎艰）、[illegible]（螓）[illegible]、丰（邦）方、田兽（狩）、咸既、亦寻、郯（比）至、自于。

福禄、祭祀、典常”这 21 例。如“室家[家室]”,在金文中表示“家人”义,“用䣌于公室仆、庸、臣、妾,小子室家。”(逆钟。《集成》60-63)此义亦见于传世文献。a.《诗·周南·桃夭》:“之子于归,宜其室家。”“之子于归,宜其家室。”“之子于归,宜其室人。”《毛传》:“家室,犹室家也。”郑笺:“家人,犹室家也。室家谓夫妇也。”按:室家、家室、家人义近。b.《汉书·高帝纪上》:“(汉王)过沛,使人求室家,室家亦已亡,不相得。”

(2)动词同义连用的互证。包括“易商(赐赏)[商易(赏赐)]、休易(休赐)、赐𧶜(赐赉)、征伐、束伐(刺伐)、征行、左右(佐佑)、辅相、保嬖(保艾)、绥安、复还、来归[归来]、来复、乍铸(作铸)[铸乍(铸作)]、造作[作造]、膺受、承受、奔走、死亡、干(捍)敌、匍有(抚有)、勤劳[劳勤]、迷惑、辟启、𤕌𩏂(申重)、获得、来各(来格)、田猎”这 28 例。

(3)形容词同义连用的互证。包括“敏速、肇诲(肇敏)、青幽(静幽)[幽静]、康静(康靖)、康乐、宝静(宁静)、寿考[考寿]、寿耇、寿老、𪏚龢(协龢)[龢协]、龢平、敬恭、畏忌、虔共(虔恭)、祗敬、严敬、𢘋哀(慈爱)、𣪕屖(舒迟)、蕃昌、孔硕、明哲、暴虐”这 22 例。

值得注意的是,在历史互证中还存在两种特殊现象。其一,两周金文中的同义连用例与秦汉以后文献用例也有相同之处,如“铸造”,也见于《旧唐书·食货志》“铸造铜器杂物”。其二,两周金文中的同义连用例与其他记载于传世文献的出土文本之例亦有相同者。如“划伐”,在金文中表示“翦灭、伐除”义,而《诅楚文》也记载:“划伐我社稷,伐威我百姓。”但这种现象非常少见。

除了上述相同之处外,两周金文中的同义连用现象和秦汉传世文献之间还存在一定的差异,从而反映出语言的演变。由于两周金文和传世文献的时间跨度都很大,我们认为,这种演变是泛时性的,既包括历时的语言演化,也包括共时的语言变化。这种差异主要表现在三个方面:

(1)同义连用的参构语素不同。例如:两周金文中表示“辅佐、辅助”的同义连用有“弼匹、夹绍、绍夹、绍匹、张専(弼辅)”等。但在先秦传世文献中,同一语义一般用“夹辅”表示,如《左传·僖公四年》:“五侯九伯,女实征之,以夹辅周室。”同义连用的参构语素发生了变化。①

(2)同义连用的词序不同。例如:“祜福”,两周金文中表示“福佑”义,在两汉文献中作“福祜”,如《汉书·扬雄传下》:“听庙中之雍雍,受神人之福祜。”

(3)同义连用之后的语义不同。可分为三类:①同义连用之后的词性发生变化,语义

①在宋代以后的文献中,出现了“弼辅”连用的现象。如蔡襄《莆阳居士蔡公文集·宰相参政枢密圣节奏荐子孙各京官》:“近以庆诞嘉节,唯一二弼辅之臣,奉觞以上千万岁寿。”这当是语用上的偶合。

也随之发生变化。例如："官嗣（司）"，两周金文中为动词同义连用，表示"职掌、管理"之义，在先秦两汉传世文献中词性发生变化，变为名词，表示"有管理权的人"之义。如《左传 · 隐公五年》："若夫山林川泽之实，器用之资，皁隶之事，官司之守，非君所及也。"杜注："小臣有司之职，非诸侯之所亲也。"②同义连用后的语义广度发生变化。例如："作为"，在金文中表示"铸造（青铜器）"义，在先秦两汉的传世文献中，表示广义的"制作"之义，其语义广度大幅度增加。如《诗 · 小雅 · 巷伯》："寺人孟子，作为此诗。"《史记 · 秦本纪》："夫自上圣黄帝，作为礼乐法度。"可泛指诗歌、制度、礼乐等方面的制作。③同义连用后的语义完全不同。例如："颉[illegible]（诘曲）"，在金文中表示"委婉"义，在秦汉传世文献中又作"诘诎"，其语义发生变化，表示"弯曲"义。如《说文解字叙》："象形者，画成其物，随体诘诎，日月是也。"

可见，两周金文中的同义连用现象具有明确的历史源流。和殷商时期的同义连用相比，它们之间有渊源，并有较大的变化。但由于出土文献材料的有限性，我们无法看到二者之间关系的全貌。同时，有 79 个①两周金文中的同义连用例与先秦两汉的传世文献有着互证关系。其中，有互证关系的以《尚书》《左传》《诗经》为最多，究其原因，主要是因为这些文献历史古老，保存了更多的两周古语。在历史互证关系中，有一些同义连用现象发生了变化，但它们的数量很少（8 个）。这一现象体现出出土文献和传世文献之间密不可分的关系——是同一语言的不同载体。

三、两周金文同义连用的基本成因

语言现象的产生与发展演变，一方面受到语言自身因素的影响，另一方面又与社会历史发展的要求以及使用该语言的社会成员的思维、心理等方面密切相关。所以本文主要从以下两个方面来探讨两周金文同义连用的基本成因。

1. 语言层面。两周金文中同义连用现象的产生，在语言内部主要是受语义和韵律的双重推动。

首先是表义明确的要求。词汇使用的理想状态是以最少的音节表达最明晰的意义，但汉语中多义词多，一个词往往承担不同的义项，这使得词汇的使用变得模糊起来。为解决这种汉语词汇音节与表义之间的矛盾，汉语采用了增加词形、扩充音节的方式。其

---

①统计时，由于金文本身假借繁多、字用复杂的特点，我们不强调用字的完全一致。又因为两周金文同义连用的词序本身并不固定，词序角度的互证也比较宽泛。

实,同义连用也是这一矛盾的产物。唐钰明曾以金文为研究对象,明确指出“汉语复音化的基本原因是语义的精密化”①。同样,两周金文同义连用的产生也是语义表达的精密化要求。例如,两周金文中有表示“赐予”的一系列同义连用:休易(休赐)、休毗(休畀)、休𧸘(休赉)、赐𧸘(赐赉)、贶畀、易畁(赐畀)、[illegible]受(授)。这些词由词义显豁的赐、休、贶与畀、赉等词相配,可相互说明、相互补充,起到一种“互文见义”的作用,也是为了更好地表达语义。此外,两周金文同义连用中还有少量的三语素同义连用、四语素同义连用的语例,如辟君王、喜侃乐、作为铸、鼏(谧)静安宁,这也是为了更清晰地表达语义。

其次是韵律及音步的推动。上古汉语中主要是单音节词,复音节的单纯词所占比例很少,而且汉语是缺少形态变化的孤立语。这使得同义语素的结合或分离有了更大的可能。而音步是语流中最基本的韵律单元,对词的音节长度有规约作用。汉语的标准音步是双音节音步,在同一音步中的短语或者跨层结构的两个成份之间的距离由此被拉进②。这种节奏、音步的制约,也是两周金文同义连用产生的重要原因之一,它使得双音节占绝大多数,共 142 个,占总量的 96.6%。

2. 认知层面。影响两周金文同义连用产生的认知方面的因素主要有二:其一,信息处理中的组块心理。根据心理学研究,人脑在处理信息时建立在短时记忆的基础上,而短时记忆有一定的容纳限度。为减少记忆负担,人们在理解时尽可能把语词组合起来记忆。这就是人脑处理信息时的组块(chunking)方式。③ 同义连用的产生,很多情况下是这种组块心理作用的结果。人们把具有相同义位的词组合在一起使用,更方便记忆。其二,词群之间的联想心理。联想是人类的自然天性,在语言的演变过程中,联想是词义和词形演变的基础。在具体语用中,基于联想心理,两个或多个具有相同或基本相同意义关系的词往往共现与人脑之中,形成一个词群。在早期同义连用语例中,往往由几个不同的同义词相互组合成不同的同义连用例,如休、易(赐)、宾、毗(畀)、𧸘(赉)、贶等同义词可组成 7 组同义连用:休易(休赐)、赐宾、休毗(休畀)、休𧸘(休赉)、赐𧸘(赐赉)、贶畀、易畁(赐畀)。这一现象正是联想机制的作用。

①唐钰明:《金文复音词简论—兼论汉语复音化的起源》,《著名中年语言学家自选集 · 唐钰明卷》,合肥:安徽教育出版社,2002 年,第 117 页。

②冯胜利:《汉语韵律句法学》,上海:上海教育出版社,2000 年,第 88 页。

③陆丙甫:《语句理解的同步组块过程及其数量描述》,《中国语文》,1986 年第 2 期。

四、两周金文同义连用的主要特征

两周金文同义连用的语言特征与金文自身的文体特征密不可分。金文的表述语言比较程序化，内容相对固定，多为分封、赏赐、战争、契约等，这对同义连用均有影响。具体而言，两周金文同义连用的语言特征主要表现为三个方面：

1. 表义确定性。在两周金文147个同义连用中，词义单一和词性单一的多达114个，占总量的78%。此时单音词一词多义、一词多类的情况已经很普遍，同义连用的确定性就显得更为明显，这种确定性有助于我们正确地释读铭文。可以说，金文中同义连用现象的出现，正是为了在具体的语用中控制词义的多样性，从而实现表义的准确性。在两周金文同义连用中，虽然也有兼义、兼类的情况，如"喜乐""左右"等，但为数极少，不超过5%。

2. 语义聚合性。两周金文同义连用的语义是有限的，在上述"两周金文同义连用的整体状况"中，我们对同义连用的义类进行了归纳，从中能够明显地看出这一特点。语义的有限性是由金文内容的有限性所决定的。在有限的语义中，同义连用的组合模式并未固定，往往由多个同义词、近义词组成不同的同义连用。因此，两周金文的同义连用现象实际上为我们展现出语义的聚合状态。在两种金文的同义连用中，呈现出两周时期的近义义场。如：表示君王义的有"辟君、辟君王、君王、辟王"，表示敬义的有"虔敬、賜共（惕恭）、虔共（虔恭）、畏忌、敬恭、祗敬、严敬"。

3. 形式多样性。在两周金文中，组成同义连用的并列单音节语素之间联系得不紧密，因此两周金文的同义连用呈现出多样的形式。具体表现为两方面：其一，语序可以对换，即有"同素异序"现象，共9例。分别是：易商（赐赏）[商易（赏赐）]、静幽[幽静]、𤔲龢（协龢）[龢协]、室家[家室]、勤劳[劳勤]、乍铸（作铸）[铸乍（铸作）]、造作[作造]、寿考[考寿]、来归[归来]。其二，同一语义可以用不同的组合成份连用来表达。如表示"老寿"义的，可以是"寿考""寿耇""寿老"等。这一现象与语义的聚合性相辅相成，也说明两周金文的同义连用没有完全成型。由于并未完全成型，其出现频率大多是较低的。两周金文同义连用仅出现一次的有103例，两次的有5例，共占总量的74%。一些出现频率高的如"作铸""赏赐""征伐""奔走""寿老""祜福"等，往往是金文中的程式用语。

五、两周金文同义连用现象的语言地位

学界对同义连用的语言地位即归属问题的认识并未达成一致。仅从名称就可见其分歧：1、"同义复合词""同义复词""同意并行复合词"；2、"同义连文""同义词连用""复语单义"；3、"同义字连用""同义字复用"。① 这三类名称代表了对同义连用语言地位的三种不同看法：一是复合词，二是词组，三是秉持"字本位"，回避了这个问题。回避自然不可取，问题的核心就在于"同义连用"到底是复合词还是词组，对此人们的认识并不统一。根据金文及其研究的实际情况，综合前人尤其是王宁先生②和唐钰明③的研究，我们主要采用以下三种鉴定方法来判定两周金文同义连用现象是复合词还是词组。1、语义融合鉴定法，几个在某一义位上相同的语素结合后语义融合，表达一个完整的、新的词义，可以认定为复合词。如"左右"。2、语法功能转移鉴定法，几个在某一义位上相同的语素结合后的语法类别与词组应有的类别迥异，可以认定为复合词。如"婚媾"。3、历史连续性鉴定法，几个在某一义位上相同的语素组合后，在使用上如果上可见之于甲骨文，下可见之于传世典籍，可以认定为复合词。如"来归"。只要符合其中任何一个鉴定法，都可判定为复合词。根据这一判定标准，我们认为两周金文同义连用中有复合词 6 个，占总量的 4%，分别为"婚遘（婚媾）""又隮（友邻）""师尹""奔走""左右（佐佑）""来归"。试举两例来说明。

"婚遘（婚媾）"。"婚遘"读为"婚媾"。如，"用好（孝）宗庙，享夙夕，好倗（朋）友（与）百者（诸）婚遘（媾）。"（乖伯簋。《集成》4331。西中）"用享孝于兄弟婚媾诸老。"（殳季良父壶。《集成》9713。西晚）婚、媾皆有"结为婚姻"之义。《说文》："婚，妇家也。礼娶妇以昏时。妇人阴也，故曰婚。""媾，重婚也。"《段注》："重婚者，重迭交互为婚姻也。"《国语 · 晋语四》："同姓不婚，恶不殖也。"《易 · 屯》："匪寇，婚媾。"孔颖达疏："马

①朱诚：《同义连用浅论》，《古汉语研究》，1990 年第 4 期。

②王宁先生提出鉴定词与词组的方法：1、非自由词素鉴定法；2、非词源意义鉴定法；3、非现行语法鉴定法；4、非语义搭配鉴定法；5、语法功能转移鉴定法。（王宁：《论本源双音合成词凝结的历史原因》，《古代文献与文化论丛》（第二辑），杭州：杭州大学出版社，1999；王宁：《当代理论训诂学与汉语双音合成词构词研究》，《当代语言理论与语言研究》，北京：商务出版社，2005）

③唐钰明提出确定金文复音词的三条标准：一是看组合的两部份在语义上是否融合，是否表达一个完整的概念；二是看这个组合是否具有连续性，上是否见之于甲骨文，下是否有典籍的左证；三是看组合是否有"合文"这个形式标志。（唐钰明：《金文复音词简论—兼论汉语复音化的起源》，第 117—120 页）

季长云:‘重婚曰媾。’郑玄云:‘媾,犹会也。’”金文中已结合成词,表“有婚姻关系的人”。

“奔走”。“奔”“走”在“跑”义上同义连用。两周金文中已是复合词,表“奔波、效力”义。两周金文中共出现8次,出现时间为西周早期到战国晚期,西周早期最多(5次)。如:“克奔走上下帝。”(井侯簋。《集成》4241。西早)“效不敢不迈(万)年夙夜奔走扬公休。”(效卣。《铭文选》二二三。西中)“奔”表快跑、疾驰之义。《说文》:“奔,走也。”《诗·小雅·小弁》:“鹿斯之奔,维足伎伎。”“走”表跑、疾趋之义。《说文》:“走,趋也。”《尚书·多士》:“攸服奔走,臣我多逊。”孔传:“所当服行奔走,臣我多为顺事。”“奔走”已由“跑”引申为“奔波、效力”之义。

除上述6个同义连用例,两周金文中的其他141个同义连用皆为词组。可见,其词组的数量远远大于复合词的数量。因此,我们认为两周金文中的同义连用现象的性质是词组,其中有个别凝固成词的现象,但这不足以影响其整体的性质。

五、结语

综上所述,我们既从共时角度把握两周金文同义连用现象的全貌,又从历时角度追索其源流;既分析其成因、特点,又考辨其语言地位。我们认为,汉语词汇双音化应萌芽于商代,大力发展于两周时期,这一时期金文同义连用数量有所增加,但大部分还是词组,只有少量同义连用凝结成词。直到两汉之后,合成造词成为汉语主要的造词方式,汉语才彻底完成双音化,逐渐变成以双音词为主的面貌①。因此,在汉语词汇双音化过程中,两周时期的同义连用起到了十分重要的作用。深入研究两周金文同义连用现象,对汉语词汇史的研究有着不可低估的意义。

A Study on the Synonymous Conjunction of Inscription on Ancient Bronze Objects in the two Zhou Dynasty

Peng Zhudong

(Beijing Normal University)

Abstract:Synonymous conjunction is a common and important phenomenon in the ancient Chinese. In thetwo Zhou Dynasty, there are manyphenomenaofsynonymy conjunctions. On the

①王宁:《汉语词源的探求与阐释》,《中国社会科学》,1995年第2期。

basis of collating the phenomenon ofsynonymous conjunctionofinscription on ancient bronze objects in the two Zhou Dynasty, wefocus on thestudyof the types, causes, development of evolution, characteristicsandstatus. Concluded: Descripting the 147 cases with sixtypes: the noun, the verb, the adjective, the adverb and thepronoun prepositionsynonymous conjunctions. Thesynonymous Conjunction of inscription on ancient bronze objects in the two Zhou Dynasty is motivated as the result of cognitive factors and language internal rhythm and semantic factors, it has a unity of meaning part of speech, semantic convergence and the diversity of the language features. Italsohas a clear historical relationship. The nature of language is a pragmatic phenomenon in language use, not simply classified as compound words or phrases. In the process of the disylating of Chinese words, thesynonymy conjunctionsinthe two Zhou Dynasty plays a very important role. It is of great significance to the study of the history of Chinese vocabulary to study the synonymy conjunctions ofinscription on ancient bronze objects in the two Zhou Dynasty.

Keywords: The two Zhou Dynasty; inscriptionon ancient bronze objects; synonymousconjunction; Polysyllabicword

"繫繶"及相关词语考辨*

雷瑭洵

（北京大学中文系、东京大学人文社会系研究科）

提要："繫繶"见于《说文》，表示"恶絮"之义，又可写作"赫虩""㘭㗛"，是同一个词的不同书写形式。"繫"写作"赫"受到流俗词源影响。"㘭㗛"可训为"赤纸"，"赤"应训为"裂"，本字为"捇"，也可以由通假字"赫"来记录，"赤纸"即"碎绢帛絮"。"㠍"是"㘭㗛"的释语，两词所指相同，不应解释为"红纸"。近代"繫繶"还产生了"赩蹄""㩲绨"的书写方式，这是受"赤纸"误读产生的新的流俗词源。

关键词："繫繶/赫虩/㘭㗛"；"㠍"；流俗詞源

一、联绵词"繫繶"的音义

"繫繶"指"恶絮"。《说文·糸部》：

> 繫，繫繶也，一曰恶絮。从糸，毄声。古诣切。
>
> 繶，繫繶也，一曰维也。从糸，虒声。郎兮切。

《说文》为两个字注释的体例，就是段玉裁所说的"合二字成文"，"繫繶"是联绵词。

大徐引《唐韵》，将"繫"注为古诣切，段玉裁认为这个读音不准确，如果按照《说文》的释义，音义配合的情况下，应读口奚反：

---

* 本研究得到国家社科基金项目"古汉语联绵词形音义综合研究"（17BYY022）、北京大学研究生学术交流基金资助，文章承蒙陈捷教授、万群博士指教，匿名评审专家也提出了宝贵的修改意见，在此谨致谢忱。文中如有错误，概由本人负责。

> 大徐古诣切，非也，此字之本音见《周易释文》，云：直作毄下糸者，音口奚反。《集韵》繫，牵兮切，引《说文》：繫繶，今恶絮。

陆德明《经典释文》卷二：

> 周易繫，徐胡诣反，本系也，又音係，续也，字从毄，若直作毄下糸者，音口奚反，非。

“繫”音口奚反，“繶”音郎兮切，韵母均为齐开四，平声。“繫繶”是叠韵联绵词。联绵词语音多歧，故书写形式多变，可以写作“阋蹏”“击蹏”“赫蹏”等等，段玉裁注：

> 繫繶读如谿黎，叠韵字，音转为縴繶。縴，苦坚切，《广韵》十二齐、一先皆曰：縴繶，恶絮。是也。

《汉书·外戚传下·孝成赵皇后》：“武发篋，中有裹药二枚，赫蹏书曰……”注：

> 孟康曰：“蹏犹地也，染纸素令赤而书之，若今黄纸也。”邓展曰：“赫音兄弟阋墙之阋。”应劭曰：“赫蹏，薄小纸也。”晋灼曰：“今谓薄小物为阋蹏。邓音、应说是也。”师古曰：“孟说非也。今书本赫字或作击。”

《汉书》中的“赫蹏”即《说文》中的“繫繶”，前人多有考证，如《广雅·释器》：“幱㡗谓之帏。”王念孙疏证：

> 《广韵》引《埤仓》云“幱㡗，赤纸也”。《汉书·外戚传》：“赫蹏书。”应劭注云：“赫蹏，薄小纸也。”颜师古注云：“今书本赫字或作击。”《说文》“繫”“繶”二字注并云：“繫繶也。”“赫蹏”“击蹏”“繫繶”并与“幱㡗”同。

这一系列字的音韵地位可以列表如下：

前字	反切	中古音韵地位	上古韵部	前字	反切	中古音韵地位
繫	《集韵》牵兮切	溪齐开四平蟹	支/锡	繶	《广韵》郎奚切	来齐开四平蟹
击	《广韵》古历切	见锡开四入梗	锡	蹏	《广韵》杜奚切	定齐开四平蟹
阋	《广韵》许激切	晓锡开四入梗	锡	㡗	《广韵》杜奚切	定齐开四平蟹
幱	《广韵》呼格切	晓陌开二入梗	锡			
赫	《广韵》呼格切	晓陌开二入梗	铎			
縴	《广韵》苦坚切	溪先开四平山	后起字			

“赫”与“繄”“击”“阋”等字，声母均为牙喉音字，是双声或者准双声关系。“繄”“击”“阋”等三字，上古在支部或锡部，“赫”上古在铎部。两部音近，如《说文·鸟部》：“鶂，鸟也。从鸟兒声。《春秋传》曰：‘六鶂退飞。’鷊，鶂或从鬲。鶃，司马相如说，鶂从赤。”“鶂”字，段玉裁归入十六部（支部），又在“鶂从赤”字下注：“按赤声古音在五部（鱼部）。而用为鶂字者合韵也。”铎锡两部，《楚辞》中也有合韵之例证，可作为两部音近的佐证，《九章·悲回风》叶“愁適迹益释”，“释”归铎部，“愁適迹益”均在锡部。根据罗常培、周祖谟《汉魏晋南北朝韵部演变研究》（第一分册），汉代铎锡也有合韵的例证，如傅毅《舞赋》叶“客策迫”、“画泽”，班固《窦将军北征颂》叶“易泽帛襗役”，史岑《出师颂》叶“易逆戟”，均为锡铎合韵之例证。而且至六朝时期，“赫”字等上古铎部的中古陌韵字转入锡部（参见王力1985：115）。故《汉书》中“繄繴”之“繄”由“赫”来记录，可能正是这项语音演变的反映。

因此，从联绵词的角度来看，邓展、应劭、晋灼、颜师古的说法是正确的；孟康将“赫蹏”解释为“染纸素令赤”，可能是不合适的。那么，孟康的说法就完全没有根据吗？“赫”有“赤”的意思，如《说文·赤部》：“赫，火赤皃。”而且与“繄繴”同源的“幗㡙”，《广韵·齐韵》“㡙”下引《埤仓》云：“幗㡙，赤纸。”这条资料也为孟康的注释提供了佐证。因此，为了分析“繄繴”的词义，就势必要理解《广雅》所引《埤仓》“幗㡙，赤纸”的这一则故训。

二、“幗㡙，赤纸”考

《广韵·齐韵》“㡙”下引《埤仓》云：“幗㡙，赤纸。”《埤仓》为张揖所作，今已亡佚。同为张辑所作的《广雅》的著录略有不同，《释器》：“幗㡙谓之帟。”①如果按照《说文》的解释，“幗㡙”这一组同源联绵词都表示“碎绢帛絮”，这《广韵》所引《埤仓》“赤纸”之训不合。《广韵·铎韵》《玉篇·金部》中“帟”的训释均为“帟㡙”，这条线索又指回了“幗㡙”，理解这一系列的关键还得回到“赤纸”之上。

其实，“赤”不应训为颜色，而应为训为“裂”，字本作“捇”。《说文·手部》：“捇，裂也。”大徐本引《唐韵》作呼麦切；《广雅·释诂二》：“捇，裂也。”《博雅音》：捇，呼虢。“捇”在文献中用例极少，段注指出有写作“赤”的情况：“《周礼》有赤犮氏。注云：赤犮犹捇拔也。”但更常见的是写作“赫”字，《广雅》“捇，裂也”条王念孙疏证并引《公羊传》《后

①“𢄼”“幗”，是异体字，声旁从“鬥”的“𢄼”是正字，但古书中常写作“幗”，今各依原本。

汉书》为证：

宣六年《公羊传》"则赫然死人也"，何休注云："赫然，已支解之貌。"《续汉书·礼仪志》："赫女躯，拉女干，节解女肉。""赫"与"捇"，亦声近义同。

"捇""赫"两字音极近，可以通假：

汉字	反切	中古音韵地位
捇	大徐本引《唐韵》呼麦切	晓麦合二入梗
	《博雅音》呼虢	晓陌合二入梗
赫	《广韵》呼格切	晓陌开二入梗

"捇"写作"赤"，应为形近之讹，除了"捇"丢掉形旁这种可能性外，更有可能是因为写作"赤"从而讹为"赤"。

"赤"即"赫"字。《集韵·陌韵》："赫……亦作赤焃。"《孝经·三才》："《诗》云：'赫赫师尹，民具尔瞻。'"陆德明《经典释文》卷二十三："赫，本又作赤，火白反。"黄焯（1980：203）在"赫，本又作赤"条下说："赤，宋本同。蜀本作'赤'。粤雅本作'赤'，卢本同。考证云：赤，俗赫字。""赤"与"赤"形近，易讹混，如"董赫"这个人名，《史记·匈奴列传》作"董赤"，《汉书·文帝纪》作"董赫"。

根据上述分析，《广韵》所引《埤仓》之"赤"，或许应训为"裂"，"赤纸"也就指"碎绢帛絮"，或者由词义进一步发展为"碎纸"之义，与《说文》"繫繻"训为"恶絮"一脉相承。

因此，今传本《汉书》中"繫繻"中"繫"写作"赫"，可能是受了流俗词源的影响。一般记录联绵词的字，只起标音的作用；但是联绵词在演变的过程中，会出现产生出流俗词源，即为其中的某些音，在共时的语言系统中寻找一个解释。这种现象在汉魏六朝时的语文生活中较为普遍。同时为了适应这种俗词源，在书写形式上也会做相应的调整。或许正是因为"赫"这个字可以通"捇"，训为"裂"，用"赫"取代"繫繻"中的"繫"，就提示了这个联绵词的一种流俗词源的解释。"赫"可能讹成"赤"，孟康所见的《汉书》写本或许并不写作"赫"，而写作"赤"，因此才会做出"染纸素令赤"的注释。

三、"帏"考

厘清"赤纸"的涵义之后，再来看通过系联《广雅·释器》"幱幭谓之帏"、《埤仓》"幱帨,赤纸”两条故训获得“赤纸”训释的“帓”。《汉语大字典》对“帓”的释义是:“红纸。一曰薄小纸。”没有列出书证。缺乏书证资料,似乎再难追查下去;但如果摆脱形体束缚,局面就可能大不相同。

《集韵·马韵》仕下切收“䋏”字,训为“缯纰皃”。《广韵·脂韵》“纰,缯欲坏也。”“缯纰皃”即“缯帛披散之貌”,意义上相关;糸旁与巾旁义近可换,字形上也有联系;《博雅音》“帓,在故”,两字中古音略远,但声旁相同,如果二字在上古后期已经产生,那么读音就很接近,韵部都是鱼部,声母精庄可通。“䋏”“帓”应为同源字。

汉字	反切	中古音韵地位
帓	《博雅音》在故	从暮合一去遇
䋏	《集韵》仕下切	崇马开二上假

《篆隶万象名义·巾部》:“幗(乎格反)帨,帓。”与《广雅·释器》都用“帓”作“幗帨”的释语。综合这些线索,因此“帓”也应表示“碎绢帛絮”或“碎纸”之义,《汉语大字典》“红纸”的释义可能不太妥当。

“帓”或者“幗帨”,收录在《释器》中,如果指“碎绢帛絮”,似乎难以称之为“器”,这到底指什么事物呢?原本《玉篇》残卷“縭”字下注:

縭,力奚反,《说文》:“繫縭也,一曰絓也。”

今本《说文》作“一曰维也”。吕浩(2007:441)在糸部《补》指出“维”是“絓”之误,这种看法是有根据的,在字形上“隹”“圭”易讹;更重要的是,“絓”指明了“繫縭”的词义。

絓,《广韵》胡卦切,《说文·糸部》:“絓,茧滓絓头也。一曰以囊絮练也。”段玉裁改“练”作“湅”,注:

谓以囊盛丝绵其中,于水湅之也。……湅絮,《庄子》所谓“洴澼絖”,《史记》所谓“漂”,《考工记》注所谓“湖漂絮”,《水部》“潎”下云“于水中击絮”是也。

又:“纸,絮一箈也。”(从段玉裁改)注:

“箈”下云:潎絮簀也。“潎”下云:于水中击絮也。《后汉书》曰:“蔡伦造意,用树肤、麻头及敝布、鱼网以为纸……”按:造纸昉于漂絮,其初丝絮为之,以箈荐而成之。

行文至此，"繫繌""帓""絓""纸"的联系已经被钩连起来。原本《玉篇》残卷"繌"字引《说文》之"絓"，可指"湅絮"的过程，也可以指"水湅之絮"；后者即最原始的"纸"，用绢帛絮制成，质地粗疏。"繫繌"和"帓""絓"，也指的是这一类的碎绢帛絮，也就是纸。

《篆隶万象名义》用"帓"训"幱"，但该书未收"帓"，亦未收"絓"。本文大胆地推测，"絓"可能是"絓"传抄之讹，除了字形相近之外，还可以举出两则支持"讹字说"的两点证据：

第一，《玉篇·巾部》："帓，帓㡑。""帓"应当记录"繫繌"中前字的音，而"帓"是齿音字，与"繫"读音较远。相反，"絓"和"繫"音近：絓，上古匣母支部；繫，上古溪母锡部或支部（依口奚切），二字都为牙喉音，韵母呈准叠韵或叠韵关系。

第二，若《说文》原本"繌"下有"一曰絓也"，则《广雅》《篆隶万象名义》也可能会以"絓"来解释"幱㡑"，再经传抄讹变成"絓""帓"等字。

这样，"幱㡑谓之帓"这一条也得到了比较妥当的解释。

四、结语

虽然"系繌""帓"等词的词义与赤色无关，但是无论孟康的"染纸素令赤"，还是"赤纸"的故训，都对"繫繌"这一族联绵词的理解产生了影响，并产生了"赩蹏""赩绨"的书写方式。如明末方以智《通雅·器用》：

> 幱㡑即赫蹏。一作赩绨、赩蹏，赤纸也……或作赩绨，则以《说文》："赩，大赤也。"升菴作赩蹏。

"赩""赩"音许極切，中古在职韵，与梗摄合流是晚起的语音现象，这个书写方式应是后起的变化。两词均有红色之义，显是受"赤纸"误读而产生的新的流俗词源。受语言文字使用者认识的影响，书写形式发生变化、词义出现嫁接的现象，正是汉字和汉语互动的一种反应。联绵词的流俗词源的研究，或许是观察言文互动的又一扇窗户。

参考文献

郭锡良：《汉字古音手册》（增订本），北京：商务印书馆，2011 年。

郭锡良：《汉字古音表稿》，《文献语言学》第八辑，北京：中华书局，2018 年。

黄焯：《经典释文汇校》，北京：中华书局，1980 年。

罗常培、周祖谟：《汉魏晋南北朝韵部演变研究》（第一分册），北京：科学出版社，1958 年。

吕浩:《〈篆隶万象名义〉校释》,上海:学林出版社,2007 年。
王力:《汉语语音史》,北京:中国社会科学出版社,1985 年。
徐振邦:《联绵词大词典》,北京:商务印书馆,2013 年。

On *Xìlí*(繫縭) and Its Related Words

Lei Tangxun
(Peking University, the University of Tokyo)

Abstract:*Xìlí*(繫縭) recorded in *ShuōwénJiězì(说文解字)*, interpreted as the meaning of *bad fibre*, and can be written as *hètí*(赫蹏/幱幜), which is different writing forms of the same word. It is influenced by popular etymology that *xì*(繫) is written as *hè*(赫). *Hètí*(幱幜)was annotated *chìzhǐ*(赤紙);*chì*(赤) should be understood as *split*, which the orthograph is *huò*(捇), and the word can also be written as the character *hè*(赫). *Chìzhǐ*(赤紙) is also means *fibre of broken silk*. *Zuò*(怍) is another annotation of *hètí*(幱幜);*zuò*(怍) and *hètí*(幱幜)both refer to the same thing and should not be understood as *red paper*. *Xìlí*(繫縭)can also be written as *xìtí*(絶蹄/絁綈), which is a new popular etymology caused by the misreading of *chìzhǐ*(赤紙).

Keywords:*xìlí/hètí*(繫縭/赫蹏/幱幜);*zuò*(怍);popular etymology

岳麓秦简与古书词义合证举隅*

何余华

（郑州大学文学院、汉字文明传承传播与教育研究中心）

提要：岳麓书院所藏秦简是近年来古文字资料的重大发现，对研究秦汉社会文化、语言文字有着重要的价值。通读岳麓书院藏秦简（壹-伍），发现简文内容可以为汉语词义研究补充提供失传已久之古义，为古书无例证者提供书证，为某些词语提前始见时代，为某些词语提供前所未见的用字习惯。这些认识将有助于我们深入了解秦汉词义发展的真实面貌，也将为大型工具书的编纂提供借鉴参考。

关键词：岳麓秦简；古书词义；合证；字词关系

古文字资料由于内容丰富，时代明确，未经后人改动，对于汉语词义研究具有重要价值。但以往汉语词义研究偏重于传世文献，古文字资料的价值尚未得到充分挖掘。刘钊指出："二十世纪七十年代以来，大量层出不穷的地下资料，为古汉语研究提供了大量新鲜的素材，但是语言学界，尤其是古汉语学界对这些资料的重视程度还很不够，大型字典词典对古文字学界成果的吸收利用也颇为滞后。"①岳麓书院所藏秦简是新发现的重要秦文字资料，极大地补充了已发现的秦简牍，是继1975年云梦睡虎地秦简和2002年湘西里耶秦简之后的又一次重大发现。本文试结合岳麓书院藏秦简（壹-伍）出现的简文内容，论述这批秦简材料对于汉语词义研究的新证作用。

---

*本文为2019年河南省社科规划年度项目"新出秦简牍与古书词义新证研究"（2019CYY0027）、中国博士后科学基金第65批面上资助项目（2019M650175）和2019年度河南省博士后科研资助项目（1901001）的阶段性成果。

①刘钊：《谈古文字资料在古汉语研究中的重要性》，《古汉语研究》，2005年第3期，第58页。

一、补充提供久已失传之古义

汉语词汇是随着社会历史发展而不断演变的，随着社会变迁某些词语在汉语词汇系统中经过激烈竞争，或被自然取代，或渐趋消亡，以致传世文献很难找寻到它们的使用痕迹。正如林沄指出的："虽然先秦时代的字义通过种种渠道有相当一部分传到后代，并通过历代训诂学者们的整理、研究，我们今天尚能通晓，但仍有许多字义湮灭在历史的长河中了。"①我们测查发现某些失传古义像"活化石"般贮存在岳麓书院所藏秦简中。通过梳理这批退隐词语及其用法，对于立体呈现秦汉之际汉语词汇发展的真实面貌，挖掘汉语词义的演变动因具有重要意义。

"蚀"在传世文献主要表示"侵蚀""亏耗"义，但在秦简牍中常见"未蚀"的辞例，岳麓秦简《为狱等状四种》164："即买大刀，欲复以盗杀人，得钱材(财)以为用，亡之䙴。未飠(蚀)而得"。岳麓秦简《为狱等状四种》174"得之强与人奸，未飠(蚀)"，183"未飠(蚀)奸"等。"蚀"字的这种用法也见于睡虎地《法律答问》65"'内(纳)奸，赎耐。'今内(纳)人，人未蚀奸而得，可(何)论？除。"但在秦汉以后，"未蚀(食)"在传世古书中罕见使用。以上简文出现的"蚀"读为"食"，陈剑认为"蚀"表示"实现"义，并指出："'食/蚀'字之所以会有此义，或与其本义有关。裘锡圭先生曾指出，'祭鬼神可以叫做食，鬼神飨祭祀也可以叫做食'。我们体会，对于祭祀之'食(飤)鬼神'之事来讲，如其'得食(鬼神飨祭祀)'，则也就是飨祭之事'实现'了，故'食'字可以引申为'实现'一类义。但此说把握也不大，姑记此备考。"②我们认为古代训注材料中"食"可训作"用"，《战国策·宋卫策》"食高丽也"，高诱注"食，用也"，《群经平议·尚书四》"亦惟洛食"，俞樾按"古谓用为食，亦谓食为用"。古书"用"可表"实施"义，《说文·用部》"用，可施行也"，因此简文"未蚀(食)"，即"未用"，翻译为"未施行"。岳麓秦简《得之强与弃妻奸案》中的"未蚀奸"即"强奸尚未施行"，这种理解或许更能沟通词义引申的脉络。

传世文献"軵"字可以表示"反推车"或"车厢外的立木"等，它在岳麓秦简出现特殊用法，表示"总计、总共"。如岳麓秦简(肆)2008正"盈三月，笞五十，籍亡日，后复亡，軵盈三月，亦复以为隶臣妾，皆复炊(吹)讴"，整理者指出"軵盈三月"即总数满三个月。类

①林沄：《古文字学简论》，北京：中华书局，2012年，第140页。

②陈剑：《结合出土文献校读古书举隅》，《首届新语文学与早期中国研究国际研讨会论文集》，澳门大学、武汉大学、香港城市大学、佛罗里达大学联合主办，2016年6月19—22日，第21—24页。

似辞例,也见于张家山汉简《二年律令·亡律》156“軵数盈卒岁而得,亦耐之”。“軵”字的本义与车辆相关,表示“总计”当是假借义,这种意义或许来源于词语{付}。又如“掾”表示“覆查、覆验”义,见岳麓秦简(伍)第三组2025正“治辠(罪)及诸有告劾而不当论者,皆具传告劾辞论决,上属所执法”。

岳麓秦简反映的内容与社会生活有着密切关系,也出现了许多后世文献罕见的复音词。如岳麓秦简《为吏治官及黔首》21正“牛饥车不攻闲”中出现表“修缮”义的“攻闲”;岳麓书院藏秦简《质日》49“甲子,癸亥之鄢具事”出现表“办事”义的“具事”;岳麓秦简《为狱等状四种》175“𡚸弗听,捽搒殴𡚸”出现表“殴打”义的“搒殴”;岳麓秦简《为狱等状四种》244“有取卒畏耎最先去、先者【次】十二人”中出现表胆怯软弱义的“畏耎”,该词也见于张家山汉简《二年律令·捕律》143“兴吏徒追盗贼,已受令而逋,以畏耎论之”;岳麓秦简(叁)1342正“能产捕群盗一人若斩二人”中出现表“活捉”义的“产捕”,同见于张家山汉简《二年律令》148“能产捕群盗一人若斩二人”等。也正因为这些词语后来逐渐退出使用,学界对它们的释读往往众说纷纭。

二、为古书无例证者提供书证

古代语文辞书中贮存有某些生僻词或生僻义,各类语文辞书往往只见其义未见其例,它们在传世文献中罕见相关用例,这批字词似乎逐渐趋于“死亡”。但是我们在爬梳岳麓书院所藏秦简材料的过程中,发现不少简文内容可以救活“僻义”,使封存于语文辞书近乎“死亡”的词语或义项重新找到书证材料。

如“謏”在传世语文辞书中有“搜求”“营求”义,见《广雅·释诂三》“謏,求也”,《急就篇》“乏兴猥逮詗謏求”,颜师古注“謏,隐语也,谓侦伺官府利害,隐密其事,有所追求也”。裘锡圭、陈剑对《广雅》“謏,求也”的词义训释来源作了较为细致的分析,认为“謏”就是“由当‘遍行于一定范围中有所宣示’讲的‘徇’分化出来的一个词”,含有悬赏征求之义。① “謏”在传世文献中的实际用例较少,但在秦汉法律简牍文献中却是常用词。如岳麓秦简(伍)第一组1021正—1019正“诸治从人者,具书未得者名族,年、长、物色、疵瑕、移謏县道,县道官谨以謏穷求,得辄以智巧潜讯。”整理者指出:“此处‘謏’作名词,应指记录所搜捕从人之姓名、族氏、年龄、身高、形貌、特征的一种通缉文书。”其他秦汉简牍

①裘锡圭、陈剑:《说“徇”、“謏”》,《汉语历史语言学的传承与发展——张永言先生从教六十五周年纪念文集》,上海:复旦大学出版社,2016年,第248—279页。

的用例，见睡虎地《封诊式》36“以书譓首”，里耶秦简 8-944+8-1646“壬午起，留二日，譓求☐”，北大汉简《仓颉篇》21“坐𨏍譓求”，①张家山汉简《二年律令》430—431“不智（知）何人，𢈗貍而譓之”，张家山汉简《奏谳书》205“譓求其左，弗得”，张家山汉简《奏谳书》214“即譓问黔首”等。

又如《说文·女部》：“威，姑也。从女从戌。汉律曰：‘妇告威姑。’”“威”字构形理据尚存争议，但通过字形结构分析它的本义与“女”有关应是可信的，张家山汉简《二年律令·告律》有“妇告威公”，王贵元据此认为《说文》“姑”当改作“公”，②正确可从。“威”表示“婆母”义在传世文献并不多见，有的大型语文辞书也未将该义项立目。该用法见岳麓秦简《数》127/J09+J11“有妇三人，长者一日织五十尺，中者二日织五十尺，少者三日织五十尺，今威有攻（功）五十尺，问各受”，岳麓秦简（伍）第二组 1604 正“【自】今以来，殴泰父母，弃市，奊訽詈之，黥为城旦舂。殴主母，黥为城旦舂，奊訽詈之，完为城旦舂。殴威公，完为。”也见于北大秦简《教女》32“今夫威公，固有严刚”。

又如《说文·车部》“輂，直辕车䡈也”，但“輂”在传世文献罕见相关用例，岳麓秦简（肆）1229 正“金布律曰：禁勿敢以牡马、牝马高五尺五寸以上，而齿未盈至四以下，服輂车及豤（垦）田、为人”，简文内容与《说文》训释若合符节。近年新出的其他古文字资料对此也有补充，如北大汉简《仓颉篇》40“簟輂輴解”，香港中文大学文物馆藏简牍《日书》58“央（殃），不可以輂为火，百事皆毋（无）所利”等也都出现了“輂”字。

又如《说文·糸部》：“繴，繴谓之罿，罿谓之罬，罬谓之䍐，捕鸟覆车也。从糸辟声。”“繴”表示某种能自动覆盖的捕获鸟兽的网，传世文献未见实际用例，但见于岳麓秦简《为吏治官及黔首》75“窖（窖）内直（置）繴，城门不密（闭）”，简文无疑又提供了一个出土秦汉文献印证《说文》所载文字本义的宝贵例证。又如《说文·欠部》“歁，食不满也。”表“食不满”的“歁”字主要贮存在历代语文辞书中，未见实际用例，岳麓秦简（肆）第三组 15 正出现“☐□□而八月或稙或穉，相去歁。”整理者认为“相去歁”或指早种与后种之间，粮食不够，故“食不满”也。又如《说文·糸部》“紨，枲履也”，“紨”表“麻鞋”义，传世文献较少见其用例，岳麓秦简发现它的异体作“絜”，见《为吏治官及黔首》15/1556“履絜（紨）麤支（屐）”；再如《说文·糸部》“𦃇，绊前两足也”，“𦃇”表示戴上脚镣，见岳麓秦简《为狱等状四种》136“完识为城旦，𦃇（𦃇）足输蜀”。再如《说文·金部》“鐵，铁器也”，

①何余华：《读北大汉简〈仓颉篇〉零札》，《简帛语言文字研究》（第 9 辑），成都：巴蜀书社，2017 年，第 123 页。

②王贵元：《张家山汉简与〈说文解字〉合证》，《古汉语研究》，2004 年第 2 期，第 46 页。

《广雅·释诂》"鐵,锐也","鐵"表示锐利之器,见于岳麓秦简(肆)第三组 652 正"铁椎(锥)鐵鋒(锋)不可久刼,勿久刼"等。

三、提前某些词语的始见时代

岳麓书院所藏秦简除对古书有义项而无书证的情况有所补充外,有的简文内容也将大大提前某些词语书证的始见时代,这对于汉语词汇史的断代研究是笔宝贵的材料,尤其对于修订完善《汉语大字典》《汉语大词典》等工具书有着重要的帮助。

《说文·門部》"闠,市外门也","闠"可以指商业区的门,通常借指市区,语文辞书以往提供的书证多为东汉以后的文献,如张衡《西京赋》"尔乃廓开九市,通阛带闠"等。传世文献的书证时代偏晚,岳麓秦简可以将时代加以提前,见岳麓秦简(肆)第二组 1412 正"勿将司,舂城旦出徭者,毋敢之市及留舍闠外",睡虎地《秦律十八种》147 也出现相同的辞例"毋敢之市及留舍闠外"等。

"列"可以表示集市贸易场所,《汉语大字典》等工具书所引书证的时代都偏晚,如《汉书·食货志上》"商贾大者积贮倍息,小者坐列贩卖",颜师古注"列者,若今市中卖物行也"等。岳麓秦简《为狱等状四种》62"公卒芮与大夫材共盖受棺列,吏后弗鼠(予)。"睡虎地秦简《秦律十八种》68"贾市居列者及官府之吏,毋敢择行钱、布。"张家山《二年律令》260"市贩匿不自占租,坐所匿租脏为盗,没入其所贩卖及贾钱县官,夺之列。"以上简文中的"列"都表集市贸易的摊位,但是出现的时代明显早于《汉书》成书时代。

"奊"字可以表示侮辱义,大型工具书所引较早的书证多为《汉书·贾谊传》"顽顿亡耻,奊诟亡节"。岳麓秦简可将该字的始见时代略作提前,如岳麓秦简(伍)第二组 1604 正"【自】今以来,殴泰父母,弃市,奊詢詈之,黥为城旦舂。殴主母,黥为城旦舂,奊詢詈之,完为城旦舂。"整理者注"奊詢,詈辱",可从。秦简牍"奊詢"常连言共现,如睡虎地秦简《日甲》8 背"十四日奊詢",里耶秦简 8-1562 正"奊詢"等。"奊"也见于西汉时期的简帛材料,如张家山汉简《二年律令·贼律》41"其奊詢詈之,赎黥",《二年律令》42-43"其奊詢詈之,罚金四两。……其奊诟詈主、主父母妻□□□者,以贼论之"等。

"杕"表示脚镣义,传世文献多作"釱",较早的书证也多是汉代的,如《急就篇》"鬼薪白粲钳釱髡",颜师古注"以铁鍇头曰钳,以铁鍇足曰釱"。该词其实在秦简牍中已经出现,不过用字作"杕",与"釱"字为异体关系,见岳麓秦简(伍)第二组 1922 正"·诸当衣赤衣冒擅(氈),枸椟杕及当钳及当盗戒(械)而擅解衣物以上弗服者,皆以自爵律论之",整理者注:枸椟,加在囚徒身上的械具。"杕"字也见于睡虎地秦简《秦律十八种》135"枸椟欙杕”,睡虎地秦简《秦律十八种》147“拘椟欙杕之”,简文“杕”都表“脚镣”义。

“缠”可以表示“绳索”义,现代大型工具书较早的书证往往引《淮南子·道应》“臣有所与供儋缠采薪者九方堙”,高诱注“缠,索也”。岳麓秦简可以提前用例的时代,如岳麓秦简(伍)第二组1755正“令曰:诸传书,其封毁,所过县官【辄复封以令、丞印】,封缠解,辄缠而封其上,毋去故封”,整理者注:缠,索,封检用的麻绳。又如“雇”字在传世文献中可以表示“报酬”义,大型工具书多引《后汉书·张让传》“因强折贱买,十分雇一”作为书证,李贤注:“雇,谓酬其价也”。其实这个用法在岳麓秦简也已出现,见岳麓秦简《为狱等状四种》75“方前顾(雇)芮千,已尽用钱买渔具”,整理者注:雇,报酬。江苏镇江西晋墓出土买地券“买地买宅雇钱三百”中出现的“雇”与之用法相同(《考古》1984年第6期)。

“槥”字表示“小棺材”,工具书所引较早书证多为《汉书·高帝纪》“十一月,令士卒从军死者为槥”,服虔曰“槥,音卫”,应劭曰“小棺也,今谓之椟”。其实岳麓秦简早已出现“槥”的用例,见岳麓秦简(肆)第三组527正“以县官木为槥,槥高三尺,广一[尺]”,岳麓秦简(伍)第二组1864正“令曰:诸军人、漕卒及黔首、司寇、隶臣妾有县官事不幸死,死所令县将吏劾〈刻〉其郡名槥及署送书”。“槥”也见于其他秦汉简牍文献,《里耶秦简》8-648正“今以初为县卒瘐死及传槥书案致,毋应此人名者”,张家山汉简《二年律令》501“椟槥中有禁物,视收敛及封”等。

岳麓秦简也能提前某些复音词的始见时代,如同义复词“校计”指“计校、核算”义,工具书多引魏晋以后的书证材料,见《后汉书·郎顗传》“愿陛下校计缮修之费,永念百姓之劳,罢将作之官,减雕文之饰”,《魏书·朱元旭传》“元旭入见,于御座前屈指校计宝夤兵粮乃踰一年,事乃得释”等。其实岳麓秦简已出现“校计”,见岳麓秦简(肆)1270正“官,不出者,辄以令论,削其爵,皆校计之”,也见于张家山汉简《二年律令》276“请狱辟书五百里以上,及郡县官相付受财物当校计者书,皆以邮行”等。

四、提供前所未见的用字习惯

岳麓秦简的字词对应关系也是较为复杂的,存在不少同词异字、同字异词现象,这在某种程度上影响了语言的清晰表达,而特殊用字习惯的辨识往往意味着词语的顺利解读。所以,对于岳麓秦简特殊用字习惯的梳理,也应该成为词义新证研究的重要组成部分。我们发现许多词语在岳麓秦简中出现了前所未见的用字习惯,兹揭数例如下。

表示“破裂、破烂”义的词语{裂}在秦汉简牍帛书中多用“裂”字记录,如睡虎地秦简《法律答问》80“律所谓,非必珥所入乃为夬(决),夬(决)裂男若女耳,皆当耐”,马王堆

《养生方》191“席彼裂瓦”,张家山汉简《脉书》18“肤如结,腨如裂”等。但岳麓秦简多次出现借用音近字“聯”记录的现象,上古“裂”属来纽月部字,“聯”属来纽歌部字,二者声类相同,歌、月两韵可对转。如岳麓秦简《为吏治官及黔首》1534“衣聯(裂)弗补”,《为吏治官及黔首》1557“臧(藏)盖聯(裂)扁”,《为吏治官及黔首》1564“室屋聯(裂)扁”,岳麓秦简(肆)第三组666正“冬若夏贱衣而聯(裂)寒者,冬袍裘绔履及它物可衣履者,尽四月收”等俱是其例。这种用字习惯在此前的古文字资料中尚未见到,传世文献似乎也很少看到。

秦简牍“夜”字有种特殊的用法,表示“燃烧”义,见睡虎地秦简《秦律十八种》“夏月,毋敢夜草为灰,取生荔麛鷇卵鷇”,张家山汉简和居延新简也有“燔草为灰”的辞例,经过刘桓、陈伟武、李家浩、张显成、赵平安等学者的接力研究,多数学者倾向于将“夜”看作是{爇}的用字,表示“燃烧”义。赵平安据清华简《皇曰》“热”的新字形指出“夜”很可能就是从火月声的“热”的异体,在简文中读为“爇”,秦人转写战国时期的律文“炌草为灰”时,已经不识“炌”,故将其误抄为“夜”。① 以“夜”记录{爇}的用字习惯也见于岳麓秦简,如岳麓秦简(伍)第三组1954正“·令曰:河间守言,河间以苇及蔡薪夜”,整理者注:夜,燃烧。以“夜”记录{爇}只见于睡虎地秦简和岳麓秦简,在此前的古文字资料中并未见到,可能是秦系文字特有的用字习惯。

又如表示考察、查访义的词语{覝},在传世文献多写作“廉”,见《史记·秦始皇本纪》:“诸生在咸阳者,吾使人廉问,或为訞言以乱黔首”;《汉书·高帝纪下》“且廉问,有不如吾诏者,以重论之”,颜师古注“廉,察也。廉字本作覝,其音同耳”。但岳麓秦简出现借用“谦”字记录{覝},岳麓秦简《为狱等状四种》148“洋以智治訮(研)诇,谦(廉)求而得之”,《为狱等状四种》156“日夜谦(廉)求栎阳及它县”,《为狱等状四种》168“触等以智治韯(纤)微,谦(廉)求得”,岳麓秦简(伍)第二组1686正“令乡啬夫数谦(廉)问”等。张家山汉简《奏谳书》也多次出现“谦”的用字习惯,见“其谦(廉)求捕其戝〈贼〉”,“举阑以婢偾所券谦(廉)视贾市者,类缯中券也”,“举阑毋害谦(廉)挈(洁)敦悫”,“訮(研)诇谦(廉)问不日作市贩”等。

裘锡圭先生指出:“古文字资料对于古汉语研究的各个方面都能提供重要的材料,并且还能解决不少仅仅依靠古书难以解决的问题。对于古汉语研究,古文字资料绝不是可有可无的,而是必不可少的。”②近年来随着出土材料的逐渐增多,研究的不断深入,新证

①赵平安:《也谈睡虎地秦简“夜草为灰”》,《中原历史文化》,2018年第6期,第64—68页。

②裘锡圭:《谈谈古文字资料对古汉语研究的重要性》,《中国语文》,1979年第6期,第443页。

研究的成果已经相当可观。《汉语大字典》《汉语大词典》等大型辞书也很注意吸收出土文献的用例，但从整体情况来看，所收的例证还是偏少，没有能够充分反映出学界最新的研究成果。以上通过解读岳麓书院所藏秦简，希望能在汉语词义研究方面弥补传世文献材料的部分不足，进一步深化我们对秦汉词汇词义发展演变面貌的认识。

参考文献

陈剑：《结合出土文献校读古书举隅》，《首届新语文学与早期中国研究国际研讨会论文集》，澳门大学，2016 年 6 月 19—22 日。

陈松长主编：《岳麓书院藏秦简（肆）》，上海：上海辞书出版社，2016 年。

陈松长主编：《岳麓书院藏秦简（伍）》，上海：上海辞书出版社，2018 年。

陈松长主编：《岳麓书院藏秦简（壹-叁）释文修订本》，上海：上海辞书出版社，2018 年。

何余华：《读北大汉简〈仓颉篇〉零札》，《简帛语言文字研究》（第 9 辑），成都：巴蜀书社，2017 年 8 月。

黄锡全：《甲骨文"祸"字新证》，《汉字汉语研究》，2018 年第 1 期。

李园：《秦简牍词汇研究》，东北师范大学 2018 年博士学位论文。

林沄：《古文字学简论》，北京：中华书局，2012 年。

刘钊：《谈古文字资料在古汉语研究中的重要性》，《古汉语研究》，2005 年第 3 期。

马丽娜：《〈岳麓书院藏秦简（肆）〉词汇研究》，湖南大学 2017 年硕士学位论文。

裘锡圭：《谈谈古文字资料对古汉语研究的重要性》，《中国语文》，1979 年第 6 期。

裘锡圭、陈剑：《说"徇"、"謏"》，《汉语历史语言学的传承与发展——张永言先生从教六十五周年纪念文集》，上海：复旦大学出版社，2016 年。

王贵元：《张家山汉简与〈说文解字〉合证》，《古汉语研究》，2004 年第 2 期。

张静：《〈岳麓书院藏秦简（叁）〉词汇整理与研究》，湖南大学 2016 年硕士学位论文。

赵平安：《也谈睡虎地秦简"夜草为灰"》，《中原历史文化》，2018 年第 6 期。

TheBamboo Slips Owned by the *Yuelu*Academy and Explanations of New Evidence in the Study of Chinese Lexical Meaning

He Yuhua

(Zhengzhou University)

Abstract: The Bamboo Slips owned by the *Yuelu* Academy is an important discovery of ancient writing materials in recent years, which is of great value to the study of social culture and language of *Qin* and *Han* dynasties. Through the Bamboo Slips owned by the *Yuelu* Academy, it can be found that the contents of bamboo slips can provide long-lost ancient meanings for the study of semantics, provide documentary evidence for those words which have not been used in the ancient classics, find earlier documentation use cases for certain words, and provide unprecedented usage habits for certain words. These understandings will help deepen the understanding of the Chinese sematicdevelopment in the *Qin* and *Han* dynasties, and also provide reference for the compilation of the large-scale Chinese dictionaries

Keywords: The Bamboo Slips owned by the *Yuelu* Academy; Lexical meaning of ancient books; Mutual confirmation; the relationship between Chinese Characters and words.

中古律部汉译佛经词语考释四则*

丁庆刚

（四川文理学院文学与传播学院）

提要：文章对中古律部汉译佛经中"金樱""辞設""菱芡""木灌"等四则词语予以考辨，纠正讹误，梳解文意，以期对律部佛经文献语言研究有所裨益。

关键词：律部佛经；词语；考辨

汉文佛典历经多次传抄刊刻，版本众多，异文情况错综复杂，给佛经语言研究及文献整理带来诸多困扰。因此，汉译佛经的语言研究首先要建立在必要的文献校勘基础之上。正如万金川所说："在佛典语言研究领域里，对于佛典书面语料的运用本来就应该时时保持版本学上的清醒以及校勘学上的警觉。"①中古律部汉译佛经语料规模巨大，所载内容反映社会生活的方方面面，且富有大量的方俗口语成分，是汉语史研究中具有重要价值的语言材料。本文选取其中"金樱""辞設""菱芡""木灌"等四则词语予以考辨，纠正讹误，梳解文意，以期对律部佛经文献语言研究有所裨益。

---

* 本文为全国高等院校古籍整理研究工作委员会资助项目"《佛尔雅》校注"（1869）及四川文理学院博士后专项科研基金项目"中古律部汉译佛经异文研究"（2019BS010R）的阶段性研究成果。《励耘语言学刊》匿名审稿专家和四川大学李家傲博士对本文提出了宝贵的修改意见，谨此致谢。

①万金川：《文本对勘与佛译佛典的语言研究》，载《汉译佛典语言研究》，北京：语文出版社，2012年，第182页。

一、金撄

(1)乳者,好乳、圆乳、石榴乳、金撄乳、两乳齐出;若言丑乳、垂乳、大乳、猪乳、狗乳、药囊乳,如是等誉毁者,僧伽婆尸沙。(东晋佛陀跋陀罗共法显译《摩诃僧祇律》卷五,T22/268/c①)

按:例中"金撄乳"之"撄",《大正藏》校勘记云:宋本、元本、明本作"樱",宫内省图书寮本作"甖",正仓院圣语藏本作"罂"。《中华大藏经》本《摩诃僧祇律》底本为金藏广胜寺本,其对应文字作"罂"(C36/546/c)。今按,"金撄"一词文献中未见其它用例,辞书亦未见收录。而其异文"金樱",《汉语大词典》释为"石榴的别名"。宋代以降文献多有记载,如宋王楙《野客丛书》卷九:"钱王讳镠,以石榴为金樱,改刘氏为金氏。"宋吴欑《种艺必用》:"石榴,浙人唤作金樱,盖避钱王镠之讳也。"《(乾隆)杭州府志》卷五十四引《天中记》曰:"杭州号石榴为金樱,避钱武肃讳而起也。"今吴方言即称"石榴"为"金樱"②,沈克成和沈迦《温州话词语考释》"金樱"条释为"石榴的别称"③。

然揆诸文意,表"石榴"义的"金樱"实与语境不符,"金樱"当别为一物。首先,若宋代笔记记录属实,则以"金樱"名石榴最早不会早于钱缪王所处的五代时期,而本例出自东晋译经,远早于五代,因此"金樱"当非石榴之别称。其次,若"金樱"为石榴之别称,则"金樱乳"与前文"石榴乳"语义重复,足见"金樱"并非表"石榴"义。

那么,"金樱"当为何义呢?由例中"金樱乳"与"石榴乳"并举可知,"金樱"亦当为一种植物果实。通过检索,我们在禅宗文献中发现几处"金樱"的用例,列举如下:

(2)僧曰:"古人为什么道非耳目之所到?"师曰:"金樱树上不生梨子。"(《景德传灯录》卷二十一《福州仙宗院契符清法大师》,T51/372/c)

(3)颂云:"曲盝高登吼若雷,诸人耳目著飞埃,金樱树上梨儿熟,瞒汝当筵不摘来。"(《雪关禅师语录》卷六《福州仙宗院契符禅师》,J27/480/b)

(4)倒骑狮子仰骑牛,撞着瞎驴唤不休,唤不休,难把金樱当石榴。(《海幢阿字

①本文引文中"T"指《大正藏》,"C"指《中华大藏经》,"J"指《嘉兴藏》,"X"指《卍新纂续臧》,"K"指《高丽藏》,"/"前后的数字分别表示册数和页码,a、b、c 分别代表上、中、下栏。

②许宝华,宫田一郎:《汉语方言大词典》,北京:中华书局,1999 年,第 3470 页。

③沈克成、沈迦:《温州话词语考释》,宁波:宁波出版社,2009 年,第 247 页。

无禅师语录》卷二，J38/271/b）

例(2)中"金樱树上不生梨子"说明"金樱"并非"梨子"；例(3)中"金樱树上梨儿熟"则是禅师的一句戏语，以正话反说的方式表明金樱树上不会结梨子；例(4)中"难把金樱当石榴"则直接证明了"金樱"与"石榴"不同。但此三例中，"金樱"分别与"梨""石榴"对举相较，似亦揭露出它们之间的某些联系。

稽考文献，我们认为"金樱"即"刺梨子"，是一种与梨、石榴等外形相似的果实，又称"金樱子"，可以入药，医药文献中习见。宋朱佐《类编朱氏集验医方》卷八："金樱子，一名山石榴。"明李时珍《本草纲目》卷三十六"金樱子"下"释名"曰："刺梨子、山石榴、山鸡头子。时珍曰：'金樱当作金罂，谓其子形如黄罂也。石榴、鸡头皆象形。'"清厉荃《事物异名录》卷三十《药材部》下"刺梨子"条引《本草纲目》曰："金樱子，一名刺梨子，一名山石榴，一名山鸡头子。石榴、鸡头皆象形也。"宋代以来的方志中亦多有记录，《（宝佑）仙溪志》卷一："金罂子，单叶，形如小石榴。"《（道光）新都县志》卷三："金罂，子如瓶罂，味甘涩霖，后取之以熬糖。"《（民国）长寿县志》卷十三："此金樱正是刺黎。金樱当作金罂，与石榴、鸡头皆以形状得名。"

综上可知，"金罂"因其子似瓶罂而得名。"金樱乳"即是一种形似鸡头、石榴的乳房，与前文"石榴乳"同类并举。《大正藏》本作"撄"，当为"樱"之形讹，俗写中"扌""木"不别。正仓院圣语藏本及《中华大藏经》本作"婴"，当与"罂"音同形近而误。又因"瓦""缶"义同，作为汉字义符，常可通用，如"罂"之异体即作"甖"，《集韵·耕韵》："罂，《说文》：'缶也。'或从瓦。"故宫内省图书寮本作"甇"，当由"婴"加义符"瓦"俗写而成。

二、辞設

（5）彼当日三问讯和尚，朝、中、日暮，当为和尚执二事，劳苦不得辞設，一修理房舍，二为补浣衣服。和尚如法所教事，尽当奉行。若遣往方面周旋，不得辞設，假托因缘住。若辞設者，当如法治。（姚秦佛陀耶舍共竺佛念译《四分律》卷三十三，T22/803/a）

按："辞設"一词费解。例中"辞設"之"設"，《大正藏》校勘记：宋本、元本、宫本作"誕"，明本作"憚"。究竟何者为是呢？

通过检索，我们找到几处与上揭例句所述内容相同的语例：

(6)当为和尚尼执二事,劳苦不得辞設,一修理房舍,二为补浣衣服。(唐怀素《尼羯磨》卷一,T40/544/b)

(7)当为师执二事,劳苦不得辞誕,一修理房舍,二补浣衣服。(明智旭《重治毗尼事义集要》卷十二,X40/442/c)

(8)当为师执二事,劳苦不得辞憚,一修理房舍,二为补浣衣服。(明弘赞《四分戒本如释》卷九, X40/270/a)

上举几例句意基本相同,即弟子不得因劳苦而推辞为和尚、和尚尼等"修理房舍"和"补浣衣服"。同样的内容,在不同的佛经文献及后代的注疏中不断再现,这为我们研究语言提供了重要的线索。以上三例与例(5)所表达的意思是完全一致的,然而用字颇有分歧,文中"設"除作"誕""憚"外,例(6)中的"設"字,《大正藏》校勘记曰:宋本、元本、明本、宫本作"說"。从这三例以及相关异文,我们认为当作"辞憚",即推辞劳苦之义。

"辞憚"一词在汉译佛经中有不少用例,如:

(9)佛在舍卫城。尔时诸比丘使比丘尼浣染擘羺羊毛,诸比丘尼为供养故,不敢辞憚①,便多事多务,妨废读诵、坐禅、行道,诸居士见闻讥呵。(刘宋佛陀什共竺道生译《五分律》卷五,T22/36/a)

(10)百千劫所造行,息心最为妙。远离名色,解脱自在,甘露味甚深。为彼众生故,而说其法忍,甚勤劳,未曾辞憚,为一切结使故,不起尘劳。(符秦僧伽跋澄等译《僧伽罗刹所集经》卷三,T04/138/a)

《汉语大词典》释"辞惮"为"因胆怯而推辞",将"惮"解释为"胆怯"恐有望文生义之嫌。我们认为"惮"当为"劳"义。《诗经·小雅·大东》:"契契寤叹,哀我惮人。"毛传:"惮,劳也。"唐陆德明释文:"惮,字亦作癉。"《集韵·换韵》:"癉,《说文》:'癉,劳病也。'或从心。"明弘赞《四分律名义标释》卷二十三"辞憚":"憚,杜晏切,坛去声,忌难也。又丁佐切,多去声,劳也。"(X44/583/a)例(9)中"辞惮"的对象是"浣染擘羺羊毛",例(10)中"辞惮"的对象是"为众生说法忍",做这些事情都会非常辛苦,而并不会有害怕之义存在。

此外,佛经中有"辞劳""辞劳惮"的说法,亦可佐证"辞惮"之义,如:

---

①此例中"辞憚"之"憚",《中华藏》本《五分律》(底本为金藏广胜寺本)对应文字作"彈"(C39/946/a),校勘记曰:碛、普、南、径、清、丽作"憚"。按,"彈"亦为"憚"之误。

(11)王正以忧悲,感切师大臣,如鞭策良马,驰驶若迅流,身疲不辞劳,径诣苦行林。(北凉昙无谶译《佛所行赞》卷二,T04/16/b)

(12)汝等亦须坚持梵行,常无退转。得无生法忍,归佛法僧。恒巡六道,而作护念。劝发菩提,莫辞劳惮。(唐阿地瞿多译《陀罗尼集经》卷七,T18/851/b-c)

例(10)"辞劳"当为推辞劳苦之义。汉译佛经中"辞"后常接劳苦、疲倦之词,唐般若译《大乘理趣六波罗蜜多经》卷三:"或生下贱,恒不自安,系属于人,进退唯命,常冒寒热,不知温凉,汲水采薪,不辞劳倦。"(T08/877/b)姚秦竺佛念译《出曜经》卷二十一:"夫人习行,不唐其功,毕竟其学,不辞劳苦,以己所信,平等无二,勤加精进,日有新业,附近明智,不亲弊友。"(T04/723/b)同样,例(11)"辞劳"亦表示推辞劳苦之义,"劳惮"与"劳苦""劳倦"词义相同或相近。"劳苦""劳倦"为同义连文,"劳惮"亦当如是。实际上,中土文献早有"劳惮"一词,《韩非子·三守》:"恶自治之劳惮,使群臣辐凑用事。"可见,"惮"为"劳"义,"辞惮"即"辞劳"。

"辞惮"之义既明,佛经中某些难解的异文现象可因之得解释,东晋瞿昙僧伽提婆译《增壹阿含经》卷四十七:"如来见记六十劫中成辟支佛,号名曰南无,设我以右胁卧阿鼻地狱中,终不辞勞。"(T02/806/a)此句中"勞"字,正仓院圣语藏本作"設"。"勞"与"設"形音均不相近,其致误之由当为"辭勞"有同义异文作"辭憚",而"憚"又音讹为"誕"。"誕"有异体作"訑",《史记·龟策列传》"人或忠信而不如誕謾"南朝宋裴骃《集解》引徐广曰:"誕,一作訑。""訑"俗写与"設"近似,疑"設"为"訑"之形讹。盖因"設"与"說"形近,故例(6)中"辭設"之"設"宋本、元本、明本、宫本又讹作"說"。

三、菱芡

(13)佛言:"从今日饥饿时,听诸比丘食竟,不受残食法,听敢①池物。何等池物?若莲根、莲子、菱芡、鸡头子,如是种种池物听食。"(姚秦弗若多罗共罗什译《十诵律》卷二十六,T23/191/a)

按:例中讲述了佛陀准许比丘在饥饿时所食的"池物":莲根、莲子、菱芡、鸡头子等几种水生植物。其中,"菱芡"之"芡"即为芡实。《方言》卷三:"葰、芡,鸡头也。北燕谓之葰,青徐淮泗之间谓之芡,南楚江湘之间谓之鸡头,或谓之雁头,或谓之乌头。"《文选·张

①"敢",《大正藏》校勘记:宋本、元本、明本、宫本作"噉"。

衡〈东京赋〉》:"献鳖蜃与龟鱼,供蜗蠯与菱芡。"薛综注曰:"菱,芰也。芡,鸡头也。"《齐民要术》卷六:"一名鸡头,一名雁喙,即今芡子是也。由子形上花似鸡冠,故名曰鸡头。"《(乾隆)铜陵县志》卷六:"芡,俗名鸡头子。"由上述引文可知,"菱芡"之"芡"与"鸡头""鸡头子"等为同物异名。若此,则"芡"与后文"鸡头子"重复,颇疑"芡"字有讹,本当作"芰"。

"菱芰"乃同义连文,均指"菱角",其主要区别在于角的数量不同。明弘赞《四分律名义标释》卷二十八"蔆芰":"蔆,离呈切,音灵。芰,奇寄切,音忌。三角、四角曰芰,两角曰蔆,总谓之水栗,亦呼蔆米,俗名蔆角。"(X44/621/c)《(嘉靖)建阳县志》卷四:"菱角,芰实也……《武陵记》云:'四角、三角曰芰,两角曰菱。'""菱芰"并称亦指菱角,与莲根、莲子、鸡头子等均属"池物"。

通过律部佛经文献对勘亦可证"芡"为"芰"之讹。姚秦佛陀耶舍共竺佛念译《四分律》卷四十三:"时诸比丘食已,得水中可食物,藕根、迦婆陀、蔆①芰、藕子,于比丘边作余食法,彼或分食,或都食尽。"(T22/876/b)此例中四种"水中可食物"与例(13)所述应当一致,其中"迦婆陀"即"鸡头子",明弘赞《四分律名义标释》卷二十八有释:"迦婆陀,即鸡头子,一名雁喙,一名茨生,一名芡实……华下结实,形类鸡雁之头,故名鸡头。"(X44/621/c)而例(13)中"菱芡"当与此例中"蔆芰"相同,足见"芡"乃"芰"之讹。

核考佛经音义,我们也可以找到"芡"当作"芰"的有力证据。《玄应音义》卷十五《十诵律》第二十六卷"菱芰"注曰:"又作茤,同,渠寄反。《尔雅》:'菱,蕨攈。'注云:'即水中菱也。'律文作芡,音渠敛反。芡,鸡头也。"(T54/695/a)玄应改原文中"芡"为"芰",并以"菱芰"为词目进行注音释义,表明他已经认识到"芡"字有误。又《慧琳音義》卷十四《四分律》第四十三卷"蔆芰"条:"又作茤,同,渠智反。《說文》:'芰,蔆也。'律文作蒍,非也。"(C056/1034/a-b)可洪《新集藏经音义随函录》卷十六"陵蒍"注曰:"其寄反,鸡头也。正作蔆芰。"(K35/162/a)以上均可佐证"芡"当作"芰"。

四、木灌

(14)僧有衣床、絣衣绳、针、刀、木灌、指揞,有比丘先取张衣、缀衣、缝衣。六群比丘次第夺取,破裂坏衣,他不与鬪诤。(姚秦弗若多罗共罗什译《十诵律》卷四十八,T23/350/a)

①"蔆",《大正藏》校勘记曰:宋本、元本、明本、宫本作"菱"。《玉篇·艸部》:"蔆,同菱,亦作菱。"

按:例中"木灌"之"灌",《大正藏》校勘记曰:宋本、元本、明本、宫本作"锥"。《中华藏》本《十诵律》对应文字作"木灌指揩"(C37/895/b),校勘记曰:资、碛、普、南、径、清作"木锥指揩"。"木灌""木锥"二者孰是孰非,亦或二者皆误? 通过考察,我们认为二者均误,"灌"当为"準"字之误,论述如下:

从句义来看,该词当为一种缝制衣服的工具,"木灌"显然不辞,而"木锥"恐亦非是。汉译佛经中确有"木锥"一词,旧题三国吴支谦①译《菩萨本缘经》卷二:"尔时,菩萨捉佉陀罗木而作誓言:'我今悉为一切众生,弃舍二目,无所贪惜……今施二目,悉令众生得清净法眼。'菩萨摩诃萨作是愿已,便以木锥向目欲挑。"(T03/61/b)"木锥"一词,汉译佛经中仅此一例,且此例与缝制衣服无涉。另外,佛经中的确允许僧众畜"锥"以补治衣物,但多为铜铁所制,未见木制,如刘宋佛陀什共竺道生译《五分律》卷二十一:"有诸比丘革屣、富罗及履破坏,不知令谁补治。以是白佛,佛言:'应借人补治;若无人,比丘能自补,亦听畜大小锥、大小刀、缝皮线。'"(T22/147/a)《十诵律》卷四十八:"又问:'用何物作锥?'佛言:'用铜铁作。'"(T23/350/c)可见,"木锥"与缝制衣物无直接关联。然在佛经中,"木準"自有其例:

(15)时或有不正,佛言:"听绳缀四边。"缀已,或有不直,佛言:"处处拼拼。"时或有不均,佛言:"刻木为準。"缝时针难得前,指头伤破,佛言:"听著指揩。"尔时针、刀、指揩、木準,各著异处求觅难得,佛言:"听以物盛着一处。"(《十诵律》卷三十七,T23/270/a)

上例记载了僧众缝制衣物时出现的状况及解决措施。当衣服缝制遇有不均时,佛陀允许"刻木为準"。《玄应音义》卷四《贤劫经》第一卷"准②平":"《说文》作準,同。之丑反。准,平也,均也,度也。"(C056/871/b)《说文·水部》:"準,平也。"段注曰:"準,水平谓之準,因之制平物之器亦谓之準。"姚秦佛陀耶舍共竺佛念译《四分律》卷五十二:"彼比丘患绳墨、拼线、尺度、缕线、针、刀子补衣物零落。佛言:'听作囊盛。'"(T22/954/a)

---

①颜洽茂、熊娟认为《菩萨本缘经》的译者不可能是支谦,其翻译年代应晚于三国时期,可能在西晋之后。参见颜洽茂、熊娟:《〈菩萨本缘经〉撰集者和译者之考辨》,《浙江大学学报》(人文社会科学版),2010年第5期。陈祥明也持相同观点,指出该经非支谦所译,翻译年代不早于西晋,很可能是东晋或东晋以降的译作。参见陈祥明:《从语言角度看〈菩萨本缘经〉的译者及翻译年代》,《长江学术》,2010年第2期。

②"准平"之"准",《大正藏》本《贤劫经》对应文字作"皇",校勘记曰:宋本、宫本作"埊",元本作"准",明本作"準",圣本作"望"。徐时仪校注作"准",参见《一切经音义三种校本合刊》,上海:上海古籍出版社,2012年,第82页上。

例中“尺度”显与《十诵律》之“(木)準”相当。足见“準”当为度量均匀与否的工具,“木準”犹如今之“木尺”。例(14)中“木灌”与“针”“刀”“指揩”等共现,再参之例(15)“尔时针、刀、指揩、木準,各著异处求觅难得”,可证“木灌”当为“木準”之讹。

从字形上来看,“準”有讹作“灌”的可能。《后汉书·樊準传》“準字幼陵”李贤注:“準,或作准。”《玉篇·水部》:“準,俗作准。”“氵”“冫”两旁形近易混,故俗写中“准”与“淮”不别。“淮”又与“灌”形近易混,古籍中亦有用例,如《汉书·地理志上》:“金兰西北有东陵乡,淮水出。”清王念孙《读书杂志·汉书第六》“淮水出”条:“‘灌’当为‘淮’,即下文‘灌水北至蓼入决’者也。”综上,“準”与“灌”形近易混,“木灌”为“木準”之讹当无异议。

参考文献

罗竹凤主编:《汉语大词典》,上海:汉语大词典出版社,1986—1993年。

万金川:《文本对勘与佛译佛典的语言研究》,载《汉译佛典语言研究》,北京:语文出版社,2012年。

沈克成、沈迦:《温州话词语考释》,宁波:宁波出版社,2009年。

许宝华,宫田一郎:《汉语方言大词典》,北京:中华书局,1999年。

徐时仪校注:《一切经音义三种校本合刊》,上海:上海古籍出版社,2012年。

曾良:《敦煌佛经字词与校勘研究》,厦门:厦门大学出版社,2010年。

郑贤章:《汉文佛典疑难俗字汇释与研究》,成都:巴蜀书社,2016年。

Textual Research on Four Words inthe Law Medieval Buddhist Scriptures

Ding Qinggang

(Sichuan University of Arts and Science)

Abstract:This article textual research on four words in the Law Medieval Buddhist Scriptures, such as Jinying(金樱)、Cishe(辞設)、Lingqian(菱芡)、Muguan(木灌), corrects the errors and comb the meaning of the text, which is helpful for further research on the law department ofBuddhist literature.

Keywords:Law of Buddhist Scriptures;Words;Textual Research

睡义动词“困”的发展演变

邓　盼

（武汉大学文学院、湖北语言与智能信息处理研究基地）

提要：唐宋时期是“困”向睡觉义发展的重要时期。这一时期，“困”经常与睡义动词“卧、睡、眠、寐”等连用，形成“困+$V_{睡}$”格式，这种格式在语境中逐渐由状中结构被重新分析为并列结构，促使“困”向睡觉义转化。通过对语料库的检索和分析可知，“困”至迟在宋代就能够单用表示睡觉义。

关键词：“困”；睡义动词；“困+$V_{睡}$”

“睡”和“困（睏）”是现代汉语方言中两大重要的睡义动词，呈南北对立分布局面，北方方言大部分使用“睡”，南方方言则主要说“困（睏）”。目前学者对“睡”的研究较为充分，对“困（睏）”的研究则有待深入。本文拟利用“汉籍全文检索系统（第四版）”和北京大学CCL语料库中的语料对睡义动词“困”进行讨论，重点考察“困”的睡觉义的来源和始用时间。

一

汪维辉先生在《说“困（睏）”》一文中指出，“在目前所掌握的材料中，明代以前还难以举出具有排他性的‘困=睡’的例证”。但是，通过检索语料库，我们发现了下列用例：

（1）予初居黄龙山时，作《禅和子十二时》偈曰：“吾活计，无可观，但日日，长一般。夜半子，困如死，被虱咬，动脚指。鸡鸣丑，粥鱼吼，忙系裙，寻袜纽。……人定

亥，说便会，法身眠，无被盖。坐成丛，行作队，活鱍鱍，无障碍。……”（释惠洪《林间录》卷上）

(2)先生困熟，万卷书中聊托宿。似怯清寒，更爇都梁向博山。　游仙梦杳，啼鸟声中春又晓。未著乌纱，独坐溪亭数落花。（陈三聘《减字木兰花·其四》）

(3)微雨后，染得杏腮红透。春色好时人却瘦，镜寒妆不就。　柳外一莺啼昼，约略情怀中酒。困起半弯眉印袖，髻松簪玉溜。（许棐《谒金门》）

(4)昨梦行云何处，应只在、春城迷酒。对溪桃羞语，海棠贪困，莺声唤醒愁仍旧。劝花休瘦。看钗盟再合，秋千小院同携手。回文锦字，寄与知他信否。（仇远《薄幸》）

(5)东村饮罢又西村，熬尽田家老瓦盆。醉归来山寺里钟声尽，趁西风驴背稳，一任教颠倒了纶巾。稚子多应困，山妻必定盹，多管是唤不开柴门。（张鸣善《双调·水仙子》）

例(1)中的《禅和子十二时》偈描绘参禅人一天十二个时辰的生活，亥时停止活动开始睡觉，丑时木鱼声起迅速起床，其间夜半的子时则正是熟睡之时，“困如死”只能理解成是以像死了一样的状态来比喻参禅人睡得极沉，连被虱子咬都只是动动脚趾。此外，现在湖南攸县尚有俗语“人在寅卯困如死”，正是指的人在寅卯时分处于熟睡的状态①。由此可见，此例中的“困”确指睡觉无疑。作者释惠洪(1071—1128)系北宋末名僧，又名德洪，字觉范，自号寂音，俗姓喻，江西筠州新昌(今江西宜丰)人，随业师克文禅师居于石门山宝峰寺，《林间录》成书于宋徽宗大观年间。例(2)中“先生困熟”一句，“熟”作为中心词“困”的补语，“困熟”应该理解为睡熟。又后文说“游仙梦杳”，更道明先生之睡梦，则前句之“困”理当指睡觉。作者陈三聘是南宋诗词家，生卒年不详，宋高宗绍兴末前后在世，字梦弼，吴郡(今江苏苏州)人，生平事迹无考，其《和石湖词》以范成大词原韵逐首唱和。例(3)《谒金门》是一首描写女子怀春的闺情词，寥寥数句勾勒出一幅美人春睡初起图，杏花春雨，景致正好，美人却形容消瘦，无心梳妆，睡起后所画蛾眉脱落印于衣袖之上，发髻是蓬松的，玉簪也滑动了。“一莺啼昼”点明时间是白天，又“困”与“起”紧密结合，当无困倦义，二字合指睡起。作者许棐是南宋江湖派诗人，字忱父，嘉兴海盐(今属浙江)人，宋理宗嘉熙中隐居秦溪，种梅数十树，构屋读书，自号梅屋，卒于淳祐九年(1249)，存词二十首。例(4)转引自汪维辉(2017)，词中“海棠贪困”用典，唐玄宗以“海棠花睡未

①见湖南攸县作家肖余良先生小说《火·野火》，攸县新闻网 http://www.yxnews.gov.cn/Info.aspx?ModelId=1&Id=15539。

足”比拟醉后新起的杨贵妃,此处以海棠比拟词中的女主人公,昨梦美好不愿苏醒,可惜莺声阵阵生生将她唤醒,醒后再次陷入愁绪之中。汪维辉先生指出,“海棠贪困”可以理解成“海棠贪睡”,“贪困”可以与汪文后文引例中的三处“贪眠”比较,都是贪睡的意思,“困”不能解释成困倦。如此看来,“海棠贪困”的“困”当指睡觉。作者仇远(1247—1326)生于南宋末,字仁近,自号山村、山村民,人称山村先生,钱塘(今浙江杭州)人,宋度宗咸淳间以诗名,入元,仕为溧阳州学正,任满罢归,优游湖山而终。例(5)的小令写秋日醉酒夜归,前文“山寺里钟声尽”道明夜深,而后作者骑驴往家赶,一边在心里揣测,孩子多半已经睡着了,妻子也肯定在打盹儿,恐怕是唤不开柴门了。“稚子多应困,山妻必定盹”一句中,“困”与“盹”对言,“盹”指闭目小睡,“困”也当指睡;又后句说道“唤不开柴门”,这是屋内的人都已经睡着才会出现的结果。因此,“稚子多应困”中的“困”肯定不指困倦,而是指睡觉。作者张鸣善乃元末散曲作家,名择,号顽老子,生卒年不明,生平事迹亦不详,祖籍平阳(今山西临汾),安家湖南,流寓扬州,曾任淮东道宣慰司令史、江浙提学等职,元灭后称病辞官,隐居吴江(今江苏苏州)。

从地域上说,以上例子的作者都生活在今天说“困”的区域内,换言之,这些表示睡觉义的“困”的地域分布与现代汉语方言中睡义动词“困”的分布是一致的。而从时间上看,以上五例都出自明代以前的著作,其中,例(1)是北宋末的用例,其后南宋、元代都各有用例。因此,我们可以肯定地说,明代以前已经有具有排他性的“困=睡”的例证,“困”单用表示睡觉义的产生时间不晚于宋代。

二

鉴于“困”在北宋末年已经发展出睡觉义,宋元时期一些被认为可以理解成睡觉义、但解释成困倦也可以的用例中,“困”都极有可能就是表达睡觉的意思。如:

(6)落花丛外风惊鹊,鹊惊风外丛花落。乡梦困时长,长时困梦乡。　暮天江口渡,渡口江天暮。林远度栖禽,禽栖度远林。(鉴堂《菩萨蛮·答伯山四时四首·春》)

(7)窗影弄晴红,欢笑成丛,一声“春困”到衰翁。回首太平儿戏事,雨过云空。人世暗尘中,如梦方浓。也须留取自惺憁。试问若教都困了,谁管春风?(陈著《浪淘沙·立春日卖春困》)

(8)喜怒哀乐未发,又是一般。然视听行动,亦是心向那里。若形体之行动心都

不知,便是心不在。行动都没理会了,说甚未发。未发不是漠然全不省,亦常醒在这里,不恁地困。(《朱子语类》卷五)

(9)莺声寂,鸠声急,柳烟一片梨云湿。惊人困,教人恨,待到平明,海棠应尽。(张翥《摘红英·春雨惜花》)

例(6)(7)(9)转引自汪维辉(2017),汪文指出:"乡梦困时长"中的"困"可以理解成睡觉,整句意为乡梦在睡眠中很长;"试问若教都困了"前句说"也须留取自惺憁",也就是要自我清醒,因此"困"可以解释成睡;"惊人困"可以理解成把词人从睡梦中惊醒了,所以教人恨,"困"就是睡觉、睡眠,而后句"待到平明"说明这是夜里,正是睡觉的时候。不过,汪维辉先生同时指出,这些例子中的"困"解释成困倦也未始不通。例(8)转引自袁庆述(1990),袁文认为此例中"困"与"醒"对言,并非平常的困倦之义,而是引申出的睡的意思,然而汪维辉先生认为其词义仍然在困倦(欲睡)和睡觉两可之间。

上述例子中,"困"虽然可以解释为困倦,但理解为睡觉似乎更为恰当。例(6)是一首回文词,除描写景色外,着重抒发思乡之情,这种思乡之情时刻都有,不论是睡着还是醒着,只是睡着时更为强烈、真切和持久,其"乡梦"是还乡之梦,"梦乡"谓梦见故乡,故"困"解释为睡更符合整首词的意境。例(7)中"试问若教都困了"的"困"虽是承词题"春困"而来,却与前句"人世暗尘中,如梦方浓"联系更为紧密,梦浓说的是沉睡状态,"困"与之呼应则理当理解为睡。例(8)为朱子解释《中庸》中"喜怒哀乐之未发谓之中"的语录,"困"与"行动都没理会了""漠然全不省"都不是未发,又与"醒"相对,理解为睡觉更为合适。例(9)《摘红英》词以景烘托,写女子相思闲寂情态,鸠声在深夜时分"惊人困"而"教人恨",此"困"释为睡觉较困倦更贴切。

除此之外,《林间录》成书以前有些用例中的"困"已经可以理解成睡觉。如:

(10)"毕竟事如何?"师云:"斋后困。"(《祖堂集》卷九《乌岩和尚》)

(11)春晚出山城,落日行江岸。人不共潮来,香亦临风散。　花谢小妆残,莺困清歌断。行雨梦魂消,飞絮心情乱。(毛滂《生查子·富阳道中》)

"斋后困",汪维辉先生认为应该是指吃完饭后睡觉,即把"困"理解为睡觉;"莺困清歌断",汪先生认为可以理解成黄莺睡了,它的清歌也断了。不过,同例(6)(7)(9)一样,汪先生认为此处的"困"解释成困倦也未始不通,我们目前也难以证明这两例"困"就是指睡觉。

李丽、葛晶晶(2015,2017)认为"困"之睡义的产生不晚于唐代,宋代是普遍使用期而非产生初期，这种情况不无可能。前文的结论是基于语料库中相关语料的分析而得出的，存在两个问题：一是书面语的发展比口语缓慢，在一定历史条件下文献记载往往落后于口语的发展，始见时间不等于始用时间；二是本文所使用的语料库未能囊括中国古代所有文献资料，难免有所遗漏。不过，葛晶晶（2017）在论述这个问题时，虽然指明唐代文学作品中约有16处使用睡义，文中却仅引用3例，见下：

（12）于一时先君念经夜久，不觉困寐，门户悉闭。（段成式《酉阳杂俎》续集卷七《金刚经鸠异》）

（13）强听紫箫如欲舞，困眠红树似依屏。（皮日休《病孔雀》）

（14）家国三千里，中宵算去程。困才成蝶梦，行不待鸡鸣。（李咸用《早行》）

葛文指出例（12）的“困寐”应解释为睡着，另两例则未作说明。实际上，这三个例子中，前两例的“困”分别与睡义动词“寐”和“眠”连用，在语境中更像“寐”和“眠”的状语。例（12）“先君念经夜久，不觉困寐”中，“困”的困乏、困倦义是明显存在的，“困寐”可以分析为因困倦而睡；例（13）中诗句对仗工整，“困眠”对“强听”，“强听”是状中结构，“困眠”也应当理解为状中结构，则“困”很难直接释为睡。例（14）中“困”单独使用，又与“蝶梦”对应，可以理解为睡，不过，解释为困倦也未为不可。

因此，保守地说，就目前所掌握的材料来看，“困”单用表示睡觉义的产生时间不会晚于宋代，有可能是在唐代。

三

“困”的本义与睡觉一事全然无涉，其意义的演变不是一步到位的，而是有一个过程。汪维辉先生指出，“困”大约在入唐以后由疲惫义进一步引申出困倦欲睡义，活跃在唐人口头，诗文中也多有记录；其后又在此义的基础上引申出睡觉义，逐渐形成南北对立，“睏”字是方言区的人为睡觉义所造的后出专字；直至明代后期的吴语文献中，“困（睏）”的用法已与现代吴语无别。因此，结合上文可以知道，唐宋时期是“困”向睡觉义发展的重要时期。

在这一时期的文献中，“困”常常与睡义动词“卧、睡、眠、寐”等连用，形成了“困+$\text{V}_{\text{睡}}$”格式，在语境中可以作状中结构和并列结构两种分析。这种用法，唐以前十分少见，《宋书》中有一例：“仲德被重创走，与家属相失。路经大泽，不能前，困卧林中。”其中的

“困卧”表示因疲惫而躺倒，无睡觉义。而据汪维辉先生考证，到了元代以后，这种“困+$V_{睡}$”格式就基本上都凝固成并列结构的双音词了。

通过对语料库的检索分析，我们发现，唐代的“困+$V_{睡}$”格式主要是状中结构，“困”字的疲乏、困倦义较为明显，如例（12）和例（13）。到了宋代，“困+$V_{睡}$”格式中“困”的语义淡化，很多用例不再强调困倦义，“困”和相连的睡义动词可以看作一个整体，一起来表示睡觉，如：

（15）仰山礼谢，起云：“所蒙和尚譬喻，无不了知。更有一事，只如内猕猴困睡，外猕猴欲与相见如何？”（释道原《景德传灯录》卷六《朗州中邑洪恩禅师》）

（16）忍饥只合且困眠，何为目眺思悠然。尔今肠空尚图逸，藉饱安得同周旋。（王洋《外屏不固婢有思逸者小儿作高栅限之》）

（17a）冯当世少孤，寓武昌，纵饮不羁，一夕醉卧郊外。溪边有渔者罢渔舣舟困眠，有人叱之曰：“冯侍中在此，安得不避！”渔者惊起步月，岸上一人衣冠熟寝草间，询之，知为冯也，即拜曰：“秀才他日贵显，幸勿忘。”具以梦告。（王辟之《渑水燕谈录》卷六《先兆》）

（17b）冯当世少孤，寓武昌，纵饮不羁，醉卧郊外。有渔者罢渔，困卧其侧，梦人叱之曰：“冯侍中在此，安得不避！”（《分门古今类事》卷三《当世侍中》）

（18）如做事须用人，才放下或困睡，这事便无人做主，都由别人，不由自家。（《朱子语类》卷一一五）

此外，《朱子语类》中尚有一例“$V_{睡}$+困”，也表示睡觉：

（19）无事时须要知得此心；不知此心，却似睡困，都不济事。（《朱子语类》卷一二一）

仔细分析上述六个例子，上下文中都没有强调疲乏、困倦，“困睡”“困眠”和“困卧”都不能说是状中结构，“睡困”作为“困睡”的同素异序形式也不能分析为述补结构，“困+$V_{睡}$”格式（或“$V_{睡}$+困”格式）是一个整体，共同表示睡觉的意义。

由此可见，“困+$V_{睡}$”格式在唐宋时期经历了一个由状中结构重新分析为并列结构的过程。一开始，“困+$V_{睡}$”格式是状中结构，“困”表示困乏、困倦，是睡义动词的修饰语；而后，在语境中，“困”的语义淡化，“困+$V_{睡}$”格式不强调疲乏、困倦，主要表示睡觉的意义，这时的“困+$V_{睡}$”格式可以视作并列结构，即认为“困”与相连的睡义动词的意义是相同的。随着这种并列结构的“困+$V_{睡}$”格式的频繁使用，“困”的语义与睡义动词越来越趋同，即发展出睡觉义。根据前文的推断，“困”在宋代已经可以单独使用表示睡觉，则这一步至迟在宋代已经完成。

参考文献

汪维辉：《说“困（睏）”》，《古汉语研究》，2017 年第 2 期。

汪维辉：《“睡觉”古今谈（三）》，《语言文字周报》，2017 年 11 月 1 日第 004 版。

葛晶晶：《试析“困”》，《现代语文》，2017 年第 9 期。

李丽、葛晶晶：《从〈阿 Q 正传〉的“困觉”说开去——试析汉语史上的“困觉”》，《语文知识》，2015 年第 11 期。

袁庆述：《〈朱子语类〉方言俗语词考》，《语文研究》，1990 年第 4 期。

The Diachronic Evolution of the Verb “*Kun*” Which Means Sleeping

Deng Pan

(Wuhan University)

Abstract: The Tang and Song Dynasties were an important period for “*Kun*(困)” to develop towards the meaning of sleeping. During this period, “*Kun*” was often used in conjunction with the sleeping verbs like “*Wo*(卧), *Shui*(睡), *Mian*(眠), *Mei*(寐)” and so on, forming the format of “*Kun* + V_{Shui}(困+$V_{睡}$)”. This format is gradually reanalyzed from the adverbial-head structure to a parallel structure in the context, which promotes the transformation of “*Kun*(困)” to the meaning of sleeping. By retrieving the corpus, we can see that “*Kun*(困)” can be used alone to mean sleeping at the latest in the Song Dynasty.

Keywords: “*Kun*(困)”; sleeping verbs; “*Kun* + V_{Shui}(困+$V_{睡}$)”

清朝土默特契约文书“两急情愿”考校*

贺雪梅　黑维强

（西安外国语大学中文学院；陕西师范大学文学院）

摘要：最近出版的清朝土默特契约文书是研究内蒙古历史文化、语言文字的宝贵资料，文书整理者在校勘工作上用力甚勤，但是仍有需要完善的地方，如“两急情愿”的“急”校勘为“出”与“相”，文意可通，却无校勘之据。根据历时考察与现代方言比较，“急”当为“家”的方言读音引起的音变，应校正为“家”。

关键词：土默特契约文书；轻声；音变；比较

清朝内蒙古土默特契约文书的整理出版①，为学术界提供了新鲜而丰富的资料，它们不仅是研究内蒙古的历史、经济、民族关系的重要资料，也是研究语言文字，特别是当地方言历史的珍贵资料②。文书的整理，编著者下了很大功夫，不过由于各种原因，个别文字校勘还需进一步探讨。例如表示交易双方意愿的“两急情愿”，根据契约文书行文通例，这样行文存在问题，句意难以解读。整理者慧眼所识，进行了校勘，将“急”字有的校勘为“出”，有的校勘为“相”（当然，也有未加校勘的）。大概是出自不同的整理者之手，或者是时间的关系，在统稿中未能将其统一，所以出现了同一字有不同的校勘结果。同

---

* 本文为国家社科基金项目“宋元以来民间手书文献俗字典编著与研究”（17BYY019）、国家社科基金重大项目“西北地区汉语方言地图集（15ZDB106）”与“中国西北地区戏曲歌谣语言文化研究（13&ZD119）”成果之一。

①晓克等：《清代至民国时期归化城土默特土地契约》，呼和浩特：内蒙古大学出版。第1、2册，2011年；第3册，第4册上、中、下，2012年。该书只有录文，没有图版。下简称“土默特1、2、3、4上、4中、4下”。

②黑维强：《论古代契约文书的文献特点及词汇研究价值》，《合肥师范学院学报》，2011年第5期，第6—10页。

时，也反映了这个“急”是一个不太容易校准的字。整理者这样校勘，从文意上说，意思皆通，但是仔细考察，却并无校勘学依据，既没有文字形体相近而误的依据，也没有读音上相同或相近的条件。我们对此问题略作了分析①，限于文章篇幅和主题，无法展开详细讨论，因此，本文就该问题作进一步考辨。

在土默特契约文书整理文本中，整理者将“两急情愿”的“急”校正为“出”或“相”。将“急”校为“出”的例子如：

(1)《清同治十二年(1873)本达赖出租地约》：“两急(出)情愿，空口无凭，立约为用。”(土默特 3/145)

(2)《清同治十弍年(1873)王兴宝租地约》：“两急(出)情愿，空口无凭，立业约为用。”(土默特 3/147)

(3)《清同治十二年(1873)本达赖出租地约》：“两急(出)情愿，空口无凭，立约为用。”(土默特 3/148)

(4)《清同治十三年(1874)魏荣旺退地约》：“两急(出)情愿，空口无凭，立退约为用。”(土默特 3/149)

(5)《清同治十三年(1874)娄尔龛退地约》：“两急(出)情怨(愿)，空口无凭，立退约为用。”(土默特 3/149)

将“急”校为“相”的例子如：

(6)《清光绪元年(1875)张兴照退地约》：“两急(相)情愿，空口无凭，立退地约为用。”(土默特 3/153)

(7)《清光绪元年(1875)本达赖出租地约》：“两急(相)情愿，空口无凭，立出租约存照。”(土默特 3/156)

(8)《清光绪九年(1883)李深租坟地约》：“两急(相)情愿，空口无凭，立约为用。”(土默特 3/187)

(9)《清光绪十五年(1889)杜生智退地约》：“两急(相)情愿，空口无凭，立约为用。”(土默特 3/212)

(10)《清光绪三十二年(1897)高存仁租地约》：“两急(相)情愿，空无口凭，立租到约为证。”(土默特 3/248)

①黑维强、贺雪梅：《论唐五代以来契约文书套语句式的语言文字研究价值及相关问题》，《敦煌学辑刊》，2018 年第 3 期，第 34-53 页。黑维强：《土默特契约文书所见 200 年前内蒙古晋语语音的几个特点》，《中国语文》，2018 年第 5 期，第 634-635 页。

但是,我们也可以看到,文书中也有的地方“急”未出校。例如:

(11)《清同治十二年(1873)本达赖出租地约》:“两急情愿,空口无凭,立约为用。”(土默特3/146)

(12)《清光绪式拾玖年(1903)蒙古人七十八出租地约》:“两急情愿,空口无凭,立约为用。”(土默特3/243)

(13)《清光绪式拾玖年(1903)李德喜租地约》:“两急情愿,空口无凭,立约为用。”(土默特3/244)

整理者为什么要将“急”校勘为“出”或“相”呢? 首先是因为“急”于句意不通,其次大概是源于土默特契约文书中有大量“两出情愿”或“两相情愿”字样的缘故。例如:

(14)《清雍正捌年(1730)李清成赁地基约》:“两出情愿,并无异说。”(土默特4上/1)

(15)《清乾隆三十九年(1774)尼提喇嘛出赁地基约》:“两出情愿,恐口无凭,立出赁地基约为证。”(土默特4上/41)

(16)《清嘉庆拾捌年(1813)根庆等收地租约》:“两出情愿,恐后无凭,立收地租约为存照用。”(土默特3/13)

(17)《清同治十二年(1873)本达赖出租地约》:“两出情愿,永不反悔。”(土默特3/144)

(18)《清道光二十七年(1842)樊兴有租地基约》:“两相情愿,并无异说。”(土默特4上/196)

(19)《清光绪十二年(1886)闫会通退房屋地基约》:“两相情愿,各无反悔,空口难凭,立退房约存为后证。”(土默特4中/145)

(20)《清光绪三十四年(1908)潘鹤租坟地文约》:“此系两相情愿,各无反悔。”(土默特2/262)

在古代契约文书中,有“两出情愿”或“两相情愿”等句式,都是要表明交易双方出于自觉自愿,而非一方强迫另一方的强买强卖,以此来体现立契基本精神。此自愿交易意志的表达,早在八世纪的吐鲁番出土契约文书中就出现了(见下例(29)),其后相沿袭。这大概是整理者将“两急情愿”校勘为“两出情愿”或“两相情愿”的主要依据。那么,是否就可据此将“急”校为“出”或“相”呢? 单从文意看,在没有其他材料佐证的情况下似乎可行,但于字音、字形则毫无根据。从字面意思看，“两急”就是两方都“急”，也就是对于交易行为本身买卖双方都迫切、紧急，这在情理上是说不过去的。从历代土地、房屋契约文书来看，几乎都是卖方“急”，或因生活困顿，或迫于差事压力，或用钱紧急无措等，急于出卖自己所有物，但是买方不一定“急”，所以依字面意思解读，“急”显然于文意扞格不通，即“急”在此并非原文实际要表达的意思。那么，“两急情愿”的本来面目是什么，因为什么原因而导致书写者使用“急”字？校勘为“出”或“相”哪个更合适？或者两个都不合适？根据契约文书语言表达要求与用词历史通例，通过比较土默特契约文书和其他地区契约文书以及不同时代的契约文书，我们认为“急”当为“家”，“两家情愿”亦即“两出情愿”或“两相情愿”。在土默特契约文书中，就有不少“两家情愿”用例，可资比较。例如：

(21)《清乾隆四十五年(1780)孙天相种地约》：“两家情愿，不许反悔，恐后无凭，立种地约存照用。”(土默特4上/63)

(22)《清乾隆六十年(1795)孙天相种地约》：“此系两家情愿，并无逼勒，恐口无凭，此赁约照用。”(土默特4上/128)

(23)《清嘉庆二年(1797)杜有芸租地约》：“两家情愿，恐后无凭，专立租地约为照用。”(土默特3/3)

(24)《清道光二十年(1840)李顺宝租地约》：“两家情愿，永无翻悔，恐口无凭，立出地租钱存照用。”(土默特3/64)

(25)《清同治十一年(1872)李顺宝租地约》：“两家情愿，永无翻悔，恐口无凭，立租约为用。”(土默特3/150)

(26)《清嘉庆十三年(1808)气木多尔继典房文约》：“此系二家情愿，并不反悔，恐口无凭，立典契文约存证。”(土默特4上/182)

(27)《清光绪元年(1875)魏荣兴租地约》：“两家情愿，永不翻悔，恐口无凭，立租约为证。”(土默特3/162)

(28)《清光绪弍年(1876)本达赖出租地约》：“两家情愿，永不翻悔，恐(口)无凭，立出租地约为证。”(土默特3/169)

“两家情愿”用例广泛，在土默特以外的契约文书行文中都可见到，是契约文书最常见的套语句式之一，“两家”早在八世纪中叶已经出现了①，虽然仅见一例，但是开启了后

①黑维强、贺雪梅：《论唐五代以来契约文书套语句式的语言文字研究价值及相关问题》，《敦煌学辑刊》，2018年第3期，第34—53页。

世使用先河,其例是:

(29)《唐大历三年(768)高昌僧法英租园契》:"两家平和,画指为记。"(吐鲁番10/292)

句子的意思是双方平等商议,画指节文(即后世的画押)为证。从唐五代以后,"两家"(或"二家")类句式广为使用,吐鲁番出土契约文书就有3例,之后文献中频见。例如:

(30)《唐赵拂昏租田契》:"两家平和,画指为记。"(吐鲁番10/305)

(31)《唐孙玄参租菜园契》:"其园税子,两家共知。"(吐鲁番10/301)

(32)《元元统二年(1334)徽州冯子永等卖地红契》:"自卖之后,二家各无言悔。"(历代562)

(33)《元至元三年(1337)徽州郑周卖山地契》:"自成交之后,二家各无言悔,如有先者甘罚契内稻谷式拾秤,如(与)不悔人用。"(历代571)

(34)《元泰定二年(1325)祁门县李文贵等产权合同文书》:"今来面仪(议),两家书立合同文书为定。"(历代666)

(35)《清乾隆二十九年(1764)吴连瑞立卖菜园契》:"上下伯叔兄弟人等并无干碍,二家甘肯,各无反悔。"(石仓1/1/47)

(36)《清乾隆三十四年(1769)林壬生立杜卖田契》:"二家甘肯,两无逼勒,此系正行交易,不是准折之债。"(THDL)

(37)《清嘉庆十年(1805)苏步龙等立典契》:"此系二家甘肯,两无逼勒,今欲有凭,立典契一纸为炤。"(THDL)

(38)《清嘉庆十四年(1809)蔡子贵立卖山契》:"二家情愿甘肯,各无反悔,今欲有凭,立卖山契付与买主永为照。"(石仓1/1/240)

这些例子都是说立契双方的约定。例(31)是说双方共同承担,例(32)是说双方都不能反悔,例(34)是说双方书写合同文字来确定交易成功。可见,土默特契约文书中"两家情愿"自有其来,时代还较早。

通过上述用例比较与历史考察,"两急"为"两家"无疑,"急"当为"家"的借音字。但是有一个问题需要回答:"家"为舒声字,"急"为入声字,为什么能够借用?今晋语和土默特契约文书地名词语的书写给了我们一些启示。

首先,从今晋语来看,“家”往往有舒促两读。“家”在作名词、意义实在时,特别是单说时,各地方言都读꜀tɕia(包括央 iA 和后 iɑ,以 ia 为代表),表现出很强的一致性。而当“家”的意义虚化或意义较实又处于音节组合的末尾时,读音则发生了一些变化,主要表现为声调的弱化,同时伴随有韵母的央化或高化。具体步骤是:第一步是声调弱化,读了轻声 tɕia^{0}。第二步,因为读轻声,韵母的主要元音高化,读 tɕie^{0}/tɕiɛ^{0},个别方言点为单元音 tɕi^{0}。在此基础上,发生第三步,即有的方言韵母进一步发生了促化现象,读成入声 tɕiɛʔ 或 tɕiəʔ。也有个别方言点是轻声后直接促化,读 tɕiaʔ,显示出了方言间的差异性。陕晋蒙晋语的具体读音情况如下:陕北晋语核心区的绥德方言(陕北晋语的代表),“家”读轻声后,主要元音保持不变,读低元音 tɕia^{0},即读轻声后依然保持原有 tɕia 的音值而未变①。绥德以北,如米脂、佳县、横山、榆林、定边、神木、府谷方言,读轻声时主要元音发生了高化或央化,读 tɕie^{0} 或 tɕiɛ^{0}。绥德以南,在清涧、延川一带方言②,“家”在音节后字位置或意义虚化后,读音也发生了两类变化:一类是读轻声后,韵母为高元音-i,另一类轻声引起元音央化,读 tɕiəʔ,同“急”。榆林晋语区轻声“家”的具体读音如下表-1③:

表-1　榆林市晋语轻声“家”的读音

方言点	读音	举　例
府谷	tɕiəʔ^{0}	兄弟家弟媳 ɕyəŋ^{21} ti^{53} tɕiəʔ^{0}　人家别人 ʐəŋ^{44} tɕiəʔ^{0}
神木	tɕia^{0}	窝家同宗 vuo^{24} tɕia^{0}
	tɕiɛ^{0}	娘家
	tɕiəʔ^{0}	男人家 nɛ^{44} ʐɤ̃^{0} tɕiaʔ^{0}
榆林	tɕiA^{0}	邻家邻居 liɤ̃^{24} tɕiA^{0}　娘舅家母亲的娘家 niɑŋ^{24} tɕiəu^{52} tɕiA^{0}
	tɕiɛʔ^{0}	一个家 iəʔ^{3} kəʔ^{3} tɕiɛʔ^{0}
横山	tɕia^{0}	邻家邻居 liɤ̃^{13} tɕia^{0}
	tɕie^{0}	弟兄家 ti^{52} ɕyɤ̃^{33} tɕie^{0}　人家别人 ʐɤ̃^{13} tɕie^{0}
靖边	tɕiɑʔ^{0}	邻家邻居 liɯ̃^{34} tɕiɑ^{0}　人家别人 ʐɯ̃^{34} tɕiɑʔ^{0}
佳县	tɕiəʔ^{0}	那家他家 nA^{52} tɕiəʔ^{0}　人家别人 ʐəŋ^{33} tɕiəʔ^{0}

①黑维强:《绥德方言调查研究》,北京:北京师范大学出版社,2016 年,第 548-549 页。

②张崇:《延川方言志》,北京:语文出版社,1990 年,第 99—104 页。

③材料来自黑维强:《绥德方言调查研究》,第 548-549 页;邢向东:《神木方言研究》,北京:中华书局,2002 年,第 519 页、第 583-584 页;其余见《陕西方言集成·榆林卷》(商务印书馆即出)。

续表

方言点	读音	举　例
米脂	tɕiɛ^{0}	邻家邻居 liəŋ^{33} tɕiɛ^{0}
	tɕiəʔ^{0}	人家别人 ʐəŋ^{33} tɕiɛʔ^{0}
绥德	tɕia^{0}	邻家 liŋ^{33} tɕia^{0}　人家 ʐəŋ^{33} tɕia^{0}
吴堡	tɕia^{0}	叶家园沟地名 ʂəʔ^{3} tɕia^{0} yã^{33} kɑo^{213}
	tɕiəʔ^{0}	人家别人 ʐəŋ^{33} tɕiəʔ^{0}秦家圪崂地名 tshəŋ^{33} tɕiəʔ^{0} kəʔ^{3} lo^{213}
清涧	tɕi^{0}	邻家邻居 liəɣ̃^{24} tɕi^{0}　师家园则地名 sɿ^{31} tɕi^{0} y^{24} tsəʔ^{0}（老）
	tɕiəʔ^{0}	师家园则地名 sɿ^{31} tɕiəʔ^{0} y^{24} tsəʔ^{0}（新）
子洲	tɕia^{0}	邻家 liəŋ^{33} tɕia^{0}　人家 ʐəŋ^{33} tɕia^{0}

从表-1 中我们可以看出，除绥德和靖边方言外，其他点“家”的韵母都出现了不同程度的央化或高化，其过程可能是：-ia 先读-ie 或-iɛ；清涧受声母 tɕ-的影响，进一步高化后读成 tɕi^{0}；轻声进一步引起了韵母弱化，促化为-iɛʔ 或-iəʔ，同该方言点“急”。值得特别关注的是，横山地名词中，“家”虽不读轻声但韵母也出现了高化，如李家洼 li^{21} tɕie^{33} va^{52}、董家焉 tuɣ̃^{21} tɕie^{33} ie^{33}；而清涧方言地名词中“家”在新派（60 岁以下）的口语中也发生了促化，读入声 tɕiəʔ^{0}。

山西晋语中，“家”的促化也分为两类：有保持原韵母不变，只是声调发生促化的，如山西大同、长治村落名中“家”都读“tɕiaʔ”（罗家辛窑大同、罗家庄长治）。也有韵母主要元音高化、央化后发生促化的，如山西朔州、山阴村落名中的“家”读“tɕiəʔ”（郝家沟朔州、包家岭山阴）①。

内蒙古西部晋语区“家”读轻声，除了有 tɕia^{0} 的读音外，也发生了央化或促化现象，促化的情况大致以包头为界，有 tɕiaʔ 和 tɕiəʔ 之别：包头以东地区读 tɕiaʔ，与“接”同音，包头以西则读 tɕiəʔ，与“急”同音，如同神木方言②。据土默特契约文书“出版说明”介绍，第 1、2、3 册所收录文书来自今包头及周边，上举“两急情愿”例子皆出自第 3 册，第 3 册契约文书“与现包头市土右旗萨拉齐东二十公里处的老藏营村完全吻合”。而这一带的方言与山西晋语和陕北晋语关系密切③。换言之，“家”写作“急”在读音上与今包头周边

①范慧琴：《山西村落名称中“家”的变音及其文化阐释》，《现代语文》（语言研究版），2017 年第 12 期，第 20—24 页。

②内蒙古西部“家”促化后的读音系邢向东先生告知，在此谨致谢忱！

③黑维强：《清朝土默特契约文书词语释义举例》，《安康学院学报》，2017 年第 4 期，第 1—9 页。

的方言大体相吻合。

总之，伴随着“家”的一些意义虚化以及所处位置后移，其读音在晋语中发生了变化，具体演变过程应该是：音节读轻声→主要元音央化/高化→韵母促化增加塞音尾-ʔ→声调变为入声，促化后读音与“急”相同或相近，即经历了如下过程：

꜀tɕia⟶tɕia^{0} ↗ tɕie^{0}/tɕiɛ^{0} → (tɕi^{0}) → tɕiɛʔ/tɕiəʔ
　　　　　　　　↘ tɕiaʔ

由今论古，清代土默特方言将“家”读“急”在音变上也当如此，否则不可能将“家”写作“急”。

其次，在土默特契约文书中，我们看到另外一个例子，将同一地名的“袁家沟”，又写作“袁间沟”（土默特 1/104、1/109），这是观察“家”读“急”过渡音的一个很有价值的例子，值得关注。“家”何以写作“间”呢？其实这也是读轻声引起的音变现象在文字书写上的表现。具体来说有两种可能：一是“家”读音弱化后与“间”同音。从今陕晋蒙晋语读音现状来看，“家”读轻声后，主要元音发生高化，这样就与脱落鼻音韵尾的咸山摄字合流，亦即“家”与“间”读音变得相同，今陕北晋语“间”，大多数地方读 tɕie^{0}，陕北民歌中有类似押韵的用例，例如“看一回妹妹没见上面，喝几口凉水把火泄”“山羊绵羊花点点，我看你是我的干姐姐”，这里“面”与“泄”、“点”与“姐”押韵。再如榆林榆阳区有个山峁现在叫“七尖峁”，1994 年在此山发掘的明代洪武年间墓葬中有一墓砖，其上记载该山峁原本叫“祁家峁”①。换言之，现在把原来的“家”说成了“尖”，即“家”与“尖”的韵母相同，都是 ie，否则不可能把“家”写成“尖”。有意思的是，这里将原来的“祁”念成了“七”，也是将舒声韵读成了促化音。另外，今陕北黄河沿岸如清涧东区、绥德枣林坪乡镇等地将后字位置“家”读轻声 tɕie^{0}，同“间”。如纸牌游戏中的“对家”之“家”读 tɕie^{0}，“亲家”“娘家”“婆家”等中的“家”也读 tɕie^{0}。因此，若以今晋语的读音推测，土默特契约文书地名中的“家”读了 tɕie^{0}。这一推测如果是，该读音正好体现了“家”读轻声后向入声变化的一个中间环节。

再次，我们观察到，土默特契约文书中“袁家沟”和“两家情愿”中的“家”都处在音节组合的后字位置。“袁家沟”虽然是三音节地名，即一个半音步，但韵律结构是“2+1”，“家”处于 2(1+1)的后一位置上，容易读轻声。从语义来看，“两家”表示双方，“袁家”表示某类人，意义都还较实在。但在“姓氏+家+通名”和“两家情愿”的组合中，“家”的语义都减轻了。范慧琴在探讨山西村落名中“家”的音变机制时谈到：“‘家’出现在‘姓氏+

①李建兵：《榆林方言与地域文化研究》，贵州大学硕士学位论文，2008 年，第 15 页。

家+通名’的格式时，构成‘3 个字 3 个音节 1 个概念’的格局，与现代汉语普遍存在的‘2 个字 2 个音节 1 个概念’的格局矛盾，必然会由音义互动而将‘3 个字 3 个音节 1 个概念’的格局纳入‘2 个字 2 个音节 1 个概念’的框架之中。在结构格局的调整与改造中，‘姓氏’和‘通名’承担了这个格式的主要语义和区别性语义，‘家’的语义负担减轻，语义出现虚化，且它在整个格式中处于中间位置，语音通常弱化，语义虚化跟语音弱化相关联，于是变音现象就出现了。”①与地名中“家”的情况类似，“两家情愿”作为契约程式化用语，在于强调双方意愿，而“双方”这一意义主要由“两”来承担，“家”的语义轻化、非焦点化，音节也随之弱化。赵日新在谈到汉语音节弱化及其后果是就曾提到：“在汉语历时发展过程中，一些实词词义虚化过程中，语音弱化往往相伴而行；一些非焦点成分，因为语义轻化，句法地位弱化，所在音节也可能随之弱化，即音强变弱，或减弱为零形式甚至脱落。”②可见，特定的位置，加之语义的轻化、语法化，使得“家”的音节出现弱化，这在土默特契约文书和现代晋语中具有一致性。因此，结合今晋语情况来看，清代土默特契约文书中特定位置的“家”在语义轻化过程中先出现声调弱化，读了轻声；后元音高化同咸山摄合流，读 $tɕie^0$；而后进一步促化为入声，读音同“急”。读音的变化，往往波及用字书写，字随音变，于是在就有了“两急情愿”的出现。

综上所论，“家”在清代内蒙古晋语中读音与“急”相同或相近，从而导致土默特契约文书的“两家情愿”在文化程度不高的百姓笔下写成“两急情愿”，合乎情理，从文献校勘的角度看，“急”当校为“家”，无可置疑。

参考文献

范慧琴：《山西村落名称中“家”的变音及其文化阐释》，《现代语文》（语言研究版），2017 年第 12 期。

哈森、胜利：《内蒙古西部汉语方言词典》，呼和浩特：内蒙古教育出版社，1995 年。

黑维强、贺雪梅：《论唐五代以来契约文书套语句式的语言文字研究价值及相关问题》，《敦煌学辑刊》，2018 年第 3 期。

黑维强：《论古代契约文书的文献特点及词汇研究价值》，《合肥师范学院学报》，2011 年第 5 期。

①范慧琴：《山西村落名称中“家”的变音及其文化阐释》，《现代语文》（语言研究版），2017 年第 12 期，第 24 页。

②赵日新：《汉语方言语音弱化及其结果》，《中国方言学报》，第 7 期，北京：商务印书馆，2017 年，第 49—61 页。

黑维强:《清朝土默特契约文书词语释义举例》,《安康学院学报》,2017 年第 4 期。
黑维强:《绥德方言“家”的用法、来源及语法化》,《陕西师范大学学报》,2015 年第 2 期。
黑维强:《绥德方言调查研究》,北京:北京师范大学出版社,2016 年。
黑维强:《土默特契约文书所见 200 年前内蒙古晋语语音的几个特点》,《中国语文》,2018 年第 5 期。
李建兵:《榆林方言与地域文化研究》,贵州大学硕士学位论文,2008 年。
李素娟:《内蒙古土默特左旗汉语方言语音研究》,西北大学硕士论文,2011 年。
邢向东:《呼和浩特话音档》,上海:上海教育出版社,1998 年。
邢向东:《内蒙古晋语概说》,《内蒙古语言学会第二次学术讨论会论文集》,呼和浩特:内蒙古教育出版社,1996 年。
邢向东:《神木方言研究》,北京:中华书局,2002 年。
张崇:《延川方言志》,北京:语文出版社,1990 年。
赵日新:《汉语方言语音弱化及其结果》,《中国方言学报》第 7 期,北京:商务印书馆,2017 年。

The collating of“Liang ji qing yuan”in the Qing Dynasty tumd contract documents

He Xuemei　Hei Weiqiang
(Xi'an International Studies University;Shaanxi Normal University)

Abstract:The recently published Tumd Contract Document of the Qing Dynasty is a valuable source for studying the history, culture and language of Inner Mongolia. The organizer of the documentary exerts a lot of hard work on the collation work, but there are still places that need to be improved, such as the “Liang ji qing yuan”, the “Ji” collation for “Chu” and “Xiang”. The text can be communicated, but there is no basis for collation. According to the comparison between historical inspections and modern dialects, the “Ji” should be the tone change caused by the pronunciation of “Jia” dialects, and should be collated as “Jia”.

Keywords:tumd contracts;light tone;phonetics change;compare

◎语法研究

“NP_1 不按 NP_2 VP”的句法特征、功能类型及相关问题*

——兼谈与其肯定式的共性与微殊

赵 彧

（上海对外经贸大学国际商务外语学院）

提要：“NP_1 不按 NP_2 VP”对组构成分有制约性，NP_1 具有［±有生］属性，NP_2 只具有［-有生］属性，VP 具有［+自主、可控、无界］的语义特征。位序上，“按”类介词的否定只有一种位序，即“不”在“按”类介词短语之前。“NP_1 不按 NP_2 VP”与其对应肯定式都符合顺序象似性，都具有“前—后”抽象的方位图式。就微殊来看，前者是及物性较低的句式，不具备事件的序列性与完整体特征，常用作前景信息的附属性或支持性材料，而后者是及物性较高的句式，既可以用作前景小句，也可以用作背景小句。两种句式在法律语体和操作语体中呈现出不对称性。

关键词：“按”类介词；不；共性与微殊；顺序象似；语体差异

---

* 本研究得到了国家社科基金项目“汉语跨层词汇化的再演变研究”（项目编号：17BYY161）和上海市哲学社会科学规划一般课题“现代汉语副词表征主观量的动因与机制研究”（项目编号：2018BYY018）的资助。本文曾在 2018 语言的描写与解释——纪念胡裕树先生 100 周年诞辰学术研讨会（复旦大学，2018. 8. 26—27）上宣读，得到与会学者的指正。本文在撰写与修改的过程中，得到张谊生教授和宗守云教授以及《励耘语言学刊》匿名审稿专家的指正，在此一并致谢，文责自负。

一、前言

现代汉语中“按”类介词有“按(着)、按照、遵、遵照、依(着)、依照、照(着)、据”等,这类介词构成的介词短语与否定词“不”构成的含状谓语结构可以统一码化为“NP_1 不按 $NP_2$①VP”。如:

(1)警察不按法律行事　　他不依照牌理出牌
(2)他不照药方服药　　　隽芝不遵俗例行事

学界对于该类结构的肯定形式研究较为丰富,而其否定结构的研究则较为少见,我们着重讨论以下几个问题:第一,句式中“NP_1”、“NP_2”以及“VP”各自的句法、语义属性是什么?“不”的分布模式到底是一种还是两种?第二,否定式“NP_1 不按 NP_2VP”与其对应的肯定式“NP_1 按 NP_2VP”在认知上的共性表现在哪些方面?第三,否定式“NP_1 不按 NP_2VP”与其对应的肯定式的微殊与差异表现在哪些方面?这些微殊在及物性功能、语篇分布以及语体使用中又是如何反映的?本文就以上问题做出阐释。

本文语料取自 CCL 现代汉语语料库、BCC 现代汉语语料库以及部分人民网、新浪网等的当代新闻报道、网络上的报刊。除集中举例不标出处,其余所有例句均标明详细的出处。

二、功能特征与分布模式

2.1 功能特征

进入句式“NP_1 不按 NP_2VP”中的“NP_1”与“NP_2”以及“VP”需要满足一定的语义条件才能准入。就 NP 的生命度属性看,进入句式的“NP_1”与“NP_2”差异分野较为明显,“NP_1”可以[+有生],也可[-有生],而“NP_2”只能是[-有生]属性的名词。如:

(3)他同意<u>儿子媳妇不按照旧习惯行大礼</u>,而是举行“文明结婚”仪式,只对公婆鞠三躬,不磕头了。(戴厚英《流泪的淮河》)

①“按”类介词与单音节“NP_2”组合成词的,如“按时、按理、按例、按期;依次、依法;照样、照理、照例、照旧、据此”等不在研究之列。

(4)土木工程不按时令兴建,就会导致蝗虫成灾。现在我国在外修筑长城,在内兴建三台,大概蝗灾就因为这个原因而发生的吧?(柏杨《资治通鉴全译》)

上例中"儿子媳妇"是[+有生]名词,"土木工程"是[-有生]名词,而"旧习惯、时令"均为无生。有些"NP_1"名为[-有生],实则[+有生],是通过"机构转喻人"的转喻(metonymy)机制实现的。如:

(5)福清市有一些企业已投产两三年了,还未办理土地征用手续;有的县不按规定办理土地征用手续,造成土地收益流失。(1996年《人民日报》)

(6)有些城市不按已有的规划来审批土地,或是还没有作出规划就出让土地,出让签约后才指定规划部门进行规划设计,甚至城市土地出让快完了,控制性的规划还没有出来。(1994年《报刊精选》)

Nerlich and Clarke(1992)总结了转喻的类型,提到了"机构转喻机构中负责的人"这一转喻模式,"有的县、有些城市"字面的指称义是[-有生]的,而转喻以后指代行政机构相关者则是[+有生]的。主语"NP_1"虽可以是[±有生],但生命度呈现出不对称性:"NP_1"句法位置以指人的有生主语(animate subject)为优势分布。从语义平面来看,介词的语义功能主要是"标记",介词前置在某种语义成分前面,标示出该成分的语义性质,显示出该语义成分跟动词的语义关系,表明该语义成分在句子语义结构中的地位与价值(陈昌来2002),"按"类介词介引的"NP_2"在语义上为凭事成分①,表示动作行为的进行、发生是以"NP_2"为标准或前提,所以为[-有生]名词。如:

(7)不依法律征占林地　　　　不照规章纳税

(8)不依照市场供求法则生产　　不遵照税法办事

此类[-有生]名词还有:标准、常规、常理、规矩、顺序、逻辑、章法、章程、旧习惯、操作规程、客观规律、国家号召、党的要求等。此外,"NP_2"的音节模式也会影响句式的合法性与自足性,"NP_2"为双音节或多音节时限制较少,为单音节时只能与单音节"按"类介词组合,与双音节"按"类介词则受限制。如:

①所谓"凭事",指动作行为的发生进行往往要有某种工具、材料、方式、依据,我们把动作行为发生进行时所依凭的工具,所耗费的材料,所采用的方式,所参照的依据,统称为"凭事"。具体参看陈昌来(2002)。

(9)不按点回家　不按时间点回家　？不按照点回家　不按照规定时间点回家

(10)不依山而建　不依山势而建　？不依照山而建　不依照危险的山势而建

核心谓词"VP"具有[+自主、+可控、+无界]的语义特征。如：

(11)赵姨娘不按那个社会文化圈的牌理出牌，结果是满盘皆输，以上为她设想的五种目标中，只有D种沾了点边，而且水溅两面，她这一方的面子更只有扫地的份儿。(刘心武《话说赵姨娘》)

(12)我时常听光夏表哥和母亲谈论李敖的奇闻逸事，譬如他不肯在父亲的丧礼中落泪，不依规矩行礼，甚至还传说他从台北扛了一张床回家送给李伯母。(《我与李敖的短暂婚姻》《厦门商报》1999-11-17)

例(11)"出牌"具有无界性与可控性，"出牌"也并不是句法的组合义，而是整合义；例(12)"行礼"也没有明确的行为起始点与终结点。相关谓词还有：办理、报告、吩咐、付款、公开、缴纳、办事、出资、出牌、行大礼、搭支撑架、交稿子；摆、搭、站、挂、躺、捆、开、关等。谓词就时相结构来看，都表现出活动情状(activity situation)，其无界性反映在句法形式上，主要表现在三个方面：

第一，动词后管辖的名词成分不接数量短语。如：

(13)采掘工偷工减料，不按规定距离搭。
采掘工偷工减料，不按规定距离搭支撑架。(彭荆风《绿月亮》)
采掘工偷工减料，不按规定距离搭(？三个)支撑架。

第二，动词不能后附完整体标记"了、过"与"完、好"等"完结义"结果补语。如：

(14)不照"早、小、密、矮"的命令(哪怕是"瞎指挥")种。
不照"早、小、密、矮"的命令(哪怕是"瞎指挥")种田。(陈世旭《将军镇》)
不照"早、小、密、矮"的命令(哪怕是"瞎指挥")种(？过/完)田。

第三，动词本身不能重叠，也不能后接动量成分"一下、一回"等动量补语。如：

(15)他不按着次序看，一眼看到我们这一排，他猛虎扑食似的就跑过来了。(老舍《我这一辈子》)
他不按着次序看(？看看/一下)，一眼看到我们这一排，他猛虎扑食似的就跑过来了。

“搭支撑架、种田”是“单个动词+宾语”的活动动词,“看”没有一个内在的自然终止点(或者说终止点是任意的),因而是“无界的”,数量短语、完整体标记“了、过”、动量成分以及“完、好、到”等“完结义”结果补语等都是连续体离散操作的有界化手段,“VP”表现为活动情状说明了“不”是对非过程时状的否定(郭锐1997),所以“搭三个支撑架、种过/完田、看看/看一下”等表现出的过程时状与连续量否定词“不”相矛盾。

2.2 分布模式

李双剑(2015)认为由于否定词“不”的浮动,致使“按”字句的NP+Neg+PP+VP和NP+PP+Neg+VP两种否定式的焦点不同,我们不认为这两种句式是以介词短语为轴形成的“镜像分布”,两种句式的性质不相同,差异表现在以下几点:

第一,结构的紧密程度有不同。“NP_1不按NP_2VP”中,“不按NP_2”与核心谓词VP结合紧密,构成单一命题,状语与中心语之间不能插入其他成分。如:

(16)高疤不按照命令作战,部队受了很大损失。(孙犁《风云初记》)

*高疤不按照命令是作战的,部队受了很大损失。

*高疤不按照命令都作战,部队受了很大损失。

*高疤不按照命令应该作战,部队受了很大损失。

上例中,“不按照命令”与核心谓词“作战”关系紧密,不能插入“是……的”、副词“都”以及情态动词“应该”等。而相反,这些成分均可以插入在“按NP_2”和核心谓词“不VP”中间,甚至还可以有语气词或语气停顿。如:

(17)按纪律她是不该把案情告诉亲属的,可是她告诉你了。(豆豆《遥远的救世主》)

(18)按任何标准都不能称他们是海盗。(罗恩·哈伯德《地球杀场》)

(19)回归正题,鲁春一开口便说:“房子按原价吧,不需要任何折扣,这是我唯一的要求。”(东门的阿庆《风流镖师》)

(20)我们走到一幢颓败的石头房子跟前。怏怏说:“这也许原来是个别墅。”从它毁坏的样子看,我们推测,是战争中炮击或是飞机轰炸时被摧毁的。它修建在半山腰上是很奇怪的,按常理,不会有人把一个别墅修在这样的深山里。(高行健《有只鸽子叫红唇儿》)

上述例句,"按NP_2"和核心谓词"不VP"分别构成两个独立命题,中间可以分别插入"是……的"、副词"都",甚至中间还可以被语气成分或停顿隔开,结构松散。

第二,"按"的词性有差异。"NP_1不按NP_2VP"是一个完整的简单命题小句,其中"按"毫无疑问是标记凭事成分的介词。如:

(21)就是这么一点工钿,徐义德还要在上面动我们的脑筋,他顶刮皮,不按时间发工钿,每个号头的工钿他都要拖几天。(周而复《上海的早晨》)

例(21)中,"不按时间"与"发工钿"是语义关系紧密的有机整体,是一个完整的单命题小句,"按"是给谓词"发工钿"介引凭事"时间"的介词。而在"NP_1按NP_2不VP"中,"按NP_2"可以独立充当谓语,"按"为动词。如:

(22)他是一位锅炉工,一条虎彪彪、黑凛凛的汉子!一天,他闯进了我的斗室,……,跟我谈了一阵儿,他主意改变了,提出来干脆把他自己的妹妹介绍给我。他说:"按规矩,不兴这样。我看你是老实人,咱就不管那一套!"(《读者》合订本)

例(22)中"按"是动词,支配其论元成分"规矩",主语是零形反指其后的"我"。"按规矩"与"不兴这样"分别构成两个独立的小句。

第三,副词状语性质有区别。两种句式性质不同还反映在外部其他状语的性质上。如:

(23)我们在审计工作中发现,一些单位现金收入不记帐,也不按规定存入银行,而是以私人名义储蓄或保存,乱支乱用,问题十分突出。(1995年《人民日报》)

(24)法官一想:虽然他是庸医杀人,但是初犯,又是无知,按法律也不该死呀!"你们都听着:他虽是庸医杀人,念在初犯,按法律也不该判死刑。判他个三年五载还不是警戒他下次嘛!本庭有个断决。"(冯不异、刘英男《中国传统相声大全》)

例(23)"也"是类同义副词,表概念功能,而例(24)"也"是语气副词,表达人际功能,相当于表态语"也是"(李治平2012),即是"按法律也是不该死、按法律也是不该判死刑"。原因有三:第一、表概念功能的"也"是预设触发语,而例(24)中的"也"无法激活一个预设。第二、表人际功能的"也"是对命题的主观评注,不参与命题意义的建构,可以删除而不影响真值意义,而例(23)中的"也"是参与命题意义的,删除后反而影响真值意义①。其实“也”的表态用法是表达行事语力较低的言语行为，衍生出表达建议、讽刺等功能的习语性结构，传递特定的主观意义（邓川林 2017），“按法律也不该死、按法律也不该判死刑”均是表达行事语力较低的建议类言语行为。第三、例（24）的“也”若篇章功能突显，则会走向关联化，充当“按 NP_2”和“不 VP”的联系项（relator），而例（23）“也”是参与命题意义的。概而言之，“NP_1 不按 NP_2VP”与“NP_1 按 NP_2 不 VP”是两种不具有同一性的句式，在“不”与“按”类介词形成的否定句中，有且仅有“NP_1 不按 NP_2VP”。

三、肯定否定与认知共性

3.1 象似特征

“NP_1 不按 NP_2VP”突出地反映感知到的现实世界与语言成分及结构之间的顺序象似性（sequence iconicity）。Greenberg（1966）以大量类型学证据明确提出语言中成分的次序与物理经验的次序或对事物的认识的次序是平行的。Haiman（1980）指出所谓“顺序象似性”，即为在其他条件相同的情况下，叙述的顺序对应所描述的事件的顺序。戴浩一（1988）最早关注汉语表达中的时间顺序动因，并指出顺序象似可以解释汉语多种语法结构，其中就涉及介—动状中结构。如：

（25）孙少平既活在他人的周围，又活在自己的内心，他有自己的行事原则，经常不按常理出牌，圣徒就是不按常理出牌。（郭小聪《路遥的诗意》）

（26）他批判了右派反对孙中山的新三民主义的罪行，指出：“这些右派，完全不服从孙先生的三民主义，完全不照三民主义去实际工作。”（李颖《与毛泽东一起感受历史》）

语言结构的语序安排取决于概念领域中事件结构的顺序。事件结构中，行为动作的发生与推进蕴含着相关的前提与条件，也即在事件结构中，前提与条件在前，行为动作在后。“按”类介词介引的凭事成分“常理、三民主义”等是作为动作行为的前提与根据，在动作行为“出牌、工作”之前就已存在，符合“前提在前，行动在后”的顺序象似原则。这种象似关系也同样体现在肯定式“NP_1 按 NP_2VP”中。如：

①匿名审稿专家指出这里的“也”可能只有概念功能的类同义这一种用法。我们认为这里“也”处于两种不同的句式之中，其性质也不同，有必要区分类同义与表态义两种用法，并提出三点形式证明。

(27)鲁肃拿起药方粗略地看了一眼,然后交给一名铁卫吩咐道:"按照药方去抓药!记住,任何人问起,就说是你的同袍中有人生病了!"(妖惑天下传《重生在三国》)

(28)那宝珠按未嫁女之丧,在灵前哀哀欲绝。于是,合族人丁并家下诸人,都各遵旧制行事,自不敢紊乱。(曹雪芹《红楼梦》)

介词"按照、遵"介引的"药方、旧制"是谓语动词"抓药、行事"的依据,也同样符合"前提在前,行动在后"的顺序象似原则。Jakobson(1965)就已指出在一个由 S1 和 S2 构成的组合体里,S1 和 S2 之间的次序关系常常对应于它们所描述的事件之间的时间关系。若将上述介词短语移至 VP 之后,"按"类介词恢复为动词,整个句子就成为疑似连动式的话题结构(黄哲、刘丹青 2018),遵循"已知的(旧信息)在前、未知的(新信息)在后"的顺序象似原则。请看例句:

(25)'孙少平出牌不按常理。

(26)'这些右派工作不照三民主义。

(27)'铁卫抓药按照药方

(28)'合族人丁并家下诸人行事遵旧制。

上述例句均可以码化为"$NP+VP_1+VP_2$"的形式,不同于连动形式,VP_1 是以指称性的谓词充当已知、有定的次话题,是话语关涉的对象,自身没有事件性,是无界的活动,因而没有时态和情态,只是为其后的述题部分提供框架信息;而 VP_2 是在次话题 VP_1 设置的框架内对其进行说明阐释。VP_1 与 VP_2 之间还可以停顿,语调特征与连动式也不一致,因此形成了"形似连动,而非连动"的话题结构。有如下测试方法来验证,以例(25)'为例:

停顿或提顿词(孙少平出牌啊,不按常理。)

话题标记(孙少平在出牌方面不按常理。)

语序(出牌,孙少平不按常理。)

特指问(孙少平出牌怎么样?——孙少平出牌不按常理。)

而适用于连动式的操作却不能用于此形式中。如:

否定词的位置(*孙少平不出牌按常理。)

时体标记(＊孙少平出着/了牌不按常理。)

3.2 图式结构

语言是一种线性排列的符号系统,这种线性排列与组织折射出人类思维的认知方式与图式结构。意向图式来源于我们在日常生活中与世界的互动经验的简单而基本的认知结构(Ungerer&Schmid1996),是经验结构的抽象化,是对心里经验高度抽象的模拟。"NP_1 不按 NP_2VP"反映的内在心智图式是在与客观世界的互动中建构起的抽象的"前—后"方位性图式(front-back schema)结构。如:

(29)他们根本不按队形走,纵横交错,唧唧喳喳,毫无秩序,如果照一个俯镜头,简直象一群多种杂生的爬行的狗。(李英儒《野火春风斗古城》)

(30)本事是有,可是她并不照规矩行事,据内行的眼光看来,那简直是胡闹。不过她交际的手腕,很是不错,我是受人之托,不得不和她帮忙呢。(张恨水《春明外史》)

"按"类介词介引凭事成分,是句子语义结构中施事者进行动作行为时所依照的标准、前提和基础(陈昌来 2002),客观世界中总是动作行为的标准、前提和基础在前,而动作行为本身在后,所谓"矩不正,不可为方;规不正,不可为圆"正是此理,相反则不成立。例(29)"走"的动作行为不以"队形"为标准,也即"不按队形"在前,"走"的动作行为在后,例(30)"行事"也不以"规矩"为前提,语序上"不照规矩"在前,"行事"在后。"前—后"方位性图式也同样体现在肯定式"NP_1 按 NP_2VP"中。如:

(31)陈水源副股长即宣布该股竞赛方式方法:"依工会编号八、九两组,每组十六人,分为组与组之间,个人与个人之间的两种竞赛,内容包括,印花、报刊、包裹等,竞赛时期从十二日起至月底止。"(《掀起纪念"二七"生产竞赛》《厦门日报》1951-2-13)

例(31)"分组竞赛"是以"工会编号八、九两组"为依据的,因而语序上"依工会编号八、九两组"在"分组竞赛"之前。"按"类介词介引的凭事成分位于核心谓词之前,由此形成的"前提在前,行动在后"的"前—后"图式揭示出这种语序模式在认知上采用次第扫描(sequential scanning)的方式去识解一个复杂场景,可以呈现为:

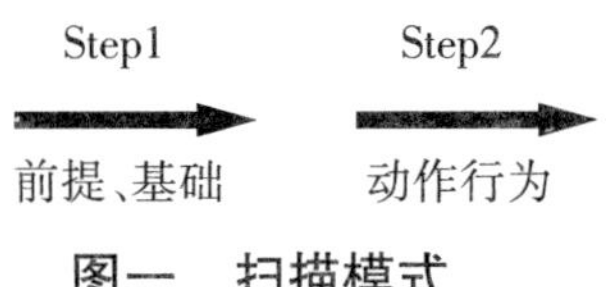

图一 扫描模式

在一个事件进程中,动作行为的前提条件首先被扫描激活,随后动作行为被激活。次第扫描的成分状态是一个接着一个被处理,尽管为形成一个一致的经验,状态之间的关联也必须被感知到,但这些状态不被处理为共现的,扫描它们所得到的资料是依次得到而不是同时呈现的(吴为善 2011)。这种前后相继的顺序认知中,一个事件隐退一个事件凸显,先扫描识解的前提、基础处理为背景,后扫描识解的动作行为处理为焦点。如:

(32)曾赛珠竟不按照婚姻法办事,没有征求女方意见,也没通过司法程序,自作主张单叫男方到区公所办理离婚手续,自己代替女方盖指模。(《没有按照婚姻法办事》《厦门日报》1953-4-10)

(33)“花冈事件”是鹿岛组虐待和杀害中国人的一件惨案,至今鹿岛建设公司仍无正确认识和反省。东京地方法院不依照法律程序秉公审理此案,丧失了法庭维护人类公道的立场。(1998 年《人民日报》)

上述两例,“不按照婚姻法、不依照法律程序”作为状语句法上不自足,是处于从属地位的降级的述谓结构,修饰负载语义重心的谓语成分,认知上隐退成为背景,而“办事、审理此案”得到突显,是前景成分。

四、肯定否定与微殊差异

4.1 及物性功能相异

Hopper&Thompson(1980)基于对语言中凸显前景信息策略的认识,提出了“及物性理论”,及物性指的是动作对参与者所施加的影响的大小或强弱,主要包含三个要素:一个有效力的(effective)动作和两个参与者,并结合这三个要素给出了影响及物性高低的十项句法-语义参项①。“及物性理论”一个重要假说是:一个语言中的(a)(b)两个句子,如果(a)句在下述任何一项特征方面显示为高及物性的,那么,(a)(b)两句中的其他语法/语义区别也将体现出(a)句的及物性高于(b)句。“肯定性”标明肯定句及物性高,否定句及物性低,根据及物性假说,其他及物性特征也应该表现为肯定句≥②否定句。如:

①Hopper&Thompson(1980)给出影响句子及物性高低的十项句法-语义参项有:参与者(participant)、动作性(kinesis)、体貌(aspect)、瞬时性(punctuality)、意愿性(volitionality)、肯定性(affirmation)、语式(mood)、施动性(agency)、宾语受动性(affectedness of O)和宾语个体性(individuation of O)。

②“≥”表示在及物性方面,左项强于或等同于右项。

(34)对这笔钱,一部分人主张照别处的样按人头分掉,让各家各户拿去做本钱自己发展,八仙过海,各显其能。(陈世旭《将军镇》)

(35)荷花按照用途分,大体上可分为观赏莲、子用莲和藕用莲三大类。(1994年《报刊精选》)

谓语动词纯命题意义的内在时间特征由谓语动词的词汇意义决定,就动作性来看,“分掉”的过程结构是有始点有终点的完结情状,而“分”是不含内在终结点的活动情状。就动态事件看,具有终结语义的事态具有高及物性,而没有终结语义或持续性的事态具有低及物性。肯定式“NP_1 按 NP_2VP”既可以表达高及物性事件,也可以表达低及物性事件。而在否定表达式中,谓词体现出的情状类型只是及物性较低的活动情状。如:

(36)斐毅冷跋扈的性子、阴冷的思绪本来就难以揣测。他从不按规矩行事,对体制、礼教他都嗤之以鼻。(蓝又希《心舞晨雨》)

(37)这就在于一切政治运动都不按逻辑办事,它信马由缰,撞到你,你躲都躲不开。我幸亏一走了之,要不,文革中还不又是一死?(方方《桃花灿烂》)

上述两例,谓词“行事、办事”在事态上没有内在终结点,呈现为无界特征的活动情状。若将其替换为完结情状的“行完事、办好事”,则不成立(虚拟句除外)。再如:

(38)现在美国乒乓球队要求访华,是一个极好的时机。于是他立即要身边的工作人员吴旭君赶快通知外交部,邀请美国乒乓球队访华。此时的毛泽东已按习惯服用了安眠药,准备就寝。(2003年《人民日报》)

(39)那件又破又脏的衫子和裤子,那床烂得分不清里子和面子的棉被,现在都顺窑壁挂着,用塑料膜儿严严地罩起来支着小铁锅的三块礓石也按原样摆着。(陈忠实《尤代表轶事》)

肯定式中,体貌表达限制较少,可以表达完整体,如“服用了安眠药”;也可以表达非完整体,如“摆着”。而否定式中,对体貌有筛选,仅能与非完整体共现。如:

(40)在公共场所不注重仪表文明,不按规矩骑着摩托车,自行车在园内“兜风”,大杀风景,既损形象,又干扰市民休闲。(《上公园不是下灶间》《厦门日报》1998-6-10)

否定词“不”一般不能否定完整体,如“不按规矩骑了/过摩托车”。完整体/非完整体注重事态的有界性/无界性或者整体性/非整体性(陆丙甫、金立鑫 2015),完整有界的事态,及物性高;非完整无界的事态,及物性低。因此,在体貌方面,肯定式"NP_1 按 NP_2VP"既可与完整有界的事态相关联,也可与非完整无界的事态相关联,而否定式"NP_1 不按 NP_2VP"一般只能与非完整无界的事态相关联。最后再如:

(41)这天肖副大队长也来参战,这对大家是个莫大的鼓舞。经过二十多天的搏斗,终于按计划完成八十三亩沙洼地的改造任务。几年来沙洼地上水稻长得一片青翠茁壮。(潘叔仁,张君祥《农业战线的"虎将"》)

(42)"宛西制药"在西峡县按标准建立了 15 万亩山茱萸生产基地,并建立起技术服务体系和购销体系。(新华社 2002 年 4 月份新闻报道)

宾语个体性关注的是宾语所指是否是现实客观存在的某个具体的、离散的有界实体。具体可数的名词的个体化程度比抽象不可数的名词高,肯定式中宾语可以通过"八十三亩、15 万亩"等数量短语个体化或离散化,而否定式中宾语不能个体化。如:

(43)有些干部和社员思想上是模糊的,甚至存在错误观点。因此,表现在行动上有的人就不顾国家和集体利益,不按规定完成征购派购任务。(《还是要算账对比》《福建日报》1982-2-16)

(44)房地产商不按规划兴建肉菜市场,或转作他用,有关职能部门是"睁只眼闭只眼"。(《种好了"菜园子"别忘了"菜摊子"》《人民日报》1996-6-27)

"不"专门否定无界成分,"完成征购派购任务、兴建肉菜市场"都是没有内在终结点的活动,而非事件。沈家煊(1995)指出用"不"否定的动宾短语,其宾语排斥数量词,把"不"换成"没"就允准数量词。因此,动作对个体化程度较高的具体可数名词施加的作用力越大,及物性就越高;反之就越低。综上所述,及物性的强弱在动作性、体貌与宾语个体性也得到充分呈现①,肯定式与否定式的及物性功能可以概括为:

$$NP_1\ 按\ NP_2VP \geq NP_1\ 不按\ NP_2VP$$

4.2 语篇功能不同

及物性的强弱也影响着语篇的推进与叙述。语篇的铺陈和叙述是主体对不同小句进行调控的结果,"NP_1 不按 NP_2VP"是低及物小句,不具备事件的序列性(sequentiality)

①本小节仅选取了及物性 10 项参项中的动作性、体貌与宾语个体性来分析,其实肯定式与否定式的及物性差异还反映在其他参项中,限于篇幅就不再讨论了。

与完整体特征，因而常作为前景信息的附属性或支持性材料。如：

(45) 小菲这时和方大姐已做了朋友，一有什么不顺心就去叫方大姐“骂骂他”。比如酒喝多了，酒后狂言，不按时间去学院上班。（严歌苓《一个女人的史诗》）

(46) 前边一个高大的人，一声不响，光着膀子，疯狂地横冲直撞，扫射着，跳跃着，向前飞奔。后边跟着一群人，也像刀枪不入的神兵天将，横冲直撞，又砍，又刺，又射击，又投弹，好像他们全不在乎自己的生死，也全不按照任何战斗条令行事。（雪克《战斗的青春》）

Longacre(1996)指出了前景的特点是：[+动态、+顺叙、+完整体]，背景的特点是：[+动态、+顺叙、-完整体]。“不按时间去学院上班、不按照任何战斗条令行事”中核心谓词具备[-完整体]属性，不能搭配“了$_1$”或“过”等完整体标记，作用在于对前景小句的举例性或补充性说明。背景小句由于没有序列性要求，可以位于时轴上任意一点或根本不在时轴上，内部关系松散，可以删除或者相对浮动而不影响故事线的叙述和事件的主干结构。如：

(45)' 小菲这时和方大姐已做了朋友，一有什么不顺心就去叫方大姐“骂骂他”。

(46)' 前边一个高大的人，一声不响，光着膀子，疯狂地横冲直撞，扫射着，跳跃着，向前飞奔。后边跟着一群人，也像刀枪不入的神兵天将，横冲直撞，又砍，又刺，又射击，又投弹，好像他们全不按照任何战斗条令行事，也全不在乎自己的生死。

“NP_1按NP_2VP”是高及物小句，可以构成依次按时间先后顺序呈现出序列性的语篇主干结构，可以搭配“了$_1$”或“过”等完整体标记；也可构成附属性、描写性的背景小句，可搭配“着”或“正在”等非完整体。完整体倾向于报道前后相承的前景信息事件，而非完整体主要用于为前景事件提供背景信息(Hopper 1979)。如：

(47) 在聂荣臻总指挥的同车陪同下，朱德总司令出东三座门，沿着长安东街、东单广场，直到外国使馆聚集的东交民巷，按顺序检阅了肃立受阅的陆、海、空三军部队。（于江《开国大典6小时——大典背后的秘闻》）

(48) 天气酷冷，矿工们把黑上衣的领子翻起兜住下巴，缩头耸肩，抵御严寒。雅克把他先带到挂放煤油灯的房间，架上的灯按号码挂着。（欧文·斯通《凡高传》）

例(47)描述了一连串有时间序列的连续事件,界标"了"标明"按顺序检阅了肃立受阅的陆、海、空三军部队"是语篇主干前景信息的一部分;例(48)"按号码挂着"是对房间布局的环境描写,是背景小句,删除也不影响主干信息。李晋霞(2017)指出界标对动词篇章地位的实现具有重要影响。一般来说,有界化标志使动词拥有前景地位,而无界化标志使动词拥有背景地位。屈承熹(2006)在论述体标记与篇章功能时也指出体标记"了"主要用于指明有界情景(bounded situation),其关注的焦点是情景的终点,充当前景的能力最强,而"着"总是出现在从属结构中。

4.3 语体使用差异

肯定句是无标记分布,否定句是有标记分布,很难想象"只有否定句,没有肯定句"的语篇。Givón(2001)统计英语肯定句和否定句在叙事小说中的语篇分布,肯定句的比例是88%,否定句的比例是 12%。语体因素也反映在"NP_1 不按 NP_2VP"和"NP_1 按 NP_2VP"上,法律语体和操作语体在对待这两类句式时呈现出不对称性,如下表所示:

表一 语体差异

	NP_1 不按 NP_2VP	NP_1 按 NP_2VP
《中华人民共和国刑事诉讼法》等 28 部法律文献	44	476①
《中华菜谱——微波炉菜系大全》	0	85

可以发现,法律语体中"NP_1 不按 NP_2VP"在使用上远高于操作语体,而在操作语体的做法小句中,"NP_1 不按 NP_2VP"没有出现一例。法律语体是党政机关、企事业单位、群众团体在实际工作中,为了确保各项活动有章可循,保证工作、生产、学习和生活有条不紊地达到预定的目的、要求而制定的(袁晖、李熙宗 2005),其目的在于"要求怎样做和避免怎样做"。如:

(49)抵押合同以登记生效的,<u>按照抵押物登记的先后顺序清偿</u>;顺序相同的,<u>按照债权比例清偿</u>。(《担保法》)

①统计结果来源于 28 部法律文献(语料字数为:380195 字)和《中华菜谱——微波炉菜系大全》(语料字数为:80587 字)。法律文献包括:《刑法》、《担保法》、《公司法》、《海商法》、《海关法》、《证券法》、《合同法》、《专利法》、《商标法》、《拍卖法》、《民法通则》、《著作权法》、《国家赔偿法》、《行政处罚法》、《行政复议法》、《行政诉讼法》、《文物保护法》、《刑事诉讼法》、《企业破产法》、《外资企业法》、《个人所得税法》、《发票管理办法》、《出境入境管理法》、《领海及毗邻区法》、《反倾销和反补贴条例》、《海关法行政处罚实施细则》、《外国人入境出境管理法》、《专属经济区和大陆架法》。

(50) 图书出版者不按照合同约定期限出版，应当依照本法第五十四条的规定承担民事责任。(《著作权法》)

法律语体中存在前景与背景的对比，而操作语体基本不存在。操作语体是用书面语或口语指导用户(读者/听者)完成某个具体任务的语言形式(Farkas1999)，其目的是在于“通过指导使用户完成任务，达到目的”。如：

(51) 茭白修去老的一头，削皮切滚刀块，装入封链胶袋内，大火加热 4 分钟，沥水后照干烧冬笋方法完成。(《中华菜谱——微波炉菜系大全》)

(52) 微波炉内用双层厨纸垫在转盘上，将茄子依放射形排好，前蒂部分放近转盘边沿，大火热 12 分钟，移出候冷。(同上)

操作语体中的“NP_1 按 NP_2VP”，都是时序性较强的前景小句，动作的前后连接是靠时间相关性。在操作语体中的做法小句中很难出现“不照干烧冬笋方法完成、不依放射形排好”等否定小句。张伯江(2007)就指出任何一种语体因素的介入，都会带来语言特征的相应变化。当我们对语体特征有清醒的认识的时候，我们对语言事实的观察就会获得更清楚的线索。

五、结语

“NP_1 不按 NP_2VP”对组构成分有制约性，NP_1 具有[±有生]属性，NP_2 只具有[-有生]属性，语义上是凭事成分，VP 具有[+自主、可控、无界]的语义特征，句法上有相应的表现形式。在位序上，“按”类介词的否定只有一种位序，即“不”在“按”类介词短语之前。就共性角度看，否定式“NP_1 不按 NP_2VP”与其对应肯定式都突出地反映感知到的现实世界与语言成分及结构之间的顺序象似性，并且两者的图式结构也都表现为“前—后”抽象的方位图式。就微殊与差异来看，“NP_1 不按 NP_2VP”是及物性较低的句式，不具备事件的序列性与完整体特征，常用作前景信息的附属性或支持性材料，而“NP_1 按 NP_2VP”是及物性较高的句式，既可以用作前景小句，也可以用作背景小句。两种句式在法律语体和操作语体中呈现出不对称性，语体因素的介入使得对语言现象的观察有进一步的认识。

参考文献

陈昌来：《介词与介引功能》，合肥：安徽教育出版社，2002 年，第 169，186 页。

戴浩一:《时间顺序和汉语的语序》,《国外语言学》,1988 年第 1 期,第 12—13 页。

邓川林:《副词“也”的量级含义研究》,《中国语文》,2017 年第 6 期,第 653 页。

郭锐:《过程和非过程——汉语谓词性成分的两种外在时间类型》,《中国语文》,1997 年第 3 期,第 164 页。

黄哲、刘丹青:《试析汉语中疑似连动式的话题结构》,《世界汉语教学》,2018 年第 1 期,第 13 页。

李晋霞:《叙事语篇的“前景-背景”与动词的若干语法特征》,《汉语学习》,2017 年第 4 期,第 20 页。

李双剑:《现代汉语介词句否定式研究》,复旦大学博士学位论文,2015 年,第 77 页。

李治平:《表态语“也是”的功能类型及其演变历程》,《语言教学与研究》,2012 年第 6 期,第 89 页。

陆丙甫、金立鑫:《语言类型学教程》,北京:北京大学出版社,2015 年,第 224 页。

屈承熹著、潘文国等译:《汉语篇章语法》,北京:北京语言文化大学,2006 年,第 63 页。

沈家煊:《“有界”与“无界”》,《中国语文》,1995 年第 5 期,第 375—376 页。

吴为善:《认知语言学与汉语研究》,上海:复旦大学出版社,2011 年,第 169 页。

袁晖、李熙宗:《汉语语体概论》,北京:商务印书馆,2005 年,第 161 页。

张伯江:《语体差异和语法规律》,《修辞学习》,2007 年第 2 期,第 4 页。

Farkas, David k, *The logical and rhetorical construction of procedural discourse. Technical Communication* 46, 1999.

Givón, T, *Syntax: An Introduction*, Vol. 1, Amsterdam: John Benjamins, 2001.

Greenberg, J. H, *Some universals of grammar with particular reference to the order of meaningful elements*. In Universals of Grammar, ed. Joseph H. Greenberg 2nd edition. Cambridge, Mass: MIT Press, 1966.

Haiman, J, *The iconicity of grammar: isomorphism and motivation. Language*56, 1980.

Hopper, P. J, *Aspect and Foregrounding in Discourse*. In T. Givón, ed. *Syntax and Semantics*, Vol. 12, 1979.

Hopper, Paul J &Thompson Sandra A, *Transitivity in grammar and discourse. Language*, Vol. 56(2), 1980.

Jakobson, R, *Quest for the essence of language. Diogenes*51, 1965.

Longacre, Robert E, *The Grammar of Discourse*, New York: Plenum, 1996.

Nerlich, B. and Clarke, D. D, *Outline of a model for semantic change*. In Kellermann and Morrissey, 1992.

Ungerer & Schmid, *An introduction to Cognitive Linguistics*. London: Addison Wesley Longman Limited, 1996.

Syntactic features、functional types and related questions of "NP_1*bu an*NP_2VP"

——Also on commonalities and differences with its positive form

ZhaoYu

(Shanghai University of International Business and Economics School of Languages)

Abstract: "NP_1*bu an*NP_2VP" has constraints on constitutes, "NP_1" has the attributes of [± animate], "NP_2" only has the attributes of [−animate], "VP" has the semantic features of [+ volitional、controllable、unbounded]。The negation of the preposition of "*an*" category has only one order, that is "*bu*" is in front of the preposition of "*an*" category。"NP_1*bu an*NP_2VP" and its corresponding affirmation all in accordance with sequence iconicity, both have "front−back" abstract orientation schema。In terms of differences, the former is a sentence with low transitivity, which don't has sequentiality of events and perfective features, often used as subsidiary materials or supporting materials for foreground information, but the latter is a sentence with higher transitivity, both can be used as foreground clause and background clause。This two kinds of sentence have asymmetry in legal discourse and procedural discourse。

Keywords: preposition of "*an*" category; *bu*; commonalities and differences; sequence iconicity; discourse differences

汉语抽象名词肯定与否定形式的不对称性研究*

陈　伟

（浙江工商大学人文与传播学院）

提要：以往对汉语名词肯定与否定的对称性缺乏清晰的认识，尚未充分考虑抽象名词肯定与否定形式在语义上的不对称性。本文认为，其不对称性在于“领属肯定”与“存现否定”的非对应性，可进一步论证为“主观肯定”与“客观否定”的非对应性，这种不对称性体现在能够发生语义增值的抽象事物的肯定与否定形式上。“有+名词”与“没+名词”之间表现为一种扭曲关系，这种扭曲关系存在的原因与抽象属性义名词的依存性，以及主观和客观的本质规定性有关。

关键词：抽象名词；具体名词；肯定领属；否定存现；扭曲关系

一、引言

现代汉语自然语言中，有些名词的肯定形式存在“同形异义”的现象，即同一形式表现为具体义和抽象义两种情况，先来看以下两例①：

（1）“我身上有钱，要是买着了就先给你垫上。”李白玲说。（王朔《橡皮人》）

＊本文为国家级重大项目“对外汉语教学语法大纲研制和教学参考语法书系”（17ZDA307）的阶段性成果。感谢评审专家提出的宝贵意见和导师吴春相教授的悉心指教。

①本文语料多数来自 CCL（北京大学中国语言学研究中心语料库），部分例句从已有论著中转引（已注明），其余为自拟。

(2)他有钱,有洋楼,有汽车,有儿女,有姨太太……(老舍《且说屋里》)

例(2)的“有钱”相较于例(1),不同之处在于:1)句法上,“有”和“钱”结合的更紧密,可受程度副词修饰(如“很有钱”、“非常有钱”等),还可做定语(如“有钱人”);2)语义上,结构表义抽象化导致名词“钱”不可计数,语义已有所引申;3)语义所指上,“身上有钱”的“钱”是定指的,而此处的“钱”是不定指的。

例(2)的“有钱”非本义,表示“拥有或具有财富”,且隐含大量义,本文称之为“抽象名词的肯定形式”①。再来看与之相应的否定形式,例如:

(3)入校后,他没钱交学费,也没钱吃饭。(2000年人民日报)

(4)他没钱,没住处,没饭吃,只好来跟方家一块儿过。(老舍《鼓书艺人》)

例(3)、例(4)“没钱”看似既可以否定例(1)具体的“有钱”,也可以否定例(2)抽象的“有钱”,实则不然。抽象名词②的肯定形式往往能够产生语义增值,即例(2)的“有钱”表“钱多”甚至是“富裕”,而其否定形式“没钱”则是倾向于“无”。因为表大量“有钱”的否定义应该是表小量的“钱少”,如“有一点钱”,而不会是“无钱”。

抽象名词肯定与否定形式在量上的非对称性在汉语中广泛存在,虽然已有学者对该语言现象进行论述,如沈家煊③、石毓智④等,但并未对导致该现象发生的根本原因进行解释,因此,这将是本文研究的重点。我们要解决的问题是:抽象名词肯定与否定形式的不对称性体现在哪些方面?名词肯定与否定不对称的功能差异如何,是什么原因导致了名词肯定与否定的不对称?本文拟对该不对称现象进行分析,并从功能语言学角度出发,探究其中的原由并做出一定的解释。

---

①本文所探讨的抽象名词肯定与否定形式,是指肯定形式“有+抽象名词”和否定形式“没+抽象名词”的肯否结构。因为对于抽象名词来说,其肯定和否定最为明显并带有标志特征的是“有”和“没”,除此之外肯定标志“是”不能肯定抽象名词,而否定标志“不”虽然可以否定其中一些,如“不气派”、“不规矩”,但“朝气”、“感情”等抽象名词就不能用“不”来否定。所以就抽象名词的肯定与否定而言“有”和“没”是最为典型的标志。因此,本文研究的主题“抽象名词肯定与否定形式”指“有/没+抽象名词”。

②文中所述“抽象名词”或“名词”,是指语义较为抽象的“名词性成分”,其中包括名词和名词性短语。

③沈家煊:《不对称和标记论》,江西:江西教育出版社,1999年,第46—55页。

④石毓智:《肯定和否定的对称与不对称》,台北:学生书局,1992年,第155—187页。

二、以往对于抽象名词的研究

名词分为具体名词和抽象名词,抽象名词的语义与功能特征相对于具体名词有较大区别。最早提出抽象名词概念的是黎锦熙,他在《新著国语文法》最先指出汉语抽象名词具有“无形可定、无数可数”的特征①,随后赵元任、朱德熙、彭睿、唐善生、王珏、刘顺②等,分别从句法和语义角度对其进行划分。

对于抽象名词肯定形式的研究成果较为丰富,主要有饶继庭、吕叔湘、彭少峰、于根元、李宇明、贺阳、张豫峰、杨玉玲、李先银、荣晶③等。其中,吕叔湘在《现代汉语八百词》中论述过“有+名”不只表示具有或确认,还表示程度,即便不用程度副词修饰也有程度深的意思。贺阳给出了较为全面的论证,指出“具体名词构成的“有+名”不能受程度副词修饰,只有抽象名词构成的“有+名”才能受程度副词修饰。朱淑君、杨玉玲将抽象名词放入“有+名词”结构中进行研究,认为抽象名词包含量的因素,并可受程度副词修饰。由于抽象名词的肯定结构“有+名词”具有认知的凸显性,所以语法学界关于抽象名词的研究多集中于该结构所凸显的量性特征。

以往对于抽象名词否定形式的研究存在误区,通常认为否定形式“没+名词”与表大量义的肯定形式“有+名”语义完全相反,如“没钱”、“没技术”、“没道理”等,表少量或小量义,如杨玉玲、尚国文④。这显然是没有深入考虑“有”“没”的功能特性和名词肯定与

①黎锦熙:《新著国语文法》,北京:商务印书馆,1924年,第97-98页。

②赵元任:《汉语口语语法》吕叔湘节译,北京:商务印书馆,1968年,第235页;朱德熙:《语法讲义》,北京:商务印书馆,1982年,第42页;彭睿:《名词和名词的再分类》,北京:北京语言文化大学出版社,1996年,第99—101页;唐善生:《“程度副词+名词”与“程度副词+有+名词”结构》,《华中师范大学学报(人文社会科学版)》,2000年第3期,第106-108页;王珏:《现代汉语名词研究》,上海:华东师范大学出版社,2001年,第140-143页;刘顺:《现代汉语名词的多视角研究》,上海:学林出版社,2003年,第174页。

③饶继庭:《“很”+动词结构》,《中国语文》,1961年第8期;吕叔湘:《现代汉语八百词》,北京:商务印书馆,1986年,第630页;彭少峰:《谈形容词性述宾词组》,《汉语学习》,1986年第5期;于根元:《副+名》,《语文建设》,1991年第1期;李宇明《能受“很”修饰的“有X”结构》,《云梦学刊》,1995年第5期;贺阳:《“程度副词+名”试析》,《汉语学习》,1994年第2期;张豫峰:《“有”字句的语义分析》,《中州学刊》,1999年第3期;杨玉玲:《认知凸显性和带“有”的相关格式》,《修辞学习》,2007年第5期,第31-34页;李先银:《容器隐喻与“有+抽象名词”的量性特征》,《语言教学与研究》,2012年第5期;荣晶、丁崇明:《两种不同性质的“有+N”结构》,《中国语言学报第十六期》,2014年。

④杨玉玲:《认知凸显性和带“有”的相关格式》,《修辞学习》,2007年第5期;尚国文:《“没+NP”结构的量度特征分析》,《汉语学报》,2010年第1期。

否定形式的语义及语用表现。考察实际语料会发现,“没+抽象名词”的表义倾向并非与“有+抽象名词”相互对应,例如:

(5)因为家里有钱,所以我得加倍的自尊自傲。(老舍《阳光》)

(6)继母对双喜说:“家里没钱,交不起学费,你回家干活!”(2000年人民日报)

例(5)的抽象名词肯定形式“有+名词”表“钱”的数量高于平均值或期望值,而“没+抽象名词”则是尚未达到要求值,“钱”的语义在此处已抽象化,并非指钱的多少,而是指需求的量,没有达到需求即为“无”。因此,表抽象义的“没钱”并非与大量义的“有钱”相对。

有鉴于此,需要我们从抽象名词形式特征入手,来探究名词肯定与否定功能区别,以求发现其不对称性的根本原因。

三、抽象名词的肯定与否定形式

3.1 抽象名词的分类

“没”是“有”的否定形式,也即是“没(有)”,对抽象名词的肯定形式进行分类,实际也是对其否定形式进行分类。

只有抽象名词构成的“有+名”才能受程度副词修饰①。通过对CCL语料统计分析,发现在抽象名词中,有些直接就能进入“有+名词”结构,有些需要经过本义的引申或添加变换后才能进入。据此,本文把能否受程度副词修饰作为“有+名词”结构表义抽象化的鉴别标准,对该结构进行分类。

李先银将抽象名词分为两类:一类是不能独立存在的寄生抽象名词,如价值、能力、好处等,这类抽象名词能直接进入“有+名”结构中;一类是主生抽象名词,如文明、科学、宗教等,这类抽象名词不能直接进入“有+名词”结构中②。我们认为,如果在主生抽象名词后添加寄生抽象名词,如“文明精神”“科学思想”“宗教信仰”等,也可以进入“有+名”结构中并可受程度副词修饰。唐善生③提出过一些可受程度副词修饰的具体名词,如男

①贺阳:《“程度副词+名”试析》,《汉语学习》,1994年第2期,第22页。

②李先银:《容器隐喻与“有+抽象名词”的量性特征》,《语言教学与研究》,2012年第5期,第79页。

③唐善生:《“程度副词+名词”与“程度副词+有+名词”结构》,《华中师范大学学报(人文社会科学版)》,2000年第3期,第106—108页。

人、国际、现代等,可以添加其他成分使其抽象化,并可以放入"程度副词+有+名词"结构,如"很有男人气""超有国际范""很有现代气息"等。因此,我们把不能进入"有+名词"结构的抽象名词,和可受程度副词修饰并可被抽象化的具体名词归为一类。除此之外,还有一类是上文所述进入"有+名"后,既可以表具体义也可以表抽象义的名词,如"钱"等。据此,我们将进入该结构的名词性成分分为三类:

第一类,有些名词本身就是抽象名词,可直接进入抽象名词的肯定结构中,可被程度副词修饰。如,哲理、感情、情趣、规矩、福分、个性、智慧、魅力、气势等。

第二类,有些抽象名词或具体名词①,经添加其他成分后使其抽象化,可以进入"有+名词"结构,并可受程度副词修饰。抽象名词,如:文明、科学、宗教;具体名词,如:指人(官僚、男人、英雄等),处所(国际、东方、山东等),时间(现代、历史、青春等)。

第三类,有些名词本身表具体义,可直接进入该结构,但是进入后其肯定形式"有"与这类名词结合,表义抽象化了。如,钱、人、头脑、墨水等。

3.2 抽象名词肯定与否定形式的区别

张豫峰②从句法平面来分析"程度副词+有+宾语"现象,认为该结构中的"有"与宾语结合得非常紧密,程度副词不是修饰动词"有",而是修饰"有+宾语"。即便上文中有两类"有"后的成分本身不是抽象名词,那么也需要将其变为抽象义才能激发"有 NP"结构所具有的量的特性。因为抽象名词本身就具有内涵义,具体名词需要经过本义的引申才能体现其内涵义。

赖慧玲指出"有+名"表义不同的根本原因在于名词量性特征的不同,抽象名词量度性强而具体名词计数性强③。"有"字领有句具有表好(褒义)和表多(主观大量)的语义倾向④,这就要求抽象名词必须具备很强的量度性才能够与之搭配。

抽象名词的否定形式,即"没+抽象名词"是"有+抽象名词"的否定,以上所述的三类抽象名词都能被"没"否定。从自然语言的肯定与否定的标记特征来看,在实际的语言运用中,由于否定形式是有标记的用法,出现频率要低于其肯定形式"有+抽象名词"。不仅如此,"没+抽象名词"的句法和表义功能也与"有+抽象名词"有较大的区别,具体表现为:

---

①此处的抽象名词是指上文中李先银所提出的两类抽象名词中的主生抽象名词;具体名词是指上文中唐善生所提出的可受程度副词修饰的具体名词。具体的界定标准及特点可参见上两条角注。

②张豫峰:《"有"字句的语义分析》,《中州学刊》,1999 年第 3 期。

③赖慧玲:《名词的量性特征和"有+名词"结构》,《苏州大学学报》,2009 年第 3 期,第 113 页。

④刘丹青:《"有"字领有句的语义倾向和信息结构》,《中国语文》,2011 年第 2 期,第 100 页。

在形式上,“有+抽象名词”能够受程度副词已被普遍接受,且是学界公认的用法,据CCL语料库检索,共计近一万例。而“没+抽象名词”受程度副词修饰的用法并不常见,据CCL语料库检索,合格的仅一百多例,多数是基于修辞性用法的需要,属于非惯常性搭配。能受程度副词修饰的“有+抽象名词”修饰的结构就是程度量的一种表达式①,而“没+抽象名词”一般不能被程度副词修饰,因而不能表达程度量。

在语义及语用上,表具体(存在)领有的“口袋里有钱”和抽象领有的“某人有钱”,其中“钱”都是有指的。根据陈平对于指称的分类标准,名词性成分首先被分为有指和无指两类,其中有指又包括定指和不定指两类②。因此根据分类标准,表处所的“钱”是定指成分,表属性的“钱”是不定指成分。他在论述无指成分的范围时,提出否定结构中在否定管界内的成分是无指成分,比如“口袋里没钱”。当“钱”作为抽象名词讲,比如“这个人没钱”,同样也是无指的。因为,否定词的功能只在于对具体肯定项所指内涵做绝对超离,但并不另外指向任何一个别的肯定项③。也就是说,否定词“没”之后的成分语义是虚无的,因此言者不会用它来指称任何对象。徐烈炯提出当说话者并不用某个词来指称任何对象时,它就是无指的④。可以说,“没”后的成分无论是具体名词还是抽象名词都是无指的,这主要与“没”的否定功能有关。

那么,既然“没”能够否定抽象名词,形成否定形式“没+抽象名词”,为什么在形式和表义倾向上与肯定形式“有+抽象名词”不对称呢?下面我们从“有”字领有肯定和“没”字存现否定的扭曲关系来进行分析。

四、名词肯定与否定的不对称性及扭曲关系

名词的肯定形式“有”是汉语中仅次于“是”的第二高频动词②。它的义项较为丰富,至今尚未有明确的定论。学界大致有以下几种认识:

丁声树等认为“有”存在以下四种意义:表领属、表存在、表列举、表量度和比较⑤;朱

①姚占龙:《能受程度副词修饰的“有+名”结构就是名词程度量的一种表达式》,《汉语学习》,2004年第4期。

②陈平:《释汉语中与名词性成分相关的四组概念》,《中国语文》,1987年第2期。

③张新华,张和友:《否定词的实质与汉语否定词的演变》,《中国人民大学学报》,2013年第4期,第122—130页。

④徐烈炯:《语义学》,北京:语文出版社,1995年,第254页。

⑤丁声树等:《现代汉语语法讲话》,北京:商务印书馆,1980年,第78—82页。

德熙认为“有”的四种意义是:表领属、表存在、表度量或比较,在一些方言中用作完成体助词①;刘月华等认为“有”字有五种意义:表领有或具有、表存在、表发生和出现、表列举和包括、表达到或比较②。吕叔湘(1986)认为“有”有三种意义:表领有或具有、表存在、表性质或数量达到某种程度③。虽然“有”字的义项较为丰富,但最为根本的意义是领属(领有)和存现,其他义项如量度和比较等都是在此基础上引申出来的。本文所涉及到的仅有领属和存现两个义项,因为这两个义项都是与名词性成分直接搭配。《现代汉语词典》(第七版)对“有”字“领有”和“存现”义项的解释是与“没”相对,也就是说“没”既可以否定“领有”也可以否定“存现”④。但在具体的动名组配(有/没+名),特别是“有”或“没”与抽象名词组配时,并非是相互对称的。接下来将探讨这种表义功能的非对称性。

4.1 名词的肯定与否定的表义功能

4.1.1 具体名词的肯定/否定形式表存现

就具体名词来说,表肯定的“有”和表否定的“没”是对称的。赖慧玲通过分析“有+具体名词”和“有+抽象名词”结构的差异,指出前者只能确认事物的存在,不体现程度的差异,而且“具体名词”往往是实体,占据空间⑤。根据实际语料考察发现,“没+具体名词”也是如此,即“有/没+具体名词”都表存现,例如:

(7)呼伦贝尔草原有一条河,叫圈儿河。(《旅途》汪曾祺)

(8)他在解放初期任石家庄军事学校校长,学员每天上早操,操场没有厕所。(1994年报刊精选)

4.1.2 抽象名词的肯定形式表领属

一般情况下“有+NP”指称的主语是人或物,即某人或某物具有或拥有“NP”的某种性质特征,即表领有的意义。最为典型的就是李先银提出的“寄生抽象名词”⑥,对应的是本文所列举的第一类抽象名词,这一类词由于不能独立存在,并且是特定主体的内在情状,表示主体(主语)所具有或拥有的某种内在性质特征或某种属性,并不是客观存在

①朱德熙:《语法讲义》,北京:商务印书馆,1982年,第42页。

②刘月华等:《实用现代汉语语法》,北京:外语教学与研究出版社,1983年,第691—696页。

③吕叔湘:《现代汉语八百词》,北京:商务印书馆,1986年,第630页。

④中国社会科学院语言研究所词典编辑室:《现代汉语词典(第7版)》,北京:商务印书馆,2016年9月,第1578页。

⑤赖慧玲:《名词的量性特征和“有+名词”结构》,《苏州大学学报》,2009年第3期。

⑥李先银:《容器隐喻与“有+抽象名词”的量性特征》,《语言教学与研究》,2012年第5期。

的事物，因此抽象名词的肯定形式仅表领属。例如：

(9)精通英语、法语、日语的化妆老师 Cherie 真的很有魅力。(张晓梅《修炼魅力女人》)

(10)许多学者都认为，俞大维是台湾最有学问的一位部长。(朱小平《蒋氏家族全传》)

4.1.3 抽象名词的否定形式表存现

"有+抽象名词"是肯定领有，而"没+抽象名词"是否定存现，这与"没"的否定功能有关，由于其语义虚无，并且是无指的，因此交际双方仅需关注"抽象名词"目前存在与否，不会关注主语的领有情况①。

关于"没"否定存现的说法，郭锐较早地指出，现代汉语中"没"有两种基本用法，一是对事物存在的否定，二是对过程性成分的否定，并说明二者从更高层次来讲是相同的，都是事物存在和事件存在的否定②。侯瑞芬论证过"没"作为存现否定的用法，她认为"没"重点关注"有没有"这种事或物的存现，对"有"的否定都是对存现的否定，如否定性质义抽象名词"没男人气""没淑女样儿"③。两位学者的研究成果对本文关于抽象名词肯定与否定不对称的研究有很大启发，结合类似于"有钱"一类同形异义形式的否定，我们了解到肯定具体义和肯定抽象义的语法功能是不同的，但否定具体义和否定抽象义的语法功能却又是相同的。前面讨论过抽象名词的肯定形式仅表领属，那么为什么本义就表抽象的第一类名词也表存现呢？如"没文化""没水平"等。

因为其肯定形式如"有文化""有水平"表示大量，是位于其反义形式"有一点文化"、"有一点水平"之上的大量，也就是说"有+抽象名词"肯定的并非是全量，而与肯定形式相对的否定形式否定的则是该事物的全量④，如"没一点文化/水平""一点文化/水平都

①比如"没能力"否定的是领有还是存现呢？这要从其肯定形式"有能力"说起，"能力"是指完成目标或任务所体现的综合素质，"有能力"是指能够完成目标或任务，达到了量的要求，甚至可以指具备较高的"能力"。而相应的"没能力"则是指不具有完成目标或任务的综合素质，不可量度，没有量的规定性，也可以说是不存在这种"能力"。一般通过语感会认为"有能力""没能力"是领有的肯定及否定，是对称的，但实际并非如此。存现是领有的前提条件，不存现就不会领有，这里的"没能力"相当于"无能力"，不能简单地视作领有的否定形式。后文还将对该现象进行更进一步地解释。

②郭锐：《过程和非过程——汉语谓词性成分的两种外在时间类型》，《中国语文》，1997 年第 3 期。

③侯瑞芬：《再析"不""没"的对立与中和》，《中国语文》，2016 年第 3 期。

④姚占龙：《能受程度副词修饰的"有+名"结构就是名词程度量的一种表达式》，《汉语学习》，2004 年第 4 期。

没有”等同于“没文化/水平”。“没”是一个否定词,否定词无实质内涵,并且是对事物特殊存在方式的否定①,因此被“没”否定的事物是虚无的根本就不存在,更无所谓领属,这自然就解除了抽象名词的领属关系,也就不再表示领属义。例如:

(11)她深有体会地说:“过去我没文化,看啥不懂,干啥啥不会,见人好像矮半截。”(1994年报刊精选)

(12)在谈到职务时,年四旺说:“当时我说我是个大老粗,没水平,不是当官的材料。”(《作家文摘》1996年)

诸如“文化”、“水平”等第一类抽象名词的领属关系解除,意味着这一类“寄生抽象名词”的属性义与主语没有了任何关系,仅能表示某种现象是否存在。因此,三类抽象名词被“没”否定其实都是对存现的否定。

对于具体名词来说,其肯定和否定功能对称,而对于抽象名词来说是不对称的。这与肯定形式“有”和否定形式“没”表义功能上的不对称有关。具体来说是“有”的肯定形式分为肯定存现和肯定领属两种情况,即当肯定具体名词时是肯定存现,肯定抽象名词时是肯定领有。而“没”字否定形式,仅能够否定存现不能够否定领有。

4.2 名词肯定与否定的扭曲关系

汉语的“有”不同于英语的“there be”,“有”既表“在”(existence)又表“现”①。表存现的“有”字句与英语的存现句不同,那么表领有的“有”字句也不同于英语的“have something”,与之对应的否定形式同样如此。例如:

(13)A:钱包里有钱。英语:There is money in the wallet.

B:钱包里没钱。英语:There is no money in the wallet.

(14)A:他(很)有钱。英语:He is very rich.

B:他(*很)没钱。英语:He has no money.

对例(13)、例(14)的肯定句A和否定句B进行英译,从翻译结果可以看出,例(13)的肯定句和否定句都表存现,无论从形式上还是从语义上来看,完全是对称的。而例(14)肯定句中的“有钱”由于已具备形容词的属性,可受程度副词“很”修饰,所以直接翻译为“rich”,而“没钱”并不是被翻译为“poor”,即便添加程度副词“很”也是没有任何意义的,其结果都是“no money”,这说明例(14)B的语义并未和例(14)A一样发生引申,

①张新华,张和友:《否定词的实质与汉语否定词的演变》,《中国人民大学学报》,2013年第4期。

“没钱”在此处用了直译的方式,表示他现在的状态并非是“rich”的反义词“poor”(穷、钱少),而是“no money”(没钱)。

在例(13)的英语翻译中涉及到“There be”句式,其中“be”对应汉语的“是”。孙文访①指出“有(have)”和“是(be)”在世界语言中基本都有其对应的形式,英语使用“have”编码领有关系,而使用“be”编码存在、处所和判断关系,汉语则使用“有”编码存在和领有关系,使用“在”和“是”分别编码处所和判断关系。由此可见,例(13)肯定句 A 和否定句 B 也可以用汉语中表示存在的“在”和“不在”进行改写,如 A:钱在钱包里;B:钱不在钱包里。甚至可以用表示判断的“是”和“不是”进行改写,如 A:钱包里是钱;B:钱包里不是钱。例(14)的“A:他有钱”就无法用存现和判断的方式进行改写,而“B:他没钱”则可以用存现和判断的方式进行改写,例如可以说:钱不在他身上;他身上装的不是钱。可见,例(14)出现了肯定与否定的扭曲现象。

汉语对于名词的肯定和否定,虽然外在形式对称,但是从内部的语义功能来剖析,可发现其非对称性的特征。有些名词一旦进入肯定式结构,往往其整体功能发生游移,具备形容词形的特点,肯定形式下结构语义抽象化是造成不对称的根本性因素,而这些名词进入否定结构,虽然语义是抽象的,但是由于“没”字自身功能特点的因素,使其丧失了属性特征,仅表一种现象是否存在。

因此,可以说“没+具体名词”是对“有+具体名词”的否定,而“没+抽象名词”并不是对“有+抽象名词”的否定。因此,对于名词的肯定形式“有+名词”和否定形式“没+名词”来说,其所对应的领有义和存现义并不是一一对应的,这种不对应关系可以称之为“扭曲关系”(skewed relations),图示如下:

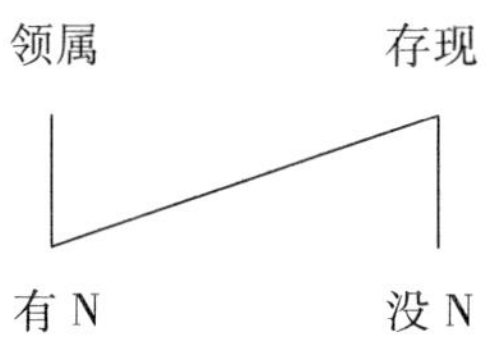

名词的肯定形式既可以肯定领有也可以肯定存现,而名词的否定形式只能否定存现。通过上文的分析,已经得知名词的肯定形式和否定形式表义的情况(即表领属还是存现),和其表领属或存现的具体原因。但是,导致这种“扭曲关系”的根本动因是什么?有哪些因素导致了名词肯定和否定形式的非对称现象?下面我们从常项(“有”“没”)和变项(名词)来进行分析,并加以解释。

---

①孙文访:《基于“有、是、在”的语言共性与类型》,《中国语文》,2015 年第 1 期,第 50 页。

五、名词肯定与否定不对称的原因

名词都是表示某种事物的,具有“指称性”(referentiality)。名词性成分的“指称性”可以说是语言表达形式(language expressions)和世界上事物之间的一种对应关系①。本文所探讨的名词是指属性义名词,在表示某种事物的同时,还隐含了与另外事物之间的依存关系,它涉及到名词的指称义(referential meaning)。名词指称义是进入句子后才具有并显现出来的一种意义,反映的是名词性成分与其所指之间的关系②。这类名词在句中必须与其它成分发生关系才能成立,因此,可以用名词的配价情况对其进行分析。

袁毓林按照配价理论,把现代汉语中的名词分为零价名词、一价名词和二价名词③。零价名词如“水、土、大海、天空”等,都是具体名词④,其肯定与否定形式是对称的,所以不予考虑。袁毓林将一价名词分为亲属称谓名词、事物属性名词、整体部件名词三类,其中事物属性名词,如“质量、水平、样貌、性格”等,是本文所研究的抽象名词。二价名词如“兴趣、看法、作用”等观念情感类名词,都是抽象名词,其肯定和否定形式多数是不对称的,是本文的研究对象⑤。

进入肯定或否定结构的名词性成分,以第一类为代表,以及第二类和第三类都是表示事物的某种抽象属性义。属性义名词性成分语义是不自足的,它需要主体名词帮助它使语义具体化和定指化[③]。本文所涉及的抽象名词都是属性义名词,因此,这类名词表现为某个名词性成分一定要求与另外一个名词在语义上构成依存关系。但是,名词性成分的肯定形式和否定形式的依存要求是不同的。例如:

(15)A. 小明有钱←→小明钱很多

B. 小明没钱—↛小明钱少

(16)A. 小明有水平←→小明水平很高

B. 小明没水平—↛小明水平低

(17)A. 小明对书法有兴趣←→小明对书法兴趣很足

①李强:《动态语境与无指成分的非指称性》,《当代修辞学》,2015 年第 4 期,第 58 页。

②杨炎华:《名词的指称义对名词配价的影响》,《汉语学报》,2009 年第 4 期,第 87 页。

③袁毓林:《现代汉语名词的配价研究》,《中国社会科学》,1992 年第 3 期。

④姜红:《具体名词和抽象名词的不对称现象》,《安徽大学学报(哲学社会科学版)》,2009 年第 2 期,第 56 页。

⑤袁毓林:《一价名词的认知研究》,《中国语文》,1994 年第 4 期。

B. 小明对书法没兴趣—↛小明对书法兴趣低下

在例(15)、例(16)中的“钱”和“水平”都是一价名词,例(17)中的“兴趣”是二价名词,在肯定句式A中,这些名词必须要依存于其它名词。“钱”是指“小明的钱”,“水平”是指“小明的水平”,“兴趣”是指“小明对书法的兴趣”,这些属性义名词与主语构成典型的领属关系。并且,以上三例A句中的前句可推出后句,后句也可推出前句,前后是互推关系。无论句式如何变换,属性义名词性成分对主体名词始终具有依存性。并且,抽象名词的肯定形式具有形容词的属性特征,即“有+名词”指“名词”的程度深,能激活主语名词[程度]这一语义特征。

在否定句式B中,虽然“钱”“水平”“兴趣”的配价与句式A都相同,但是前句不能够推知后句,如“小明没钱”是指没有达到发话人所要求的一定量的钱;“小明没水平”是指没有达到发话人所认定的水平;“小明对书法没兴趣”是指发话人认为小明没有达到对书法喜好的标准。没有达到即是不存在的事实,为什么呢? 因为无论从发话人的角度或是从人类共同的认定标准考虑,达到所要求的量才能被视为存在,只有存在才能被主体所领属,达不到认定标准则是不存在的,更无所谓领属。一个根本就不存在的事物无依存性可言,更无[程度]的语义特征,甚至有些否定句式无需与其它句法成分有关联,如作为应答语或话语标记的“没问题”“没说的”等,已词汇化为一个独立的韵律结构,既可以独立成句也可以作为独立小句在话语中出现。例如:

(18)没等说完,袁厂长接了过来:“没问题。”(1994年报刊精选)

(19)没说的,这辈子就当警察,当一个一尘不染的好警察(2000年人民日报)

与之相反,表肯定的“有问题”“有说的”等“有+名词”形式,因为需要与主体构成依存关系才能存在,因此不可以独立存在。例如:

(20)如果说我贪财,那么请证明我金钱的来源有问题。(李敖对话录)

(21)乙:他还老有说的! 就这么唱:“丁山儿哟该来了。”(中国传统相声大全)

从语义上来看,名词的否定形式没有达到发话人认定的标准即是无效的、不存在的,即便是有一定量的存在被否定后也是荡然无存的,就如同被罚款100元,就算有99元也是无济于事,例如:

(22)这一次,警察就把我抓住了,当场就要罚款100元。我没钱,就被警察带到

了派出所,当晚就被送到了郊县筛沙子。(中国北漂艺人生活实录)

抽象名词也是如此,没有达到量的要求即为不存在,例如:

(23)很平庸、没水平、没性格的人,不可能进到丝宝来,更不可能成为一个领导干部,这是个前提。(2000年人民日报)

(24)在市场搏击中,他体悟到:"小产品,没批量,会被挤垮;只有批量,没质量,也会败北。"(1993年人民日报)

由上例可知,如果前提条件被否定,那么其结论也是否定的。也就是说,名词的否定形式是客观的,是否存现跟客观现实有关,"没"否定的是客观存现。抽象名词的肯定形式由于表领属,而且具备形容词的属性特征,所以表主观领属,而具体名词的肯定形式,如"桌子上有书"又表客观存现。

因此,名词的肯定形式既表"主观肯定"又表"客观肯定",而名词的否定形式仅表示"客观否定",这就形成了一种"扭曲关系":

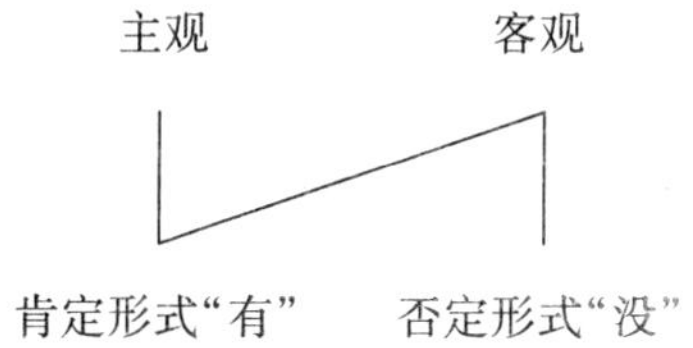

沈家煊(2008)提出"物理世界、心理世界和语言世界"三个世界的理论,以心理世界作为中介来反应物理世界①。李德鹏继而将"语言世界"分为"客观世界、主观世界和虚拟世界",并认为如果物理世界经过了心理世界,基本还保持了物理世界的面貌,基本没有主观心理的印记,可称之为客观世界;如果物理世界经过心理世界时,心理世界赋予了其主观印记,并带有主观评价性,反映在语言世界中就是主观世界②。名词的否定形式"没+名词"相当于"无+名词",否定名词是否定范畴的初始形式,直接指称一种绝无物质的事物状态,并不另外指向哪里,使思维空无所依③,因此也就没有任何心理印记,属客观世界。

对于名词肯定形式"有+名词"来说,主观性的表达是特殊的表达(能够产生语义增

①沈家煊:《三个世界》,《外语教学与研究》,2008年第6期。

②李德鹏:《论语言的客观世界、主观世界和虚拟世界》,《理论月刊》,2014年第10期,第62—65页。

③张新华,张和友:《否定词的实质与汉语否定词的演变》,《中国人民大学学报》,2013年第4期。

值），客观性的表达是一般的表达，即包括主观评价和客观叙述。而对于名词的否定形式“没+名词”来说，客观性的表达则是特殊的表达，仅表客观叙述。侯瑞芬指出“没”是特殊否定、有标记否定，是对事实的否定①。无论否定具体名词“桌子上没书”，还是否定抽象名词“这人没心眼”，都是有标记的特殊用法。

六、对名词肯定与否定不对称性的认识

通常认为，无论是具体名词还是抽象名词，凡是名词的否定形式“没”，都是对肯定形式“有”的否定。对于名词肯定与否定的笼统认识，误认了其实质的功能特性。我们从名词肯定和否定形式表义的扭曲关系入手，明确了不对称的主要表现为：名词肯定形式表“领属肯定”和“存现肯定”，而名词否定形式仅表“存现否定”。具体而言，语用上表现为“主观肯定评价”“客观肯定叙述”和“客观否定叙述”的不对称；语义上表现为“领属肯定”“存现肯定”和“存现否定”的不对称。这种不对称性集中体现为抽象名词的肯定与否定，如下表所示：

表 4-1　汉语抽象名词肯定否定的不对称性

名词的肯定与否定	有+名词（肯定）		没+名词（否定）
名词	抽象名词	具体名词	抽象/具体名词
不对称性	肯定领属（属性）	肯定存现	否定存现
	主观肯定	客观肯定	客观否定
语用表现	肯定评价	肯定叙述	否定叙述
语义表现	语义增值表引申义，指程度深或大量	语义不变，表具体义或本义	语义虚无，无具体义

名词肯定与否定不对称的关键之处在于否定形式“没”不具有否定“领属”的功能。虽然“领属”和“存现”关系紧密并可相互转化②，但在名词的肯定和否定形式上确实有明显的区别，这种区别表现为：当名词的肯定形式表抽象义并在领属范畴之下，能触发整体

①侯瑞芬：《再析“不”“没”的对立与中和》，《中国语文》，2016 年第 3 期。

②任鹰：《“领属”与“存现”：从概念的关联到构式的关联—也从“王冕死了父亲”的生成方式说起》，《世界汉语教学》，2009 年第 3 期；袁毓林，李湘，曹宏，王健：《“有”字句的情景语义分析》，《世界汉语教学》，2009 年第 3 期。

的词性漂移，即名词性用法向形容词性用法漂移，且语义发生引申。而名词的肯定形式表具体义时，仅表本义且词性不变。名词（抽象/具体名词）的否定形式从对称性上来看，与具体名词的肯定形式是对称的，与抽象名词是不对称的。由此可归纳为，汉语名词的不对称性体现在抽象名词的肯定领属与否定存现的功能不匹配，主观世界和客观世界的维度不一致。可见，领属和存现以及主观和客观这两对范畴，在名词肯定和否定功能的判别标准上必须区分开来。这种区分方式对汉语肯定和否定形式的研究有较为重要的意义，可作为语法意义的标准，能够更好地分析和解释相关语言现象。

Study on the Asymmetry between Positive and Negative Forms of Chinese AbstractNouns

Chen Wei

(Zhejiang Gongshang University)

Abstract: There is no clear understanding of the symmetry between positive and negative forms of Chinese nouns, and the semantic asymmetry between positive and negative abstract nouns had not been fully considered. So this paper holds that the asymmetry lies in the non-correspondence between "positive possession" and "negative existence", which can be further demonstrated as the non-correspondence between "subjective positive" and "objective negative". Such asymmetry is reflected in the positive and negative forms of abstract things that can generate semantic appreciation. The relationship between "*you*(有) + noun" and "*meiyou*(没有) + noun" is a kind of twisted relation. The reason for the existence of distorted relationship is related to the dependence of the abstract attribute meaning noun, as well as the subjective and objective essential stipulation.

Keywords: abstract nouns; concrete nouns; positive possession; negative existence; distorted relationship

基于自然语料的广州人粤语代际差异研究(上)*

单韵鸣

(华南理工大学国际教育学院)

提要:本研究基于100名广州人近44小时约63万字的粤语自然会话语料,分上下两篇描写了广州人老年、中年、青年和未成年人粤语的代际差异。发现粤语与普通话、英语发生接触,产生了语码转换、词汇借用、干扰、融合、语法变异等现象,不同年龄段的表现不一样。普通话词汇借用在各个年龄段都存在;年龄和粤-普语码转换呈负相关;未成年人的粤语受到普通话的影响较大,他们有的粤语可被认为是一种粤普混合的形式。作为粤语的传承者,未成年人的语言状况值得关注。不同语法项目的代际变异各有特点,变化有快有慢,这正是语言演变的真实表现。

关键词:粤语代际差异;语码转换;词汇借用;语法变异

一、引言

社会语言学重视人们使用着的活生生的语言,认为语言是一个有序异质体。要了解语言的实际状况,最理想就是采用"录音机法"(简·爱切生 1997),收集真实的语料来进行研究。当今,使用真实语料作为素材的研究越来越多。我们在期刊网上搜索近二十年来这方面的成果,发现研究的领域很广,角度很多,大致可分为儿童语言习得、成人语言

* 本文是国家社科基金项目"粤语代际语料调查记录及变异、显危研究"(15BYY056),以及华南理工大学中央高校基本科研业务费项目"社会语言学视域下粤语自然语料中的语音、词汇和语法研究"(2018MSXM12)的阶段性成果;亦是广东省公共外交与跨文化传播研究基地成果之一。

教学与学习研究;现代汉语(方言)语言成分在话语篇章中的功能再认识;自然对话中的音高、韵律、语调研究;言语行为及语用研究;通过调查自然话语来描写方言或少数民族语言;基于语料库建设的自然话语转写及标注规则探究等等。

从社会语言学的角度,考虑使用者的社会因素,揭示共时变异的研究也陆续多起来,语音变异成果最多(宋学东 2004;劲松 2005;徐大明 2008;郭俊 2011;李云兵 2014;孙德平 2013;王玲、刘艳秋 2014;高玉娟、邵钟萱 2016),词汇变异的次之(郭风岚 2005;胡萍、谢桂香 2010;彭浅生 2012;徐鹏展 2013;郭胜春、郭熙 2016)。语法变异最少,有的连同词汇变异一起研究(李庐静 2013;谢婷 2015;陈艳 2015;单韵鸣 2016)。

以不同社会背景人群的自然话语为对象,全面考察语音、词汇和语法等变异难度很大,这样的研究国内极少,只发现陈艳(2015)的一篇。在此以前,我们曾通过分层抽样、问卷调查、计量分析等方法专门探析粤语系列语法项目的变异(单韵鸣 2016),在一定程度上推动了粤语共时变异研究的发展。现在我们进一步尝试在自然语料中探索粤语(本文指广州话)语音、词汇和语法等代际差异问题,挖掘在语言接触中,普通话、英语对粤语的影响,以期抛砖引玉,为日后深耕该领域奠下基础。

二、研究方法和过程

我们采用“录音机法”,找到 25 位广州本地人作为种子成员,要求他们录下与家人或广州朋友用粤语聊天的内容,话题不限。经过近两个月的采集工作,筛选后得到含 100 人①共计约 44 小时能清楚听辨的自然话语录音。研究团队成员记录了所有参与录音人员的基本信息。他们的年龄跨度从 7 岁到 77 岁,文化程度从小学、中学到大学(及以上)不等,职业各异,大部分参与者的母语为单一广州话。参与人员的年龄、文化水平、母语情况及分布统计信息详见下表:

表 1 参与录音人员分布统计表

母语	文化水平	未成年 17 岁以下		青年 18—35 岁		中年 36—55 岁		老年 56 岁以上	
		女	男	女	男	女	男	女	男
单语 (广州话)	小学及以下	1	1					3	
	中学	1		2		3	2	13	9

①录音共含 107 人语料,其中 7 人并不是广州本地人,他们的语料不在分析范围内。

续表

母语	文化水平	未成年 17 岁以下		青年 18—35 岁		中年 36—55 岁		老年 56 岁以上	
		女	男	女	男	女	男	女	男
单语（广州话）	大专	4		8	3	3	4	3	1
	本科及以上			11	4	11	2		
多语	小学及以下	2							
	中学	1							
	大专					1	1		
	本科及以上			4		1			1
各年龄组人数总计		10		32		28		30	
人数总计		100							

自然语料的录音有自然性高而音质略低的特征。在录制前，我们提出了一些录音的要求，比如在安静的地方录音，录音对话人数不超过 3 人（否则听辨时很难分辨说话人）等，但有些杂音（如吃饭时录音会有碗筷磕碰的杂音）仍然避免不了。为了方便录音人操作，我们鼓励他们使用手机的录音功能，不同品牌的手机也会造成录音音质上不同程度的优劣之分。筛选过后的录音尽管音质上还达不到语音室中对语音进行辨别分析的要求，可是保留到研究中使用的都是能清晰听辨每位说话人字词语句的话语材料。瑕不掩瑜，自然情景下的口语语料能让我们窥探语言最真实的面貌，在社会语言学变异研究中有重要的意义。

听辨、转写了所有录音，共得到约 63 万字的粤语文字语料。对语料进行记录和分析之后，我们发现在年龄、文化程度、单语多语、性别等社会因素中，广州人粤语的代际差异最为突出，即不同年龄段的广州人所说的粤语有相当大的差别。本文将从语音、语码转换、标记性成分和语法项目四个方面来描写这些差异。

参照单韵鸣（2016）对年龄的分类，我们将 18—35 岁界定为青年，36—55 岁界定为中年，56 岁以上界定为老年。本文还涉及到少数 18 岁以下的，归为未成年组。下文主要分青年、中年和老年三组来统计描写，未成年组语料相对较少，有相关发现的也一并描述。

三、语音表现

关于语音表现，由于语料音质和研究精力的局限，我们只关注那些不用软件或仪器分析，仅凭耳朵就能分辨的特点。整体上来说，青年、中年和老年人的粤语发音清晰，语音变异较少，在青年组发现有青年把“朋[p'eŋ^{21}]友”的“朋”说成“[p'en^{21}]”。该现象与香港青年有相似之处。张洪年（2002）认为此是年轻人所发的“懒音”。此外，广州人倾向把“呢[nɛ^{55}]”读作“[lɛ^{55}]”，该现象在各年龄段都存在。

未成年组的语音误读却有不少，大部分是因为误代了普通话的读音。有的是声调的模仿，如“鲁班做伞”中的“伞”模仿普通话的[san^{214}]只读半上声，读作[san^{21}]；有的套用了普通话的韵母，如“模[mou^{21}]型”的“模”说成[mɔ^{21}]、“浮[fɐu^{21}]板”说成“浮[fu^{21}]板”。有的是普通话同音字在粤语里的读音挪用，如“剪刀”、“质量”中的“剪”和“质”在普通话里和“简”“置”同音，在粤语里不同音，有学龄儿童会把“剪”和“质”误读作粤语的“简”和“置”，说成“剪[kan^{35}]刀”、“质[tsi^{33}]量”。还有的错误原因不明，可能不知道该字在粤语里应该怎么读，就造了一个读音，如“（在水里）吐[t'ou^{35}]泡泡”。

变调方面，未成年组对于一些变调、不变调的情况不太了解，有时出现变调错位，即需要变调的读原调，如“男人[jɐn^{21}]、女人[jɐn^{21}]”；不需变调的读变调，如“片面[min^{22}]”说成“片面[min^{35}]”。青年、中年和老年人正确读变调的项目比较多见，如表小称的变调“一个人$^{21-35}$”、“呢这个人$^{21-35}$”；“肉沫$^{22-35}$”；“有几耐$^{22-35}$没多久”；老年人还有一些特定词语中语素的变调，如“瘦肉$^{33-35}$”、“（游泳池）到地$^{22-35}$（脚能够）到地”。

每个年龄组都保留了一些词语体现方言特色的读音（或说法）。四个年龄段都找到“出”读作“[ts'yt^{55}]”的例子，比如：“出[ts'yt^{55}]一半钱”、“出[ts'yt^{55}]嚟来”、“出[ts'yt^{55}]声”、“出[ts'yt^{55}]世出生”。中年组有“厨[ts'y^{21}]房”的旧读。老年组较多，还发现了表示“吃”读“喫[jak^{33}]”；“地方”读“[tɛŋ^{22}]方”；“睡觉”说“[hen^{33}]觉”；“自己”声母同化后读“自己[kei^{22} kei^{35}]人”；“二十”两音节连读后韵母变读为“廿[jɛ^{22}]九（二十九）”等。

四、语码转换

语码转换历来是社会语言学关注的重点之一。有的学者主张区分“语码转换（codeswitching）”和“语码混合（codemixing）”，前者指句间不同自然语言（包括方言）或语体的转换，后者指句内的转换；也有学者认为句间和句内有时界限不太分明，并且在讨论这种现象的功能时没有必要多引入一个术语来进行区分，倾向只用“语码转换”一个概念（李经纬、陈立平 2004）。本文沿用后者的方法，用“语码转换”一词涵盖广州人说粤语时转用或插入其他所有非粤语语言成分的现象。

语料显示,广州人的语码转换主要有两种形式,一种是粤语-普通话(粤-普)的语码转换,另一种是粤语-英语(粤-英)的语码转换。两种语码转换在句间或句内都会发生。统计说话人语码转换的数据,我们会除去他们转述或复述别人话语时可能使用不同语码的情况,也不计算对"外人",即不在录音人员交际范围内的话语,比如调查对象在餐厅吃饭时对服务员说的话,店铺老板在录音过程中插入一些招呼其他顾客说的话等。数据显示,在发生语码转换的人数比例方面,老年组不管粤-普还是粤-英的转换都是最少的。中年组、青年组和未成年组,随着年龄的降低,发生粤-普语码转换的人数比例随之上升,粤-普语码转换人数在未成年组更是达到 100%。粤-普转换语码的话语数量(简称"转换语量",包括转换的词语①、短语、小句、整句等语言单位)和年龄呈负相关,即年龄越小,转换语量越多。粤-英转换语量的代际趋势和粤-普转换大致相同,只是在未成年人组里有所减少,但仍比老年人多。详见下表:

表 2　各年龄组发生粤-普、粤-英语码转换的数据统计表

	粤-普语码转换			粤-英语码转换		
	发生人数	人数占比	转换语量	发生人数	人数占比	转换语量
老年	4	13.3%	8	4	13.3%	9
中年	15	53.6%	29	19	67.9%	60
青年	22	68.8%	182	23	71.9%	120
未成年	10	100%	248	8	80%	45

值得注意的是,从中年到青年再到未成年,粤-普转换语量增长迅猛。调查里有个案显示,一名 7 岁女童在和堂姐聊天时,一开始用粤语谈论放假玩乐和旅游,偶尔转换普通话词语或一两句普通话,后来从谈论学校生活开始,即频繁转用普通话叙述。青年人在与同学聊天时也较多发生粤-普语码转换的现象。

语码转换的语言单位包括句内的词语或短语,以及小句、整句。从词类的占比来说,粤-普和粤-英两种类型的语码转换,都以名词和名词短语的转换占比最多,其次是动词和动词短语,随后是形容词和形容词短语。粤-普在小句和整句方面的转换,远比粤-英转换多。

有意思的是,广州人说粤语时,尽管表面上语码没有转换,却会使用粤语说出普通话

①以词目为单位计算转换的词语,即转换相同词语,不论次数,只按一次条目计算。

的词语、短语,这种现象在各个年龄段都存在。例子见下:

表3 广州人粤语借用普通话词语、短语举例表

粤语中的普通话成分	未成年组	青年组	中年组	老年组
词语	回顾、泳圈、教室、努力、只有	水果、工作、每日、下午、嘴脸、挂科、无语、乐子、气愤、兴冲冲、外快、灰溜溜	宽敞,什么,衣服,亏本,手电,周一、零食,孕期、水果、蔬菜、只有、公交	小朋友、工作、吃力、白天、当(皇帝)
短语	好几个人; 穷乡僻壤	高大上; 养活; 瓶(嘅的颜色)	某一些形式; 陌生人; 打官腔; 周六日; 长得快; 好几个人	向多多表姐学习; 装逼; 长得慢; 忙个不停

普通话词语渗入到粤语中,粤语词语北上,此现象早已存在,并受到了前贤的关注(詹伯慧1993)。有些词语原来是普通话的,现在用粤语来说,人们已经见怪不怪,比如“水果(粤语为“生果”)、工作(粤语为“做嘢”)、每日(粤语为“日日”)、周一(粤语为“礼拜一”)、下午(粤语为“晏昼”)”,似乎已经被吸收到粤语里去,成为了某个所指的一个变体。另一方面,粤语的“课室”,亦有北上,渗入到普通话里的趋势,有些人也会用普通话说“课室”。

录音里我们发现随着普通话和粤语的接触越加深入,更多普通话新词或口语词借入到粤语中,如“高大上、嘴脸、无语、乐子、装逼、外快、公交”。普通话的“教室”也反向出现在粤语里。广州人现正大量借用普通话词语的现象可见一斑。

让我们惊讶的是,未成年组的粤语除了借用普通话词语和短语以外,还会借用普通话的句法结构。如:

(1)真系嘅,非要听佢讲嗰啲话。(真是的,非要听她说的话。)

(2)我受够佢嘅气啦。(我受够她的气了。)

(3)同佢交咗朋友。(和她交了朋友。)

(4)(我会)把佢间房搞乱。((我会)把她的房间弄乱。)

这些句子是披着粤语语音外衣的普通话。句子结构是普通话的(最后一例把普通话里的“把”字句都照搬到粤语里),却又在个别词语里保留了粤语的特色,如“讲的话”中结构助词“的”换成粤语量词“啲”、介词“和”换成“同”、助词“了”变成“咗”、“房间”的量词用“间”。这使得句子带上一种粤普杂糅的味道。部分家长因此而抱怨孩子说粤语像外地人说粤语。

综上,在语音和语码使用方面,老、中、青年人都一定程度地保留语音变调及某些词语的特色读音(或说法),其中老年人保留得最多。广州青年和香港青年一样都有懒音。广州人还倾向把“n”说成“l”。未成年人的粤语有一些语音错误,原因在于普通话读音的误代或自身粤语知识有限。年龄和粤-普语码转换呈负向相关,年龄越小,语码转换现象和转换语量越多。青年和中年组粤英转换现象比未成年组和老年组多。用粤语说出普通话的词语、短语在各个年龄组里都会发生,当中不乏新词,说明广州人在日常交际中借用普通话成分已经很常见了。

未成年组的情况值得我们重视。尽管他们的语言面貌还不是很稳定,不能由此断言成年后的语言掌握情况,但在学龄阶段,孩子们已经成为熟练的双语交际者,而且普通话的语言知识(competence)和语言能力(performance)都比粤语强。普通话对他们的粤语形成一定的干扰,如语音误代、变调问题错位;同时也导致了一些粤-普融合的现象发生,如大篇幅粤-普语码转换、词语或结构借用、成分杂糅等。在未成年阶段,未成年人的粤语可被认为是一种粤普混合的形式(hybrid form)。

五、年龄标记性成分

所谓年龄标记性成分是指那些各个年龄段特有的语言成分,可以是词语、短语或构式等等。该成分在某年龄段里较多出现,而较少甚至极少出现在其他年龄段里。

5.1 青年标记性成分

5.1.1 程度副词“超”

表示高量级程度副词“超”十多年前在青少年群体里开始流行(彭小川、严丽明2006)。据语料显示,现在“超”成为了广州青年群体的标记性成分。我们在青年组里找到大量使用“超”作为程度副词的语料,在中年组里发现0例,老年组里发现4例。青年组尤其是25岁以下的,语料最多,超过30例。除了用“超”,有个别语料用“超级”,使用“超级”的说话人也同时使用“超”,两者用法完全相同,可替换使用。青年组使用“超”或“超级”作副词的用例共达到67例。“超(级)”用于修饰形容词、心理动词、能愿动词的例子在语料里都能发现,如:

超饿,超烦,超似像,超和谐,超细声小声,超多嘢东西,超多蚊蚊子,超爱肥猪肉,超唔不爽;超级呆,超级眼瞓困,超级介意人哋讲嘢人家说的话

5.2 中青年标记性成分

5.2.1 后附话语标记“好冇”

粤语的“好冇”对应普通话“好不好”。普通话的“好不好”用在句末,作为后附话语标记,表示不同意对方的观点。郑娟曼、邵敬敏(2008)认为“好不好”此用法源于南方方言(文中特别指出上海话),也受到了台湾流行文化的影响,继而发展到社会方言中,流行于年轻学生和注重时尚的都市中年人群体中。

语料显示,广州中青年人也用“好冇”作为后附话语标记,共有32例。45岁以上1例,36-45岁之间的6例,青年组25例。“好冇”的语用功能和普通话“好不好”相当,在非正式场合,与关系较为密切的人交际时使用。老年组没有人使用“好冇”。如:

(5)(和同学在讨论减肥)条腰嗰度瘦咗好多,好冇?(腰瘦了很多,好不好?)

(6)同学1:Iphone 啰。(Iphone 呗。)

同学2:Iphone 先烦啊,好冇?(Iphone 才烦呢,好不好?)

(7)丈夫:生冷嘢啊。(冷的东西呢。)

妻子:生冷嘢,系直头生㗎,好冇?(冷的东西,简直就是生的,好不好?)

(8)老师:(吉他)点够游水难?(吉他哪里有游泳那么难?)

学生:游水容易好多,好冇?(游泳容易很多,好不好?)

(9)女儿:佢读书喇咩?(他读书了吗?)

妈妈:下个学期读大班好冇?(下学期读(幼儿园)大班,好不好?)

5.3 中老年标记性成分

5.3.1 名词“轮”

粤语名词“轮”表示“(一段)时间”。在老年人和中年人群体里,共38例。用例集中出现在40岁以上中年人和老年人的语料中,38例只有4例出现36-40岁的中年人语料里。在青年组没有发现使用“轮”。如:

呢/依轮(这段时间),早轮(前段时间),

住咗一轮(住了一段时间),返台风吖嘛前嗰轮(打台风嘛,前段时间)

5.3.2“拉”

粤语的“拉[la^{53}]”既能充当连词,也能作介词。用作连词,对应普通话的“和”:

(10)佢拉阿鸡佬好㗎嘛。(他和"鸡佬"(绰号)很好的。)

(11)我拉佢一齐去玩。(我和他一起去玩。)

用作介词,引入动作关涉的对象,也可译为普通话的"和";引入受益对象时,对应普通话的"给":

(12)拉阿妈倾下计。(和妈妈聊聊天。)

(13)拉婆婆添翻啲童子尿添啊?(给外婆加一些童子尿吗?)

(14)嗰阵时拉我装修包埋晒。(那时候给我装修全部都包了。)

(15)我唔拉你搬上楼。(我不给你搬上楼。)

粤语的介词保留了更多的动词性特征,"拉"在有的句子里对应普通话连动句中的动词,有"陪同"的意思。如:

(16)佢阿妈拉佢去游。(他妈妈陪他去游泳。(妈妈不游))

以上例子均出自45岁以上中老年人的语料,语料中共发现45例。表示相同语义,青年人仅发现1例,他们更倾向用"同"、"帮"、"陪"代替"拉"的语义,如:

(17)你只系同我讲话。(你只是和我说话。)

(18)你帮我问问。(你帮我问问。)

(19)使唔使家姐过嚟陪你玩?(要不要姐姐过来陪你玩?)

不难看出,青年人和老年人的标记性成分区别分明,中年处于两者的过渡带。40岁以下的和青年有一定相似性,45岁以上和老年趋同。籍此也可观察粤语词语(构式)的新老层次。"拉"最老,"轮"次之,副词"超(级)"和用作后附话语标记的"好有"都属于较新成分。事实上,不同年龄群体的语言面貌是一个连续性的渐变体。它不仅反映在语音、语码转换和词汇方面,在下半部分所谈的语法变异方面也有较为清晰的表现。(待续)

参考文献

陈艳:《基于社会因素的河南罗山方言变异研究》,浙江财经大学硕士论文,2015年。

高玉娟、邵钟萱:《社会语言学视阈下的沈阳方言语音变异研究》,《辽宁师范大学学报(社会科学版)》,2016年第5期。

郭风岚:《宣化方言变异与变化研究》,北京语言大学硕士论文, 2005 年。

郭骏:《词汇类型对语音变异的制约——以江苏溧水“街上话”为例》,《语言文字应用》, 2011 年第 3 期。

郭胜春、郭熙:《广州话常用词变异研究》,《语言文字应用》, 2016 年第 3 期。

胡萍、谢桂香:《湘西南苗族“平话”词汇的年龄变异研究》,《中南林业科技大学学报(社会科学版)》, 2010 年第 5 期。

简·爱切生(Jean Aitchison):《语言的变化:进步还是退化?》,北京:语文出版社, 1997 年。

劲松:《儿化词变异和变化的社会语言学研究》,《修辞学习》, 2005 年第 2 期。

李经纬、陈立平:《多维视角中的语码转换研究》,《外语教学与研究》, 2004 年第 5 期。

李庐静:《福建永安地方普通话共时变异研究》,中央民族大学硕士论文, 2013 年。

李云兵:《语音变异与音系裂变:对西部苗语的真实时间观察和显象时间观察》,《民族语言》, 2014 年第 6 期。

彭浅生:《语言接触视角下的宜春(水江)方言词汇变化研究》,江西师范大学硕士论文, 2012 年。

彭小川、严丽明:《广州话形成中的程度副词“超”探微》,《广西社会科学》, 2006 年第 2 期。

单韵鸣:《广州话语法变异研究》,北京:商务印书馆, 2016 年。

宋学东:《语音变异与阶层、性别、种族差异》,《上海师范大学学报》, 2004 年第 6 期。

孙德平:《外部因素主导的语音变异——以江汉油田话卷舌音声母变异为例》,《语言文字应用》, 2013 年第 3 期。

王玲、刘艳秋:《城市化中语言适应行为与语音变异关系研究——以(i)变项、(y)变项、(-尾)变项为例》,《陕西师范大学学报》,2014 年第 2 期。

谢婷:《华阳凉水井客家话语法变异研究》,西南交通大学硕士论文, 2015 年。

徐大明:《语言的变异性与言语社区的一致性——北方话鼻韵尾变异的定量分析》,《语言教学与研究》, 2008 年第 5 期。

徐鹏展:《从社会语言学的角度浅谈新型词汇的语言变异》,武汉理工大学硕士论文, 2013 年。

詹伯慧:《普通话“南下”与粤方言“北上”》,《学术研究》,1993 年第 4 期。

张洪年:《21 世纪的香港粤语:一个新语音系统的形成》,《暨南学报》, 2002 年第 2 期。

郑娟曼、邵敬敏:《试论新兴的后附否定标记“好不好”》,《暨南学报》,2008 年第 6 期。

On the Intergenerational Differences among Cantonese People in Spontaneous Speech (Part I)

Shan Yunming

(South China University of Technology)

Abstract: This paper describes the intergenerational differences among 100 Cantonesepeople at different ages in their spontaneous speech which adds up to approximate by 44 hours and are made up of 630,000 characters. Code-switching, lexical borrowing, grammatical variation, interference and integration of Mandarin can be found in the speech due to the language contacts with Mandarin and English, but vary among people at different ages. Lexical borrowing from Mandarin occurs in all age groups. Code-switching is negatively correlated to the age. The Cantonese of the under-aged is influenced substantially by Mandarin, some of which can be regarded as hybrid of Cantonese and Mandarin. As the key transmitter of Cantonese, both language competence and performance of the under-aged deserve attention. The variation of each grammatical item bears its own features with certain speed of the on-going change, which is the manifestation of the language evolution.

Keywords: intergenerational differences; Cantonese; code-switching; lexical borrowing; grammatical variation

现代汉语"V+掉"构式群的显现

——从语法构式到修辞构式的扩展*

王连盛　吴春相

（上海财经大学国际文化交流学院；上海外国语大学国际文化交流学院）

提要：本文根据"掉"的语义，将"V+掉"构式群的成员分为三大类七小类，作为一个原型范畴，其成员之间具有典型性差异，包括语法构式和修辞构式。文章根据典型述补构式语义和句法特点对各成员的典型性进行判定，典型性越高，越是语法构式；典型性越低，越是修辞构式。在此基础上，文章对"V+掉"构式群扩展和形成的过程进行探究，发现这是构式体内之间、构式体和外部句法成分之间以及句法与语义、句法和修辞等不同界面之间以及空间域和时间域、时间域和状态域等不同认知域之间多重互动的结果。至于起作用的机制，则是类推、重新分析、隐喻和转喻。

关键词："V+掉"构式群；语法构式；修辞构式；多重互动；作用的机制

一、引言

"多重互动观"认为一切大大小小的、或具体或抽象的构式，都处于各种互动关系之中，既包括语言系统内部各组成部分的互动关系，也包括语言之内与语言之外的互动关系。一切构式都是多重因素互动作用的结果①。我们赞同以上说法，而从构式本身来看，

---

* 本文为教育部人文社科项目"语言动态观下语法和修辞界面的同形结构研究"（15YJA740044）、中国学位与研究生教育学会课题"汉语国际教育硕士职业发展能力模型建构与应用研究"（HGJ201729）阶段性成果。

①施春宏：《互动构式语法的基本理念及其研究路径》，《当代修辞学》，2016年第2期，第15页。

互动主要包括构式中不同组构成分之间的互动、构式与组构成分之间的互动以及不同构式之间的互动三个方面。除此之外,互动还包括“界面互动”,亦即影响构式形式与意义的作用因素之间的互动,包括语言系统内部各个界面、各种范域之间的相互作用。从构式外部来看,互动还存在于构式与外部句法成分之间。在此基础上,文章对“V+掉”由语法构式向修辞构式扩展的语言现象进行探究。

在现代汉语中,“V+掉”使用非常频繁,根据对 CCL 语料库和 BCC 语料库检索所得语料的分析,我们发现“V+掉”具有比较丰富的语义类型。例如:

(1)右侍从真的把赵绰扭下朝堂,剥了他的官服,摘掉他的官帽,准备处斩。(林汉达《中华上下五千年》)

(2)当事到临头非死不可的瞬间,抛掉了一切虚荣和自矜,我又将采取什么态度呢?(《当代世界文学名著鉴赏辞典》)

(3)到如期实拍时,我已经揉掉了十几袋面粉。(《作家文摘》)

(4)那个行凶者趁机溜掉了。(新华社 2004 年 6 月份报道)

(5)他躲入被褥里,成天在睡觉,把生活都睡掉了。(张小娴《情人无泪》)

(6)匆忙随便地把事情了结掉。(《中国成语大辞典》)

(7)水果同纯碱接触极易发热烂掉。(赵秀珍《大话养生》)

上述例(1)—(7)中的“掉”,例(1)表示具体结果义“事物在外部作用力的作用下形成由上到下的位移”,例(2)为抽象结果义,可概括为“摆脱义”,例(3)为结果义“事物从有到无”,例(4)为“离开义”,例(5)呈现为“消耗义”,例(6)表示“事件的完成”,例(7)表达“状态变化的实现”。概括起来,根据“掉”的意义可将“V+掉”归纳为三类:例(1)(2)为第一类,可概括为“脱落义”,记作“V+掉$_1$”;例(3)—(5)为第二类,呈现为“消失义”,为“V+掉$_2$”;第三类为例(6)(7),表达“完成义”,记为“V+掉$_3$”。这三类“V+掉”是对所得语料全面分析的结果。

根据 Goldberg① 对构式定义的经典解读,包括词、短语、句子甚至篇章等在内的形义关系特定结合体都可视为构式。我们据此将“V+掉”的三种结构形式都视为构式,它们之间为同构异义关系,共同构成“V+掉”构式群(Construction group)②。文章基于互动构

①Goldberg, Adele E. *Construction at Work: The Nature of Generalization in Language*. New York: Oxford University Press. 2006.

②参见施春宏:《互动构式语法的基本理念及其研究路径》,《当代修辞学》,2016 年第 2 期。

式理论,对“V+掉”构式群的形成过程进行探究。

二、关于“V+掉”构式群

刘大为①根据构式义能否推导以及构式的语法化程度,将构式系统分为语法构式和修辞构式两大类,其中语法构式是指构式义可从构式成分推导的构式,或者虽存在不可推导的构式义但已完全语法化了的构式,修辞构式为具有不可推导性且还未完全语法化的构式。陆俭明②认为,二者处于一个动态连续统之中,连续统的一端是最典型的语法构式,另一端则为最典型的修辞构式,存在着由语法构式到修辞构式,再到语法构式的转化。由此可见,在“V+掉”构式群中存在着语法构式和修辞构式,而对其成员身份的判定,则可以根据“是否具有推导性”从语义和句法两个方面展开。

语义方面,语法构式其述语和补语具有很强的相关性,包括述语语义包含补语语义和补语表达的意义是述语动作行为能够引发的结果之一,前者如“扩大、缩小”等,后者如“摔碎、打死”等。句法方面,能够进行扩展和变换。扩展方面,语法构式能够加“得/不”进行扩展,也能进入“因...而...”实现扩展,例如“打碎”可以扩展为“打得/不碎”,“因打而碎”。变换方面,语法构式述语和补语可以独立使用,分别充当两个小句的谓语,例如“小明踢开了门”可以变换为“小明踢门,门开了”。下面,我们将据此对“V+掉”构式群各成员身份进行判定。

2.1“V+掉$_1$”构式

根据后接名词宾语的类型,可将“V+掉$_1$”分为两类下属构式,一类后接具体名词宾语,记作“V+掉$_{1a}$”构式,一类后接抽象名词宾语,记为“V+掉$_{1b}$”构式。

2.1.1“V+掉$_{1a}$”构式

在“V+掉$_{1a}$”中,“掉”呈现为“脱落义”,记作“掉$_{1a}$”,所搭配动词均为强动作性、强致使性动词,具体呈现为二价及物动词,包括四类:一类为“拍打”义动词,如“拍、打、挤、扔、摘”等,一类为“剥脱”义动词,如“剥、脱、扯、拽、挣”等,一类为“切割”义动词,如“切、割、锯、砍、剁”等,一类为“擦洗”义动词,如“擦、洗、抹、刷”等,后均接具体名词宾语。例如:

(8)她把她引到上屋,拍掉衣上鞋上的干雪,叫她上炕。(周立波《暴风骤雨》)

(9)随着喊声,一个中年妇女扒开了围观的人群,慌忙脱掉棉衣,扔在地上,扑通

①参见刘大为:《从语法构式到修辞构式(上)》,《当代修辞学》,2010年第3期。

②参见陆俭明:《从语法构式到修辞构式再到语法构式》,《当代修辞学》,2016年第1期。

一声便跳下了河...(《报刊精选》1994)

(10)当祭司长和官吏带领差役根据叛徒犹大的示意,一拥而上抓住耶稣的时候,耶稣的一个门徒一刀砍掉了差役的耳朵...(《中国儿童百科全书》)

(11)忙了一整个夏天,每个人都曾经用小刷子刷掉过它的灰尘,现在看到这样的庞然大物出现在自己眼前,托卡西雅和学生们都欣喜得无以言喻。(龙枪《兄弟之战》)

“V+掉$_{1a}$”语义上述语和补语具有很强的相关性,补语为述语所表示动作行为产生的结果。如例(8)中补语“掉”是述语动作“拍”产生的结果。句法上,可以加“得/不”进行扩展,能够进入“因...而...”结构式,如例(9)中“脱掉”可以扩展为“脱得/不掉”,“因脱而掉”,述语和补语可以独立充当小句谓语,如例(10)中“门徒砍掉了差役的耳朵”可以变换为“门徒砍了差役的耳朵,差役的耳朵掉了”。可见,“V+掉$_{1a}$”是语法构式。

2.1.2“V+掉$_{1b}$”构式

在“V+掉$_{1b}$”中,“掉”表达“摆脱义”,所搭配动词与“掉$_{1a}$”一致,同样包括四类动词,后均接抽象名词作宾语。例如:

(12)在美好的2012年,扔掉烦恼,抛掉忧愁,开除霉运,放弃难过,聘用开心,拉着幸福,载着健康,爱着平安,还有幸福陪你到永远!(微博)

(13)这世间的真伪虚实,谁能说得清呢,没什么是可以推敲的,剥掉了浮华,下头总是千疮百孔...(微博)

(14)傅晚飞的插话切掉了本来轮到他说话的机会。(温瑞安《神医赖药儿》)

(15)为了求得祖国的彻底解放、洗掉母亲身上近百年来蒙受的屈辱,雨花台的山石草木,凝结着多少共产党人的碧血!(《人民日报》1993年11月份)

“V+掉$_{1b}$”构式补语语义同样为述语动作产生的结果,二者具有很强的相关性,如例(12)中表摆脱义的“掉”均为动作“扔”和“抛”产生的结果。句法方面,能够进行扩展,如例(12)中“扔掉烦恼”可以扩展为“扔得/不掉烦恼”、“因扔而掉”,但不能进行变换,如例(14)不可以变换为“*傅晚飞的插话切了他说话的机会,他说话的机会掉了”。可见,“V+掉$_{1b}$”构式典型程度虽不及“V+掉$_{1a}$”,但仍为语法构式。

2.2“V+掉$_2$”构式

“V+掉$_2$”构式根据“掉”搭配的动词类型,可将其分为构式“V+掉$_{2a}$”、构式“V+掉$_{2b}$”和构式“V+掉$_{2c}$”三个下属小类。

2.2.1“V+掉$_{2a}$”构式

在构式“V+掉$_{2a}$”,“掉”具体表现为“消失义”,所搭配动词均为强动作性、强致使性动词,具体为二价动作性及物动词,包括两类:一类为“毁坏”义动词,如“烧、毁、删、除”等,一类为“吃喝”义动词,如“吃、喝、吸、抽[烟]”等。例如:

(16)风水先生说,那里有官鬼发动,塘里的活鱼都无法挡煞了,当然不得不烧掉一些房子。(韩少功《马桥词典》)

(17)北京人去年喝掉4.6亿听可口可乐。(新华社2001年11月份报道)

语义方面,“V+掉$_{2a}$”述语和补语很难说二者具有语义相关性,如例(16)中“烧”和“掉”之间并无语义相关性。句法方面,“V+掉$_{2a}$”构式可以加“得/不”进行扩展,但不能进入“因...而...”结构式,如例(16)可以扩展为“烧得/不掉”,但不能扩展为“*因烧而掉”。述语和补语不能独立充当小句谓语,如例(17)不能变换为“*北京人去年喝了4.6亿听可口可乐,4.6亿听可口可乐掉了”。可见,构式“V+掉$_{2a}$”的典型程度与前两个构式相比进一步下降,不再是典型的语法构式,而是介于语法构式和修辞构式之间。

2.2.2“V+掉$_{2b}$”构式

“掉$_{2b}$”的语义为“离开”义,与其搭配的动词为强动作性动词,致使性下降,具体呈现为一价位移性动词,如“跑、走、溜、逃、飞”等。例如:

(18)所以是这样子的一个日子,她受不了就跑掉了。(《鲁豫有约》)

(19)如手中捉一只雀一样,抓紧了会捏死它,松了雀又飞掉了。(元音老人《佛法修正心要》)

“V+掉$_{2b}$”构式中的述语和补语很难说具有语义相关性,如例(18)中的“跑”和“掉”之间并无语义相关性。句法方面,可以加“得/不”进行扩展,不能进入“因...而...”结构式,而且不能进行变换,述语和补语独立充当小句谓语,如例(19)中“飞掉”可以扩展为“飞得/不掉”,但不能扩展为“? 因飞而掉”,不能变换为“? 松了雀又飞了,雀掉了”,变换之后意义发生了改变。因此,“V+掉$_{2b}$”构式的典型性已经大大降低,介于语法构式和修辞构式的连续统之间。

2.2.3“V+掉$_{2c}$”构式

“V+掉$_{2c}$”构式中,“掉$_{2c}$”具体表现为“消耗”义,与其搭配的动词动作性降低,为动作性、弱致使性动词,包括一价和二价非位移性动词,前者如“睡、躺、坐、站”等,后者如“等、问、谈、考”等。例如:

(20)可是我是真的不舒服,这一坐又不知要坐掉几个小时,我真的很累的。(蓝其《情逢敌手多暧昧》)

(21)整个早晨就在床上躺掉了。(琼瑶《海鸥飞处》)

构式"V+掉$_{2c}$"语义上述语和补语不具有语义关系,如例(20)中述语"坐"和补语"掉"之间并无语义相关性。语法上既不能加"得/不"进行扩展,也不能进入"因...而..."结构式,并且述语和补语不能独立使用进行变换,如例(21)中"躺倒"不能扩展为"＊躺得/不掉"、"＊因躺而掉",也不能变换为"＊整个早晨就在床上躺了,整个早晨掉了"。由此可见,"V+掉$_{2c}$"构式的典型性很低,为修辞构式。

2.3"V+掉$_{3}$"构式

根据"V+掉$_{3}$"中"掉$_{3}$"搭配述语的类型,可以将其分为"V+掉$_{3a}$"和"A+掉$_{3b}$"两类。下面,我们将对其具体情况进行探析。

2.3.1"V+掉$_{3a}$"构式

构式"V+掉$_{3a}$"中动词呈现为非自主一价动词,无致使性,包括"坍塌"义动词和"疯癫"义动词,前者如"塌、倒、垮、荒"等,后者如"疯、傻、呆、死"等,此时"掉$_{3a}$"的语义为"动作的完成"。例如:

(22)这次台风袭来时,村委会主任吴学冬刚把项玉香背出来,房子就塌掉了,新闻媒体对此作了报道。(新华社2004年8月新闻报道)

(23)郭老那苍哑的声音微微颤抖起来,"龙子坐在血泊里,搂住阿凤,疯掉了。"(白先勇《孽子》)

"V+掉$_{3a}$"构式中述语并无致使性,因而与补语不具有语义相关性,如例(22)中"掉"既不包含在"塌"的语义中,也不是其形成的结果。句法方面,构式"V+掉$_{3a}$"不能扩展和变换,如例(23)中"疯掉"既不能扩展为"＊疯得/不掉"、"＊因疯而掉",也不能变换为"＊龙子疯了,龙子掉了。"可见,构式"V+掉$_{3a}$"为修辞构式。

2.3.2"A+掉$_{3b}$"构式

"A+掉$_{3b}$"构式述语由性质形容词充当,无动作性、致使性可言,如"红、白、坏、腻、馊、臭"等,"掉$_{3b}$"具体呈现为"状态变化的完成"义。例如:

(24)我一路跟着去,却发现越来越害怕看到他们的背影,眼睛会不自觉的红掉。(微博)

(25)…到了魔都感觉好多了,两天不洗澡要臭掉了,赶紧找个澡堂冲一把…(微博)

构式“A+掉$_{3b}$”中述语不具有动作性和致使性,与补语无语义相关性可言。并且,不能进行扩展和变换,如例(25)中“臭掉”既无法扩展为“＊臭得/不掉”、“＊因臭而掉”,也无法变化成“＊两天不洗澡要臭了,要掉了”。可见,构式“A+掉$_{3b}$”为修辞构式。

2.4 构式的典型性情况

以上把“V+掉”构式群的成员分为“V+掉$_1$”、“V+掉$_2$”、“V+掉$_3$”三大类,“V+掉$_{1a}$”、“V+掉$_{1b}$”、“V+掉$_{2a}$”等七小类,并分别对其满足典型述补构式语义、语法特点的情况进行了分析,具体情况汇总如表1所示:

表1 “V+掉”构式群成员典型性情况

“V+掉”下属构式群	各下属构式群成员	述语类型	述补语是否具有语义相关性	能否加“得/不”扩展	能否进入“因…而…”结构式	能否进行变换
“V+掉$_1$”	“V+掉$_{1a}$”	强动作性、强致使性二价自主动词	+	+	+	+
	“V+掉$_{1b}$”	强动作性、强致使性二价自主动词	+	+	+	–
“V+掉$_2$”	“V+掉$_{2a}$”	强动作性、强致使性二价自主动词	–	+	–	–
	“V+掉$_{2b}$”	强动作性、弱致使性一价位移自主动词	–	+	–	–
	“V+掉$_{2c}$”	动作性、弱致使性一价和二价自主动词	–	–	–	–
“V+掉$_3$”	“V+掉$_{3a}$”	一价非自主动词	–	–	–	–
	“A+掉$_{3b}$”	性质形容词	–	–	–	–

三、"V+掉"构式群形成过程及作用机制

"V+掉"构式群的形成，则是多重互动的结果。至于互动的具体作用方式，则为压制(Coercion)。从构式内部来看，压制包括构式体对构件自上而下的压制、构件之间的平行压制以及构件对构式体自下而上的压制；从构式体外部来看，包括构式体对其他构式体或外部句法成分的外向压制以及其他构式体或句法成分对构式体的内向压制。并且，压制不仅仅局限于句法、语义、韵律、修辞等单一界面，还存在于各语义界面的接口，包含不同界面之间的互动①。在此基础上，我们根据搜集的语料对"V+掉"构式群的形成过程和作用机制展开探究。

3.1"V+$掉_1$"构式

3.1.1"V+$掉_{1a}$"构式

李平、梅祖麟、蒋绍愚、吴福祥等诸位先生认为，使动用法在上古时期被普遍使用，但到了魏晋南北朝时期则开始衰落，连动结构"V_1+V_2+O"逐渐演变为动补结构"V_1+V_2+O"②，"V+掉"作为其中的成员，也不例外。根据陈洪磊③以及我们搜集到的语料，"V+掉"述补结构出现于魏晋南北朝时期，至隋唐五代时期开始大量使用。例如：

(26)龙皮相排戛，翠羽更荡掉。(《全唐诗》)

但此时"V+掉"并非为述补结构，而为连动式，原因在于"V"和"掉"二者的位置可以互换。例如：

(27)掉荡云门发，蹁跹鹭羽振。(《全唐诗》)

根据搜集的语料，述补结构"V+掉"的形成不晚于元代，此时"V"和"掉"二者位置不能再互换，且二者之间不存在停顿，"掉"已成为"V"所表示动作行为产生的结果。例如：

(28)俺如今剔下了这骨和筋，割掉了这肉共脂。(萧德祥《杀狗劝夫》)

---

①施春宏：《"招聘"和"求职"：构式压制中的双向互动的合力机制》，《当代修辞学》，2014年第2期，第3—4页。

②梁银峰：《汉语动补结构的产生与演变》，上海：学林出版社，2006年，第125页。

③参见陈洪磊：《"V掉"的句法语义分析及"掉"的虚化探索》，上海：上海师范大学硕士学位论文，2009年。

可见,“V+掉$_{1a}$”构式是韵律和语义、语义和句法不同界面之间互动的结果。具体来说,古代汉语向现代汉语发展的过程中,词汇系统逐渐由单音节向双音节演变,原本为连动关系的“V+掉”在双音节化趋势的压制下,二者的意义发生融合,导致“掉”的意义动作性降低,逐渐向表示动作“V”的结果演变。而语义地位的降低,又对其语法地位形成压制,导致“掉”不再与前动词句法地位平等,而是处于一种次要地位。在此基础上,“V+掉”便由连动式转变为述补式。至于作用机制,则为重新分析。在整个演变的过程中,“V+掉”的外部形式并未发生改变,改变的是内部的结构关系,这与重新分析只改变句法结构的深层结构,不造成表层形式变化的作用特征一致,所以作用机制为重新分析。

3.1.2“V+掉$_{1b}$”构式

当“V+掉$_{1a}$”构式后接宾语的语义类型得到扩展,由只能与具体名词搭配发展为可以后接抽象名词宾语,便形成了“V+掉$_{1b}$”构式。在搜集的语料中,这一现象最迟出现于元末明初。例如:

(29)兀的不取次弃舍,等闲抛掉,因而零落!(《元戏曲·倩女幽魂》)

(30)则从买了扬州奴的住宅,付与他钱钞,他那里去做什么买卖,多咱又被那两个光棍弄掉了。(秦简夫《东堂老》)

由此可见,“V+掉$_{1b}$”构式为外部句法成分和构式体、构式体与构件以及空间域和抽象域之间多重互动的结果。具体来说,当构式“V+掉$_{1a}$”后接抽象名词宾语时,其“因动作行为V致使受动者形成位移,造成脱落”的构式义无法与抽象名词搭配,便在抽象名词宾语的压制下,由空间域扩展至抽象域,虚化为“动作行为V致使施事摆脱受事的缠累”义,而构式义又对“掉”的语义实施压制,促使其语义发生虚化,扩展为“摆脱”义。隐喻机制在这一过程中起到了重要的作用,“烦恼、忧愁”等抽象名词宾语与“帽子、杯子”等具体名词宾语之间具有大的相似性,具体名词宾语具有“可以触摸、可以在外力作用下形成位移”的特点,抽象名词宾语拥有“可以感知、可在外力作用下调整改变”的特征,二者之间的相似性为隐喻机制的作用提供了基础,从而能够实现“掉”由空间域到抽象域的映射扩展,实现语义的虚化。

3.2“V+掉$_{2}$”构式

3.2.1“V+掉$_{2a}$”构式

在构式“V+掉$_{1b}$”中,当其所搭配动词的语义类型进一步扩展,一些非手部动作类动词也能够进入构式当中,如“烧、除、吃、用”等。而随着能够搭配动词语义类型的扩展,促使“掉”的语义进一步虚化，引申出“消失”义，便形成了“V+掉$_{2a}$”构式。在找到的语料中，这一现象的产生不晚于明朝。例如：

(31)妈妈道：“借与人家钱钞，多是幼年到今，积攒下的家私，如何把这些文书烧掉了？”（凌濛初《初刻拍案惊奇》）

(32)留连半年，方才别去，也用掉若干银两，心里还是歉然的。（凌濛初《二刻拍案惊奇》）

可以发现，“V+掉$_{2a}$”构式形成于构件之间的多重互动，“掉$_{1b}$”语义的虚化对动词“V”形成压制，促使其语义类型扩展，而其反过来又对“掉$_{1b}$”的语义产生压制，促使“掉$_{1b}$”进一步虚化，构式“V+掉$_{2a}$”便应运而生。相应的作用机制则为转喻机制。事物的消失对被其纠缠的事物来说是一种解脱的重要方式，而对某种事物的解脱并不只局限于使其消失这一种方法，可见“消失”是“摆脱”方式中的一种，从“V+掉$_{1b}$”构式扩展到“V+掉$_{2a}$”构式是由整体到部分转喻的结果。

3.2.2“V+掉$_{2b}$”构式

随着进入“V+掉$_{2a}$”构式的动词进一步扩展，一些致使性不强的一价位移性自主如“走、跑、溜”等进入到构式中，在此基础上“掉$_{2a}$”的语义也进一步虚化，产生“离开”义即“掉$_{2b}$”，“V+掉$_{2b}$”构式至此便形成。搜集的语料显示，“V+掉$_{2b}$”构式的形成不晚于明朝。例如：

(33)我若怕你送官，也不自己跑到你家来了，难道我既然来了，又肯跑掉了么？”（张春帆《九尾龟》）

(34)素臣只做不听见，洋洋的走掉了。（夏静渠《野叟曝言》）

所以，“V+掉$_{2b}$”构式形成于构件之间的多重互动。“掉$_{2a}$”语义的虚化，动作性的减弱，对“V”形成压制，促使一些致使性不强的动词也能够进入到构式中，导致构式语义容量进一步扩大。而所搭配动词语义类型的进一步扩展，又反过来对“掉$_{2a}$”再次形成压制，促使其语义进一步虚化为“离开”，便产生了构式“V+掉$_{2b}$”。至于作用机制，则为隐喻机制。“消失”是一个由存在到不存在的过程，“离开”是由近到远的过程，二者之间具有很强的相似性，为隐喻机制的作用提供了基础。

3.2.3“V+掉$_{2c}$”构式

“V+掉$_{2a}$”构式在使用的过程中，为了表达某种特殊意义或者达到某种表达效果，某个或某几个原本无法进入的动词如“坐”临时进入到构式中,这是一种偶发的、即兴的临时现象。根据刘大为①,当人们对这种临时形式反复使用,它的性质便在重复使用中发生变化,这一动词便接受了构式的构式义。并且,虽然临时形式是偶发的,但是同样受到语言结构规则的制约,在不断使用的过程中,与“坐”意义相近的一些词如“躺、睡、趴”等也能够进入该构式,形成相同的构式义,临时形式便具有了能产性。重复使用的不再是某个具体实体,而是一个结构框架,在此基础上,构式“V+掉$_{2c}$”形成。在搜集的语料中,该构式在现当代汉语中才开始出现,主要出现在文学作品和网络语言中,例如:

(35)一个夜晚,差不多就被三个女人给坐掉了。(海飞《我叫陈美丽》)

(36)星期六就这样睡掉了,明天不能这么睡了,光都没见着。(微博)

至于“V+掉$_{2c}$”构式的产生,则是语法界面和修辞界面、构式组构成分之间互动的结果。具体来说,为了达到某种特殊的表达效果,修辞界面对语法界面进行压制,一些原本无法进入构式体的弱致使性动词如“坐、躺”得以进入该结构式,并且随着使用频率的增加,语义相近的一类动词如“踢、趴”等也进入到构式中,而动词语义类型的扩展,又对“掉$_{2b}$”的语义形成压制,促使语义进一步虚化,形成表“消耗义”的“掉$_{2c}$”,便产生了“V+掉$_{2c}$”构式。

在这一过程中,起主要作用的为类推机制。类推又称类比,作用方式为人们对某个规则或者模式的归纳概括,并在此基础上帮助人们在所熟知词库的基础上创造出新的结构形式,在原型的基础上扩展出非常规结构式②。在类推机制的作用下,人们仿照“烧掉、用掉”等原型模式,仿造出“坐掉、躺掉”等新形式,这是“V+掉$_{2c}$”构式产生过程中至关重要的一步。并且进一步运用类推机制,将与“坐、躺”相近的一类动词也填充到框架中,极大提高了构式的能产性。可见,在这一过程中,运用了两次类推。

3.3“V+掉$_3$”构式

3.3.1“V+掉$_{3a}$”构式

“V+掉$_{2b}$”构式作用于空间域,表达受动者在自身作用力的作用下形成位移,从而达到离开的结果。当在隐喻机制的作用下,由空间域扩展至时间域,构式语义整体抽象化,对“掉$_{2c}$”的语义形成压制,引申出“动作完成”义,即“掉$_{3a}$”。在此基础上,一些完全没有致使性的一价非自主动词如“塌、倒、疯、死、忘”等进入到构式中,实现了述语语义类型的

①参见刘大为:《从语法构式到修辞构式(下)》,《当代修辞学》,2010年第4期。

②张金忠:《语言的类推机制与俄语教学》,《黑龙江高教研究》,2008年第3期,第161页。

又一扩展，便形成了“V+掉$_{3a}$”构式。搜集的语料显示，这一形式最迟出现于明末清初。例如：

(37) 圆智听着，才知顺治皇帝原来弃位来此，并没死掉，不觉惊得手足无措。(《顺治出家》)

(38) 明年这日，就是你夫妇出身建功的第一日，切记不可忘掉。(《续济公传(下)》)

显然，空间域和时间域之间、构式体和构件之间以及组构成分之间的互动，最终形成了“V+掉$_{3a}$”构式。首先，时间域在隐喻机制作用下，对空间域产生压制，促使构式“V+掉$_{2c}$”构式语义抽象化，而构式语义的虚化又对“掉$_{2c}$”的语义构成压制，引申为表动作完成义的“掉$_{3c}$”，虚化后的“掉$_{3c}$”对前搭配动词产生压制，一些无致使性的一价非自主动词得以进入构式，便形成了“V+掉$_{3a}$”构式。

3.3.2“A+掉$_{3b}$”构式

构式“V+掉$_{3a}$”中“掉$_{3a}$”的语义指向动词本身，表示动作行为的完成，作用于时间域。而当“V+掉$_{3a}$”构式在隐喻机制的作用下，进一步由时间域扩展至状态域，便产生了“A+掉$_{3b}$”构式。在搜集的语料中，这一形式均出现在现当代汉语中。例如：

(39) 可是，现在那个石盖因为不明原因而破掉了，我们最好小心一点。(《魔戒》)

(40) 沈溪儿逗雨翔玩了一会儿，腻掉了，把信一扔说：“你可不要打她的主意噢！”(韩寒《三重门》)

至于“A+掉$_{3b}$”构式的形成，则为时间域和状态域之间、构式体和构件之间以及组构成分之间互动的产物。具体来说，状态域对时间域的压制，导致“V+掉$_{3a}$”的语义进一步虚化，而其语义的虚化又对“掉$_{3a}$”的语义施压，压制其虚化为“表示状态变化的完成”义，即“掉$_{3b}$”。经引申形成的“掉$_{3b}$”对其所搭配的述语产生压制，一些性质形容词得以进入到构式中，便产生了构式“A+掉$_{3b}$”。

四、结论

通过上述研究，可将“V+掉”构式群的扩展过程概括如下，具体情况如图1所示：

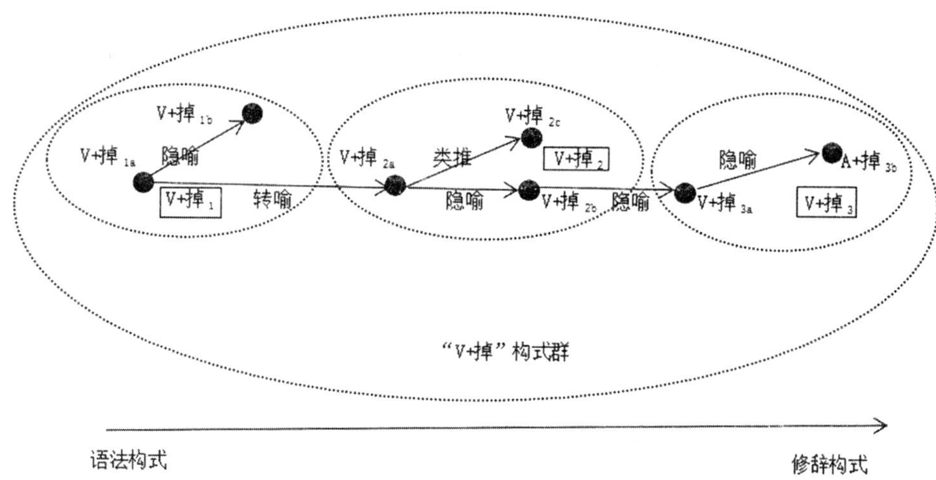

图 1 “V+掉”构式群扩展过程及作用机制

图 1 显示,“V+掉”构式群包括“V+掉$_1$”、“V+掉$_2$”和“V+掉$_3$”三个下属构式群,各下属构式群又包含各下属构式。

其中,下属构式群“V+掉$_1$”包含构式“V+掉$_{1a}$”和构式“V+掉$_{1b}$”2 个成员,“V+掉$_{1a}$”构式产生于韵律和语义、语义和句法不同界面之间的互动,作用机制为重新分析;该构式又在隐喻机制的作用下,扩展出“V+掉$_{1b}$”构式,这是外部句法成分和构式体、构式体与构件以及空间域和抽象域之间多重互动的结果。“V+掉$_2$”下属构式群由 3 个成员组成,其中“V+掉$_{2a}$”构式为“V+掉$_{1b}$”构式在转喻机制的作用下扩展而成,为构件之间多重互动的产物;该构式在隐喻机制的作用下进一步扩展出构式“V+掉$_{2b}$”,同样为组构成分之间互动的结果;在语法和修辞界面、构式组构成分之间互动下形成“V+掉$_{2c}$”构式,类推为作用机制。“V+掉$_3$”下属构式群包括 2 个下属构式,其中构式“V+掉$_{3a}$”在隐喻机制的作用下由“V+掉$_{2b}$”扩展而来,为空间域和时间域之间、构式体和构件之间以及组构成分之间多重互动的结果;当“V+掉$_{3a}$”构式在隐喻机制的作用下进一步扩展,便形成了“A+掉$_{3b}$”构式,这是时间域和状态域之间、构式体和构件之间以及组构成分之间互动的产物。至此,“V+掉”构式群便已形成。

在这一过程中,完成了“V+掉”构式由语法构式到修辞构式的扩展。具体来说,“V+掉$_1$”构式群成员均为语法构式,“V+掉$_3$”构式群成员均为修辞构式,而“V+掉$_2$”构式群成员则介于语法构式和修辞构式之间。由“V+掉$_1$”到“V+掉$_2$”再到“V+掉$_3$”,这一过程处于动态的连续统之中。

参考文献

巴丹:《"极小量+也/都+VP"否定构式辨析》,《励耘语言学刊》,2017 年第 2 辑。
曹晋:《"V 掉"的语法化》,《黔南民族师范学院学报》,2009 年第 2 期。
刘焱:《"V 掉"的语义类型与"掉"的虚化》,《中国语文》,2007 年第 2 期。
朴奎荣:《谈"V 掉"中"掉"的意义》,《汉语学习》, 2000 年第 5 期。
王丹荣:《"V 掉"的意义虚化与"掉"的虚化机制,《文史天地》,2014 第 10 期。
徐时仪:《"掉"的词义衍变递擅探微》,《语言研究》,2007 年第 4 期。
吴春相:《现代汉语"数+量+形"结构的机制和动因》,《当代修辞学》,2015 年第 1 期。
周磊磊:《"V 掉"的语法意义及其他》,《六安师专学报》,1999 年第 1 期。
宗守云:《说主观游移量构式"V+上+数量结构"》,《当代修辞学》,2016 年第 1 期。
Goldberg, Adele E. *Constructions: A Construction Grammar Approach to Argument Structure*. Chicago: University of Chicago Press, 1995.

A Study on Evolution of *V+Diao* Construction Group

——From Grammatical Constructions to Rhetorical Constructions

Wang Liansheng　Wu Chunxiang

(Shanghai University of Finance and Economics; Shanghai International Studies University)

Abstract: This paper reckons that that construction group *V+Diao*(掉) is compromised of three components, which also have respectively some members. As a prototype category, its members have differences in typicality, including grammatical constructions and rhetorical constructions. Based on the semantic and grammatical features of typical predicate-complement structures, this paper analyses the typicality degree of every member. If a member's typicality degree is high, it is a grammatical construction. If not, it is a rhetorical construction. This paper also studies the forming process of construction group *V+Diao*(掉), finds that it is the result of multiple interaction between construction and its components, between construction and external syntactic components, between different interfaces, between different cognitive domains. And the relevant mechanisms are analogy, reanalysis, metaphor and metonymy.

Key words: construction group *V+Diao*; grammatical constructions; rhetorical constructions; multiple interaction; mechanisms

论委婉程度构式“有点(儿)小X”*

朱　磊

(台州学院人文学院)

提要:在构式“有点(儿)小X”中,X是陈述性成分,“小”具有程度副词性。构式的表义功能有三个,分别是委婉作用的强化、规约认识的偏离和亲昵情态的凸显。构式是由相关动宾结构和偏正结构的类推,以及指称性的谓词X还原为无标记的陈述性用法导致的。由于词语究竟是陈述性用法还是指称性用法,并没有确切的形式标准,所以“小”还未能完成重新分析。构式形成后,它在非正规语体中不断巩固了自己的地位,并且还会向正规语体渗透。

关键词:“有点(儿)小X”构式;陈述性;委婉作用;亲昵情态

现代汉语中“有点(儿)小X”可以是动宾短语,如“有点(儿)小事”“有点(儿)小矛盾”,其中的“有点”是动词和量词的组合;“有点(儿)”也可以是程度副词,诸如“有点(儿)高兴”“有点(儿)沮丧”等①。但是,当前的语言生活中,程度副词“有点(儿)”也可以修饰谓词性的“小X”,诸如“有点小高兴”“有点小沮丧”等,这种结构的内部成分以及结构的表义功能有诸多特殊性,我们可将这种性质的“有点(儿)小X”视为一种构式。

目前学界对于这种构式有了一定的研究,对其内部构成,陈一认为构成X的成分可

---

*本文为国家社会科学基金项目“程度副词的生成、演化及其当代功能扩展的新趋势研究”(15BYY131)的阶段性成果。本文在写作和修改过程中,导师张谊生教授以及匿名审稿专家提出了宝贵修改意见,谨此致谢。

①关于两个同形“有点(儿)”的一系列区别,可以参看李宇明:《说“有点”》,《学汉语》,1995年第4期,载于 李宇明:《汉语量范畴研究》,武汉:华中师范大学出版社,2000年,第425页。

以概括为情状、变化两大类,“小”加在情状类词语前表示“量级不高”,加在变化类动词前表示“幅度不大”①。认为该构式“主要语义特征是表小表轻,它的语用效果是使话语风格轻松活泼,使表达更加委婉”②。王倩也剖析了陈述性“小 X”的相关演化动因和机制③。不过,当前对于构式“有点(儿)小 X”还缺少一个全面的句法和语义分析。

本文着重分析新兴构式“有点(儿)小 X”的句法、语义特点,及其形成和发展。文中的例句主要来自北京语言大学语料库中心(BCC)中的微博语料,和北京大学中国语言学研究中心现代汉语语料库(CCL)以及人民网和其他网络资源,均标明了出处,部分语句略有删改,没有出处的例句均为自拟。

一、构式的句法特性

在构式“有点(儿)小 X”中,“有点(儿)”的程度副词的性质是相对明确的,但是对于其中的“小”和 X 的性质,却存在一定的模糊性。

1.1 X 的谓词性和陈述性

构式“有点(儿)小 X”中的 X 是谓词性成分,或者是陈述性的体词性成分。具体来说,主要有以下三大类别:

第一,形容词性成分。形容词性成分大部分是性质形容词,又因为构式“有点(儿)小 X”在口语中流行,所以充当 X 的有很多是单音节性质形容词。例如:

(1)这家店服务很好,我虽然人住西大附近,但是找了有点小久,看了简介还以为在健身房那边,打了电话才知道具体在哪。(《任性吧饮品的点评》大众点评网 2015-07-30)

(2)她回到新家,发现老公并不在家,屋子里有点小乱,她就主动收拾起来。(《男子一月内与两女子分办喜宴 新娘要求分割婚房》人民网 2012-12-11)

(3)我有点小冷的时候去的,带着小孩,那天还有点下雨,所以都不敢在露天的池子里泡。(《汤山颐尚温泉度假村的点评》大众点评网 2016-03-26)

(4)可是谁又知道,你的内心是多么的脆弱!有点小拽的你,同时也很可爱,很

①陈一:《说“有点小(不)A/V”》,《中国语文》,2014 年第 2 期,第 159 页。

②田颖:《“有点小 + X”构式浅析》,《常州工学院学报》,2015 年第 4 期,第 87 页。

③王倩:《现代汉语新兴流行构式“小+谓词性 X”流行动因研究》,《中国语文》,2017 年第 3 期,第 148—160 页。

理性。(微博语料BCC)

例(1)、例(2)中充当构式“有点(儿)小X”中X的是性质形容词“久”和“乱”。其中,“有点小久”作句子的补语,“找了有点小久”是一个动补结构;“有点小乱”作句子的谓语,是对“屋子”的陈述,它们都充当句子成分。例(3)、例(4)中构式“有点(儿)小X”中的X是“冷”和“拽”,其中的“拽”就有很强的口语性。“有点小冷”作“时候”的定语,“有点小拽”作“你”的定语,它们都充当句法成分。

不仅是单音节的性质形容词,双音节性质形容词同样可以广泛地进入该构式。例如:

(5)准备开始吃午饭啦,今天培训最后一天,午饭有点小丰富。小伙伴给我外面打了一份,还食堂打了两份,他们都吃撑了,叫我消灭它们。(百度贴吧2013-08-26)

(6)送张电影票,四点的《大闹天竺》,不想看了,全程感觉是在逗笑。挺喜欢王宝强 之前的《囧途》挺不错,但是电影有点小失望。(百度贴吧2017-01-30)

例(5)、例(6)中充当X的是双音节性质形容词“丰富”和“失望”。“有点小丰富”和“有点小失望”都作句子的谓语,充当句子成分,分别对句子的主语“午饭”和“电影”进行相应的陈述。同单音节的形容词一样,双音节的形容词进入该构式后,构式也可以充当句法成分。例如:

(7)张韶涵为该剧演唱的片尾曲《遗失的美好》也开始广为流传。剧里那个为了梦想无限努力、从不轻易放弃还有点小倔强的天边和张韶涵本人也略有相似。(《亲人背叛、公司雪藏,张韶涵这些年受的苦都用歌声赢回来了!》人民网2016-06-29)

(8)有点小激动地说不幸福的女人最大的不幸就是:太看重别人怎么看自己。(微博语料BCC)

例(7)和例(8)中的X是“倔强”和“激动”。其中,“有点小倔强”作“天边”(人名)的定语,“有点小激动”作相关言说行为的状语,它们都属于句法成分。

可以看出,性质形容词能够比较自由地进入构式“有点(儿)小X”之中,由它们参与的构式的句法功能也比较自由,甚至可以作从句中的相关成分。例如:

(9)我是内心有点小哀伤的姑娘。(微博语料BCC)

(10)黄征一开始表示导演原本安排了玉帝和观音有点小暧昧的戏码,但后来被剪掉了。(《韩庚:电影最令人感动的是"大话西游"这四个字》人民网 2016-09-20)

例(9)中"姑娘"的定语是定语从句"内心有点小哀伤","有点小哀伤"作定语从句中的谓语。例(10)中的定语从句是"玉帝和观音有点小暧昧","有点小暧昧"是句中谓语。

除了性质形容词,其他一些原本在正规语体中难以与程度副词搭配的非量性形容词和状态形容词类别也可以进入该构式。例如:

(11)淘宝上卖的正品 vans 是不是有点小假?(百度知道 2014-06-25)

(12)今天有点小冰凉,唉,其实总是有事做也不好。(百度贴吧 2011-12-06)

例(11)中"假"进入了构式形成了"有点小假",作句子的谓语。随着语言的发展以及相关的研究分析,诸如"假"这样的绝对性质形容词也可以受程度副词的修饰①,所以它也有进入构式"有点(儿)小 X"的资格。例(12)也是同样的道理,"冰凉"是状态形容词,随着状态形容词被程度副词修饰的现象的渐趋普遍,"冰凉"等状态形容词根据表达需要进入该构式也成为了可能。

第二,动词性成分。心理动词能够被程度副词修饰,自然进入构式"有点(儿)小 X"中的动词主要是心理动词,或者心理动词构成的动宾短语。例如:

(13)房子买在了龙湖镇,心里有点小后悔。(大豫社区 2015-11-14)

(14)这么低,我有点小担心,会不会"走光"。(欧卡改装网 2016-10-17)

(15)琢磨着,书大约明天可以送到……有点小后悔买那么多,现在已经不想看了。(微博语料 BCC)

(16)刚刚撞到头了,"崩"的一下好痛,有点小担心我会不会变笨,本来就不怎么聪明了。(微博语料 BCC)

例(13)、例(14)的 X 是心理动词"后悔"和"担心";例(15)、例(16)中的 X 都是由"后悔"和"担心"构成的动宾短语,其中例(15)的"买那么多"作"后悔"的宾语,例(16)中作"担心"宾语的是"我会不会变笨"。

除了常见的心理动词及心理动词短语之外,那些具有可度量性的动词及其动宾短语也可以进入该构式。例如:

①聂志平、田祥胜:《程度副词修饰"真"、"假"及其理论阐释》,《汉语学习》,2012 年第 6 期,第 40 页。

(17)最近看《甄嬛传》有点小入戏就写了个小段子:一怒一笑皆因她,一沉一浮皆因情……(微博语料 BCC)

(18)你好,我最近有点小反胃,也不算恶心,请问这是为什么?(有问必答网 2013-12-10)

(19)看着爸爸和女儿一起走心里暖暖的,也有点小吃醋。(宝宝知道网 2015-12-20)

(20)弟弟还是有点小像王力宏哦!羡慕吧!街上挽着他逛街特有虚荣。(微博语料 BCC)

其中,例(17)—例(19)中的X分别是"入戏""反胃""吃醋",它们都是动词①,这些动词所反映的动作都存在一个实现程度的问题,入戏有浅有深,反胃有轻微、严重之别,吃醋也有心理上的不同程度反映,所以它们都可以被程度副词所度量,因此可以进入构式"有点(儿)小X"。而例(20)中的X"像王力宏"是动宾短语,像不像某个人也存在一个程度的问题,所以由"像"构成的动宾短语也可以进入该构式。

第三,性状化的名词性成分。当前语言生活中许多名词都能够被程度副词修饰,这些名词自然也可以进入构式"有点(儿)小X"当中。例如:

(21)今天有点小悲剧,求解答!早上出去回来的时候,一个小弯,方向没打足,右前胎硌花台牙子上了,下来后一看,胎面被硌破俩块皮,……高速时会不会非常容易爆胎啊,要更换么?(爱卡汽车俱乐部网 2011-04-09)

(22)邢佳栋坦言,他在这个"转型"中,努力找到自己和"骗子"的共同点,"比如我俩都比较正直、勇敢,都是有点小智慧的人。(《邢佳栋新片转型当"骗子" 称与角色有共同点》人民网 2013-10-10)

例(21)中的X是"悲剧","有点小悲剧"作谓语,充当句子成分;例(22)的X是"智慧","有点小智慧"作"人"的定语,充当句法成分。

值得注意的是,尽管各种类别的名词性成分只要具有性状化的语义特征就都有被程度副词修饰的可能,但是抽象名词进入该构式具有更强的适应性。在上述两例中,"智慧"当然是抽象名词,而"悲剧"这里表现的是其隐喻义,指"悲惨的境遇",也具有抽象性。如果是具体名词,尽管它们当中很多都蕴含性状义,但是由于"小"的特殊性(详见下

①这里的"吃醋"不是动宾短语,而是表示"嫉妒"之义的动词。

文),当“有点(儿)小+具体名词”组合充当句法成分时,可能会导致构式具有歧义。例如:

(23)颜色温暖的围巾,很衬肤色。毛球是真兔毛的,有点小女孩的可爱。(微博语料 BCC)

(23’)毛球是真兔毛的,很女孩的可爱。

(23”)毛球是真兔毛的,有了一点小女孩的可爱。

在例(23)中,“有点小女孩”作“可爱”的定语,这里的“女孩”可以认为是性状化的名词①,如例(23’)所示;也可以认为是普通名词的常规用法,如例(23”)所示。

所以,能够进入构式“有点(儿)小X”中的词语都是陈述性成分,其中典型成分是谓词性词语,也包括性状化了的,具有陈述性的名词性成分。

1.2“小”的程度副词性

尽管有的研究者认为构式中的“小”是程度副词②,但是在很多情况下,通过一定的手段“小”又可以展现出形容词的一些性质。比如在“小”和X之间能够插入“的”:

(24)最近有点小失落,本来我想去我们这里的保险公司去忽悠个媳妇,谁知过去混了一个月,被他们忽悠着买了一份保险回来了。(天涯论坛 2014-08-15)

(24’)最近有点小的失落,本来我想去我们这里的保险公司去忽悠个媳妇,谁知过去混了一个月,被他们忽悠着买了一份保险回来了。

(25)尽管与3G的资费标准相比,一个月100元2GB并不离谱,但要考虑到,4G时代的网速比3G要更加流畅,它必然催生更多的耗流量应用,如果要在4G时代把手机玩得爽,恐怕还真有点小奢侈。(《当4G真的来了,或许你又会失望》人民网 2013-11-26)

(25’)尽管与3G的资费标准相比,……如果要在4G时代把手机玩得爽,恐怕还真有点小的奢侈。

例(24)和例(25)中的“失落”和“奢侈”都是谓词性成分,但是由于谓词性成分也有指称化的用法,特别是当“小”和X之间插入“的”以后,其指称性就显现了。既然能够存

①在当前语言生活中,“女孩”也能够性状化,被程度副词修饰,比如“爱上才明白,这样真的很女孩。”(搜狐网 2016-08-31)

②张国艳:《程度副词“小”正流行》,《编辑之友》,2011年第9期,第83页。

在"有点(儿)小的X",那么我们就有理由认为某些"有点(儿)小X"是"的"省略的结果,那么这时"小"就倾向于判断为形容词,X是指称性用法。这样,构式就与普通的动宾短语"有点(儿)小X"之间存在模糊性。

在现实的语料中,有很多谓词性成分指称化后被"小"或者它的重叠形式"小小"所修饰,这更加证明了构式内部句法关系的模糊性。例如:

(26)他们展现了完美的艺术表现,难度标准也没有往下降。虽然在名次上有点小的遗憾,我觉得应该说是很辉煌了。(《肖天:精英、普及应并行申奥劲敌是挪威》人民网 2014-02-23)

(27)他三言两语地介绍自己目前所经营的项目,有点小小的得意,但还努力克制着,时不时自嘲道,对您来说,我这就是小生意了。(《同学一场》人民网 2016-07-05)

当然,对于构式"有点(儿)小X"来说,并不是所有的情况下都能插入"的"而使X指称化。首先,当X是单音节词时,"的"插入就显得不自然。例如:

(28)啦啦啦,心情好像在看到自己之前写的随笔好变得有点小好了。嘿嘿,之前还表示有很大的失落以为不会再发表,结果有些出乎意料啦。(豆瓣网 2015-04-18)

(28')?心情好像在看到自己之前写的随笔好变得有点小的好了。

(29)一家港式茶餐厅,工作日下班后生意感觉也比较清淡。男朋友高估了自己的食量,感觉点的有点小多。(《大咀港式茶餐厅的点评》大众点评网 2016-10-23)

(29')?男朋友高估了自己的食量,感觉点的有点小的多。

(30)平心而论,是不是长得有点小帅的男生比较受欢迎?(虎扑体育网 2016-04-21)

(30')?平心而论,是不是长得有点小的帅的男生比较受欢迎?

(31)安远路点的装饰和氛围有点小嗨,很热闹;这里的装饰风格就比较居酒屋行,可以安静的小酌,服务员也总体很养眼。(《大馥炭火烧肉屋的点评》大众点评网 2016-08-19)

(31')?安远路点的装饰和氛围有点小的嗨,很热闹。

口语中单音节词占有很大的比重,当X为单音节词时,"有点(儿)小X"的构式特性更加显著,这也表明构式"有点(儿)小X"还是口语性为主。

其次,当 X 为动宾短语时,“的”也不易插入“小”和 X 之间。例如:

(32)老是给我推荐些萧敬腾的歌,搞得我有点小喜欢他的歌。(微博语料 BCC)

(32')? 老是给我推荐些萧敬腾的歌,搞得我有点小的喜欢他的歌。

(33)突然有点小怀念那时每天在家无所事事的日子。(微博语料 BCC)

(33')? 突然有点小的怀念那时每天在家无所事事的日子。

如上述例句所示,当 X 为动宾结构时,“的”的插入就不容易实现。因为动宾结构比起单独的形容词、动词来说,其陈述性更强,难以将其指称化。

这样,“小”的性质虽然具有一定的模糊性,因为存在“小”与 X 之间无法插入“的”的情况,表明其具有黏着性,还是倾向于具有一定的程度副词的性质。王倩在探讨“小+谓词性 X”格式时,也认为“小”处在进一步的虚化过程中①。季薇对十本(篇)收录程度副词的研究资料进行了相应的统计,没有发现“小”被归为程度副词的情况②,这也从侧面印证了“小”的程度副词身份并未完全确立。

二、表义功能

结合前一节对构式“有点(儿)小 X”中相应成分的分析,X 不管是形容词性成分、动词性成分,还是某些名词性成分,都含有性状因素;而“小”则具有程度副词的倾向。这样,与含有性状因素的“小 X”搭配的“有点(儿)”只能是程度副词。据此,我们认为构式“有点(儿)小 X”是偏正结构,其构式义是对某种性状和动作的程度量所作的具有交互主观性的委婉表述。结合具体的事例来说,这种具有交互主观性的委婉表述具有三个表义功能,分别是委婉作用的强化、规约认识的偏离和亲昵情态的凸显。

2.1 委婉作用的强化

程度副词“有点(儿)”与谓词性成分组合后有委婉的用法,比如现实当中一个人很

①王倩:《现代汉语增量与减量构式研究》,吉林大学博士学位论文,2012 年,第 87 页。

②材料分别为《普通话三千常用词表》、《现代汉语八百词》、《现代汉语虚词词典》(侯学超)、《现代汉语虚词词典》(张斌)、《现代汉语虚词词典》(王自强)、《现代汉语常用虚词词典》(曲师大)、《现代汉语副词分类实用词典》、《现代汉语副词研究》(张谊生)、《现代汉语副词次类及其特征描写》(杨荣祥)、《现代汉语副词研究》(李泉)。参见季薇:《现代汉语程度副词研究》,北京:光明日报出版社,2011 年,第 33—38 页。

紧张,而人们则会将其表述为“他有点紧张”。原因在于程度副词“有点(儿)”具有减量标记的功能,它既可以减弱客观世界的程度量,也可以减弱主观世界的程度量①。语法化具有单向性(unidirectionality)的倾向,语言成分会由较少的主观性演化为较多的主观性。② 程度副词“有点(儿)”的主观性减量用法会随着语言成分自身的发展而逐渐增强,这样它就削弱了与客观世界的程度量的联系。因而,从接受者的角度来说,由于这种主观减量缺少了相应客观基础,“有点(儿)X”传达信息的有效性将会减弱。

根据这种情况,人们需要在谓词性X之前增添相应的程度词③,向接受者表明其客观程度量处在低值,而构式“有点(儿)小X”就能满足这一要求,体现了“交互主观性”(intersubjectivity)。这种在原程度副词的相关作用削弱的情况下,增添一个拥有程度性的成分以加强相关语义作用的情况,就是刘丹青所指出的“强化(reinforcement)”④。例如:

(34)今晚拎着个水壶去洗澡,打好水放在那儿,洗完澡回来发现找不到水壶了,……所以拎了个差不多的壶打了水回来了,发现原来壶上有宿舍号,良心有点小不安。(招教论坛2011-06-29)

(35)一只叫淘淘的小猴子在树间跳跃玩耍,无忧无虑,但又似乎因为“二胎”失去家里的宠爱,有点小失落。(《〈我们诞生在中国〉终极预告曝光 三大国宝萌萌哒!》人民网2016-07-29)

(36)如今体重增加了30斤的她却不再担心,虽然有时有点小郁闷,但是即将做母亲的期待和喜悦战胜了一切。(《何洁:坚持顺产 一定要母乳喂养》人民网2014-03-25)

(37)感觉婆婆今天让我有点小伤心,明明健爸爸跟她说楼上有新的奶粉,但她却说没有!(健儿宝贝的博客2010-07-23)

在例(34)—例(37)中,如果使用“有点不安”“有点失落”“有点郁闷”和“有点伤心”等表述,可能无法在接受者中产生足够的委婉作用。所以,相关词语进入构式“有点(儿)小X”当中,在“有点(儿)”和“小”的双重作用下,使委婉作用得到强化。

---

①王倩:《“有点+太+A”构式的量——兼论“有点”计量层次的迁移》,《世界汉语教学》,2013年第3期,第377页。

②吴福祥:《关于语法化的单向性问题》,《当代语言学》,2003年第4期,第308页。

③因为“小”的程度副词的身份尚未真正确立,所以我们可以将相关特征的词称为“程度词”。

④刘丹青:《语法化中的更新、强化与叠加》,《语言研究》,2001年第2期,第73页。

当X为动词性成分时,同样可以拥有强化委婉的功能。例如:

(38)昨天去看的手机今天去买了。米2S,原价是1680,便宜了200。我爸非要掏钱我说什么也没让,老公掏钱的一刹那还是有点小心疼。(播种网论坛2014-04-05)

(39)有一次和母亲说话,却无意间听到父亲在咳嗽不止,当时有些担忧,问怎么了,他们再次说"没事,有点小咳嗽,过几天就好了"。(《追梦路上有你的支持》人民网2013-05-09)

一般认为,与"有点(儿)"搭配的谓词性成分多为中性和消极语义倾向,《现代汉语八百词》指出"有点(儿)"多用于不如意的事情①。但对构式"有点小X"来说,其谓词性成分相对自由,既可以是积极义,也可以是消极义②。以下各例都是积极语义倾向的谓词性成分:

(40)昨天家里新买的大鱼缸,来了送货的夫妻两个,安装很热情,穿戴甚至有点小华贵,玉石首饰都不是便宜货。(沈阳妈妈网2012-09-26)

(41)想到午餐虽然让人有点儿小兴奋,但不管中午吃什么,下午要开三个会、五张报表必须当天提交……此时装修再豪华再智能的会议室也像虚拟监狱般让人想逃离。(《揭秘传统办公室已死办公环境高感性革命时代来袭》人民网2015-03-17)

(42)影片并没有刻意煽情,反而很温情,还有点小幽默,看完不会让人感觉很难受很惆怅。(《〈一条狗的使命〉不煽情很温情 还有点小幽默》人民网2017-02-22)

(43)其实这种奇妙的搭配我是能接受的,味道也觉得有点小奇妙,不过还是非主流了点。(微博语料BCC)

例(40)—例(43)中的"华贵""兴奋""幽默"和"奇妙"都是具有积极语义倾向的词,它们进入构式"有点(儿)小X"同样具有委婉的用法,这种低程度量的减量体现的是表达者对略高于心理标准的积极性状的描述。

尽管如此,构式"有点(儿)小X"中的X还是有一定的消极语义倾向。因为对于X

①吕叔湘主编:《现代汉语八百词(增订本)》,北京:商务印书馆,1999年,第631页。

②孙鹏飞:《形容词谓语句中的量级共现——从"有点儿小+A"构式说开去》,《语言教学与研究》,2017年第1期,第86页。

的否定形式“不X”来说,“不X”都是消极语义倾向的①。例如:

(44)这几天心情有点小不好,十月生病生的萎掉了。哎,我需要一点活力。(微博语料 BCC)

(45)不要自己有点小不开心,就给老公脸色看。(《贤妻七绝招 让男人逃不出你手掌心》人民网 2013-11-11)

(46)萨尔瓦多的时间比里约热内卢早一个小时,与北京时间的时差为11小时。这就是巴西,同是一个国家还不一样的时间,在如此自由的国度,有点小不适应。(《摸黑抵达萨尔瓦多》人民网 2013-12-07)

(47)俺们师傅说今晚开始上夜班,白天睡觉,有点小不习惯。(百度贴吧 2013-04-11)

例(44)—例(47)中的“不好”“不开心”“不适应”和“不习惯”都是具有消极语义倾向的。特别是例(46)和例(47),没有相对应的肯定形式“有点小适应”和“有点小习惯”,“有点小适应”的表达不如“有点小不适应”自然;而“有点小习惯”则是动宾结构,不属于我们所探讨的构式。

若构式“有点(儿)小X”中的X语义倾向没有限制,那么“不X”也应如此。但是根据笔者对BCC语料库的调查,除去重复例句,共有45个组合。其中的“不X”几乎全为消极语义倾向,除了上面例句所示的,还有“不准”“不舒服”“不在状态”“不好意思”等②。仅有一个例外,是“不冷”,但也只是中性,达不到积极语义倾向。还没有发现诸如“有点(儿)小不坏”“有点(儿)小不伤心”。可以看出,就委婉用法而言,消极语义倾向的词语是构式中更为自然的作用对象。

2.2 规约认识的偏离

对应于某种事态,都有相应的性状,在规约化的条件下,人们对这些性状的认识都从

①有的“不”不是否定标记,而是语素,如“不舍”“不安”等就已经成词。语料中就有“想剪短发了,有点小不舍我的长发,不知道哪里剪头发好呢?”(微博语料 BCC)“不知道为什么,突然感觉有点不踏实。也许是因为长假回来一直上班有点累的原因吧,心里面觉得有点小不安。”(8181论坛 2013-10-13)“不舍”“不安”表现的依然是不如意的消极语义倾向。

②本次检索统计时间为2017年6月8日。这种统计只是初步的,因为构式还在发展的过程中,对于有的X是否属于构式所规定的陈述性用法还有待进一步判断,因此在统计上存在一定的误差。

属于理想认知模型(Ideal Cognitive Mode,ICM)①。但是,说话人对于当前存在的性状也有自己的主观性认识,“有点(儿)小X”是对X程度量的主观弱化,通过转喻,表明当前反映性状的X偏离了常规X的理想认知模式。例如:

(48)年轻时候的演出,现在看起来有点小傻。(人人网2017-01-19)

(49)洗发水真心不错,就是洗完头有点小干涩,不错,这也能说明不含硅油。(京东网2016-07-19)

(50)答案虽然揭晓,Ella还有点小困惑:“但是你真的邀请过我去参加你的演唱会吗?”(《赵传、金志文同台合唱 前后辈情谊感动全场》人民网2016-10-27)

(51)又相亲了,真的觉得很郁闷,怎么老是相亲,有点小尴尬,有点小郁闷。(微博语料BCC)

例(48)中,“有点小傻”的“傻”只是演出时不成熟的表现,而ICM的“傻”主要是糊涂,不明事理,例句中说话人自然是对“傻”的程度量进行了主观弱化,使之偏离了ICM的认识。例(49)中在论述了“有点小干涩”之后,又评价“不错”,说明说话人也偏离了“干涩”的ICM的消极语义倾向,其方式也是使用“有点(儿)”和“小”进行了程度的主观弱化。例(50)的“有点小困惑”的“困惑”也不是ICM中的困惑,并不是重要事情上的疑惑不解,而只是普通的询问,也是弱化了“困惑”的语义程度。最说明问题的是例(51),说话人先是“很郁闷”,后来认为自己这样的表达过于强烈,改为“有点小郁闷”。这里的“郁闷”就不属于ICM的那种导致人们不幸福的“郁闷”,虽然面对的是同一个事态,但“有点小郁闷”就是说话人对“郁闷”的主观程度弱化。

消极语义倾向的词语的语义程度弱化以后,它们就不属于ICM中的典型成员,既然与消极语义的联系减弱了,人们就可能会将这些词语再范畴化至表示积极语义的范畴之中。若原本消极语义倾向的词语具有很强的感情色彩,那么这种转化就更为明显。例如:

(52)韩智慧在《新娘18岁》里扮另类学生妹,有点小野蛮,有点小可爱,让戏中的“大叔”忍不住暗生情愫。(《中外女星学生装 文根英宋慧乔张柏芝惊艳抢镜》人民网2014-10-15)

---

①Lakoff, George, *Women, Fire, and Dangerous Things: What Categories Reveal about the Mind.* Chicago: The University of Chicago Press, 1987:113.

(53)原来蓝妹妹的身世如此曲折,活泼可爱的妹纸还是有点小邪恶才可爱啊。(《3D〈蓝精灵2〉观影报告:蓝精灵再掀欢乐时光》人民网2013-09-23)

(54)俗话说男人不坏女人不爱,有点小坏的男人永远有着让女人不能拒绝的魅力。(《五大发型一个对策 春节出街带你装腔带你飞》人民网2015-02-15)

(55)买本封面有点儿小色的口袋小说或漫画放在你的包里,故意让他看见。(《裸体瑜伽领衔 诱惑老公48个怪招》人民网2013-01-21)

在例(52)—例(55)中,“野蛮”“邪恶”“坏”“色”的感情色彩都成为正面的了;“有点小野蛮”与“有点小可爱”对举;“有点小邪恶”则是实现“可爱”的条件。这表明“野蛮”“邪恶”已经突破了原先的规约义,其感情色彩与“可爱”等褒义词趋于一致。例(54)中,“有点小坏”成为吸引女性的魅力,显然这里的“坏”已经脱离了人们对其的常规认识。例(55)中,“有点小色”的“色”也是同样的道理,说话人对其感情色彩正面化了。

王倩认为“有点(儿)小X”是仿造“稍微有点(儿)X”发展起来的①。但是,两者不同之处在于,后者的程度弱化具有客观性,并不会让性状偏离相应性状的ICM。例如:

(52')韩智慧在《新娘18岁》里扮另类学生妹,稍微有点野蛮,有点小可爱,让戏中的“大叔”忍不住暗生情愫。

(55')原来蓝妹妹的身世如此曲折,活泼可爱的妹纸还是稍微有点邪恶才可爱啊。

(54')俗话说男人不坏女人不爱,稍微有点坏的男人永远有着让女人不能拒绝的魅力。

(55')买本封面稍微有点色的口袋小说或漫画放在你的包里,故意让他看见。

在改写的例(52')—(55')中,“有点(儿)小X”替换为“稍微有点X”,那么四例中的“野蛮”“邪恶”“坏”和“色”只是程度上有差异,但是它们都在常规的ICM之中。

此外,性状ICM的偏离也可以通过其他的语言手段与构式进行配合。例如:

(56)他的杂文带劲儿,骨子里有点小坏坏。(微博语料BCC)

“坏”重叠以后,“坏坏”也体现出一种对原有ICM的偏离。“坏坏”进入构式“有点

①王倩:《现代汉语新兴流行构式“小+谓词性X”流行动因研究》,《中国语文》,2017年第3期,第155页。

(儿)小 X”,体现了构式内部词语与词语之间在语义上的和谐①。

2.3 亲昵情态的凸显

人们具有乐观主义取向②,对于积极语义倾向的词语来说,其程度义的弱化并不会使其偏离原有的 ICM 的认识,而是产生出亲昵的情态。因为委婉的用法削弱了表达者对所表述对象积极评价的程度量。这种程度量的削减有可能动摇表达者积极评价的立场,所以为了让接受者明确表达者自身的立场没有变化,需要通过这种亲昵的情态进行弥补,展示了表达者与所表述对象心理距离的接近。

在现实世界中小的东西具有“可爱的”情感色彩,比如“小可爱”“小辣椒”“小清新”“小心肝”等等。因为构式中的“小”是由形容词“小”演化而来的,所以还在一定程度上保留着形容词“小”所具有的亲昵的语用色彩。这种亲近情态的体现是有条件的,需要构式中的 X 是带积极语义倾向的形容词性词语。例如:

(57)不变的丸子头,只是刚开始是蓬松丸子头,厚刘海,有点小可爱,现在的她,多了一丝婉约。(《大蜕变!郑爽从清新小花旦到时尚御姐 靠的是这些发型》人民网 2015-11-26)

(58)所有衬衫的设计中,一直对碎花衬衫情有独钟,碎花衬衫充分展露了英国男人独特的气质,有点小俏皮。(她生活网 2016-03-20)

(59)今晚同学会,有点小开心,能和同学见面咯,很多都好几年没有见咯。(微博语料 BCC)

(60)短裤的款式更加清凉,又有点小帅气,简简单单的穿着就很时髦。(《太方便 她们只穿这件衣服出门》人民网 2016-09-02)

例(57)—例(60)中的“可爱”“俏皮”“开心”和“害羞”是带有积极语义倾向的形容词,它们进入构式以后,构式所体现的亲昵情态可以通过其他类似结构的替换加以体现。在现代汉语中“稍微”和“有点(儿)”连用后对积极语义倾向的词语进行修饰,只能起到程度量的制约,缺少构式“有点(儿)小 X”所具有的亲昵情态。例如,我们将例(57)—例(60)改写如下:

①陆俭明:《修辞的基础——语义和谐律》,《当代修辞学》,2010 年第 1 期,第 13 页。

②袁毓林:《汉语词义识解的乐观主义取向——一种平衡义程广泛性和义面突出性的策略》,《当代语言学》,2014 年第 4 期,第 392 页。

(57')不变的丸子头,只是刚开始是蓬松丸子头,厚刘海,稍微有点可爱。

(58')所有衬衫的设计中,一直对碎花衬衫情有独钟,碎花衬衫充分展露了英国男人独特的气质,稍微有点俏皮。

(59')今晚同学会,稍微有点开心,能和同学见面咯,很多都好几年没有见咯。

(60')短裤的款式更加清凉,又稍微有点帅气,简简单单的穿着就很时髦。

改写的例句中,"稍微有点(儿)X"只是对当前的性状X与标准的性状X之间程度量的差异进行了刻画,具有客观性,无法体现主观性的亲昵情态。

2.4 语义功能的分工

当构式中的X是语义倾向为中性的形容词性成分时,没有亲昵的情态,也不会偏离ICM的认识。例如:

(61)看到有人提着桶摘杨梅,有点小夸张……(百度贴吧 2012-06-11)

(62)以前我把自己封闭起来,现在正好打开了,以前想和她有点什么但是没条件,现在突然因为公司外派有了机会,见面的时候氛围感觉有点小微妙。(百度贴吧 2017-02-28)

例(61)中,"有点小夸张"是对人们提着桶摘杨梅这一行为的评价,这一行为略微超出了人们的接纳程度,构式在这里只有委婉作用。例(62)中的"有点小微妙"同样体现不出亲昵的情态,语句中的"微妙"也没有偏离常规认识,也只是委婉的强化。

对于非形容词来说,主要是动词性成分,无论其语义倾向是积极、消极还是中性,由它们组成的构式同样缺少这两种语义功能。例如:

(63)有一个样样比我好的闺蜜在身边,该怎么办?有点小嫉妒呀!(百度知道 2015-01-02)

(64)这怎么回事?晚上我们三人要一起睡,小宇恩有点小生气地回家了,我有点心疼,明晚再陪他。(《陈晓陈妍希得子晒照公布喜讯 看明星宝宝第一张照片谁最萌》人民网 2016-12-20)

(65)今年3月份,济南公办园保教费进行涨价调整,家长的情绪有点小爆发,要求不能光涨价,还得提质,更得增加公办园的数量。(《民办幼儿园:"入园费比房贷都高" 家长吃不消》人民网 2016-11-14)

(66)概念车到量产车,鬼知道他们经历了什么,对比国内许多不靠谱的互联网

造车，这个自主的电动超跑还让人有点小期待。（《抓紧扶好 下个月刷爆朋友圈的电动超跑》人民网 2017-02-15）

在例（63）中，说话人嫉妒比自己好的同伴，“有点小嫉妒”的“嫉妒”并没有偏离 ICM 的认识。例（64）中，说话人心疼生气的小宇恩，表明这里的“生气”依旧属于其规约义。例（65）中的“爆发”是中性的，只是对程度的委婉表述。例（66）中“期待”的语义倾向是积极的，但是亲昵情态的表现也不明显。

这是因为动作是表达者所表述对象自身客观发生的，其评价作用低于典型的形容词，所以动词性成分进入构式以后，构式只有委婉功能，缺少认识的再范畴化，也缺少亲昵的情态。

这样，“有点（儿）小 X”的语义功能根据 X 的不同有所侧重，如下表所示：

	X 表性状	X 表动作
中性语义的 X	[+委婉]	[+委婉]
积极语义的 X	[+委婉][+亲昵]	[+委婉]
消极语义的 X	[+委婉][+认知偏离]	[+委婉]

也就是说，当 X 是表动作的词语时，“有点（儿）小 X”只有委婉强化的功能；当 X 是表性状的词语时，X 的语义中性，构式也只有委婉强化的功能，当 X 有积极语义倾向，构式拥有委婉强化功能和亲昵表达功能，当 X 有消极语义倾向，构式拥有委婉强化功能和规约认识的偏离功能。

值得注意的是，在当前语言生活中，与构式“有点（儿）小 X”类似的是“有些小 X”，它也拥有前者的表义功能。例如：

（67）从出生日期看性格，有些小准。（百度贴吧 2012-07-31）

（68）有些小困，可是为了书迷水军，我必须振作起来，陪着大伙。（百度贴吧 2013-06-13）

（69）现在，玩家们将有机会深入各大龙巢，成为屠龙勇士、担任龙领主、迎娶白富美、站在人生巅峰，是不是想起来还有些小激动？（《〈列王时代〉》御龙心得 这种宠物我还是第一次养》人民网 2017-01-26）

（70）微喇裤能很好的修饰了小腿，九分的设计，露出女性的细脚踝，显瘦又有些小性感。（《时尚博主秋天独宠牛仔阔腿裤》人民网 2016-10-03）

程度副词“有些”与“有点(儿)”在语义上类似,例(67)—例(70)中的“有些小X”都可以替换为构式“有点(儿)小X”,可以说前者是后者的一个变体。

但是,“有些小X”与“有点(儿)小X”并不能完全等同,两者的差别就在后者的儿化音中,儿化本身也有表亲昵义的作用。因为人们发音习惯和书写习惯的不同,“有点(儿)”的“儿”大多数情况下不显现。其实,任何“有点”都是“有点儿”在书写上的改变,有时人们在书写时也会将“儿”显现出来,前文有的例子已经表现出来了,再比如:

(71)从去年年底确定返回国安的那一天开始,我就无数次幻想穿上国安队服上场比赛的场景,真的有点儿小激动,这种感觉就像在外漂泊多年的孩子特别期盼在大年三十回家吃上一顿年夜饭。(《邵佳一:无数次幻想披国安球衣 盼再夺联赛冠军》人民网 2012-03-05)

(72)“感觉太不爽了!”卢敏觉得不自在,“私人日记”被公开,便再无创作的欲望了。她迅速地注册了一个新号,心里有点儿小得意,嘿嘿,玩得过我么。(《知道你的老板在潜水吗》人民网 2013-04-23)

“有些小X”与“有点(儿)小X”相比,因为缺少儿化,其亲昵义的程度要轻。可以看出,构式“有点(儿)小X”的亲昵情态是由儿化音和“小”共同体现的。另外,程度副词“有些”是由动量组合“有些”演化而来的,“(一)些”代表的量也多于“(一)点儿”,因此在程度副词化以后,“有些”所体现的委婉作用也会小于“有点(儿)”。综合分析,在这两个表义功能上的差距,导致构式“有点(儿)小X”在与“有些小X”的竞争中处于优势。

“有点(儿)小X”与“有些小X”在实际语料中出现的数量差异,也能印证我们的分析。根据BCC的微博语料,两者的出现数量统计如下,构式“有点(儿)小X”的数量远超“有些小X”:

构式	数量
有点(儿)小X	8700
有些小X	1060

三、构式的成因与发展

构式“有点(儿)小X”是由相关动宾结构和偏正结构的类推,以及指称性的谓词X还原为无标记的陈述性用法导致的。构式形成后，它在非正规语体中不断巩固了自己的地位，并且还会向正规语体渗透。

3.1 结构的类推和陈述性的还原

现代汉语中存在动宾结构的“有点（儿）X”，因为X主要是体词性成分，它可以被“小”等形容词所修饰，形成短语“有点（儿）小X”。在动宾结构“有点（儿）小X”中，X最典型的还是体词性成分。例如：

(73) 冯永祥在平时是以能说会道出名于工商界的，现在却变得好像是一个笨嘴笨舌的人了，话老是一句搭不上一句，过了一会，才接着说下去，“有，有点小事。”（周而复《上海的早晨》CCL）

(74) 这就叫大家风度，真正知道自己几斤几两。现在这样的人真是不多了，有点小成绩就自己抬轿子自己坐，哪像您？（王朔《你不是一个俗人》CCL）

例(73)、例(74)中的“有点小事”和“有点小成绩”都是表示某种事物或概念的存在和领有。

随着表达的需要，有的抽象概念并没有相应的抽象名词指称，因此需要在谓词性成分上实现指称用法。例如：

(75) 曹先生是个社会主义者，阮明的思想更激烈，所以二人很说得来。不过，年纪与地位使他们有点小冲突：曹先生以教师的立场看，自己应当尽心的教书，而学生应当好好的交待功课，不能因为私人的感情而在成绩上马马虎虎。（老舍《骆驼祥子》CCL）

(76) 不做深入扎实的工作，不在精神产品生产的整体水平提高上下功夫，临阵磨枪、仓促应付，虽然偶尔也能对付一阵，甚至可能有点小成功，但绝不会得益长远。（1995年人民日报 CCL）

例(75)、例(76)中的“冲突”和“成功”都是谓词性成分，在上述语句中都是指称性的用法。

这样，一方面，动宾结构“有点（儿）X”和偏正结构“有点（儿）X”并存，而动宾结构中的体词性X可以被“小”修饰，因而动宾结构中存在“有点（儿）小X”。既然“有点（儿）X”存在动宾与偏正的同形，人们依据联想，也会设想“有点（儿）小X”的同形，所以偏正结构中也就存在一个有待类推的空位。另一方面，动宾结构“有点（儿）小X”中的X有指称化的谓词性成分,因此将指称化的谓词性成分还原为无标记的陈述性用法,构式“有点(儿)小X”就形成了。

动宾结构 偏正结构

有点(儿)X 有点(儿)X

有点(儿)小X —指称性的谓词X还原为无标记用法→ 有点(儿)小X

原先动宾结构的“有点(儿)小X”是对X的陈述,而构式“有点(儿)小X”是对X的限定;前者体现的是X客观的存在,而后者体现的是对X主观的认定。构式形成以后,可以发现,构式“有点(儿)小X”与常规的动宾短语的区别不在于X的词性,而在于X的陈述性用法与指称性用法。动宾结构“有点(儿)小X”中的X可以是指称性的谓词性成分,构式“有点(儿)小X”中的X也可以是陈述性的体词性成分。

这种构式在近代就开始形成,例如:

(77)此人是府学一个秀才,姓苗,名继迁,字是述庵,外号叫苗三秃子。因他头上鬓间无发故也。为人有点小能干,在嫖赌场中,狠弄过几个钱。(清\\小说\\绿野仙踪 CCL)

例(77)中的“小能干”可以理解为小本领,表示指称;也可以理解为能干的程度,表陈述。按照前者理解,“有点小能干”就是动宾结构,按照后者理解,则是我们讨论的“有点(儿)小X”构式。

不过,由于“有点(儿)小X”中的X究竟是原先的陈述性用法还是指称性用法,并没有确切的形式标准,所以“小”还未能完成重新分析,“小X”究竟是定中结构还是状中结构,尚存在模糊之处。这样,由于其语法化并没有最终完成,所以其充当句法成分的时候会受到限制,突出的表现就是作定语时的歧义,尤其是在“有点(儿)小X的Y”中,当Y为无界名词时。例如:

(78)碧婷的美是有点小成熟的美,而陈匡怡的美则是那种很清纯很清丽的美。(《《小时代》杨幂柯震东超吸精 电视版演员低档次》人民网2013-08-13)

(79)心理承受能力不够的不要去看《人皮客栈》,看完后有点小反胃的感觉。(微博语料 BCC)

例(78)、例(79)中的“有点(儿)小X的Y”存在歧义,我们可以认为是构式作定语,即“有点小成熟的/美”和“有点小反胃的/感觉”;也可以认为动宾短语,即“有/(一)点小成熟的美”和“有/(一)点小反胃的感觉”。

当 Y 为有界的具体名词时,则没有歧义。例如:

(80)有点小性感的女生,男生都会喜欢吧!(猫扑网 2014-06-05)

(81)有点小娘的男生注定遭人嫌弃吗?(百度贴吧 2013-06-16)

(82)《火蓝刀锋》,有时间都看看,有点小搞笑的电视。(百度贴吧 2012-10-27)

(83)海军蓝牛仔格子连衣裙,有点小田园风格的格子,还有特别显瘦拉长比例的高腰绑带设计,上身是娃娃衫,泡泡袖的感觉,但整体又充满复古的味道。(微博语料 BCC)

构式上述四例中没有歧义,原因在于有界的具体名词不能与动量组合“有点”搭配,无法构成“有(一)点女生”“有(一)点男生”“有(一)点电视(剧)”和“有(一)点格子”之类的组合,因此上述四例中的“有点(儿)小 X”只能理解为构式。

构式成立后会全面覆盖程度副词“有点(儿)”修饰 X 时所体现的委婉用法。因为“有点(儿)”倾向于搭配消极语义倾向的词语,所以,“有点(儿)小 X”中的 X 先是消极语义倾向的词语,之后中性和积极语义倾向的词语才会进入该构式,这也是前文所说就委婉用法而言,消极语义倾向的词语是构式中更为自然的作用对象。

3.2 非正规语体中的强化和正规语体中的渗透

常规的动宾结构“有点(儿)小 X”可以分布于书面语和口语语体之中,它的使用是无标记的。而构式“有点(儿)小 X”是新兴语言现象,加之它与常规的动宾结构之间还存在模糊之处,所以它主要存在于口语,以及网络语体之中。

正因为存在于网络语体之中,所以构式也会出现语码混用的情况,大量英文单词进入了“有点(儿)小 X”中。例如:

(84)现在的心情有点小 down,于是不想说话了,只想一个人静静的呆着,刚好小娜不在家,今晚适合一个人的心情。(新浪博客 2014-05-04)

(85)突然在想,自己有点小 out 啊!东方明珠没上过,金茂大厦没去过。(微博语料 BCC)

(86)买了件蕾丝小短裙,有点小 Sexy。(微博语料 BCC)

(87)貌似我有点喝多了,有点小 high。(恩平论坛 2013-07-20)

语码混用是非正式语体的重要特点之一,构式带上语码混用的特点,进一步强化了其在口语、网络语体中的地位。

有时,为了修辞上的需要,构式也会向正规语体渗透,但多数情况下都是引述、转述,或者是在叙事性的通讯中体现。例如:

(88)赛后在接受媒体采访时,孟苏平说:"有点小紧张,然后有点软,抓举特紧,挺举的时候就想死活我也得挺住。"(《孟苏平:死活也得挺住 时刻都在准备着》人民网 2016-08-15)

(89)但当他听到拍摄日程要两三天时,心里有点小着急:拍摄时间加上路途,怎么着来回也得一星期,怎么好意思找领导开口啊。(《张超烈士故事:婚纱照,永远的遗憾永远的痛》人民网 2016-08-03)

例(88)中的就是引述的情况,直接引用他人的话语,其话语特点也就直接表现出来了。例(89)属于叙事性的通讯,既然是叙事,必然在风格上要与口语相接近,各种新兴的语言现象也自然运用其中。前文提及的人民网中的事例大多是此类情况。

有时正规语体的新闻报道也会直接运用该构式,并放置于标题等醒目的区域。例如:

(90)上任首日 这位副部级官员为何有点小失望?(搜狐新闻 2017-01-11)

(91)春运第一天 成都火车站有点小热闹(凤凰网 2017-01-13)

(92)第一次骑摩托带妻女回家,贵州青年有点小担心(澎湃新闻网 2017-01-20)

(93)阴云堆积有点小冷 明日转晴升温有大雾(网易新闻 2017-01-24)

以上四例都是新闻的标题,在新闻的标题中使用构式"有点(儿)小X",改变原有新闻语体的风格,可以最大限度地吸引接受者的注意力。这就需要构式充当句子成分,因为一方面"有点(儿)小X"语法化尚未完成,在充当句法成分时还存在歧义;另一方面,因为要吸引读者注意力就必然要相应的语言成分成为前景信息,所以构式"有点(儿)小X"也自然在新闻标题中倾向于作谓语等成分,使之位于句末,成为自然焦点。

四、结论

通过分析,我们可以发现进入构式"有点(儿)小X"中的词语可以是形容词性成分、心理动词及其短语、其他可度量的动词性成分,还有性状化的名词性成分。而“小”则具有极强的程度副词性,但是其程度副词的地位尚未最终确立。

该构式的构式义是对表达者某种性状和动作的程度量所作的具有交互主观性的委婉表述。具有交互主观性的委婉表述具有三大表义功能,一个是委婉作用的强化,程度副词“有点(儿)”具有减量标记的功能,“有点(儿)”的主观性减量用法会随着语言成分自身的发展而逐渐增强,这样它就削弱了与客观世界的程度量的联系。这样,从接受者的角度来说,因为这种主观减量缺少了相应客观基础,“有点(儿)X”传达信息的有效性将会减弱。人们需要在谓词性 X 之前增添相应的程度词,向接受者表明其客观程度量处在低值,而构式“有点(儿)小 X”就能满足这一要求。第二规约认识的偏离,说话人对于当前存在的性状也有自己的主观性认识,“有点(儿)小 X”是对 X 程度量的主观弱化,通过转喻,表明当前反映性状的 X 偏离了常规 X 的理想认知模式。当消极语义倾向的词语的语义程度弱化以后,它们就不属于 ICM 中的典型成员,人们就会将这些词语再范畴化至表示积极语义的范畴之中。第三是亲昵情态的凸显,构式具有亲昵的情态,是因为委婉的用法削弱了表达者对所表述对象积极评价的程度量。这种程度量的削减有可能动摇表达者积极评价的立场,所以为了让接受者明确表达者自身的立场没有变化,需要通过这种亲昵的情态进行弥补,展示了表达者与所表述对象心理距离的接近。

这三个语义功能的实现取决于 X 的性质。当 X 是表动作的词语时,“有点(儿)小 X”只有委婉强化的功能;当 X 是表性状的词语时,X 的语义中性,构式也只有委婉强化的功能,当 X 有积极语义倾向,构式拥有委婉强化功能和亲昵表达功能,当 X 有消极语义倾向,构式拥有委婉强化功能和规约认识的偏离功能。

构式“有点(儿)小 X”是由相关动宾结构和偏正结构的类推,以及指称性的谓词 X 还原为无标记的陈述性用法导致的。但是由于词语究竟是原先的陈述性用法还是指称性用法,并没有确切的形式标准,所以“小”还未能完成重新分析。构式形成后,它在非正规语体中不断巩固了自己的地位,并且还会向正规语体渗透。

On the Euphemistic Degree Constructions “*youdianer xiao* X(有点(儿)小 X)”

Zhu Lei

(Taizhou University)

Abstract: In the constructions “*youdianer xiao* X(有点(儿)小 X)”, X is declarative element, and “*xiao*(小)” has the property of degree adverb. There are three semantic functions of constructions, which are intensification of euphemism, deviation of protocol recognition, and salience of intimacy mood. The causes of constructions are derived from the analogy of relative verb object constructions and partial constructions, and the reduction of referential predicates X to unmarked declarative usages. Since there is no exact standard of form for the word is declarative or referential, so "*xiao*(小)" has not yet been able to re-analyze. After the construction formation, it has consolidated its position in informal style, and has also permeated the formal style.

Keywords: the constructions "*youdianer xiao* X(有点(儿)小X)"; declarative; euphemistic function; intimacy mood

从疑问到感叹：“怎么这么X”构式的功用与成因

罗彬彬

（上海师范大学对外汉语学院）

提要：“怎么这么X”构式通过疑问代词“怎么”和指示代词“这么”共现，表达说话人出于意外而发出的惊叹，多指向负面。构式从疑问到感叹的演变机制为相邻原则和高频共现。通过对英语、韩语和越南语的考察，发现疑问代词和指示代词搭配使用表达惊叹义具有跨语言的共性，但不同语言的发展进程是不同的。

关键词：怎么这么X；疑问；意外；感叹

“怎么这么X”是常见的汉语口语表达式。“怎么”是询问动作的方式、原因或事物性状的疑问代词，“这么”是指示方式或程度的指示代词（详见吕叔湘（1999：651-652，660-662）、刘月华（2001：96-97，88-89）等）。本文借鉴构式语法的理论框架（Goldberg，2007［1995］），认为“怎么这么X”构式是一个整体表达式，表达说话人出于意外而发出的惊叹义，多指向负面。

本文对“怎么这么X”构式的构件进行分析并提炼构式义，重点分析构式从疑问到感叹的演化路径、动因和机制，同时通过不同语言的用例说明疑问代词和指示代词搭配使用表达高程度感叹具有跨语言的共性，但不同语言的发展进程是不同的。

一、“怎么这么X”的构件与构式义

“怎么这么X”构式由常量“怎么”“这么”和变量X构成，属于半实体构式。下面分别考察其构件并对构式义进行解析。

1.1 “怎么这么X”的构件分析

“怎么”通常被定性为副词性疑问代词,即“代副词”,询问动作的方式、原因和事物的性状。询问原因时,相比“为什么”,带有强烈的主观性(邵敬敏1996,刘月华2001:97,张秀松2008,王小穹、何洪峰2013,刘焱、黄丹丹2015)。构式“怎么这么X”中的“怎么”疑问义弱化,惊异义强化,传递反预期信息。同时,由“怎么”触发的构式“怎么这么X”经历了从疑问到反问,再到感叹的演变过程。这三个阶段,构成说话人主观性逐渐增强的连续统,感叹阶段主观性最强。

“这么”由指示词“这”派生而来。“这”指示比较近的人或事物,“那”指示比较远的人或事物。(吕叔湘1999:656-657,396-397)曹秀玲(2000)从认知心理的角度进行解释:“人类认知的这种以自我为中心的特点,决定了近指的‘这’在心理上的可及性高于远指的‘那’”。由于“这么”和“那么”分别由“这”和“那”衍生而来,因此“这么”具有近指性,“那么”具有远指性。(王灿龙2004)“怎么这么X”和“怎么那么X”的差异也是如此:“怎么这么X”倾向于表达“此时此地”,说话人与评价对象处在同一情境中;“怎么那么X”倾向于“彼时彼地”,说话人与评价对象不在一个情境中。即使在同一情境中,也是“这么”近指,“那么”远指。检索北京大学语料库(CCL),“怎么这么X”的出现频率是“怎么那么X”的三倍多。

“X”多为性质形容词。通过对语料库的穷尽式检索,共搜集到682条有效语料。“X”为性质形容词的语料共有523例,占语料总数的77%。其中多音节有235例,单音节有288例。单音节形容词原型性特征强,具有典型性。张国宪(2000)指出,性质形容词的量性特征表现为弥散、隐性与静态。我们认为此类形容词主要表征程度性和可量度性(gradability)。例如:

(1)“这天怎么这么热呀,才几月份。”她嘟嘟囔囔地抱怨。(王朔《动物凶猛》)

(2)韩丽婷指使他:“快找个盆倒上水,这鱼还是活的。哟! 这肉都化了,直嘀嗒,快送厨房去。我的妈,你这人怎么这么笨——我来吧!”(王朔《无人喝采》)

除了性质形容词外,X的构成成分还可以是动词(短语)、名词(短语)和成语、俗语等。例如:

(3)“李缅宁,你怎么这么说话?”肖科平沉下脸。“噢,现在你烦我了,当初呢?”韩丽婷先是一惊,接着便委屈,拉着肖科平的手哭诉。(王朔《无人喝彩》)

(4)哎哟,你怎么这么废物啊!我这一辈子开水锅里下冰棍,没了指望啦!(毕淑敏《大海里翻了豆腐船》)

(5)"你怎么这么奴颜卑膝,低三下四的!"马林生厉声呵斥儿子,"有什么话好好说,不要哼哼唧唧的,像条狗似的摇尾乞怜。你是叫我打怕了还是装孙子?"(王朔《我是你爸爸》)

这些成分的共同点是具有上文所说的程度性和可度量性。张国宪(2006:69)指出,"性状义是动词形容词化的语义前提,程度性才是激活其形容词化的根本"。名词亦是如此,只有存在性状义和程度性,才有可能被激活发生转喻,从而进入这种格式。其余类推。

从构式角度,根据语料统计可以推知构式的原型X为性质形容词,后来动词和其他成分才"准入",这是构式压制(coercion)的结果,体现出构式的能产性特征。

X前可加上"会、能、就"等,将构式扩展成"怎么会/能/就这么X"。例如:

(6)唉唉,卡布奇诺,卡布奇诺!我已经看出来也已经知道他悲惨的命运了。唉。我们独派,我们独派怎么会这么孤独呢。(赖声川《一妇五夫》)

(7)"我了解你。"她仿佛又听到自己刚才说的这句话,只觉得难堪。我怎么能这么蠢,她想。怎么能如此误解他。我把一切都搞错了。(伍绮诗《无声告白》)

(8)我不是火,是生气,让你理解一件简单的事怎么就这么费劲。(王朔《痴人》)

"这么X"前加了上述限定词之后,构式意义有细微差别,但都在"怎么这么X"的基础上,进一步凸显了说话人出于意外而对X发出的惊叹义。如例(6)"怎么这么孤独"表达"孤独"出乎意料之外的惊异之情,"会"更进一步凸显了惊异的程度。

1.2 "怎么这么X"的构式义解析

现代汉语普通话表达程度的常用结构是"程度副词+A"。"怎么这么X"与之有相似之处,但用法并不完全一样。请看下面的例句:

(9)开头我看了好恶心啊,这个漂亮女孩怎么这么恶心,后来越看越漂亮、越美丽,为什么?(姚淦铭《老子智慧与现代爱情婚姻》)

(10)他说,你真白呀,你怎么这么白哪?他说,你的嘴,我最喜欢的就是你的嘴,你的嘴就像是水蜜桃,就像是花芯做成的肉肉,就像是那个那个那个……鲜艳欲滴

鲜嫩可口的那个,吃了还想吃。(李佩甫《羊的门》)

上例"怎么这么X"构式均位于"程度副词+A"之后。根据"合作原则"中的"适量准则"(Grice 1975),说话人应提供足量的信息,听话人也相信说话人会提供足量的信息。如果"怎么这么X"和"程度副词+A"所提供的量一样,那么说话人很明显提供了过量的信息。但是在交际过程中,说话人是不会违背"适量准则"的,听话人相信这一点,说话人也知道听话人相信这一点。所以一般情况下,二者提供的量是不一样的。

根据由浅入深的一般认知规律,"怎么这么X"提供的量比"程度副词+A"更高。值得注意的是,例(9)(10)"程度副词+A"中的程度副词均为表达主观情态的程度副词。这里说的"量"指的是主观情态量。换句话说,"怎么这么X"构式相比"程度副词+A",主观性更高,情态性更强。可以得到句法上的验证。句法表现上,"怎么这么X"结构前常常有主语S,在句中作谓语。例如:

(11)他把它们掷到了那个旮旯里,一次又一次洗手。今夜的水怎么这么凉啊,从十指传到心头,令他一连打了好几个抖。他仿佛听到呵气似的声音,立刻跑到窗外看了看,什么也没有。(张炜《你在高原》)

(12)岳鹏程:"千万别跟我怎么的?""哎呀,爸!你怎么这么烦人!"银屏丢下饭碗甩手走了。高考班是一种特殊生活节奏,除去吃饭睡觉,课堂便是唯一去处。(刘玉民《骚动之秋》)

检索到的682条有效语料中,"怎么这么X"构式在句中充当谓语的用例共有630例,占语料总数的92%,表明"怎么这么X"构式主观情态强,凸显说话人的主观性。张谊生(2013)指出"主观情态越是强的,越是只能充当陈述性的谓语,越是不适宜充当修饰性的定语;反之,客观义越是稳定的,充当定语的频率就越高"。

可以将"怎么这么X"的构式义(constructional meaning)提炼为:说话人出于意外而发出的惊叹,多指向负面,包括愤怒、抱怨、不满、嗔怪、责备等消极情感。根据语料统计,构式"怎么这么X"只有117例表示积极义,其余565例都是表示消极义,约占83%。

根据数量象似原则,复杂的形式编码对应复杂的社会事件。词语重复和句式连用可以进一步增强感叹语力:说话人的惊异程度更高,语气也更加夸张强烈。有两种表现手段:词语"怎么"、"这么"的重复使用和"怎么这么X"的并列使用,例如:

(13)他不烦,我都烦!这人怎么怎么这么烦呢!(新浪微博)

(14)“噢,你怎么这么这么这么聪明呀?你学建筑,会设计房子,你会运动,你还会种花!啊呀!”她“大大”的喘气,眼睛“大大”的睁着,声音里充满了“大大”的崇拜。“你怎么这么这么这么聪明呀!”(琼瑶《金盏花》)

(15)你姑姑被人扶到井口,气得跺着脚大叫:我怎么这么笨呢?我怎么这么笨呢?当年我父亲在西海医院就领着人挖过这样的地洞!(莫言《蛙》)

(16)小林老婆也说:“这个人怎么这么恶劣,这个人怎么这么小心眼!”(刘震云《一地鸡毛》)

二、“怎么这么X”构式的功能演变

CCL语料库古代汉语共检索到87例有效语料,51例表示疑问(占59%),36例表示感叹(占41%)。现代汉语共检索到682例有效语料,168例表示疑问(占25%),514例表示感叹(占75%)。很明显,构式的语用功能已经从疑问转向感叹了。为了方便读者更加直观地看到“怎么这么X”构式功能的转变,我们绘制表格如下:

表1 “怎么这么X”构式的古今功能对比

	疑问	感叹
古代(87)	51(59%)	36(41%)
现代(682)	168(25%)	514(75%)

下面我们分析“怎么这么X”构式从疑问义到感叹义的演变路径、动因与机制。

2.1 从疑问到感叹的演变路径

“怎么这么X”构式最早散见于清朝的小说中。“怎么”与“这么X”在组合之初,二者存在处于不同结构层次的情况:“这么X”在句中充当定语、状语,“怎么”提问整个“这么X”短语。例如:

(17)那时麝月已醒,便道:“你怎么这么早起来了,你难道一夜没睡吗?”(《红楼梦》)

(18)邓彪暗想:“近来寨主怎么这么大脾气呢?”(《小五义》)

例(17)“这么早”作状语修饰中心语“起来”,“怎么”位于“这么早起来”之前进行提问。例(18)“这么大”作定语修饰中心语“脾气”,“怎么”位于“这么大脾气”之前进行提问。

作定语时,句中陈述对象和“这么X”修饰的中心语之间多存在领属关系。例如:

(19)蒋爷说:“这个孩子的膂力,可实无考较了。老柳哇,你看这两头牛你能支持得住么?”柳青说:“不行,我可没有那么大的膂力。这孩子真怪,怎么这么大膂力呢?”(《小五义》)

例(18)(19)中“寨主”与“脾气”,“孩子”与“膂力”之间均为领属关系。

虽然“怎么”和“这么”处在不同的结构层次,但是“S怎么这么X(的)N”可以转换成“S(的)N怎么这么X”。这种可行的转换为“怎么这么X”固化为一块(chunk)提供了可能。

“怎么”与“这么X”处在同一个结构层次时,表示疑问。例如:

(20)卢珍说:“你这厮好不达时务!”用手把他腕子刁住一翻,张英扑通就跪在地下,被卢公子拧住他的胳膊问他:“怎么这么不通情理?”(《小五义》)

(21)卢大爷说:“怎么这么好?”小二说:“我们这里的隔房都知道,这玩艺小名叫白玉堂。”(《小五义》)

例(20)作者直接点明“问”。例(21)小二间接回答了卢大爷的提问。吕叔湘(1982:294-295)指出,判别问句是表示询问还是其他用途,“最简单的判别法就是看这句话要不要回答”。再如:

(22)阿福倒楞了楞,心想他们干事怎么这么快!自己无计思量,也就下楼归舱安歇。(曾朴《孽海花》)

(23)门户一收,燕雷的双掌够着海川了,海川的双手也就够得上他,但是海川猛地“燕子分云”,用左右手往两边一分。于爷都纳闷,海川呐,劲敌当前,你怎么这么大意!用这种招数,这不是取败之招吗?说真的,人家老侠于成是大行家呀。(《雍正剑侠图》)

上例很显然不需要回答。构式开始从疑问义向感叹义转移,表征为常与语气词共现。例如:

(24)疼得他脸色苍白,嘴唇发青,浑身哆嗦:“哎哟,师大爷、师叔,众位师兄师弟们,我说这猴儿怎么这么厉害呀!我真没想到。”侯老侠哼了一声:“可恶的东西,平常日子练功,总认为自己成了,要知道人外有人,天外有天。你自己背地里练拳不能好好的下苦功夫,到了时候,你看你狼狈不狼狈?”(《雍正剑侠图》)

(25)正是多臂童子夏九龄。擂台下一阵大笑,高个头的孩子怎么这么损哪!根据上次擂台的死人伤人,老侠侯振远不愿意叫小弟兄上台啦,因为年轻好胜,没轻没重。没想到夏九龄过来啦:“师大爷,侄男不才,愿见头功。”(《雍正剑侠图》)

上例句末出现语气词“呀”、“哪”,且下文没有出现答语。吕叔湘(1982:295)指出,“如果是不要回答(或是问者自答,或是无可回答),那就表示这个问句的作用不在询问”。我们认为,“怎么这么厉害呀”“怎么这么损哪”重在表达惊叹义。

2.2 由意外引发的惊叹义

“怎么这么X”在句中常与“到底、居然、竟然、难道、简直”等表示意外的语气副词共现。例如:

(26)听完导演的话,我恐惧而慌乱地逃离了北京饭店,心想我怎么这么倒霉,碰上的男人没一个好东西,而这个导演居然也这么色,这是我万万没有想到的。(卞庆奎《中国北漂艺人生存实录》)

(27)他看着憨态十足的狼崽想,它们的父母怎么这么客气?竟然对他口下留情了。(严歌苓《陆犯焉识》)

作为一种构式,如果使用频率高,就会固化;在固化过程中,一些常见的同现成分也会同步固化,形成一种构式的扩展,扩展的结果是构成复句的紧缩形式。(吴为善、夏芳芳2011)与“怎么这么X”常见的同现成分常有“就、才、还”等副词。例如:

(28)曾患脑血栓而被郭秀明救治的申志诚边哭边磕头:“郭书记,您救治的病人还活着,可你怎么这么早就走了呢!”(《人民日报》2001-04-25)

(29)搬开压在洞口的篓子,地窖子里冒出一股恶浊的臭气,王六老板伸出头来,恶凶凶地喝道:“怎么这么晚才送饭来!这洞里又湿又闷,快憋死了!”(刘绍棠《运河的桨声》)

(30)伯爵:这当然是…好久了嘛。菜怎么这么久还没上来。(赖声川《一妇五夫》

“就、才、还”等副词多出现在出乎意料的情境中,传递反预期信息。陈振宇、杜克华(2015)提出“意外三角”,认为“在‘意外三角’中,疑问、感叹分别借助‘意外’这一桥梁彼

此向对方转化。”例如:

(31)我的笔怎么这么笨?!它写不出我此时此刻奔逸的思维、堆积的往事、腾跃的梦幻。(《人民日报》1993-12-27)

(32)这天,王蔷又气呼呼地和拉拉说:“长江水灾,北区的同事都说要捐款,我就找玫瑰商量怎么组织这事,结果她特不耐烦地和我说她忙着呢,让我别烦她。你说她怎么这么没有人情味儿呀?!”(李可《杜拉拉升职记》)

上例中“?!”符号为我们提供了由意外而产生的疑问和感叹并存的旁证。

意料之外的事物或行为比意料之中的更容易引起关注,从而引发猜测与推断。而且这种猜测与推断倾向于指向负面。杉村博文(2013)指出,被动句的“负面事件”义是由“意外事件”扩张出来的一种引申义,以此证明“否定性”与“意外性”之间具有较为普遍的关联。我们认为,意料中的行为往往符合预期,所以大多不会引发说话人的负面情绪,反之则倾向于引发。

据考察,“怎么这么X”构式中,X的语义指向呈现“扭曲对应”关系:大量的积极义词语消极化,即积极义词语既可表达积极义,又可表达消极义,而消极义只能指向消极义。例如:

(33)“呸!他跟你结婚是为了谋害我!他一开始看中的就是我这老头子而不是你,绝不是你!他一直误认为我藏得有大宗钱财。夜里我睡着了,他还在我房子周围转悠,烦躁地跺着脚,我知道他骗你说是起夜来着。你怎么这么自信,居然去结婚。他等了八年,一直没机会下手,现在是等得不耐烦了才走掉的。”(残雪《苍老的浮云》

(34)“你!你!”宋思明的手指着陈寺福,眼珠都要弹出来了,想发的怒气在胸腔里转了几圈,最终压抑下去,将拳头重重砸到桌面上。“你怎么这么热心呢!希望你做好自己的事情,不要替别人操心。标书你拿回去,我没时间看。……”(六六《蜗居》)

语境中浮现的消极义与原词语的积极义不相一致:“自信”本表示对自己有信心,但例(33)意在指责女儿过分自信,不看清楚现实就盲目结婚;“热心”指有热情,有兴趣,肯尽力,如热心人,但例(34)重在表现说话人对听话人过分热情而办错事的嘲讽与指责。

我们认为,这离不开“礼貌原则”的作用。说话人在“礼貌原则”的调试下充分给了对方"面子"。这样的表达使语力非但没有减弱,反而增强了,可以更加准确地传达出说话人的主观立场、态度和感情。因此,这一手段高频运用于日常对话中。

2.3 相邻原则与高频共现的诱发

X 既可以为具有性状义和量度义的性质形容词,也可以为具有能动性和可控性的动作动词等。先看性质形容词。例如:

(35)林逸蓝今天怎么这么倒霉!她悲壮地决定立即下去接受那个恶女人的侮辱,好马上把晚平的电话打了。再耽误下去,要是联系不上,岂不误了大事!(毕淑敏《硕士今天答辨》)

(36)我立即醒悟了我来到了什么地方,而小孟领我来这房间里是要干什么。我真傻,我怎么这么傻,扭头就走。小孟的笑声戛然而止。(贾平凹《高兴》)

中心语 X 多为性质形容词(可表述为 A),是一个无界量幅,感染前面的修饰语"这么",激发其程度义。中心语"这么 A"的高程度义又进一步感染前面的修饰语"怎么",使它也指示程度。例(35)(36)"这么"倾向于凸显"倒霉""傻"的程度,"怎么"重在惊异"这么倒霉""这么傻"的高程度。

X 为动词(可表述为 V)时,说话人还是在对对方的行为方式体现出来的某种性状程度发出感叹,遵循同样的产生机制。例如:

(37)她拖着一双鞋子就要往外冲,被小邦威一把拉住了喝道:"你这个人怎么这么没头脑!现在你人在山里头,能找到什么。不如休息好了,明天赶到普洱。普洱是个大地方,听说住着不少国军将士呢,你明日只管去打听,我陪你一起去好了。"(王旭烽《茶人三部曲》)

(38)当天夜里,老婆孩子入睡,小林第一次流下了泪,还在漆黑的夜里扇了自己一耳光:"你怎么这么没本事,你怎么这么不会混!"但他扇的声音不大,怕把老婆弄醒。(刘震云《一地鸡毛》)

例(37)(38)"没头脑""没本事""不会混"均为动词短语,但在构式压制的作用下传递的是说话人感到不合理和反感等性状。V 先感染"这么","这么 V"进一步感染"怎么"。

相邻原则是"怎么这么 X"构式产生高程度感叹义的主要机制。中心语 X 的语义会因为临界语境(adjacent context)中的高频共现(frequency of co-occurrence)感染前面的修饰语"这么"的指示内容,"这么 X"的语义又会进一步感染前面的修饰语"怎么"的指示内容。因此,“怎么”和“这么”的语义指向保持一致,可以看作是语力的叠加,最终使构式义重在凸显感叹。

为了便于读者更直观地了解“怎么这么 X”构式在现代汉语中的特点与功用,我们绘制表格如下:

表 2 “怎么这么 X”构式的特点与功用

X		怎么这么 X					
成分类别		句法分布		功能特征		语义指向	
性质形容词	其他	谓语	其他	疑问	感叹	积极	消极
523(77%)	159(23%)	630(92%)	52(8%)	168(25%)	514(75%)	117(17%)	565(83%)

三、从疑问到感叹的跨语言考察

“怎么这么 X”构式通过叠加使用疑问代词“怎么”和指示代词“这么”表达惊叹义。除了“这么”,“那么”“这样”“那样”等指示代词也有类似用法,表达感叹。这种方式具有跨语言的共性,但不同语言从疑问到感叹的发展进程是不同的。通过考察,我们发现,韩语、越南语和汉语一样,可以通过疑问代词和指示代词搭配表达惊叹义。例如:

(39)nʌ ʌt^{h}ʌk^{h}e iɾʌk^{h}e mʌŋts^{h}ʌŋɦa-ni(韩语)
2sg 怎么-INT 这么-DEM 笨
你怎么这么笨!

(40)sau ma ɛŋ ɣi lun vɣi(越南语)
怎么-INT 3sg 矮 这么-DEM
他怎么这么矮!

但是英语还不可以通过这种方式来表达感叹。严格按照词性来对应,汉语指示代词“这么”对应英语的“this”。表达强调只能用 why 表达反问,而不能直接用 how 表达感叹。why 对应“为什么”,how 对应“怎么”。例如:

(41) * a. how this expensive !
b. 怎么这么贵!

孟艳丽(2015)指出指示代词"这么"正在往程度副词的方向发展。如果按进一步虚化后的程度副词来看,"这么"对应 so,对应后的句子不成立。例如:

(42)a. How stupid this boy is !

b. So stupid this boy is !

*c. How a so stupid boy !

d. 这个男孩怎么这么笨!

中心语是名词,感叹词倾向于使用"what",换成"what"后句子仍然不成立。例如:

(43) *What a so stupid boy !

需要注意的是,感叹是反问的后一个环节,我们的研究对象是感叹,需排除反问。如英语"Why is this boy so stupid ?"不在我们的调查范围内。

从疑问到反问,再到感叹,语法化程度是逐步增强的。不同语言的不同发展进程,非常值得进一步研究。

四、结语

"怎么这么X"构式表达说话人出于意外而发出的惊叹,主观情态强,多指向负面,在句中多充当谓语。功能经历了疑问到感叹的演变过程。构式的感叹义主要来自相邻原则和临界语境中的高频使用:中心语X的语义在相邻原则的作用下感染了"这么","这么X"的语义又在相邻原则的作用下感染了"怎么"。构式功能演变最重要的动因是意外。强意外衍生否定,促使X的语义指向呈现扭曲对应。X多为性质形容词,动词和其他成分能进入是构式压制的结果。

"怎么这么X"构式表达感叹的方式是叠加使用疑问代词"怎么"和指示代词"这么"。用疑问词表示感叹是人类语言的共性,疑问正是因为有疑,出乎意料才会有疑有问,而感叹义正是来源于"意外"。除了"这么","那么""这样""那样"等指示代词也有类似用法,表达感叹。通过对英语、韩语和越南语的考察,我们认为这种方式具有跨语言的共性。但不同语言从疑问到反问最后到感叹的发展进程是不同的。不同语言的不同发展进程值得进一步研究。

参考文献

曹秀玲:《汉语"这/那"不对称性的语篇考察》,《汉语学习》,2000 年第 4 期。

陈振宇、杜克华:《意外范畴:关于感叹、疑问、否定之间的语用迁移的研究》,《当代修辞学》,2015 年第 5 期。

刘月华:《实用现代汉语语法(增订本)》,北京:商务印书馆,2001 年。

刘焱、黄丹丹:《反预期话语标记"怎么"》,《语言科学》,2015 年第 2 期。

吕叔湘:《中国文法要略》,北京:商务印书馆,1982 年。

吕叔湘:《现代汉语八百词(增订本)》,北京:商务印书馆,1999 年。

孟艳丽:《"这么"的主观性及其成因——兼谈"这么"的词类性质》,《对外汉语研究》,2015 年第 2 期。

杉村博文:《汉语的被动概念》,《汉语被动表述问题研究新拓展》,武汉:华中师范大学出版社,2013 年。

邵敬敏:《现代汉语疑问句研究》,上海:华东师范大学出版社,1996 年。

王灿龙:《说"这么"和"那么"》,《汉语学习》,2004 年第 1 期。

王小穹、何洪峰:《疑问代词"怎么"的语义扩展过程》,《汉语学习》,2013 年第 6 期。

吴为善、夏芳芳:《"A 不到哪里去"的构式解析、话语功能及其成因》,《中国语文》, 2011 年第 4 期。

张国宪:《现代汉语形容词的典型特征》,《中国语文》,2000 年第 5 期。

张国宪:《现代汉语形容词功能与认知研究》,北京:商务印书馆,2006 年。

张秀松:《"到底"的共时差异探析》,《世界汉语教学》,2008 年第 4 期。

张谊生:《句法层面的语序与句子层面的语序》,《语言研究》,2013 年第 3 期。

Grice, Logic and Conversation, in Cole, P&Morgan, J. (eds.) Syntax and Semantics, Vol. 3: Speech Acts, New York: Academic Press, 1975.

Goldberg, AdeleE.《构式:论元结构的构式语法研究》(吴晓波译),北京:北京大学出版社, 1995/2007。

From Interrogation to Exclamation: The functions and generation of "*ZenmezhemeX*"

Luo Binbin

(Shanghai Normal University)

Abstract: The construction of "*ZenmezhemeX*" conveys high-level exclamation out of amazement by the co-occurrence of interrogative pronoun "*zenme*" and demonstrative pronoun "*zheme*", which indicates subjective and negative emotion. The paper demonstrates that the evolving mechanisms of the construction of "*ZenmezhemeX*" from interrogation to exclamation are the principle of adjacency and the high frequency of co-occurrence. The exploration simultaneously suggests that the collocation of interrogative pronoun and demonstrative pronoun which conveys high-level exclamation has a cross-language generality, but the process varies in different language.

Keywords: *ZenmezhemeX*; inerrogation; mirativity; exclamation

现代汉语附缀“是”及汉语附缀判定原则*

吕　佩

（温州大学人文学院）

提要：本文基于附缀化相关理论，考察了现代汉语中的附缀“是”。文章认为，现代汉语中的“是”除了可以是判断词、副词和词缀之外，还存在附缀“是”的情况。附缀“是”与判断词、副词和词缀都存在着划界问题，且体现出不同于判断词、副词和词缀的性质特征，属于一种接口现象。文章最后讨论了汉语附缀的判定原则，认为应该满足“句法从严”的相关原则。

关键词：附缀；“是”；接口现象；句法从严

一、引言

《现代汉语频率词典》（1986）里，在“分布最广的词率分布表”中，“是”排第三，在所有的动词用频中，“是”排第一。如此高频使用的“是”，在实际用例中可以紧邻出现在不同性质的语言单位（下文用“X”表示）后面，与“X”加以“组块”。“X”可以是名词、情态动词、区别词，也可以是副词、连词，甚至可以是“的”字结构。分别举例如下①：

（1）当使用一单位资源进行生产活动所带来的收益，等于用同样多的资源进行

---

* 本研究受国家社科基金项目“现代汉语评注性副词篇章衔接功能研究”（项目编号：17XJC74001）资助。本文写作中得到导师张谊生教授的悉心指导，匿名审稿专家与编辑部老师提出了宝贵的修改意见，谨致谢忱！如有谬误，笔者自负。

①本文例句来自 CCL 语料库、BCC 语料库和部分相关文献，且全部注明出处，未注明出处的例句是笔者自拟的。例句中有但可以省去的成分，我们用方括号“[ ]”表示，长句做了适当的删略。

交易活动的收益时,交易活动和生产活动之间就实现了最佳配置。问题是,当一个企业或个人实现从自给自足向分工转变时,它(他)在获得节约生产费用的好处的同时,也必须付出增加交易费用的代价。(《读书》vol-171)

(2)我觉得这个礼物其实比较起来,应该是,虽然是2006年连战先生送给胡锦涛总书记的礼物,但是这一次北京奥运把这个当做是一个重要的雕塑来做,让连战先生从台湾到大陆来,做一个揭幕的动作,我认为那个善意更大。(2008年《中国新闻》)

(3)唉,土窑洞他倒有力气打一孔,主要是这家穷得已经像一个破筛子,到处是窟窿眼……(路遥《平凡的世界》)

(4)让我像那样去爱,并被爱。仿佛是,隐隐听见了温暖而美丽的亲吻触着她不断颤抖着的芳唇,那一刹时将成永恒。(《读者》(合订本))

(5)消费者办理3G业务时,大多是在运营商营业厅体验的3G视频效果,但是,这个理想状态的视频效果不一定就是在外面通话能达到的。因为是体验厅距离比较小,网速一般都比外面要好,所以效果就很好。(CCL·余胜海博客)

(6)在全部参赛的23部各国影片中,呼声强烈的不仅有中国大陆的《霸王别姬》,同时还有台湾著名导演侯孝贤的《戏梦人生》以及澳大利亚女导演简·坎平的《钢琴课》。巧合的是,《戏梦人生》和《霸王别姬》一样,也是以中国传统戏曲为题材的影片,同样有着厚重的历史氛围和浓烈的传统文化气息。(1993年《作家文摘》)

上述用例中的"是"像判断词或副词①,有些用例更接近词缀(affix)(如例2)。但仔细分析后发现,例句中的"是"与判断词、副词和词缀都存在一定的差异,这些差异需要我们对这类"是"加以重新审视和考察。

本文的核心观点是:现代汉语中存在一类既像词又像词缀的"是",这类"是"失去了判断词或副词的典型范畴特征,但还未完全成为词缀,且表现出不同于判断词、副词和词缀的性质特征,我们将这类"是"称为附缀(clitic)。附缀"是"不是专门附缀(special clitic),而是一般附缀(simple clitic),需要依附于一定的宿主(host),既存在与判断词或副词"是"的分界问题,也存在与词缀"是"的区分问题。

①吕叔湘先生(1979/2017:69)谈到"是"字句时,分析了"是"表强调的不同情况,将这个"是"称作副词。此外,张谊生(2003)归纳"是"的演化路径时,同样提到了副词"是"。从语法化的角度来看,焦点标记"是"比副词"是"更为虚化,考虑到是从词类的角度分析,我们用副词加以统称,包括重读的副词与不重读的焦点标记。

二、附缀“是”的区分及其性质

据董秀芳(2004),附缀“是”是从判断词演化而来的,中间可能经历了副词这一阶段。我们关注的是:如何区分附缀“是”与判断词、副词或词缀,附缀“是”有哪些性质特征。

2.1 附缀“是”的区分

附缀“是”与词(判断词或副词)和词缀都存在分界问题。

2.1.1 与判断词或副词的区分

附缀“是”与判断词或副词的区分,主要体现在以下几个方面。

第一,判断词“是”有自身的逻辑重音。副词“是”表强调时有重音,且后接成分几乎都是谓词性成分,“是”不表示强调时没有重音,用来标记其后面的成分,除了谓词性成分之外,还可以是体词性成分。附缀“是”失去了逻辑重音,当然不能重读。试比较:

(7)小林<u>是</u>一名哈佛大学的学生。

(7')a:小林这个人很热情啊。

b:小林这个人<u>是</u>很热情。(转引自刘月华等,2001)

(7'')小林对人<u>是</u>那样热情,谁都会喜欢他。(转引自刘月华等,2001)

(7''')有人已经准备对他出手了,<u>奇怪的是</u>,蔡崇居然一直都没有发出行动的号令,居然就这样看着小高走到他的面前。(古龙《英雄无泪》)

例(7)是典型的判断句,“是”是判断词,有自身的逻辑重音,需要重读。例(7')中,b句肯定的是已知信息,“是”是副词,要重读。例(7'')中,“是”轻读,肯定“热情”程度之高。例(7''')中,“是”失去重音,依附于前面的宿主“奇怪的”。

第二,判断词“是”的句法位置有一定的灵活性,可以易位到句首。副词“是”紧邻其强调或标记的成分。附缀“是”紧紧贴附于前面的宿主。试比较:

(8)a.这<u>是</u>他的笔记本。

b.<u>是</u>他的笔记本吗?

(8')我不饿,大嫂,我<u>是</u>不饿。(转引自李临定,2011)

(8'')作为知识分子党员,<u>应该是</u>,一切听从党的安排;其次才是教授、讲我们党历来主张在改造客观世界的同时师、专家学者等待遇问题。(BCC·科技文献)

例(8)中,b 句判断词“是”出现在了句首。例(8’)中,副词“是”紧邻其强调成分“不饿”。例(8’’)中,附缀“是”依附于宿主“应该”。

第三,判断词“是”可以接受副词或情态动词等的修饰,可以进行正反叠加等句法操作。副词“是”可以被修饰,弱读的时候可以省去,省去后标记作用也随之丧失。附缀“是”不能接受任何句法操作,但会造成句法结构与韵律结构的错配。试比较:

(9) a. 这个应该是我的书包。

b. 这个肯定是我的书包。

c. 这个不是我的书包。

d. 这个是不是我的书包呢?

(9’)a. 后来发现女儿[的确]是走过了头,走到他们前边去了。(转引自李临定,2011)

b. 后来发现女儿走过了头,走到他们前边去了。

(9’’)我估计,这类生活素材,会被曹雪芹运用到《红楼梦》八十回后。他哪里是对李纨一概赞扬,请看《晚韶华》里的这句:“虽说是,人生莫受老来贫,也须要阴骘积儿孙。”(刘心武《刘心武揭秘〈红楼梦〉》)

例(9)中,“是”是判断词,可以被情态动词“应该”、评注性副词“肯定”、否定副词“不”等修饰,也可以正反叠加使用。例(9’)中,a 句“是”是副词,受评注性副词“的确”的修饰。这里的“是”也可以省去,省去后,强调作用随之丧失,如 b 句。例(9’’)中,“是”是附缀,不能进行否定等句法操作,且例句中附缀“是”造成了句法结构与韵律结构的方向性错配。

所谓方向性错配,指的是本来结构上前置的成分在音韵上却不向它句法上的核心依附,反而依附到它前面的词上。(严艳群 2013)具体而言,例(9’’)中,附缀“是”句法上与后接句“人生莫受老来贫,也须要阴骘积儿孙。”关系紧密,而韵律上则与前面的连词宿主“虽说”加以“组块”,这样造成了句法结构和韵律结构的方向性错配。

第四,判断词“是”可以作为应答语独立使用,副词“是”与附缀“是”都不能独立使用。试比较:

(10)——这个杯子是你的吗?

——是。

(10’)——你心里是什么打算?想着什么?(转引自李临定,2011)

——＊是。

(10'')话说我也想一个人过,不过就是一个人过嘛。主要是,我不想一个人看电影。(BCC·微博)

——话说我也想一个人过,不过就是一个人过嘛。是,我不想一个人看电影。

例(10)中,判断词“是”可以单独用来回答问题。例(10')中,副词“是”不能单用,也不能单说。例(10'')中,宿主“主要”省去后,独用的“是”更多表现出判断词的特征,而不会理解为附缀。

第五,判断词“是”通常情况下是不省去的,特定情况下可以省去。副词“是”不省去的话,起到一定的强调或标记作用;省去的话,强调或标记作用随之丧失。附缀“是”可以较为自由的省去(曹秀玲2012)。试比较:

(11)a.他最佩服的是你。(转引自吕叔湘,1980)

a'＊他最佩服的你。

b.明天是五一劳动节。

b'明天五一劳动节。

c.这次大家把学习的机会让给你是对你的爱护。(转引自石毓智,2005)

c'＊这次大家把学习的机会让给你对你的爱护。

(11')我[是]问问,没有别的意思。(转引自吕叔湘,1980)

(11'')很显然,这四位邻居都在努力地回忆,脸上的表情既焦虑又激动,似乎[是],他们要回想起促使他们来这里的某个使命。(残雪《残雪自选集》)

例(11)中的“是”都是判断词,除了b句之外,a句和c句省去“是”之后,句法上不成立。b句中的“是”之所以能省去,是因为“劳动节”是特殊的名词,具有[+顺序]的语义特征。例(11')中,副词“是”省去后,强调作用消失了。例(11'')中,附缀“是”的有无,对句法和语义都没有显著的影响。

第六,判断词“是”以后加体词性成分最为典型,除此之外,也可以后加谓词性小句或句子。副词“是”的后接成分可以是体词性成分,也可以是谓词性小句,还可以是句子①。附缀“是”的后接成分几乎都是语义自足的谓词性小句或句子(曹秀玲2012)。

①后接体词性成分,副词“是”标记的是宾语,如“我昨天买的是笔记本。”。后接谓词性成分,“是”有一定的强调作用,如“我来的时候是骑自行车。”。后接句子,“是”标记的是主语,如“是小王迟到了。”。

石毓智(2005)讨论了"是"的不同情况。其中,判断词后接句子或谓词性小句时,如果表示诠释关系①,"是"是判断词,这个"是"不能省去。如"我们的任务是把这些书放在书架上。""我们登双双的照片是想为读者推荐文艺新人。"李临定(1986/2011:351)也谈到了"是"后接谓词性小句的情况,如"更让他难过的是没地方去诉委屈。""更足以自傲的是许多老朋友也赶着来贺喜。"这两个例句中的"是"是判断词,不能省去。而附缀"是"后接谓词性小句或句子时,除了与判断词后接小句或句子时的表层形式类似外,二者存在一定的差异。附缀"是"后接小句或句子,与其前面的宿主之间不存在诠释关系,且这个"是"可以较为自由地省去。试比较:

(12)我们俩来的目的就是代表编辑部向您道歉。(转引自石毓智,2005)

(12')* 我们俩来的目的就代表编辑部向您道歉。

(13)夏母:怎么着?你嫌人家是个保姆,还带这个二子,配不上你是不是?

夏锦达:不是配不配的事,关键我不想结婚。(转引自李宗江,2011)

(13')夏锦达:不是配不配的事,关键是我不想结婚。

例(12)中,"(就)是"后接谓词性小句,前后内容之间具有一定的诠释关系:"代表编辑部向您道歉"是对"我们俩来的目的"的说明。判断词"是"省去后,例(12')不成立。例(13)中,"关键"后接句子,"是"的有无并不会对句子的句法和语义产生明显的影响,补充出附缀"是"的例(13')接受度上没有任何问题。

综上所述,我们将判断词"是"、副词"是"与附缀"是"的区分列表如下。

表1:判断词"是"、副词"是"与附缀"是"区分表②

	后接成分			语音重读	句法定位	可以省去	独立使用	接受句法操作
	NP	VP	S					
判断词	+	(+)	(+)	+	-	(-)	+	+
副词	+	+	+	(+)	+	+	-	(+)
附缀	-	+	+	-	+	+	-	-

①石毓智(2005)指出:诠释关系的判断句是指宾语部分是对主语内涵的说明,主语和宾语之间必须用"是"来连接。此时主语和宾语的外延一致,宾语所指不直接与现实现象发生联系,而是对另一语言单位(主语)的诠释。结构中的"是"也是判断词,为句子的核心成分,不能省略。

②"NP"表示体词性成分,"VP"表示谓词性小句,"S"表示句子。"+"表示存在,"-"表示不存在,"(+)"表示局部存在,"(-)"表示偶尔存在。

2.1.2 与词缀“是”的区分

附缀“是”与词缀“是”的区分主要体现在以下几个方面。

其一,附缀“是”语音上贴附于紧邻的词上,结构上却可以加在词、短语或句子上。词缀“是”语音上和句法上都只能加在词根上。试比较:

(14)第二届乐天杯中韩对抗赛开幕式13日在上海进行。巧合的是聂卫平抽到睦镇锡,曹薰铉抽到常昊,非常引人注目。(1995年《人民日报》)

(14')不好好学习,天天玩游戏,真是气死我了。

例(14)中,“是”语音上依附于“的”字结构“巧合的”,句法结构上却属于后接句,造成了句法结构和韵律结构的方向性错配。例(14')中,“真是”已经成词,词缀“是”语音和结构上都加在词根“真”上。

其二,附缀“是”有自身的词类属性,脱离临时语境,几乎都可以恢复为判断词或副词。词缀“是”没有词类属性,无法还原为词的形式。试比较:

(15)人们尊敬他和他的新任职务,这当然是好事,主要是,这种尊敬是他推行环境保护工作的一个有利条件。(王蒙《惶惑》)

(15')我一定能按时完成,你放一百个心就是了。

例(15)中,“主要是”后接句子,如果脱离这种语境,后接成分变成为典型的体词,“是”则会恢复成为判断词,如“这当然是好事,主要是他的将来。”例(15')中,“就是”已经成为助词,“是”是词缀,无法恢复为词。

其三,附缀“是”所依附宿主的性质具有多样性,可以是名词,可以是情态动词,也可以是副词,还可以是连词,甚至可以是“的”字结构等等。词缀“是”结合的单位有一定的选择限制,以副词性成分居多,且几乎都是单音节的,我们考察了《现代汉语词典》(第七版)收录的“X是”,其中“X”是副词性的成分具有压倒性优势,如“可是/真是/就是/还是……”。试比较:

(16)就拿这“林苑”来说吧,虽然是今非昔比,徒有其虚名,可毕竟是独门独院,上上下下十几间房,连市里的书记、市长看了也眼红啊!(谌容《梦中的河》)

(16')他(弗兰茨)在进军柬埔寨的国际联盟行动中,不幸丧命于曼谷街头的小混混手中,这是表面的“轻之征兆”。实质上是,他选择了人家的抽象的历史,却割断自己的具体的历史。(2003年《文汇报》)

(16'')大家虽然很累,可是都很愉快。

其四,附缀结构(clitic group)"X 是"中,宿主"X"可以单独接受修饰语的修饰。包含词缀"是"的词汇词"X 是"中,词根"X"不能单独受修饰语修饰,整个词汇词可以接受修饰。试比较:

(17)因为我是南方人,所以原来一直很怕冷。不巧的是,导演偏偏选的是北京最冷的时候来拍这部《西楚霸王》,因此吃了不少苦头。(1994 年报刊精选)

(17')因为我是南方人,所以原来一直很怕冷。很/十分/特别不巧的是,导演偏偏选的是北京最冷的时候来拍这部《西楚霸王》。

(18)昨天的饭菜真是不错。

(18')昨天的饭菜可真是不错。

例(17')中,程度副词"很""十分""特别"修饰"不巧",而不会理解成修饰"不巧的是"。例(18')中,"真是"是一个词汇词,前面的"可"不会理解为单独修饰"真"。

综上所述,我们将附缀"是"和词缀"是"二者的区分列表如下。

表 2:附缀"是"与词缀"是"区分表

	语音与句法贴附一致	可以恢复词类	"X"性质的多样性	"X"单独接受句法操作
附缀	-	+	+	+
词缀	+	-	(-)	-

2.2 附缀"是"的性质

Gerlach&Grijzenhout(2000:1-2)指出,附缀涉及到语音、韵律、形态和句法等不同层面,属于接口研究。附缀就是不能像"正常的"词那样整合进句子,又不能像"正常的"词缀那样整合进词的那类成分。附缀本质上是语音学上的,但也会带来句法上的相关后果(Anderson2005)。Zwicky(1994:3)强调了附缀的混合特征,认为附缀既像独立词那样能充任句法核心、论元或修饰语,又像词内成分那样必须依附相邻的词。刘丹青(2008/2017:547)同样认为,附缀是一种广泛存在于人类语言的语音-语法现象。可以肯定地说,附缀不是单纯的某一层面的语言现象,而是语言不同层面的接口现象。

考虑到汉语没有严格意义上的形态变化,以及书面语中汉字书写系统无法反映语音弱化等问题,附缀"是"的性质主要集中体现在韵律和句法两方面。

韵律上,“X是”关系紧密,形成一个韵律单位。吴为善(2006:54-55)指出,后置单音节具有粘附性,前置单音节具有相对独立性。由于单音节的粘附惯性,往往有依附倾向,甚至超层次地与前面的复音节组成韵律单位,附缀“是”与前面的宿主“X”形成韵律单位。例如:

(19)格式条款就是一般的都是一种商业运作的一种固定的模式,应该说是,他是为了当事人定这个合同便利,采用了一种固定的模式,所以就是为了方便快捷,为了达到这么一个目的。(2012年《快递的魔法》)

(20)工农干部的文化程度是参差不齐的,大体上是党、政府、群众团体等机关部门的干部语文水平高于算术水平,而经济部门的某些业务人员则数理水平高于语文水平。(1954年《人民日报》)

例(19)和例(20)中,附缀“是”分别贴附于前面的附缀结构“应该说”和“大体上”,形成一个四字格的附缀叠加式①。

句法上,附缀“是”失去了判断词或副词的典型范畴特征,不能被“不”否定,不能独用,也不能正反叠加使用,句法结构与韵律结构发生方向性错配。脱离这种语境,“是”可以恢复为最初的词性,或是判断词,或是副词。例如:

(21)尽管书生百无一用,可笑读书人在那时候到哪儿都占点便宜,人家都看得起,也敬重。可能是,读圣贤书,通圣贤事,读书人都很清高,再不就是沾了孔老夫子的光。(独孤红《断肠红》)

(22)她觉得保罗是跟从前一样的,只是各处都往大发展了一些,比方鼻子也大了一点,眼睛也长了一些,似乎是黑眼珠也比从前大了。(萧红《马伯乐》)

上述例句中的“是”都不能进行句法操作,如都不能被否定副词“不”修饰,且都造成韵律结构与句法结构的方向性错配。如果将“可能是”或“似乎是”的后接成分变换为体词性成分,这里的“是”成为了判断词。

除了与韵律和句法关系较为紧密之外,结合语法化理论中互有关联的四个机制,即

①所谓附缀叠加式,指的是在已经贴附附缀的基础上,再次叠加别的其他的附缀。如例(19)中,附缀“说”依附于前面的宿主“应该”,构成附缀结构“应该说”,在此基础上再依附附缀“是”,形成附缀叠加式“应该说是”。关于与附缀“是”有关的叠加式的相关论述,具体请参阅张斌(2013)和吕佩(待刊)。

去语义化、扩展、去范畴化和销蚀(Heine&Kuteva2002)以及 Nicole Dehé& Katerina Stathi (2016)①的研究成果,附缀"是"也会在语义、语用和语音等方面有所反映。

语义上,附缀"是"的判断义或强调义发生漂白。附缀化属于语法化过程中的一个阶段,因此与语法化整体发展演化的特征保持一致。语法化过程中,具有具体词汇义的实词会语法化为虚词,具有功能义的虚词会进一步语法化。不论是实词的虚化还是虚词的进一步虚化,反映在语义上是都会进一步漂白。附缀"是"是由判断词或副词语法化而来的(董秀芳 2004),其判断义或强调义必然会发生漂白。例如:

(23)至于先有特吉拉酒,还是先有特吉拉城,谁也说不清。可能是酒因产地而得名,就像中国的茅台酒一样。(2002 年《新闻报道》)

(24)我们不能等到完全实现四化以后有了充分的好纸和现代化的印刷装订才讲究设计,实际上是,就现有的物质技术条件在一般不重视这方面的书刊设计上也没有得到充分的利用发挥。(《读书》vol-004)

上述两个例句中,"可能是"和"实际上是"的后接成分分别是句子和谓词性小句,也是信息重心所在,这里"是"的判断义或强调义弱化甚至丧失。

语用上,附缀"是"的判断或强调功用弱化甚至消失,但系连功能和评价功能仍有所保留。判断词"是"主要的用法是系连判断(石定栩、韩巍峰 2013),按照语法化相关理论,语法化项发生漂白的同时,多多少少还会保留部分意义或用法(储泽祥、谢晓明 2002)。附缀"是"不再具有典型的判断或强调等功用,成为了基本功能羡余成分(吕佩 2018、2019),更多的是起到凑足音节或系连评价等功用。试比较:

(25)郭子龙又愤激了起来,在他骂着吴顺广的时候,老和尚念了两声佛,显然觉得这是罪过的。但那意思又很暧昧,好像是,吴顺广固然有些罪过,然而骂他也是罪过的。(路翎《燃烧的荒地》)

(25')那意思又很暧昧,好像,吴顺广固然有些罪过,然而骂他也是罪过的。

(26)你想想,我怎么会跟这样人的老婆发生关系?事实上是他夺走了我的女朋友,反过来他又处处不放心我,怀疑我。(张平《十面埋伏》)

(26')我怎么会跟这样人的老婆发生关系?事实上他夺走了我的女朋友,反过

①据 Nicole Dehé& Katerina Stathi(2016)研究,尽管语义虚化与语音销蚀存在着先后发生还是同时发生的问题,但有一点值得肯定的是:语义虚化和语音销蚀有一定的关联性。

来他又处处不放心我,怀疑我。

不出现附缀"是"的例(25')和例(26'),句子的句法和语义没有问题。但相比例(25)和例(26)而言,句子的顺畅度有所降低,且主观性也有所减弱。

语音上,附缀"是"弱化轻读,失去逻辑重音。石毓智(2002)谈到虚化成分的表现特征是:都是单音节的,必须依赖于一个重音词才能运用,语音形式大多弱化,或者失去调值,或者韵母元音央化等,所构成的韵律单元的特征皆为"重音+轻音"模式。附缀"是"是由判断词或副词语法化而来的,语音有所磨损,需要依附于一个重音单位。随着高频使用,韵律单位"X是"会走向固化,进而成为一个语法词甚至词汇词,"是"附缀化程度更高了。

综上可见,附缀"是"失去了判断词或副词的典型范畴特征,但还未完全成为词缀,与判断词、副词和词缀都存在一定的"纠葛"。附缀"是"属于接口现象,在语音、韵律、句法、语义和语用等方面都会有所体现。

三、汉语中附缀的判定原则

汉语没有严格意义上的形态变化,这为区分汉语中附缀与独立词(尤其是虚词)、附缀与词缀增加了一定的困难。如何有效地区分汉语中的独立词、附缀和词缀呢?

关于附缀的判定,学者们做了许多有益的探索。前人与时贤提出了不同的原则,其中较为著名的有:Zwicky-Pullum标准(1983)和Spencer&Luís(2012)的"典范附缀理论"。汉语研究中,部分学者也提出了相关的判定原则。刘丹青(2008/2017:550)基于汉语类型特征,提出了"句法从严,语音从宽"的原则。白鸽、刘丹青等(2012)在Birgit(2002)、Zwicky & Pullum (1983)和Zwicky(1985)提出的鉴别标准基础上,总结出15条区分汉语中独立词、附缀和词缀的相关标准。张斌(2013:71-75)在刘丹青(2008/2017)的基础上,根据汉语的实际情况,作了适当的补充,并增加了附缀与标记的区分内容。叶狂、潘海华(2014)借鉴了Spencer&Luís(2012)的典范附缀理论,在此基础上,提出了符合汉语类型特征的4条判定标准。董思聪(2014:48-57)在介绍Zwicky&Pullum(1983)和Zwicky(1985)相关标准的基础上,提出了自己的鉴别标准。

综观这些判定原则或标准,也只是具有一定的倾向性,并不能完全区分开独立词、附缀和词缀。其中的原因主要包括主客观两个方面:客观原因是由于独立词、附缀和词缀之间是一个连续统,没有明确的界限,无法"一刀切"。主观原因是大家对附缀本身的定义都不尽相同,因而判定原则存在一定的差异也是情理之中的。正如 Zwicky(1985)所言,附缀的句法身份不像独立词和词缀那样明确,是语言中的一种有标记现象,如能分析为独立词或词缀,就不必分析为附缀。Spencer&Luís(2012:1-2)同样认为:附缀和词缀之间不应该也不可能划出一条明确的界线。刘丹青(2008/2017:550)也持有类似的看法,认为:“附缀化操作不明显,对句法结构影响不大的,可优先分析为某种虚词或词缀”。

相比较而言,我们更多认同“句法从严”(刘丹青 2008/2017)的判定原则。主要出于这样的考虑:具有形态曲折变化的语言,如印欧语等西方语言,附缀可以较为明显地从表层形式上观察得到,如'*d*、'*m*、'*s*、'*ll*、'*re*、'*ve* 等。例如:

(27)I'd like to play with you.

(28)Guilin Park is arriving, doors'll open on the left.

(29)These friends of my sister're in the room.

(30)I'm a student of Shanghai Normal University.

尽管这些形式并不一定都是附缀,有些可能已经成为了词缀,如'*s*(Lowe2013)。但不可否认的是,这种形态变化能为我们提供一定的参考,方便从附缀的角度出发来考察相关现象。

汉语没有严格意义上的形态变化,并且汉语的书写系统,即使造成语音上的销蚀磨损也无法在句法表层显现出来。因此我们在判定是否发生了附缀化,需要从句法上严格把控,“重点确认那些涉及语序改变、结构错配及有无明显语音脱落的现象”(刘丹青 2008/2017)。张谊生(2010)考察了现代汉语中依附于不及物动词和形容词的附缀“于”,指出:“于”在句法结构和韵律结构上出现了附着方向和构造成词的错配。白鸽、刘丹青等(2012)考察了北京话中的代词“人”,描写了主语、定语和宾语位置上显著的句法变化:排斥焦点化、话题化等,指出“人”发生了附缀化。严艳群(2013:52-58)基于类型学宏观视野,结合汉语实际类型特征,归纳了汉语中附缀的四种错配类型:层次错配、方向错配、语序错配和跨小句错配。董思聪(待刊)考察了重庆方言中的一类“之”,认为这类“之”缺乏重叠形式,不能进行合并删略,与其后的谓词性成分不能发生分离或发生移位等句法操作。

综上可见,现代汉语中附缀的判定,需要重点考虑句法是否发生了明显的变化,是否对句法结构影响较大等,即“句法从严”。

四、结语

判断词是常发生附缀化的成分①。(刘丹青 2008/2017)现代汉语中的“是”,除了判断词、副词和词缀之外,还有一类附缀“是”。附缀“是”与判断词和副词存在一定的差异,表现出去范畴化的特征,但还没有完全成为词缀,与词缀“是”也存在一定的区分。附缀“是”属于接口现象,在语音、韵律、句法、语义和语用等方面都会有所体现。汉语中附缀的判定,要结合汉语实际类型特征,重点考察是否引起了显著的句法变化,是否发生错配等。

参考文献

白鸽、刘丹青、王芳、严艳群:《北京话代词“人”的前附缀化——兼及“人”的附缀化在其他方言中的平行表现》,《语言科学》,2012 年第 4 期。

曹秀玲:《“说”和“是”与关联词语组合浅谈》,《中国语文》,2012 年第 5 期。

储泽祥、谢晓明:《汉语语法化研究中应重视的若干问题》,《世界汉语教学》,2002 年第 3 期。

董思聪:《汉语语缀:理论问题与个案分析》,澳门大学博士学位论文,2014 年。

董思聪、黄居仁:《重庆方言的语缀“之”及语缀的分类问题》,载《语言学论丛》(第五十九辑),北京:商务印书馆,待刊。

董秀芳:《“是”的进一步语法化:由虚词到词内成分》,《当代语言学》,2004 年第 1 期。

李临定:《现代汉语句型》(增订本),北京:商务印书馆,1986 年。

李宗江:《“关键是”的篇章功能及其词汇化倾向》,《语文研究》,2011 年第 3 期。

刘丹青:《语法调查研究手册》(第二版),上海:上海教育出版社,2008 年。

刘月华、潘文娱等:《实用现代汉语语法》,北京:商务印书馆,2001 年。

吕佩:《粘着短语“似乎是”“好像是”“仿佛是”表达功用》,《贵州工程技术应用学院学报》,2018 年第 6 期。

吕佩:《现代汉语后附缀“是”及其附缀结构“X 是”研究》,上海师范大学博士学位论文,2019 年。

吕佩:论与后附缀“是”有关的累积叠加式,《海外华文教育》,待刊。

①刘丹青(2008/2017:558)原文使用的是“系词”,为了行文统一,我们采用“判断词”的说法。

吕叔湘:《现代汉语八百词》,北京:商务印书馆,1980 年。

吕叔湘:《汉语语法分析问题》,北京:商务印书馆,1979 年。

石定栩、韩巍峰:《系词的语法化过程与趋势》,《汉语学习》,2013 年第 5 期。

石毓智:《汉语发展史上的双音化趋势和动补结构的诞生——语音变化对语法发展的影响》,《语言研究》,2002 年第 1 期。

石毓智:《论判断、焦点、强调与对比之关系——“是”的语法功能和使用条件》,《语言研究》,2005 年第 6 期。

吴为善:《汉语韵律句法探索》,上海:学林出版社,2006 年。

严艳群:《汉语中的附缀:语言类型学视角》,中国社会科学院研究生院博士学位论文,2013 年。

叶狂、潘海华:《把字句中“给”的句法性质研究》,《外语教学与研究》,2014 年第 5 期。

张斌:《现代汉语附缀研究》,上海师范大学博士学位论文,2013 年。

张谊生:《“副+是”的历时演化和共时变异——兼论现代汉语“副+是”的表达功用和分布范围》,《语言科学》,2003 年第 3 期。

张谊生:《从错配到脱落:附缀“于”的零形化后果与形容词、动词的及物化》,《中国语文》,2010 年第 2 期。

Anderson, S. R. *Aspects of the Theory of Clitics*. Oxford: Oxford University Press, 2005.

Dehé, N. &Stathi, K. Grammaticalization and prosody: The case of English sort/kind/type of constructions. *Language* (92), 2016.

Gerlach, B. &Grijzenhout, J. Clitics from different perspectives. In Gerlach, B. &Grijzenhout, J. (ed.). *Clitics in Phonology, Morphology and Syntax*. Amsterdam/Philadelphia: John Benjamins Publishing Company, 2000.

Gerlach, B. *Clitics between Syntax and Lexicon*. Amsterdam/Philadelphia: John Benjamins Publishing Company, 2002.

Heine, B. &Kuteva, T. *World lexicon of grammaticalization*. Cambridge: Cambridge University Press, 2002.

Klavans, J. L. The Independence of Syntax and Phonology in Cliticization. *Language* (61), 1985.

Lowe, J. J. English possessive 's: clitic and affix. *Natural Language & Linguistic Theory* (1), 2013.

Spencer, A. and Luís, A. R. *Clitics: An Introduction*. Cambridge: Cambridge University

Press,2012.

Zwicky, A. M. &Pullum, G. K. Cliticization vs. Inflection: English n't. *Language*(59),1983.

Zwicky, A. M. Clitics and Particles. *Language*(61),1985.

Zwicky, A. M. What is a clitic? In Nevis, J. A., Joseph, B. D., Wanner, D. & Zwicky, A. M. (ed.). *Clitics: A Comprehensive Bibliography*, 1892–1991. Amsterdam/Philadelphia: John Benjamins Publishing Company, 1994.

On Clitic *Shi*(是) and on the Criteria of Clitic in Modern Chinese

Lv Pei

(Wenzhou University)

Abstract: Based on the theory of cliticization, this paper investigates clitic*shi*(是) in modern Chinese. And this paper holds that in modern Chinese, except for judging words, adverbs and affix, *shi*(是) could be clitic. There are a lot differences between clitic*shi*(是) and judging words, adverb and affix, which is a kind of interface phenomenon. Finally, this paper discusses the criteria for determining clitic in Modern Chinese, and holds that the relevant principles of strict syntax should be satisfied.

Key words: clitic; *shi*(是); interface phenomenon; strict syntax

汉语篇章回指形式的产出与理解交互模式初探*

李　榕

（西安外国语大学中国语言文学学院）

提要：本文使用心理语言学实验和真实语料分析相结合的方法考察汉语篇章中作者如何产出回指形式和读者如何理解回指形式的两个过程，并分析两者的交互模式。结果发现两个过程有同有异，相同之处是对读者和作者来说，回指形式的变化都不足以影响回指倾向。不同之处是回指形式的变化虽不足以影响作者产出回指对象，却会影响读者对句子自然度的感知和阅读篇章的速度。以上发现综合证实了篇章的产出和理解是一个动态的交互过程，是自上而下和自下而上两个处理过程的融合。

关键词：汉语篇章；回指形式；产出与理解；交互模式

一、引言

1.1 问题的提出

不论书面语交际还是口语交际，读者或听话人都要确定回指对象才能顺畅地理解篇章，而作者或说话人在产出篇章时，则要根据现有信息确定使用的回指形式，指引读者或听话人完成对回指的理解。作者产出回指形式和读者理解回指形式是不是遵循同一套

* 本文是国家社会科学基金项目“基于指称的汉语篇章与句法互动机制研究”（16CYY045）的阶段性成果之一，同时受到第二批“陕西省普通高校青年杰出人才支持计划”的资助。心理语言学的实验设计和数据统计得到荷兰乌特勒支大学 PimMak 助理教授和 Ted Sanders 教授的帮助，在此一并表示感谢。

规则？前人研究回指的文献虽十分丰富，但对此问题的关注并不多。①

前人文献多从产出回指或理解回指的一个方向入手，似乎默认作者产出回指和读者理解回指依靠同样的规则。语言学界的多数文献是从作者产出回指的角度入手，以语言学家的自省为依据，研究回指的使用条件是什么，比如作者在何种情况下会使用不同的回指形式，如 Givón(1983,1992)、Li&Thompson(1979)、陈平(1987)等；或研究作者使用回指的规律，如徐赳赳(1990,2003)和许余龙(2004)等。② 心理语言学界和计算语言学界的多数文献则是从读者理解回指的角度入手，如研究读者如何根据篇章提供的因素来判断回指对象，如 Ariel(1990)、Gordon 等(1993,1995)、Linde(1993)和 Kehler(1997)等。

到底回指产出和理解规律是否相同？仅从一个角度出发的研究能否同时涵盖回指产出和理解的规律呢？这个问题很难从语料分析中得到令人信服的答案，因为语料只是作者产出的结果，是作者单向的输入信息，无法动态反映作者创作篇章时产出回指的过程。而心理学语言学可以提供一种新方法，通过不同的实验方式来观察篇章中回指产出和理解两方面的过程。如通过补全句子的实验方式可以测试作者在产出篇章时对回指的选择过程，通过判断句子自然度的实验可以观察读者在阅读理解回指时的语感，还可以使用眼动(Eye-tracking)实验等方式来观察读者理解篇章时动态实时的阅读过程。③ 心理语言学的实验方法在处理篇章时有语料分析无法比拟的优势，其可以有效控制篇章中的多种变量，去除干扰，取得可信的结果。其弊端是语料是预先选择的，没有真实语料分析中观察到的语料多样化。语料分析的研究方法优势是可以观察到多样化的回指现象，弊端是相应的干扰变量众多，很难确定某种因素的独立影响。总之，语料分析和心理语言学实验的方法各有利弊。本文将结合真实语料分析和心理语言学实验研究篇章理解和产出的过程，结合两种研究方法的优势，扬长避短，这样取得的结果也更为可信。语料分析和心理语言学实验相结合的方法也是国际语言学研究的新趋势之一。

本文所说的“回指形式”指篇章中回指语的词汇形式，即作者用何种词汇形式回指上文的回指对象，常见的有第三人称代词和零形式。第三人称代词回指就是用第三人称代词指代回指对象，如下例中第三个小句用“他”回指第一个小句的“唐明德”。零形回指就是用零形式指代回指对象，如第二个和第四个小句用零形式回指“唐明德”。

---

①由于本文的语料均为书面语，下文使用“作者”和“读者”进行讨论。

②本文的“产出”指的是产出回指形式的回指对象。回指形式已经给定，请被试选择回指对象。

③眼动(Eye-tracking)实验指使用眼动仪记录被试阅读过程中眼动运行轨迹，并借助这些外部行为数据来观察语言认知的一种实验方法。

(1)唐明德$_i$惊慌地往外跑,$Ø_i$撞到一个大汉身上,他$_i$看清了那人的眉眼,$Ø_i$认出了那人是谁。① (陈平,1983:363)

影响回指的因素众多,如前人文献中提出的句法成分、话题地位、特殊语义的动词和篇章接续性等。与这些研究相比,我们只关注回指形式对回指的影响,考察两者之间是否存在一定的预测关系。不同回指形式的使用(如第三人称代词或零形式)对确定回指对象的作用如何尚未研究清楚,如例(1)中的第三个小句为什么使用第三人称代词而不用零形式?这里使用"他"是否能帮助读者迅速找到真正的回指对象"唐明德"而不是离得比较近的可能回指对象"一个大汉"?

具体说来,本文希望结合真实语料分析和心理语言学实验的结果初步回答以下三个问题:

1. 作者如何根据脑中的篇章因素来判断使用何种回指形式,进而指引读者理解回指?

2. 读者如何根据作者提供的篇章因素来理解回指形式并判断回指对象?

3. 作者产出回指和读者理解回指是否遵循同样的规则?两者有什么联系?

1.2 本文语料及研究方法

为了研究上述问题,我们需要对篇章中真实的语料进行筛选。因为本文旨在研究回指形式这一因素对回指对象判定的影响,需要把其他篇章因素的影响压缩到最低。此外,我们需要研究含有多个回指对象的篇章。因为如果语料中只存在一个名词实体,缺少竞争者,那么不管后文使用第三人称代词还是零形式,都只有一种回指可能性,无法研究回指形式如何影响回指倾向的问题。基于以上考虑,我们选择了一种特殊的语料——在回指语形式的前一句话中出现了两个单数同性别人物,即两个可能的回指对象,如:

(2)王刚打了张建国,他/Ø……。

这类语料如果没有下文,第一个小句的两个实体"王刚"和"王建国"都可能成为回指对象。我们将通过两个心理语言学的实验和相应的真实语料的分析来观察第二个小句选择第三人称代词还是零形式是否会影响回指倾向?即是否会倾向回指"王刚"或"张建国"?

---

①例句中的下标相同表示所指相同,如本例的"他"和第一个小句的"唐明德"所指相同。本文语料未标注来源的均是根据语料库改写自编的语料。

选择这种语料的原因有:1. 其尽可能地压缩了其他篇章因素的影响,突出了回指形式因素,堪称研究回指形式的"最小对立对",且方便与相关的心理语言学实验研究进行对比。2. 这类语料难以根据前人文献提出的方法正确预测出实际的回指对象,如 Givón(1983)提出以回指对象和回指形式之间间隔的小句数目判断回指对象,间隔越小,越容易被回指,而这类语料中的两个回指对象和回指形式的间隔是一样的。3. 这类语料在真实语料中并不少见。在本文考察的4万余字的《人民日报》语料中,有2.8%的句子含有这类语料。4. 其也是计算机处理篇章和对外汉语教学中会遇到的棘手问题,有较大的实用价值。

本文研究的语料分为两大类:1. 真实语料:人民日报图文数据库2006—2008年的80篇叙述文(共405979字),人工筛选后得到143句本文要考察的语料。2. 实验语料:根据真实语料修改的实验材料,包括在线实验(2个)的480个句子,以及离线实验(2个)的240个句子。所有实验材料均经过了三位母语者和两位语言学专家的讨论确认。以上实验句的统计均未包括干扰句,实际被试测试的句子是实验句的3倍,并且被试只能看到其中一个条件,无法看到相似的句子,保证实验结果的真实可靠。

确定语料之后,我们共设计了4个实验,分别考察作者产出回指和读者理解回指的过程。离线实验一使用补充句子的方式考察作者产出回指的过程。离线实验二采用感知句子自然度的方式考察读者阅读理解回指的过程。在线实验一和二都是采用眼动实验的方式观察读者在线实时理解篇章回指的过程,可以与离线实验二的结果作对比,综合说明读者理解篇章回指的过程。再与离线实验一的结果进行对比,就可以发现作者产出回指和读者理解回指的机制是否相同。同时我们还分析了真实语料中回指的使用情况,可以与两个方向的心理语言学实验研究相印证。严格说来,基于真实语料的分析属于研究者作为读者阅读理解并推测作者写作意图的角度。如下表所示:

表1 回指形式的产出与理解研究

研究角度	研究问题	对应实验或分析	研究方法
作者如何产出回指	作者如何在确定回指形式的情况下选择回指对象	离线实验一	补充句子
读者如何理解回指	读者如何理解回指和篇章的关系	离线实验二	感知句子自然度
	读者如何实时在线理解回指	在线实验一和二	眼动实验
	读者如何在真实语料中理解作者设置的回指	真实语料分析	语料统计分析

篇幅所限，本文具体探讨离线实验一和离线实验二，在线实验一和在线实验二的具体数据和结论已发表（参见李榕，2016）①，本文将直接援引相关的实验结果。

二、回指形式产出的实验——离线实验一

作者如何产出回指是我们要回答的终极问题，但是现有的研究手段无法直接研究作者如何产出回指，只能采用"曲线救国"的方法。在确定回指形式的情况下，观察作者如何选择回指对象，也可以说明部分回指产出的过程。基于此，我们设计了作者产出汉语篇章回指的实验一。本实验严格限制动词的语义倾向②，排除隐含因果动词等特殊语义的动词，选择中立动词的语境，将回答以下问题：在中立动词的语境下，使用不同的回指形式会不会造成作者回指倾向的不同？

这个问题在其他语言的研究成果存在争议。意大利语和希伯来语均是广泛使用零形回指的语言，但类似实验的研究结果不同。Carminati（2002）对意大利语的离线实验发现，从产出的方向看，如果在应该使用零形式的地方使用代词会增加回指宾语的倾向。被试倾向第三人称代词回指宾语，零形式回指主语。Sorace 和 Filliaci（2006）对意大利语的在线阅读实验发现与 Carminati（2002）的实验相一致的结果，但 Meridor（2006）对希伯来语的类似语料做了相似的实验，发现回指形式的差异不能影响回指倾向。

2.1 实验过程

2.1.1 被试

本实验的被试是 40 名以汉语为母语的大学生，年龄从 19—25 岁（平均年龄 22 岁）。籍贯均为中国北方省份，排除了语言学相关专业的学生③。

2.1.2. 实验材料

我们从语料库中选择真实语料并进行改编后设计了 40 组句子，分为 A 和 B 两个条件。两种条件第一个小句完全相同，均含有两个单数同性别的可能回指对象④，第二个小

---

①眼动实验的具体数据和分析参见李榕，Pim Mak，Ted Sanders：《汉语第三人称回指语形式眼动阅读实验》，《中国语文》2016 年，第 1 期。

②动词的语义特征，如隐含因果动词等是影响回指的变量，需要控制。

③排除语言学专业的学生是因为其语言敏感性可能比较高，无法代表普通汉语母语者水平，会影响实验的准确性。

④采用了相同数目的男性名字和"他"以及女性名字和"她"进行配对，并事先请三位母语者判断名字的性别倾向，采用的都是极易辨识的名字。如"强"、"超"对应男性，"娟"、"美"对应女性等。

句分为两个条件:A 句使用第三人称代词“他”,B 句使用零形式回指,如下例:

(3) A 李强放学以后在学校门口看见了张超,他想__________。

B 李强放学以后在学校门口看见了张超,想__________。

实验材料一共有 40 组句子(2 * 40),共 80 句,还包括 60 个完全无关的干扰句,如“王美丽高考得了全校第一名,所以________”等。随机排列组合之后分为两个测试问卷,每个问卷中只包含 AB 两种条件中的一个,即每个被试只能看到 AB 其中一个句子(20 个)及干扰项(60 个),共计 80 个完全不同的句子。完成整个实验需要 20 分钟左右。

2.1.3 实验方法

先将问卷发给被试,然后请被试用脑中出现的第一个想法补全句子,补全句子之后先收集问卷,再把问卷返还给被试,请被试标出自己认为第二个小句的动词主语是谁①。为什么不在一开始就请被试边补充句子边标主语呢?主要是为了保持被试对实验的目的一无所知。只有在被试不知道实验目的的情况下取得的问卷才是有效的。在收集问卷之后,抽查了 25 个被试对问卷目的的猜测,回答均错误,所有取得的问卷都真实有效。

2.2 实验结果及讨论

实验结果采用 SPSS 13.0 软件进行分析,将所有类似例(3)的主语“李强”命名为 N1,宾语“张超”命名为 N2,然后标注被试在哪些情况下选取 N1 为第三人称代词或者零形式的对象?哪些情况下选取 N2 为第三人称代词或零形回指的对象?

实验材料共有 800 句,其中有 2 位被试在 4 个零形回指的句子未标出回指对象,不计为有效数据,最终数据为 796 句。实验结果非常明确:不论第二个小句句首出现的回指语是代词还是零形式,被试都倾向选择前句的 N1(主语)作为回指对象。具体统计结果如下:

表 2 中立语境下回指形式对回指倾向的影响

	选择 N1(主语)为回指对象	比例	选择 N2(宾语)为回指对象	比例
第三人称代词	377	94%	23	6%
零形式	392	99%	4	1%
总计	769	96%	27	4%

①采用这样的问法回避了被试对实验目的的猜测:考察代词或零形式的回指对象。且因绝大部分非语言学背景的被试不知道“零形式”的概念,无法完成“找出零形式的回指对象”这样的指令。受过大学教育的被试对主语都有所认识,可以很好的完成“动词的主语是谁”这样的指令。

离线实验一发现：不管是第三人称代词还是零形式出现在第二个小句中，被试都倾向选择前一句的主语为回指对象。选择宾语作为回指对象的很少，差异巨大（779 例 N1 vs. 27 例 N2），典型的例子如下：

（4）A 崔磊$_i$ 在网上和唐强$_j$ 聊天，他$_i$ 打算约他$_j$ 出去打球。
B 崔磊$_i$ 在网上和唐强$_j$ 聊天，Ø$_i$ 打算约他$_j$ 吃饭。
C 崔磊$_i$ 在网上和唐强$_j$ 聊天，他$_i$ 打算去美国留学。
D 崔磊$_i$ 在网上和唐强$_j$ 聊天，Ø$_i$ 打算一会儿再写作业。

上例的四句是四个不同的母语者补充完成的句子。第三人称代词和零形式都回指 N1 主语“崔磊”，A、B 两句选择使用第二个“他”回指宾语“唐强”。C、D 两句则根本没有回指 N2 宾语，只回指 N1 主语。选择使用第三人称代词或零形式回指 N2 宾语的例子极少，如上表所示，第三人称代词仅有 6%，零形式只占 1%。

可见，回指形式对回指倾向并没有显著影响，改变回指形式并不能改变回指倾向。这与上文提到的意大利语实验结果不同。其实验结果是如果第二个小句使用代词，被试会倾向于认为代词回指宾语而不是主语，但是汉语中回指对象的句法位置（是主语还是宾语）其起主要作用，而回指形式没有显著影响（96%回指主语）。

离线实验一是关于回指对象产出的实验，我们发现被试一般倾向第三人称代词或零形式回指主语 N1（第三人称代词 96%vs. 零形式 99%）。即使在篇章适宜使用零形式的地方使用代词（称为显性代词），如上例的 A 和 C 两句，也不会影响上述倾向。那么读者阅读这种显性代词的篇章会不会感到不自然呢？即从读者理解的角度，篇章和其适宜的回指形式之间的关系如何？为了回答这个问题，我们进行了离线实验二——感知句子自然度，考察汉语母语者对回指形式的理解。

三、回指理解的实验——离线实验二

离线实验二考察汉语读者如何理解回指形式并判断回指对象。采取感知自然度的方法，请被试从 1-5 给问卷上的句子打分，1 为最不自然，5 为最自然。

3.1 实验过程

3.1.1 被试

实验二的被试与实验一不同，是另外一组 80 名以汉语为母语的大学生，年龄从 19—32 岁（平均年龄 26 岁），排除了语言学相关专业的学生。

3.1.2 实验材料

实验材料是典型的 2 * 2 因素设计。因素一是前后两小句的关系是"话题接续(Topic Continue)"还是"话题转换(Topic Shift)"。话题接续关系是后一小句句首的代词或零形式回指前一个小句的主语"王建国",如下例的 A 条件和 B 条件。话题转换关系是后一小句句首的代词或零形式回指前一个小句的宾语"李莎",如下例的 C 条件和 D 条件。因素二是后一小句句首的回指形式是第三人称代词还是零形式。通过变换两个因素,得到 4 * 40 = 160 组测试句子,四个条件之间都只有一字之差,即使用代词还是零形式。任何实验结果的不同就是因为回指形式的差别而非其他因素。

(5) A 王建国$_i$ 在大厅看见了李莎$_j$,他$_i$ 笑着和她$_j$ 打了声招呼。

B 王建国$_i$ 在大厅看见了李莎$_j$,Ø$_i$ 笑着和她$_j$ 打了声招呼。

C 王建国$_i$ 在大厅看见了李莎$_j$,她$_j$ 笑着和他$_i$ 打了声招呼。

D 王建国$_i$ 在大厅看见了李莎$_j$,Ø$_j$ 笑着和他$_i$ 打了声招呼。

实验材料分为 4 组。每组包括 40 个句子和 4 种不同条件,被试只能看到一个测试句的一种条件。除 40 个测试句之外,还有 80 个干扰句。干扰句和测试句随机分布,每组正式实验材料共 120 句,即每个被试看到是 40 个实验句(ABCD 随机一个)+80 个干扰项。保证被试无法判断测试的目的,只能根据实际情况表现。

3.1.3 实验方法

请被试阅读以下句子并根据其自然程度从 1-5 打分。1 是最不自然,5 是最自然。将分数写在句子后面。1 是最不自然,5 是最自然,然后回收问卷并进行数据统计。

最不自然——中间—— 最自然

1　2　3　4　5

3.2 实验结果及讨论

判断自然度的实验结果跟离线实验一的结果很不一样,如下图所示:

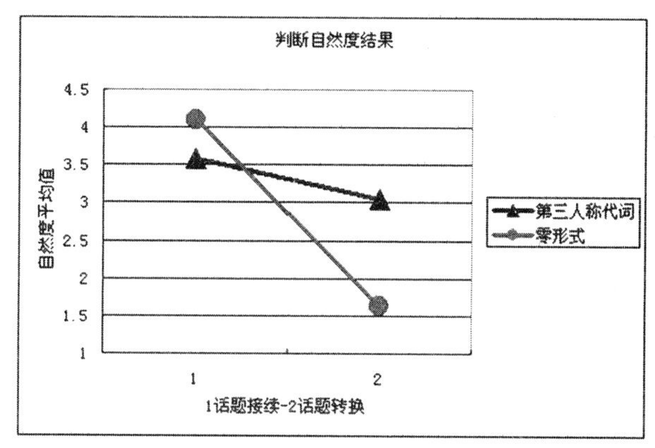

图 1　离线实验二判断句子自然度结果

纵轴:自然度平均值数据(最小是 1,最大是 5)。横轴是篇章关系 1 代表话题接续关系,2 代表话题转换关系。三角形是使用第三人称代词的条件,从左到右分别是话题接续代词 A 条件和话题转换代词 C 条件。圆形是使用零形式的条件,从左到右分别是话题接续代词 B 条件和话题转换零形式 D 条件。

也即汉语读者对四种条件的句子自然度感知平均结果为:B 最自然(4.09)>A 次自然(3.59)>C 再次自然(3.05)>D 极不自然(1.63)。

结果分析:1. 回指形式会影响回指对象的确定。在 N1 为第二句主语时,被试认为使用零形式的句子更自然,显性代词不自然。如 B 句“王建国在大厅看见了李莎,笑着和她打了声招呼”比 A 句“王建国在大厅看见了李莎,他笑着和她打了声招呼”的自然度高。而在 N2 为第二句主语时,情况则相反,被试认为使用代词的句子更自然。如 C 句“王建国在大厅看见了李莎,她笑着和他打了声招呼”比 D 句“王建国在大厅看见了李莎,笑着和他打了声招呼”的自然度高。实验发现 N1 和 N2 的选择和回指形式之间有互相作用,差异显著 $F(1,39)=291.44, P<.001$。在同为 N1 是第二句主语的语境中,被试觉得零形式更自然(平均值是 4.09),而不是代词回指(平均值是 3.59),差异显著 $F(1,39)=31.78, p<.001$。在同为 N2 是第二句主语的语境中,被试觉得代词回指更自然(平均值是 3.05)而不是零形式(平均值是 1.63),差异显著 $F(1,39)=218.99, p<.001$。这和我们离线实验一得到的结论不一致。

2. 用代词回指前一小句的 N2 比用零形式回指 N2 更加自然,并不意味着 N2 作为代词的回指对象就更加自然。恰恰相反,代词回指 N2 的平均自然度是 3.05,而代词回指 N1 的自然度是 3.59,后者的自然度显然高于前者($F(1,39)=28.16, p<.001$)。也即,不管回指形式是什么,N2 做回指对象的自然度都是显著低于 N1;只是代词回指 N2 或 N1 的自然度差异相对小一些(图 1 的带三角形的线,斜率不是太大),而零形式回指 N2 或 N1 的自然度差异却极其显著(图 1 的带圆点的线,斜率极陡)。自然度测试的结果解释了补充句子实验的结果:不管是代词还是零形回指,读者都倾向于选择 N1。这是两个实验结果一致的地方。

上文提到意大利语类似实验的被试都倾向于使用零形式回指 N1,而使用代词会提高 N2 的回指率,但本实验的结果是汉语作者不会根据回指形式来选择回指对象(离线实验一发现不管是第三人称代词还是零形式都倾向回指主语),而读者会根据回指形式来判断回指对象(离线实验二发现读者认为零形式回指主语更自然,代词回指宾语更自然)。那这是否意味着汉语的作者产出回指和读者理解回指的机制不同呢?或者更进一步,作者组织篇章和读者阅读篇章时遵循的规则是不是不同呢?

要回答这个问题,首先需要深入地探讨为什么会出现这样的差异?关于回指形式的理解,我们通过离线实验二得到的只是“感知自然度”的数据,无法看出读者在阅读的过程中具体的表现,也无法与读者对回指形式的理解和认知挂钩。为了进一步观察读者实时在线理解回指形式的过程,需要借用眼动的实验方法。李榕(2016)的眼动实验一采用了和本文离线实验二相同的语料,实验二采用了零形式比代词更自然的语料。眼动实验的被试是与两个离线实验都不同的49位被试。眼动实验发现了与离线实验二相一致的结果:即读者认为越自然的阅读时间越短,越不自然的阅读时间越长。读者对篇章适宜出现的回指形式非常敏感。当篇章语境适合出现零形回指时,显性的代词会让读者变慢,如例(5)的B句读得比A快。反之,当篇章语境适合出现代词时,显性代词会帮助读者阅读,如例(5)的C句读得比D快。

此外,眼动实验还发现了和离线实验一相一致的结果,也就是读者和作者一致的地方:回指形式不影响回指倾向。不管是零形式还是代词,都倾向回指前一个小句的主语。被试的总阅读时间为D>C>A>B。为什么会在D条件花费时间最多?恰好证明了读者倾向于零形式回指主语“王建国”,所以才在阅读D句时遇到理解困难,因为此时读者脑中的认知图示变成:“王建国在客厅遇到了李莎,(零形式回指王建国)笑着跟他(王建国)打招呼。”因为第一个小句里的主语和宾语性别不同,所以D条件下的“和他”只能理解为“王建国”。但这与现实常理相违背,一个人不可能自己跟自己打招呼。读者需要回去重新阅读并修正之前对零形式回指对象的判断,D条件下的零形式回指的应该是“李莎”。此时,经过修改的理解变成“王建国在客厅遇到了李莎,(零形式回指李莎)笑着跟他(王建国)打招呼”这样理解才合理,两句的语义才能统一,所以读者会在阅读D条件花很多时间。C句因为提前给出了“她”作为线索指引读者,反而读得快。

可见,读者在阅读过程中,确定回指形式的回指对象的过程是一个随着篇章的展开,不断修正的过程。另外,这也说明读者的阅读理解过程是递增的直到一个语义信息单位的边界(比如小句),会停下来打包已经得到的信息,并与之前的信息单位进行连接。

至此,我们通过两个离线实验和两个在线实验综合印证了两个结论:1. 不管是读者还是作者,第三人称代词和零形式的差异都不足以改变回指倾向,即都倾向回指前一个小句主语。2. 读者相对于作者对回指形式的差异反应更加灵敏,在篇章适宜出现零形式的地方出现第三人称代词会引起阅读速度减慢。第三人称代词能够提供给读者更多的信息。那么真实语料中的情况又如何呢?

四、真实语料反映的情况

我们在《人民日报》的80篇叙述文中人工检索并收集了类似实验语料的"回指最小对立对",即含代词或零形式的前一个小句中存在两个可能的回指对象,如下例:

(6)一个准备参加26日游行的泰国大学生$_i$告诉记者$_j$,他$_i$其实并不是真想看到总理下台。①

上例中第一个小句中有两个第三人称代词的可能回指对象"一个准备参加26日游行的泰国大学生"和"记者"。下文确认了第三人称代词"他"回指的是"泰国大学生",称为实际回指对象,而"记者"作为竞争者并未被回指,称为"可能回指对象"。类似例(6)的句子我们共发现了143句,其中含第三人称代词的71句,零形式的72句。以下我们考察这些语料中第三人称代词和零形式回指做不同句法成分的情况,就可以推测出在真实语料中作者是否有不同的回指形式对应不同回指对象的倾向。

真实语料中的回指现象比较复杂,除了回指主语和宾语以外,还有可能回指定语等成分。因为考察语料的特殊性,我们把句首的位置定义为主语,不考虑主语和话题的区别。实际我们的语料中也没有发现话题和主语不一致的例子。

4.1 句法成分对第三人称代词的影响

我们收集的语料中有1例的两个回指对象都是主语,即下例②:

(7)1939年2月上旬,他$_i$和旅长陈赓$_j$率部在威县以南香城固地区伏击"扫荡"之敌,全歼日军一个加强步兵中队,大震了我军的声威。1940年9月,他$_i$调任山东第三旅旅长。

其余例子的两个回指对象都在句中充当不同的句法成分。我们分别统计实际回指对象和可能回指对象充当的句法成分,得到表3(标粗体的为显著结果)。注意下面的表格中实际回指对象和可能回指对象是分开统计的。

①例(6)—例(21)均来自《人民日报》2006-2008的80篇叙述文。

②以下统计中删去了该例。

表 3　第三人称实际回指对象的句法成分分布(共 70 句)

回指对象充当的句法成分	实际回指对象出现次数	比例	可能回指对象出现次数	比例
主语	50	71%	12	17%
宾语 (直接宾语和间接宾语)	8	11%	10	14%
介词短语	1	1%	37	52%
定语	4	6%	8	11%
其它	7	11%	3	6%

从上表可以看出:1. 真实语料中第三人称代词最常回指主语(71%),而可能回指对象做主语的频率只有 17%,可见主语位置的重要性。这与我们离线实验一中的发现一致。2. 可能回指对象倾向在介词短语中出现(52%),而实际回指对象出现在介词短语中仅有 1 例。可见主语和介词短语中的名词成分的句法重要性差异巨大。这启发我们的思考:实际回指对象和可能回指对象的组合关系或许才是真正的影响因素,因为两者存在竞争关系。我们统计了实际回指对象和可能回指对象分别做五种句法成分,应有 25 种组合,排除了两者是同一种句法成分的例子,还有 24 种组合,如下表:

表 4　第三人称代词句法成分分布组合统计(共 70 句)

<table>
<tr><th colspan="2">实际回指对象——可能回指对象(句法成分组合)</th><th>出现次数</th><th>比例</th></tr>
<tr><td rowspan="4">实际回指对象作主语</td><td>可能回指对象在介词短语中</td><td>30</td><td>42%</td></tr>
<tr><td>可能回指对象作宾语</td><td>8</td><td>11%</td></tr>
<tr><td>可能回指对象作定语</td><td>7</td><td>11%</td></tr>
<tr><td>可能回指对象作其它</td><td>4</td><td>5%</td></tr>
<tr><td rowspan="2">实际回指对象作宾语</td><td>可能回指对象作主语</td><td>5</td><td>7%</td></tr>
<tr><td>可能回指对象在介词短语中</td><td>3</td><td>4%</td></tr>
<tr><td rowspan="3">实际回指对象作其它</td><td>可能回指对象作主语</td><td>3</td><td>4%</td></tr>
<tr><td>可能回指对象作介词短语中</td><td>3</td><td>4%</td></tr>
<tr><td>可能回指对象作宾语</td><td>2</td><td>3%</td></tr>
<tr><td rowspan="2">实际回指对象作定语</td><td>可能回指对象作主语</td><td>3</td><td>4%</td></tr>
<tr><td>可能回指对象作介词短语中</td><td>1</td><td>1%</td></tr>
<tr><td colspan="2">实际回指对象在介词短语中-可能回指对象作主语</td><td>1</td><td>1%</td></tr>
</table>

续表

实际回指对象——可能回指对象(句法成分组合)	出现次数	比例
实际回指对象作定语-可能回指对象作宾语/其它	0	0
实际回指对象作宾语-可能回指对象作定语/其它	0	0
实际回指对象作其它-可能回指对象作定语/宾语/其它	0	0

从上表可以看出:实际回指对象常常是主语,而可能回指对象在介词短语中出现的几率大于其它,有30句(42%)例子都是主语为实际回指对象与介词短语做可能回指对象的组合,是所有组合中比例最高的一类。这说明实际回指对象和可能回指对象之间的句法重要性相差最大的例子是最容易被接受的。如下例:

(8)戴维$_i$ 在爸爸$_j$ 的帮助下,$Ø_i$ 做了一个简易的展板,$Ø_i$ 贴上从网上下载的有关图片,以说明中国地震灾情。第二天放学,他$_i$ 拿着展板来到社区购物中心。

通过观察语料,我们发现,凡是出现在"介词+对象+V……"的对象几乎都是可能回指对象,如"由…介绍"、"在…的影响下"、"根据…人的请求"、"由……提议"和"从……的口中得知"等。作者常用这种嵌套在介词短语中的方式来把不是实际回指对象的动作者转化为介词宾语,避免和读者的阅读习惯冲突。如下文例(9)是真实语料,利用了"A根据B的要求"和"B要求A"的区别把可能回指对象的动作者"盛世才"的句法重要性降级。如果不利用将动作者降级的句法手段,使用"B要求A"的表达,如例(10)。第三人称代词肯定会被理解为回指"盛世才"而不是"邓发同志"。

(9)邓发同志$_i$ 根据盛世才$_j$ 的要求,$Ø_i$ 向党中央$_h$ 建议,$Ø_h$ 从延安先后选派了130多名共产党员到新疆各地工作。他$_i$ 派共产党员担任《新疆日报》等报社的社长和编辑,利用报纸书刊开展广泛的抗日宣传。

(10)盛世才$_i$ 要求邓发同志$_j$,$Ø_i$ 向党中央建议,$Ø_h$ 从延安先后选派了130多名共产党员到新疆各地工作。他$_i$ 派共产党员担任《新疆日报》等报社的社长和编辑,利用报纸书刊开展广泛的抗日宣传。

一般来说,做主语或者宾语的对象比在介词短语中的对象更容易被第三人称代词回指,但是也有可能出现"反例"。但更细致地考虑其他因素以后,往往又发现它们并不是反例。

实际回指对象出现在定语中只有3例,均为一种类型。如:

(11)李成斌老人$_j$ 抖着手慢慢掀起李鸿海$_i$ 的衣衫,他$_i$ 身上还未拆线的伤口足足有一尺长。

这类例子应该分析为“李成斌的衣衫”作为一个整体参与竞争。因此“他”回指的应该是上文中出现的“李鸿海”和“李成斌老人”。例(11)的上下文如下：

(12)手术6天后，李鸿海$_i$坚持出院了。他$_i$先跑到照相馆给自己照了张“遗像”，以此提醒自己抓紧有限时间为乡亲们多办事。随后，他$_i$直接来到建桥工地。一时间，大家惊呆了！李成斌老人$_j$抖着手慢慢掀起李鸿海$_i$的衣衫，他$_i$身上还未拆线的伤口足足有一尺长。老人$_j$心如刀绞……。

上文一直用“他”回指“李鸿海”，如果引入话题连续性的因素，就很容易解释该反例。而且作者在隔了几句的下文中用同形的专名“李鸿海”再次回指，也是为了加强篇章话题的连续性以避免引起用代词回指的歧义。如果把第五句话中重提篇章话题的专名“李鸿海”换成“他”，就不如现在这样回指明确。

与离线实验一相似的语料有两种：一种是实际回指对象做主语，可能回指对象做宾语，一共有8例，占11%，如上文提到的例(6)。还有一种是实际回指对象做宾语，可能回指对象做主语。这类例子很少，只有4例，且除下例外，其余三例都是可以用零形回指解释。如：

(13)记者$_j$在钓鱼台国宾馆采访了皮尔卡丹$_i$。他$_i$说，他$_i$最大的兴趣和爱好就是工作、事业和创新。用工作报答生命。

上例中第三人称代词的实际回指对象是“皮尔卡丹”，可能回指对象是“记者”。这个例子可能是新闻语体中的一种特殊情况。一般读者都对被采访者感兴趣而不是记者。

以上对真实语料的分析已经证实了实际回指对象常常为主语，即第三人称代词倾向回指主语，那么回指其他语义角色时有没有什么特殊的语境？即什么情况下能够打破代词倾向回指主语的惯例？除了主语以外，宾语是代词最常见的回指对象，一共有8例。通过观察，我们发现，它们都是对象格。这种对象格与某些特殊语义的动词有关，如“找到”，“走近”和“采访”等等，如：

(14)记者$_j$通过各种努力终于找到他$_i$，Ø$_j$百般劝说，他$_i$才勉强同意接受采访。

虽然这类动词特殊的语义特征可以打破回指主语的倾向，但不代表只要出现这些动词，回指对象就肯定是它们的宾语。真正的控制因素还在于篇章本身。这些例子都可以用零形回指解释，如果补上所缺的“百般劝说”的主语“记者”，这些例子的回指情况就非常明确。

可见动词的语义特征及其与语义角色的关联，也是影响回指对象的因素之一，不过它比较复杂，需要考虑动词的论元角色以及其逻辑篇章结构等因素并综合考虑。李榕(2014)考察隐含因果动词后也发现动词的特殊语义无法单独影响回指，必须和篇章因素共同作用。这和我们对真实语料的分析结果也是一致的。

总之，对句法成分因素的统计发现：1. 第三人称代词倾向回指的序列：主语〉宾语〉其他。句法层级越高，越容易被回指。句法层级越低，越不容易被回指，如可能回指对象大部分是在介词短语中出现。2. 反例的解释启示我们，对第三人称代词来说，一是整体篇章因素作用可能大于局部篇章(句内)因素，如话题的延续性可以打破回指主语的惯例；二是动词特征和题元结构也会有影响，但不能独立起作用，必须同时满足相关的篇章因素时才能打破回指主语的惯例。

以下我们采用相同的方法分析句法成分对第三人称零形式的影响。

4.2 句法成分对第三人称零形回指的影响

在第三人称零形式语料中，有 6 例两个对象是相同句法成分的例子，其余的例子两个对象都是不同的句法成分，共计 66 例，如：

(15)张亮$_i$和刘为强$_j$是朋友，Ø$_i$知道他$_j$多次冒着生命危险完成工作。

分别统计第三人称零形式的实际回指对象和可能回指对象后，得到表 5：

表 5　第三人称零形式回指对象的句法成分分布(共 66 句)

回指对象充当的句法成分	实际回指对象出现次数	比例	可能回指对象出现次数	比例
主语	62	94%	0	0
宾语(直接宾语和间接宾语)	0	0	30	45%
介词短语	0	0	16	24%
定语	0	0	18	27%
其它(降格小句主语)①	4	6%	2	3%

①在此类中出现降格小句因为我们之前采用的标准是逗号，这类句子实际属于赵元任(1968)所说的“复杂句”，应处理为主从句。一般来说，主句内实体比从句内实体容易被回指。表 3 的“其它”也多为降格小句的主语。

根据上表,我们惊人地发现零形式基本上只回指主语,达到了94%,非常显著。① 24种组合中最多的组合是实际回指对象做主语,可能回指对象做宾语,共30句,占46%,如:

(16)在上海,王维舟$_i$结识了国际共产主义组织的金笠同志$_j$,Ø$_i$开始接触到马克思主义理论。

这里零形式的实际回指对象是前一个小句的主语"王维周",可能回指对象是前一个小句的宾语"金笠同志"。

其次是实际回指对象做主语,可能回指对象在介词短语中出现的语料有16例,占24%。这种组合在使用第三人称代词的篇章中是最多的,如:

(17)1960年10月军委扩大会议和以后的日子里,他$_i$受到林彪$_j$的陷害,Ø$_i$被横加"反对毛泽东思想"、"在总政结成反党宗派集团"等莫须有罪名。

这里零形式的实际回指对象是前一个小句的主语"他",而可能回指对象是前一个小句的宾语"林彪"。这里我们就可以看出作者组织篇章的技巧,因为零形式倾向回指主语。如果我们把上句改成正常语序,即从下例的B句变成A句,零形式的回指对象就产生了变化。B句是原来的语料,零形式回指主语"他",可能回指对象"林彪"出现在介词短语中。

(18)A 林彪$_j$陷害他$_i$,Ø$_j$被横加了许多莫须有罪名。
B 他$_i$受到林彪$_j$的陷害,Ø$_i$被横加了许多莫须有罪名。

A句中"林彪"成为主语,就变成了第二个小句零形式的回指对象,这时两个小句的语义衔接不顺畅,会造成理解困难。因为不可能陷害别人的人被横加了许多罪名。

实际回指对象做主语,可能回指对象做定语出现的语料有18例,占27%,如:

(19)他$_i$坚决贯彻毛泽东$_j$同志的指示,Ø$_i$坚持以无产阶级思想建设军队,高度重视和贯彻"支部建在连上"的原则。

上例的零形式回指"他",可能回指对象是"毛泽东同志",做定语。

①显著结果的数据是 Chi2=87.02,df=1,p=.000。

总之,我们的统计发现:(一)第三人称零形式倾向于回指主语,正确率高达 94%。(二)局部篇章(句内)因素对第三人称零形式的回指对象判定影响很大,远远大于第三人称代词。

对比第三人称代词和零形式的真实语料分析结果后,我们发现了与离线实验一、二以及在线实验一、二都一致的结果:即回指形式不影响回指倾向,不管是第三人称代词还是零形式,都倾向回指上一个小句的主语,两者都为显著结果。但值得注意的是:第三人称代词和零形式的回指主语的几率不同。第三人称代词回指主语(71%)远小于零形式回指主语(94%)。这与在线实验一、二和离线实验二的发现有关。读者对回指形式的变化很敏感。真实语料中一旦零形式和第三人称代词同时出现,一般是零形式回指主语,第三人称代词回指宾语,如:

(20)记者$_i$通过各种努力终于找到他$_j$,Ø$_i$百般劝说,他$_j$才勉强同意接受采访。

上例零形式回指的是主语"记者",而第三人称代词回指的是宾语"他"。这样的回指习惯一旦建立,轻易不会改变。类似上例的语料共有 12 例,占 18%。可见第三人称代词确实比零形式更容易回指宾语,不过仅仅是回指形式的改变,并不足于改变回指主语的倾向,需要更大的篇章因素的配合。李榕(2013)通过对真实语料的分析,发现篇章主题也会影响回指形式的选择,第三人称代词一般回指篇章的主要人物,而出现的竞争者一般用零形回指。因为零形式可以延续的小句比较少,难以串联整个篇章。

五、回指理解和回指产出机制分析

综合以上的四组实验和真实语料的分析结果,我们可以基本得出一个结论:回指的理解和产出机制有同也有异。同是两个角度都发现回指形式不会影响回指倾向,异是回指形式对读者来说更加重要。我们通过离线实验一考察了作者产出回指的情况,发现不管第二个小句是代词还是零形式,都不会影响回指倾向。作者总是倾向选择主语为回指对象。这一点在对真实语料的分析中也得到了印证。从读者理解回指角度进行的实验是离线实验二和在线实验一、二,两者的结论是一致的:读者对篇章适宜出现的回指形式非常敏感,但并不足以改变回指的倾向。至此,我们对回指形式的产出和理解的发现可以总结为下表:

表6 回指形式的产出与理解研究结论对比

研究角度	研究问题	对应实验与分析	结论
作者如何产出回指	作者如何在确定回指形式的情况下选择回指对象	离线实验一 补充句子	回指形式不影响作者选择回指对象,均倾向于主语。
读者如何理解回指	读者如何理解回指和篇章的关系	离线实验二 判断句子自然度	读者对篇章适宜出现的回指形式非常敏感,影响句子自然度感知和阅读速度。回指形式对读者理解非常有用,但不足于改变回指倾向。
	读者如何实时在线理解回指	在线眼动实验一和二	
	读者如何在真实语料中理解作者设置的回指	真实语料分析	零形式和代词都倾向回指主语,但是几率不同:零形式回指几率大于代词。

可能有人会很疑惑,作者组织篇章和读者理解篇章不是应该遵循一套规则吗?因为作者是根据对读者的预期来组织篇章,而读者是根据作者现在呈现的部分来理解篇章。但实际上这是一个动态的调整过程,并不是死板的对应关系。Fox Barbara(1987)通过对英语口语篇章的研究,提出了“语境决定回指(context-determines-use)”模型和“回指建立语境(use-accomplishes-context)”模型,前者认为语境已经决定了参与者对回指形式的选择,即在语境X下作者将使用回指形式Y,而后者认为使用不同的回指形式可以创造语境。她认为这两种模型在篇章中同时存在。因为对母语者来说,在什么语境下使用与之对应的回指形式是一种常识性的知识,大部分作者会使用无标的形式,但一旦使用某种回指形式,也标明了作者对当下语境的理解。这种理解本身也会影响读者做出相一致的理解,即使有时候他们已经对当下的语境有另外的理解。这就形成了一种动态的过程,作者和读者不断的交换对篇章的理解,表述如下:

(1)回指形式X在参与者A创作的篇章是无标记的。

(2)使用这种回指形式X标明参与者A认为他创作的篇章是某种类型。当参与者A标明了自己对当下语境的理解时,参与者B也要根据这个理解调整自己对语境的理解。

也就是说回指形式不仅是由语境决定的,而它本身也决定了语境或者说参与了语境的构建。而这样的互动基础就是双方都具有的共同语言常识:在某种语境使用某种回指形式是无标的。但是我们要注意,篇章是一个动态的进程,这样的常识常常要做调整。

Fox 的研究主要是基于口语的语料,所以她发现了其它文献(多基于书面语)中没有提到的有趣模型。

虽然我们的语料是基于书面语,Fox 是基于口语,但是书面语的篇章本质上也是一种模拟互动。作者写作的时候肯定在不断假想读者的阅读预期进行创作,而读者阅读的过程中也不断根据作者提供的已知信息调整自己对篇章的理解。不过不像口语是面对面的互动,有实时反馈,非常容易发现双方理解的误差而进行调整。在阅读的过程中,读者如果发现了自己的理解与作者不同,就会掉头重新读上文或者在脑中进行推理,如造成阅读困难的例(5)D 条件。这样的调整现象我们以前无从研究,因为需要同步记录读者的阅读时间和眼动轨迹,如回读等。但是现在有了眼动的实验方法,我们可以研究读者在线的理解过程,就跟对话中实时发生的调整一样。而对作者的研究相对比较容易,我们可以根据作者实际写作的篇章和常识做出判断。所以上文中提到的 Fox 的模型对书面语同时适用,我们认为篇章中的作者和读者的互动模型可以用下图来表示:

如下图所示,我们首先沿着回路(向下的箭头)来看作者组织篇章的过程,作者根据"在 Y 语境下使用 X 回指形式"的已知知识选择了回指形式。这种已知知识是由语用原则、篇章规则和认知状态三者共同决定的。这种语言信息读者和作者同时具有。

第一步:回指形式展示了作者对篇章的理解,对应某个回指对象。

第二步:读者接受这样的信息,理解回指。

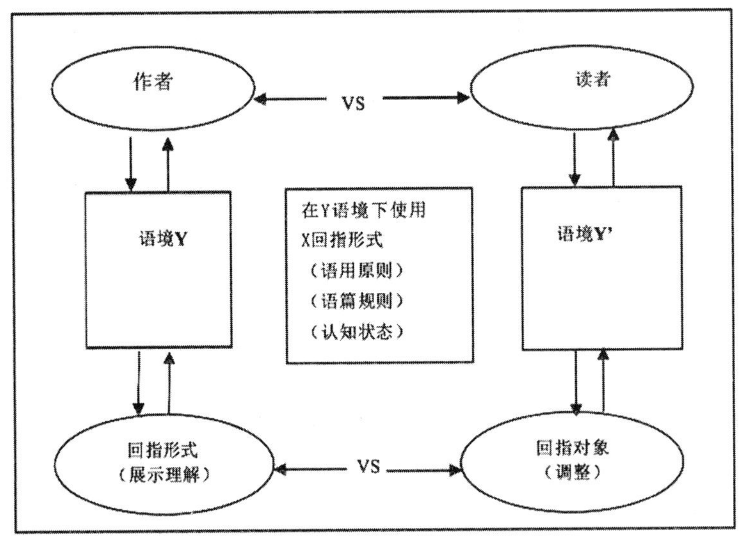

图 2:篇章中回指形式产出和理解的动态过程

但与此同时,读者也在根据已有的篇章信息理解篇章,读者看到的是自己理解的篇章Y',要根据作者新给出的回指形式调整自己的理解。而这种理解在对话中会反馈到说话人那里,说话人再根据对听话人预期的变化调整组织会话的方式。但在书面语中,这一反馈的过程不存在。读者的调整展示为回读上文或者脑中推理,可以反映在眼动轨迹和阅读时间上。作者根据读者的调整可以通过不同回指形式的使用来判定。总的来说,书面语中由于作者和读者不在同一时空交流,作者的调整发生在大脑中,基础是对读者的预测。读者的调整是回读或在脑中进行推理等行为,直到找到线索和作者的想法一致。篇章理解的过程才顺利进行。

六、结语

本文通过两个离线实验和两个在线实验及真实语料分析的结果发现作者在产出回指和读者理解回指两个方向有差异,从而证实了篇章的产出和理解是一个动态的交互过程。

读者和作者虽然具有同样的篇章知识(第三人称代词和零形式都倾向回指主语),但因为掌握资源不同(作者掌握整个篇章而读者只能看到局部篇章),所以对回指形式的利用程度不一。读者要不断地随着篇章的展开而修正对回指的判断,所以对不同篇章适合出现的回指形式十分敏感:适用零形式的篇章出现代词不会影响理解,却会影响阅读速度。作者虽然也需要从读者角度考虑回指形式的使用,如每隔几个零形式必须使用代词或者NP回指帮助读者确认,但对局部篇章中回指形式的使用却不如读者敏感:排除了隐含因果动词以后,局部篇章中不论出现代词还是零形式,作者都倾向选择回指主语。可见,两者根本的不同在于信息资源地位的不对等,作者产出篇章是从上到下的主题扩展过程,控制整个篇章,而读者理解篇章是一个自下而上的信息加工过程,期间不断地扩展自己的理解并判断作者的意图。读者在理解回指的过程中,一面会根据已有的语言知识(默认回指主语)来预测作者的所指,另一面又会根据篇章的展开修正自己的理解(实际回指宾语)。篇章回指的产出和理解是一种自上而下和自下而上处理相结合的过程,非常经济有效。

总之,回指形式可以帮助读者很快了解篇章连贯性,促进篇章理解,但不会影响回指主语的倾向,两者的区别或许在更大的篇章范围内可以发现。李榕(2013)发现代词多用于回指主人公,受整体篇章影响大,而零形式则身兼数职,同时回指主人公和配角,受局部篇章影响大。

参考文献

陈平:《汉语零形回指的话语分析》,《中国语文》,1987 年第 5 期。

李榕:《汉语篇章层级对第三人称回指的影响》,《汉语学习》,2013 年第 5 期。

李榕:《隐含因果动词对第三人称回指的影响》,《汉语学习》,2014 年第 6 期。

李榕:《汉语第三人称回指语形式眼动阅读实验》,《中国语文》,2016 年第 1 期。

徐赳赳:《叙述文中“他”的话语分析》,《中国语文》,1990 年第 5 期。

徐赳赳:《现代汉语篇章回指研究》,北京:中国社会科学出版社,2003 年。

许余龙:《篇章回指的功能语用探索》,上海:外语教育出版社,2004 年。

赵元任著,吕叔湘译:《汉语口语语法》,北京:商务印书馆,1979。原著:Yuen-Ren Chao,*A Grammar of Spoken Chinese*. Berkeley and Los Angeles: University of California Press. 1968.

Ariel,*Accessing Noun-phrase Antecedent*. London: Routledge. 1990.

Carminati,*The Processing of Italian Subject Pronouns*. PhD Thesis, University of Massachusetts Amherst. 2002.

Fox,*Discourse Structure and Anaphora*. Cambridge: Cambridge University Press. 1987.

Fox eds,*Studies in Anaphora*. Amsterdam;Philadelphia: J. Benjamins Pub. 1996.

Givóneds,*Topic Continuity in Discourse: A Quantitative Cross-Language Study*. Amsterdam; Philadelphia: J. Benjamin's Publishing. 1983.

Givón,*The Grammar of Referential Coherence as Mental Processing Instructions*. *Linguistics*. 30 (1). 5-55,1992.

Gordon, Grosz & Gilliom,*Pronouns, Names and the Centering of Attention in Discourse*. *Cognitive Science*, 17. 311-347, 1993.

Gordon, Grosz & Scearce, *Pronominalization and Discourse Coherence, Discourse Structure and Pronoun Interpretation*. *Memory & Cognition*,23. 313-323, 1995.

Kehler,*Current Theories of Centering for Pronoun Interpretation: a Critical Evaluation*. *Computational Linguistics*,23. 467-475, 1997.

Li & Thompson, *Third-person Pronoun and Zero-anaphora in Chinese Discourse*. In T. Givóneds, *Syntax and Semantics: Discourse and Syntax*. New York: Academic Press. 1979.

Linde,*Whose Story is This? Point of View Variation and Group Identity in Oral Narrative*. In Arnold Jennifer et al eds, *Sociolinguistic Variation Data, Theory and Analysis: Selected Papers from NWAV*,23, 1993.

Meridor. *An Experimental Investigation of the Antecedent Preferences of Hebrew Subject Pronouns. Master of Science*, Unpublished MA Thesis, University of Edinburgh. 2006.

Sorace & Filliaci, *Anaphora Resolution in Near-native Speakers of Italian. Second Language Research* 22,(3). 339-368, 2006.

The Interaction Model of the Production and Comprehension Processes of the Anaphora Expression Types in Chinese Texts

Li Rong

(Xi'an International Studies University)

Abstract: By using psychological experimental methods and analyzing the text corpus, this paper discusses how the anaphora expression types are produced by writers and comprehend by readers in Chinese texts. We compare and analyze the results and find that there are some similarities as well as some differences in these two processes. The similarities lie in that the anaphora expression types do not influence the referent resolution for both readers and writers. The difference is that the writers are less influenced by the expression types, while the readers are very sensitive to the expression types fitted in the context, which affects the perception of the sentence naturalness and reading time. These facts prove that the production and comprehension of the texts is a dynamic interactive process, which is also themutual product of a top-down and a bottom-up process.

Keywords: Chinese Texts; Expression Types; Production and Comprehension; Interactive Mode

从连接到填充占位

——口语中“然后”话语功能的统一性解释*

周士宏　崔亚冲

（北京师范大学）

提要：本文考察了汉语自然口语中“然后”的多种用法，提出汉语口语中的“然后”作为副词性连词时，可以连接时间上有先后关系或事理上有逻辑关系的两个小句；作为话语标记时，可以连接时间和事理上前后颠倒的两部分内容，或同一话题主位下的多个述位；作为填充词占位词时，具有把持话轮的功能。“然后”的以上三种用法，都跟其作为“述位标记”（新信息标记）的功能密切相关。

关键词：副词性连词；新信息标记；话语标记；填充占位；统一性解释

一、引言

很多学者都注意到，在现代汉语口语中，“然后”从一个表达相继关系的副词性连词（adverbial conjunction）①逐步虚化为话语标记（discourse marker）②。无论是在讲述性语

* 本文第一作者（周）受到第41批“教育部留学回国人员科研启动基金”（教外司留[2011]508号）与国家社科基金“汉语句子信息结构的类型学研究”（13BYY008）的资助；第二作者（崔）为本文通讯作者。

①严格意义上的连词（conjunction）是从句法的角度上说的，指的是连接词、短语、句子的功能词；而“然后”在现代汉语口语中一般更常用于连接小句、命题，以及言语行为（illocution），这种意义上的连接功能是从语篇衔接的角度来定义的，我们称之为“连接词”（connector/connective）。

②如方梅：《自然口语中弱化连词的话语标记功能》，《中国语文》，2000年第5期；方梅：《会话结构与连词的浮现义》，《中国语文》，2012年第6期；许家金：《青少年汉语口语中话语标记的话语功能研究》，北京：外语教学与研究出版社，2009年，第2页。

体(narrative)中,还是在对话语体(conversation)中,“然后”在口语中出现的频率都非常高①,甚至有学者从语言规范角度批判“然后”的滥用②。本文拟利用自然的会话材料,在言语互动(linguistic interaction)的视角下考察“然后”的若干用法,并尝试对其功能做出统一性的解释。

近二三十年间,国内外的学者们尝试从不同的视角来研究连词在口语中的话语功能。这些研究大致分为两类:一类延续了 Halliday & Hasan(1976)与廖秋忠(1986)的研究传统③,在衔接与连贯的框架下考察汉语中的连接成分。廖秋忠先生比较系统地描写了汉语语篇中连接成分的位置、结构与功能,所用的语料基本来源于书面语,对口语尤其是对话语体关注不够。后来的一些学者开始重视口语中“然后”的使用④,但仍倾向于在衔接与连贯的框架下确定连词前后之间的关系问题,是“延续”“列举”,还是“添加”,但是无论哪种关系似乎都不能概括其所有用法;另一类研究更多地关注在会话互动中连词如何语法化为话语标记,考察其在话语组织中的作用⑤。但是,“话语标记”“口头禅”等解释与概括仍然略显宽泛,对于“然后”而言,到底具有何种具体的话语标记功能,是否具有“话题取回功能”与“新设话题功能”等都值得深入讨论。同时,“然后”的连接功能与话语标记功能是否能从言语互动的角度做统一性解释?本文将尝试对上述问题作出回答。

①据许家金(2009:3)统计的结果,“然后”在所有话语标记中位列第6(前5个词分别是“嗯”、“啊”、“哦”、“那[个]”、“对”);在方梅(2000、2012)的讨论中,“然后”也被视为极具代表性的虚化连接词。

②如魏雨:《“然后”现象的是非曲直》,《咬文嚼字》,2008年第6期。

③可参阅 Halliday, M. A. K. & Hasan, R., *Cohesion in English. London*: Longman, 1976;廖秋忠:《现代汉语篇章中的连接成分》,《中国语文》,1986年第6期。

④如 Wang, Yu-Fang(王萸芳). The Functions of Ranhou in Chinese Oral Discourse. In *Proceedings ofthe Joint Meeting of the Fourth International Conference on Chinese Linguistics and the Seventh North American Conference on Chinese Linguistics* Volume 2:379-397, GSIL Publications, University of Southern California, 1996;王伟:《试论现代汉语口语中“然后”一词的语法化》,《北京第二外国语学院学报》,2004年第4期;王伟、周卫红:《“然后”一词在现代汉语口语中使用范围的扩大及其机制》,《汉语学习》,2005年第4期;陈丽君:《当代口语“然后”的篇章衔接、言谈标识和语法化》,《语文学报》,2011年第17期。

⑤如方梅:《自然口语中弱化连词的话语标记功能》,《中国语文》,2000年第5期;方梅:《会话结构与连词的浮现义》,《中国语文》,2012年第6期;Wang, Chueh-chen & Lillian M. Huang, Grammaticalization of connectives in Mandarin Chinese: A corpus-based study. *Language and Linguistics*, Volume 4:991-1016, 2006;许家金:《青少年汉语口语中话语标记的话语功能研究》,北京:外语教学与研究出版社,2009年;马国彦:《话语标记与口头禅——以“然后”和“但是”为例》,《语言教学与研究》,2010年第4期。

本文拟在“言语互动”视角下考察“然后”的若干用法①,并尝试对这些用法的话语功能做出统一性解释。互动语言学认为,听说双方通过话语进行社交互动(socialinteraction),因此,话语不仅仅是结果(product),更是过程(performance)。在互动的过程中,由于认知处理的压力或受其他因素的影响,说话人经常是边想边说,因此,语言编码具有一定的即时性(spontaneous),换句话说是在线生成的(on-line production)。在这种情形下,为使自己的话语具有连贯性,说话人会有意识地使用一些连接手段;同时,说话人在组织话语时,会使用提示性成分,告知听话人自己有“新信息”需要添加,暂不希望被听话人接管话轮,说话人会在语言编码上采用占位手段。

本文将首先列举“然后”的若干用法,之后找出其核心意义,最后对上述用法的话语功能做出统一性解释。

本文大部分语料来自作者自己搜集的自由对话的录音材料②。为讨论问题的方便,也使用了其他文章和语料库中的一些例句,这部分例句在行文过程中都会随文注出。

二、“然后”的词性及在信息结构中的标记作用

很多语法书都认为“然后”是一个连词(conjunction),基本意义为“表示一件事情之后接着又发生另一件事,上文多有‘先、开始、起初’等”,后面经常有‘再、又’等”③。例如:

(1)先讨论一下,*然后*再做决定。(《现代汉语八百词》增订本 461)

这种用于两个小句之间的(interclausal)用例很常见,也是人们见到“然后”首先想到的用法。根据李晋霞的统计,北大现代汉语语料库中,这种用于小句之间的“然后”占其总比例的66%左右④。除此之外,“然后”还有一种副词性用法,即用在主语与动词之间。

①可参阅 Laury R., Etelämäki M. & Couper-Kuhlen E., Introduction: Approaches to grammar for interactional linguistics. *Pragmatics*, Volume 3:435-452,2014.

②这部分语料共约200分钟,参与录音的主要是6位女研究生,年龄在21—24岁之间。语料内容大多是被采样者之间的日常闲谈,主要涉及的话题有:看过的影视剧、旅游、假期活动、喜欢的明星、日常穿衣打扮等。录音事先征求过被采样者的同意,但在录音时被采样者均不知情或至少一方不知情,被采样者皆来自北方方言区,使用普通话。

③可参阅吕叔湘:《现代汉语八百词(增订本)》,北京:商务印书馆,1999年。

④李晋霞:《相似复句关系词语对比研究》,北京:中国社会科学出版社,2015年,第39页。

例如：

(2)伏案写作时她通常坐一张旧式琴凳。这一次她把凳调高了，几乎与桌子取齐。她*然后*便坐了下来，低头看着那四本笔记，就像一位将军站在山顶上检阅他的部队在下面山谷中操练队列。（北大 CCL 语料库）

(3)你周围的人这时会说“上帝保佑你”，你*然后*回说“谢谢你”，他们*然后*再说“没关系”。我在美国第一次当众打喷嚏时就这么被别人“伺候”着，心中惶然之下，五味翻腾。（《中华工商时报》1994.04.30）

但是这种副词性用法却经常被人忽略①，《现代汉语八百词》、《现代汉语词典》（第七版）、《现代汉语虚词词典》（侯学超主编，北京大学出版社 1998）等均未列出这类用法。不得不承认的是，这种副词位置用法的比例确实比较低，但是不能因为数量少就忽视甚至否定其副词性。其实，汉语中的连词很难跟副词或者介词严格区别开来，甚至可以说汉语中很难找到严格意义上的“连词”。赵元任曾经指出，“汉语的连词不容易跟介词或副词区别开来，……很多连词也可以占据副词的位置，以致于龙果夫不承认它（连词）是一个单独的词类”，“除了少数介词性连词外，大多数连词是副词性连词（adverbial conjunction），既有连接的作用，又有修饰作用”②。其他注意到“然后”的副词性用法的学者，还有陆俭明（1982），陆先生观察到，“然后”在一定情况下可以跟“呢”连用，形成“然后呢”结构，用于表示追问，即说话人用“然后”提示听话人“添加新信息、新内容”③。例如：

(4)A：他又说，他并不认为引用非洲的诗人为例是明智的……*然后*……
B：*然后*呢？
A：*然后*发生了一件我不了解的事情。（BCC 语料库）

以往的研究中常常忽略这种副词性用法。但本文认为，例(4)中的这种用法，对理解“然后”在信息结构中的标记作用具有重要意义。赵元任先生和陆俭明先生的研究为我

①我们在跟研究生核对这些语料的有效性时，有很多同学甚至怀疑这些句子中的“然后”是错误的用法。

②可参阅 Chao, Yuen Ren（赵元任）*A Grammar of Spoken Chinese*. Berkeley: University of California Press, 1968.《汉语口语语法》，吕叔湘译，北京：商务印书馆，1979 年，第 351 页。

③陆俭明：《现代汉语副词独用刍议》，《语言教学与研究》，1982 年第 2 期。

们考察“然后”在信息结构中的标记作用提供了起点①。

我们认为,在上述例子中,无论是用来连接小句,如例(1)、(2),还是用在动词之前(即副词位置),如例(3)、(4),“然后”都可以看作是“话题主位+述位”格局中“述谓的起点”,其中的“然后”标记的是新信息,而不是旧信息。换句话说,“然后”是述位标记(rheme marker),而不是话题标记;而正由于其“述位标记功能”,才使得其产生了继续添加的“列举功能”(listing),进而产生了标记说话人边想边说的“迟疑标记功能”(hesitation marker),从而在言语互动中产生了“话语填充词(占位)”与“保持话语权”的话语功能。我们将首先从例(2)、(3)的信息结构谈起,然后再说明两个小句之间的“然后”也可以统一放在“(话题)主位+述位”的模式下讨论②。

谈到信息结构,一般有两套描写系统,一是“话题—说明”(topic-comment)系统,即把语篇中的句子切分出谈论的对象(话题),然后是对谈论对象的评述(说明);另一套是“主位—述位”(theme-rheme)系统,即把语篇中的句子分为表述出发点和表述核心③。虽然二者在实际切分上有细微的差异,但大致上仍有一定的对应关系,例如话题(topic)大致对应于话题主位(topical theme)④,述题或述位对应于句子的新信息或核心信息。我们认为,从信息结构角度看,“然后”是述位的标记,换句话说是“添加新信息的标记”,而副词性连接用法,正是这种功能的典型用例。我们将“然后”定义为“述位标记”(marker of rheme),而非话题标记,有如下几个证据:

第一,从位置和韵律上看:“然后”经常处于话题后、动词前的中间位置(如上文的例(2)、(3)),我们可以把这个位置抽象为:X 然后 Y 。

在连续的语段中,话题主位 X⑤ 经常可以省略,形成“(X)然后 Y ”。这种格式在理论上可以有两种处理:

---

①可参阅 Chao,Yuen Ren(赵元任),*A Grammar of Spoken Chinese*.《汉语口语语法》,第 792 页;陆俭明:《现代汉语副词独用刍议》,《语言教学与研究》,1982 年第 2 期。

②可参阅 Chao,Yuen Ren(赵元任),*A Grammar of Spoken Chinese*.《汉语口语语法》,第 69 页;陆俭明:《现代汉语副词独用刍议》,《语言教学与研究》,1982 年第 2 期;沈家煊:《“零句”和“流水句”——为赵元任先生诞辰 120 周年而作》,《中国语文》,2012 年第 5 期。

③张伯江、方梅:《汉语功能语法研究》,南昌:江西教育出版社,1996 年,第 21 页。

④主位部分可以包括三个方面的成分,即篇章主位、意念主位、话题主位。相对于“话题—述题”分析模式,“主位—述位”分析法的长处在于可以更为细致地分析出句子的信息结构(张伯江、方梅[1996:23])。

⑤为称说方便,有时径直称作“话题”或“主位”。

a:(X)然后(话题主位标记) ‖ Y

b:(X) ‖ 然后(述位标记)Y

"然后"究竟是话题主位标记还是述位标记? 这不仅是一个命名问题,还具有重要的理论意义。回答这个问题,我们要求助于韵律。显然,"(X),然后 Y"更符合人们的语感。无论是在现代汉语中(如上例[1]、[2]、[3]),还是在古代汉语中(如下文例[5]、[6]、[7]),"然后"一直是一个后附(proclitic)成分,即"然后"与后面的动词在韵律与结构上是一个整体,因此"X"与"然后 Y"之间有一个韵律界限(prosodic boundary),而"然后"刚好处于核心谓语之前,占据动词前的"话头"位置,或者说是核心谓语的起点(述位的起点),因此从位置和韵律的角度看,"然后"有可能成为述位标志。

第二,"然后"在词汇意义上,适宜作为"新信息标记"(述谓标记)。本文不打算对"然后"做全面系统的历时考察,但简单回顾一下"然后"的本源意义有助于我们理解"然后"作为述位标记的适宜性。根据何洪峰与孙岚的考察,"'然后'从构词方式来看,应当是由跨层结构'X 然,后 Y'而来①,先秦'然后'不少用例可以理解为'如是(这样),后'",例如:

(5)学,*然后*知不足,教,*然后*知困。知不足,*然后*能自反也。(《礼记·学记》)

(6)权,*然后*知轻重;度,*然后*知长短。(《孟子·梁惠王上》)

(7)岁寒,*然后*知松柏之后凋也。(《论语·子罕》)

从"然后"的词义构词上看,"然后"可以通过"然"与上文的内容相勾连,同时用"后"引出下文的内容。Li & Thompson 曾经敏锐地指出,"然后"是一种"副词性回溯连接成分"(adverbial backward-linking element)②,即说话人目前所使用的话语,其意义的完整性要依赖于前面所说的话,而其与上文语境的联系正是说话人新话语的起点③。从语言符

①何洪峰、孙岚:《"然后"的语法化及其认知机制》,《云南师范大学学报(对外汉语教学与研究版)》,2010 年第 5 期。何洪峰、孙岚认为"然后"在先秦就已经高度词汇化,本文不考据"然后"的成词时间。我们此处关注的是"然后"这个"组合或词"的原始意义,这种原始意义,即便在其成词之后,仍有所滞留(semantic persistence)。直到今天,我们仍可以看到这种用法,如"考虑考虑,然后再做决定"。

②Li, Charles N. & Thompson Sandra A., Mandarin Chinese: *A Functional Reference Grammar*. Berkeley: University of California Press, 1981.

③王萸芳(Wang, 1998)认为"然后"可以译作英文的"What is next/ and next",The Functions of Ranhou in Chinese Oral Discourse. In *Proceedings of the Joint Meeting of the Fourth International Conference on Chinese Linguistics and the Seventh North American Conference on Chinese Linguistics*, Volume 2:379-397, GSIL Publications, University of Southern California, 1996.

号的交际效用看,回溯显然不是信息交际的重点,而新引出的陈述部分才是信息传递的核心,或者说启后与启新才是更主要的交际意图。

我们证明“然后”具有副词性特点,并不是为了否认“然后”具有连接功能,只是为了证明“然后”是“副词性连词”。赵元任先生在谈到副词的类型时说“另外有一些[连词],尽管有赖于前边的句子,但是可以或者搁在主语之前或者主语之后,因而仍然是副词性连词,这类连词有‘不然’‘因为’‘所以’‘因此’等”。证明“然后”是副词性连词的目的在于在逻辑上证明“然后”是述位的起点(处于主位之后、述位之前、并在韵律上处于述位的起始位置),是用来添加新信息的“启后或启新”标志,而不是话题的标记。在上面的“(X) ‖ 然后(述位标记) Y”序列中,如果话题所指相同,那么在连续的语篇中就可能会省略,进而形成“然后(述位标记) Y”这种小句。事实上,这种由副词到话语标记的演变序列在世界语言中都很常见,Traugott(1995)曾讨论了如下的演变模式:

句内副词(clausal-internal adverbial)>句间副词/连词(sentence adverbial/conjunction)>话语标记(discourse marker)①。

三、“然后”作为副词性连词:时序和事理连接

汉语是一种语篇取向的语言②,语篇的定义性特征就是语意的连贯(coherence),说话人会有意识地使自己的话语跟前面的话语保持某种关联,在适当的关联基础上添加新的信息,这决定了说话人在自然话语中大量使用启后性/启新性关联成分③;而“然后”在自然语言中就占据非常高的比例④。

这一部分,我们将考察“然后”所连接的小句关系。由于“然后”具有回指性(anaphoric)的词义要素,可以通过“然”与上文的内容相勾连,同时用“后”引出下文的内容,起到“瞻前顾后”的连接作用,进而可以连接时间上有先后关系或事理上有逻辑关系的两

①可参阅 Traugott, Elizabeth Closs. The role of the development of discourse markers in a theory of grammaticalization, *Paper presented at ICHL XII*, Manchester, 1995.

②曹逢甫著,谢天蔚译:《主题在汉语中的功能研究:迈向语段分析的第一步》,北京:语文出版社,1995 年。

③其实不限于小句之间,在句子之间或段落之间也经常使用连接成分。以“然后”为例,根据李晋霞(2015:39)的统计,“然后”用于小句之间的占 66.3%,用于句子之间的占 29.49%,用于连接段落的占 4.49%。

④Huang, Shuanfan, *Chinese Grammar at Work*, p. 47. Amsterdam: John Benjamin Publishing Company, 2013.

个小句，而所有这些连接功能都与其“新信息标记”密切相关。

1. 时间顺序

这种例子很常见，上文中例(1)、(2)、(3)皆为此种用法，为说明问题，我们再举一列：

(8)收拾完-收拾完之后都已经-就已经半夜两点了嘛，*然后*就睡了，也没有说啥。

这种用法在讲述过去实际(in reality)发生的事件时经常使用，第一个小句所描述的内容为第二个小句设立了一个时间参照点(reference time，RT)，第二个小句所描述的事件发生在第一个小句之后。

2. 事理顺序

吕叔湘指出，有一类使用“然后”的句子，不但包含一先一后的两件事，并且隐隐含有“无甲事则无乙事”的意思，这种“有待而然”之意在文言里经常用“然后”①。这种情况下，“然后”之前的小句常常可以视为后面小句的条件或前提，或者是一种假设，如上文的例(5)(6)(7)。现代汉语中，这种用法仍有大量的用例，如：

(9)你得先参加教育实习，*然后*才能考教师资格证，*然后*毕业之后才能去当老师。

同时，因为现实事件发展的先后关系，后一事件的发生常常被解读为前一事件的结果，因此，“然后”小句经常作为前面事件的结果。如：

(10)每次我没有擦完地你就到处走，*然后*地面整个地板上到处是你的脚印，要不然就是擦完的毛巾就湿哒哒的往床头一丢，*然后*毛巾都一股馊味。

其实无论是条件还是因果等事理上的前后关系，本质上都包含有时间上的先后顺序。此处需要注意的是，真实事件实际发生的时间(简称“事件②时间”，event time)与说话人讲述事件的时间(简称“说话时间”，speaking time)并不一定是重合的，它们之间可能

①吕叔湘：《中国文法要略》，北京：商务印书馆，1942年，第533页。

②本文中我们将动作行为、原因、条件、结果等所有在小句中出现的内容统称为“事件”。

存在三种关系①：

a. 事件时间在说话时间之前，例如：

(11)新闻局长以前先当了三年的“行政院”秘书，*然后*当了两年的新闻局副局长，经蒋经国考核他一直很稳健，可以胜任，才当新闻局长，所以他领导新闻局的时候，下面人全部服他。（媒体语言语料库 MLC）。

上例中“新闻局长”当“行政院秘书”和“新闻局副局长”两个事件时间都发生在说话时间之前，说话人是在讲述过去的事情。如果用英语来解释会更为清楚，因为英语有时态上的标记，说话人在描述过去事件时会使用过去时，例如：

(12)I lived there until I got married, and then we moved here.

b. 事件时间与说话时间重合，例如：

(13)大家先把两手摊开，好的，*然后*双手合十。

这句话是瑜伽教练在上课时经常会说到的一句话，说话人一边说一边做动作，事件时间和说话时间重合。英语中使用一般现在时来表示，例如，

(14)Take out your book and openit. OK then let's begin.

c. 事件时间在说话时间之后，例如：

(15)你明天先去我办公室一趟，拿上材料，*然后*直接到会议室开会。

时间副词“明天”决定了整个句子表示将来，即在说话人说话的时候，事件还没有发生。英语中使用将来时来表示说话时间和事件时间的这种关系，例如：

(16)Please go straight along this road, then you will see a bank.

通过以上例子，我们可以看出，无论“说话时间”和“事件时间”是否重合，说话人在讲述事件时都可以用“然后”，并且以“然后”为参照点，其上文的内容发生在前，是已知

①Schiffrin D., Between text and context: Deixis, anaphora, and the meaning of then. *Text: Interdisciplinary Journal for the Study of Discourse*, Volume 3:245-270, 1990.

信息(旧信息),下文的内容发生在后,是新信息。因此"然后"作为一个副词性连词,连接的是时间或事理逻辑上前后相继的两个内容,引入到话语中的是新信息。

四、"然后"作为话语标记:标记新信息

"然后"作为副词性连词时,无论事件时间和说话时间是否重合,事件顺序和说话顺序都保持着平行对应的关系,即发生在前的事件,说话人在讲述时也会放在前面讲述,发生在后的事件,说话人会放在后面讲述,中间用"然后"相连接。我们可以用下图来表示这种对应关系:

事件顺序:[事件 1]　　　　　　[事件 2]

说话顺序:[讲述事件 1],然后[讲述事件 2]

尽管"事件顺序"和"说话顺序"的平行对应符合象似性原则,这种前后相继的语境也是"然后"出现的主要语境。但是,在我们日常交谈中,特别是在对话语体中,事件顺序和说话顺序不对应也是经常发生的,例如先说今天的事,再说昨天的事,或者结果在前,原因或条件在后。例如:

(17)我们去捐款吧,因为有个同学生病了,需要帮助。

我们可以把这个例子的顺序对应模式归结如下:

事件顺序:[事件 1]同学生病　[事件 2]需要帮助　[事件 3]我们捐款

说话顺序:[讲述事件 3]我们捐款,因为[讲述事件 1]同学生病,[讲述事件 2]需要帮助。

那么,在事件顺序和说话顺序不一致的情况下,是否可以用"然后"呢?根据我们对语料的观察,这种用例非常常见,例如,

(18)这学期比上学期轻松多了,只有一门课,*然后*上学期是四门吧我记得。

其顺序对应模式为:

事件顺序:[事件 1]上学期有四门课　[事件 2]这学期有一门课

说话顺序:[讲述事件 2]这学期……只有一门课,然后[讲述事件 1]上学期有四门课。

(19)今天做了一套题,错了 3 道,*然后*昨天是两套题,也错了 3 道。

事件顺序：［事件 1］昨天做了两套题，错了 3 道　［事件 2］今天做了一套题，错了 3 道

说话顺序：［讲述事件 2］今天做了一套题，错了 3 道，然后［讲述事件 1］昨天做了两套题，也错了 3 道。

很显然，(18)、(19)两个例子中，事件实际发生的顺序与说话者讲述的顺序正好相反，但是仍然可以用“然后”相连接。两个小句没有按照时间或事理上的先后顺序排列，因此此处的“然后”已经完全失去了其本身的词汇意义，“语法化”为一个纯粹的话语标记了，标记的是下文要出现的新信息。

“然后”作为话语标记，不仅可以用来连接时间或事理上颠倒的两个事件，还可以连接同一话题主位下的不同述位。例如：

(20) 的确，这次论坛的议题非常广泛，*然后*活动非常丰富多彩。(媒体语言语料库 MLC)

(21)阮经天是模特出身，过去主要是靠电视剧在走红，包括像《命中注定我爱你》，包括像是《败犬女王》等等，因为他 180 几厘米身高，*然后*天真无邪的笑容，事实上在电视剧里面，就已经有一大群的粉丝在追随他了。(媒体语言语料库 MLC)

(22)12 寸的喇叭裤。这边很窄，*然后*这边很宽的那种。(媒体语言语料库 MLC)

上面三个例句中“然后”所连接的前后两个小句既没有时间上的前后相继关系，也不具备事理上的逻辑关系，只是为前面的主位增加新信息。例如(20)中“然后”后面的内容是对话题“这次论坛”的信息进行补充，(21)中“然后”之后的内容是对话题“阮经天”的进一步描述，(22)“然后这边很宽”也是对话题“12 寸喇叭裤”的描述。因此“然后”在这些用例中标记的是后文将要出现的新信息。

五、“然后”作为填充词：把持话轮

在自然会话中，说话人为了保持话语的连贯，在“已说”(what is said)和“要说”(what is going to be said)之间填充一定的连接成分是非常常见的言语行为①，而运用填充词

①可参阅 Wang, Wei. Prosody and discourse functions of ranhou 然后, *Integrating Chinese Linguistic Research and Language Teaching and Learning*, Volume 7, 2016.

(filler)来连接前、后话语,则是人类语言中最常用的话语策略①。

在对话时,说话人长时间的停顿容易被听话人解读为放弃话语权(yield the turn),因此说话人为了把持话语权会用一些词或身体语言来填充停顿的时间,而"然后"就是经常被用作填充停顿时间的一个填充词(filler)。"然后"之所以可以被选做填充词,正是由其作为述位标记,具有"引入新信息"的功能所决定的。说话人用"然后"来填充停顿,意在告诉听话人后面还有新的信息要添加进来。

5.1 话轮内部

日常谈话与正式演讲不同,所说的话经常是没有提前准备的(unplanned),所以在言说过程中,说话人常常会通过停顿来搜寻信息,组织语言。说话人在自己的话轮内部使用"然后",将其作为一个填充词(filler),其前、后通常伴有语音上的停顿,暗示着说话者遇到了编码上的困难,需要听话者给其一定的时间来组织语言。在停顿时,说话人可能在进行信息搜寻,在搜寻时,可能会伴有对前面句法的放弃或者重新调整,或者是修复(repair)②。一般而言,谈话越正式,"然后"出现的频率越低;谈话越随意,"然后"出现的频率越高。

(23)W:而且-而且就是-就是-而且那个导游确实还比较负责任,我们跟他-因为前几天确实跟他混得比较熟。*然后*…就各种-我们都聊到啥了,然后就说=就-就是那天就问年龄来着,*然后*…他就说-那个-他那个-他就说他八月份就要结婚了,然后就说=他-什么-他=他=那个=他爸妈给他们在昆明买了房子啊,然后说他们那边房子很便宜啊。

(24)Z:他和那个倪妮一块儿,还挺-我觉得还挺好看的,感觉他不耐看,现在感觉他好像-比以前又=他演"等风来"的时候看着挺清新的是吧。然后虽然演了个富二代小痞子,*然后*…但是-我觉得他现在越看越油腻,还有点儿老=还有点儿肿。

(25)C:漂亮的李慧珍。

W:对。(C:你看了=)追完-*然后然后*=她是先追的-她是最后追的这个剧,我走的时候这个剧她还没有追完,她前面那个追的是那个陈晓跟那个谁演的=那谁…周冬雨。

---

①Amiridze, Nino. Placeholder Verbs in Modern Georgian, In Amiridze, N., Davis, B. H., &Maclagan, M. (Eds.) *Fillers, pauses and placeholders*, Volume 93:67. Amsterdam: John Benjamins Publishing, 2010.

②下面引文中并非所有的"然后"都是这种用法,只有斜体的"然后"才是这种用例。

例(23)、(24)、(25)中,对说话人来说,在说“然后”的同时也在进行信息搜寻,并且暗示听话人之后还有新信息出现。其中例(25)使用“然后”还伴有对前面句法的调整和重新修复,有时会重复“然后”,说成“然后然后”。

Wang & Huang(2006)认为汉语中的“然后”和英语里“and(和)”的话语功能大致是相同的。它们都没有任何具体的意义,只是用作填充词,告诉听话人,后面将要说的话是对前面话语的推进①。

5.2 话轮交替

在两人话轮交替(turn taking)的过程中,说话人也会使用“然后”,表示继续有新信息要添加。这种情况下,“然后”就具有话轮掌控(manipulate)的功能,这里又有两种情况:

一是B想要插入A的话轮,但没有插进去,被A使用“然后”阻止了。我们说这种情况下,A是使用“然后”来把持(hold)话轮②。例如:

(26)Z:我以前=就有同学跟我说那个“葫芦娃”…好像只有几集,然后一集只有几分钟=

W:对对对,但是-

Z:***然后***一集特别短=

(27)W:对,好多电视剧都是她配的音。闭上眼睛都感觉是同一个女主。

Z:在看同一部剧

W:不是前一段儿-那个锦绣未央也是她配的音嘛=

Z:eng,我=

W:***然后***孤芳不自赏也是她配的音,还都在一起播,就感觉都在看一部剧。

以上两例都是听话者试图接管话轮,但是都被说话者用“然后”阻止了。所以说话人通过使用“然后”把持了话轮。

二是B已经插入了话轮,但是A想重新掌控话轮,于是使用“然后”来重新把持(re-hold)话轮。例如:

(28)Z:就跟上电脑课那种=

W:我知道,就是练习打字的那个游戏=

①可参阅 Wang, Chueh-chen & Lillian M. Huang, Grammaticalization of connectives in Mandarin Chinese: A corpus-based study. *Language and Linguistics*, Volume 4, 2006.

②(26)、(27)、(28)例中并非所有的“然后”都是这种用法,只有斜体加粗的“然后”才是这种用例。

Z:金山打字的那个

C:然后那个什么-那个啥,我奶问我,她说你们班-有-她说我近视比较大嘛,她说你们班有没有近视的。

Z:没有=我觉得咱们班近视700度是标配吧。

Z、L、W:(笑声)

W:对,哎咱们基本上-但是-但是你看对门宿舍那两个=叶玲近视不戴眼镜,王澜菲是不近视,我就觉得好夸张啊,大家都上到研究生,为啥人家就不近视=

C:*然后*=我奶问我我们班有没有近视的,我说,我们班清一色地带着眼镜。

该例中,C本来占据话轮,在讲述奶奶跟她的对话,但被Z和W插入,C想继续说完自己的话,于是使用“然后”重新把持话轮。此处值得注意的是,C使用“然后”重新把持了话轮,然而并没有开启新的话题,仍是对之前话题的补充和进一步阐述(增加新信息)。

Wang(2016)对第二种情况进行过详细地分析,她认为此处使用“然后”是为了跳过其他人中间插入的对话,使得当前谈话与之前的谈话相联系,保持了整个会话的相关性与连续性①。

六、结论

通过以上分析,可以看出,“然后”无论是作为副词性连词,连接时间和事理上相继的两个事件;还是作为话语标记,连接前后颠倒的事件;亦或是作为填充词,把持话轮,继续推进讲述;这些用法中都有一个核心的意义,即说话人在回溯上文的基础上,将在后续话语中添加新信息。在这个过程中,说话人有意使新话语与前面的话语在时间、事件、事理、或讲述上相互联系。

在言语互动中,相对于已经说过的内容,即将讲述的内容更为重要。更为重要的言说内容,才需要标记。“然后”用来提示听话人,说话人将要添加新信息。正因为如此,听话人才认为值得等待;对于说话人而言,“然后”才能作为犹豫与填充标记,用来把握或重新夺回话轮。

在上述若干用法中,“然后”原本在时间、事件,或事理上的“前后勾连”意义越来越弱化(客观上的前后联系),而说话人主观讲述上的先后顺序越来越得到突显与强化。无

①Wang, Wei, Prosody and discourse functions of ranhou 然后. *Integrating Chinese LinguisticResearch and Language Teaching and Learning*, Volume 7, 2016.

论上述哪一种用法和意义,都可以把“然后”看作是“述位标记”,即在说话人在回溯前述内容的基础上,将在后续话语中添加新的、更重要的信息。所有会话互动中的用法,都可以归因于“然后”的新信息标记功能。

参考文献

方梅:《自然口语中弱化连词的话语标记功能》,《中国语文》,2000 年第 5 期。

方梅:《会话结构与连词的浮现义》,《中国语文》,2012 年第 6 期。

李晋霞:《相似复句关系词语对比研究》,北京:中国社会科学出版社,2015 年。

廖秋忠:《现代汉语篇章中的连接成分》,《中国语文》,1986 年第 6 期。

陆俭明:《现代汉语副词独用刍议》,《语言教学与研究》,1982 年第 2 期。

吕叔湘:《中国文法要略》,北京:商务印书馆,1942 年。

吕叔湘:《现代汉语八百词(增订本)》,北京:商务印书館,1999 年。

屈承熙:《汉语认知功能语法》, 哈尔滨:黑龙江人民出版社,2005。

许家金:《青少年汉语口语中话语标记的话语功能研究》,北京:外语教学与研究出版社,2009 年。

张伯江、方梅:《汉语功能语法研究》,南昌:江西教育出版社,1996 年。

Chao, Yuen Ren(赵元任)*A Grammar of Spoken Chinese*. Berkeley: University of California-Press, 1968.《汉语口语语法》,吕叔湘译,北京:商务印书馆,1979 年。

Halliday, M. A. K. & Hasan, R. *Cohesion in English*. London: Longman, 1976.

Huang, Shuanfan. *Chinese Grammar at Work*. Amsterdam: John Benjamin Publishing Company, 2013.

Li, Charles N. & ThompsonSandra A. *Mandarin Chinese: A Functional ReferenceGrammar*. Berkeley: University of California Press, 1981.

Ochs, E., Schegloff, E. &Thompson, S. (eds.) *Interaction and grammar*. Volume 13. Cambridge: CambridgeUniversity Press, 1996.

Su Lily I - Wen. *Grounding and coherence in Chinese discourse*. Taipei: the Crane Publishing, 1998.

From Connector to Placeholder: A Unified Account of the Discursive Function of *Ranhou* from the Perspective of Linguistic Interaction

ZhouShihong CuiYachong

(Beijing Normal University)

Abstract: This paper examines the usages and functions of *ranhou* and proposes *ranhou* connects temporally or logically consequent two clauses as adverbial connector, and connects temporally and logically inverse two events as well, or multiple sub-rhemes of the same theme as a dicourse marker. In additon, *ranhou* can be used as a device of holding the turn (filler) in the linguistic interaction. All the usages can be accounted by the unified function of *ranhou*, as a marker of new information (rheme), rather than marker of topic.

Keywords: adverbial connetor; marker of new informaiton; discourse marker; filler as placeholder; unified account

◎语言学史研究

历史视角的近代语源学考察*

卞仁海　曾昭聪

（深圳大学师范学院；暨南大学文学院）

提要：近代语源学史是整个汉语语源学史的重要组成部分，它在语源学史中具有承前启后的历史意义。这一历史阶段的语源研究植根于传统学术、注重利用新见甲骨金石材料、吸纳西方语源学的理论方法，进而取得了丰硕的研究成果；但也有其时代局限：拘泥文字，比附西学，偏执于传统训诂。近代诸家在语源学理论与实践上的大力尝试，不仅实现了传统“小学”向现代语言文字之学的过渡，为现代词源学奠定了基础和格局，也为现代语言学提供了宝贵的经验和教训。

关键词：近代语源学；新训诂学；学术史

近代语源学史是整个汉语语源学史中的重要一段①，它承前启后、成果丰硕，体现出鲜明的现代观念、民族特点和西学风气，但也有其时代局限。迄今为止，鲜有从宏观上对其进行系统论述者②，本文拟从学术史的角度，基于转型期语源研究的理论、方法特点，对

---

* 基金项目：国家社科基金重大项目“汉语词源学理论建设与应用研究”（17ZDA298）之阶段性成果。本文吸收了匿名审稿人的意见，文责作者自负。

①本文的“近代语源学史”，其时间界定在章黄开始语源研究的清晚和整个民国时期。

②关于近代语源学，殷寄明《中国语源学史》、何九盈《现代语言学史》亦有论述，二者多为微观述论，但本文则着重其语源学史意义。

近代语源学研究进行历史的考察。

一、近代语源学研究成果概述

近代的传统训诂学在西方语言学的影响下完成了向"新训诂学"的过渡：即语源学。伴随西学东渐，近代的语文学诸家接触到了西方语源学之科学、先进的理论与方法，其时的语源学研究也因之而蔚成风气：语源学大家即有10余位，相关论著30余种，成绩斐然。兹以下表概述其主要者。

论　者	主要语源研究论著	主要成绩
章太炎(1869—1936)	《文始》《新方言》	开语源研究风气之先，以声音为经，以初文为纬，以变易、孳乳为条例，系联字族。
梁启超(1873—1929)	《从发音上研究中国文字之源》	从音原以求字原，指出形声多兼会意。
王国维(1877—1927)	《〈尔雅〉草木虫鱼鸟兽名释例》《说环玦》	揭示物名音义相关之理。
刘师培(1884—1919)	《字义起于字音说》《古韵同部之字义多相近说》《正名隅论》	"音近义通"原理的提出和阐发。
杨树达(1885—1956)	《积微居小学述林》《积微居小学金石论丛》(以下分别简为《述林》《论丛》)	①利用古文字字形研究字源；②揭示形声字声符含义规律74条；③揭示声符假借之例92条；④考释了大量同源词。
黄侃(1886—1935)	《文字声韵训诂笔记》《黄侃论学杂著》《说文笺识四种》	①发挥变易、孳乳条例；②揭示形声字声符兼义、假借现象；③提出声音贯通训诂等语源研究的原则和方法。
沈兼士(1887—1947)	《声训论》《右文说在训诂学上之沿革及其推阐》(以下简为《推阐》)	①利用"右文"研究字族以及"右文说"的总清算；②用"右文"矫正声训流弊。
罗常培(1899—1958)	《语言与文化》①	考证古汉语中借词来源。
高本汉(1899—1978)	《汉语的词族》	把字头辅音和字尾辅音结合起来系联汉语词族。
刘赜(1891—1978)	《初文述谊》《古声同纽之字义多相近说》	将初文、准初文分类辑录，逐字阐述其形体旨趣及其音义的关系。

近代语源研究的蔚成风气不仅在于诸家的语源理论建树和认识，更在于它们均进行

①该书虽初版于1950年1月，但初稿成于1943年夏至1949年1月(据作者初版自序)，故归入。

了大量的语源研究的实践。其荦荦大者，当数章、黄、杨、沈四家。

章太炎《文始》选取《说文》中独体字为“初文”、准独体字为“准初文”共 510 个字作为“语根”，依“孳乳”和“变易”两大条例，并利用其“音转”公式，归纳了《说文解字》中的 457 类字族。尽管《文始》的“通转”“初文”“语根”等可以商榷，有些还有附会之嫌，但他构建的字族体系和语源的研究，具有开创意义，直接影响了后来的语源研究。《新方言》为收录的 800 多条方言俗语寻得语根，求其本字；其方法是依据《说文》等古代训诂材料，按照章氏的声义理论和音转规律，由古推今，在词族的系联中求得方言俗语之语源或本字。

黄侃一生精研《说文》《尔雅》，手批大徐本《说文》、郝懿行《尔雅义疏》达几十万言。后学从中辑出的《说文同文》（收在《说文笺识四种》），涉及《说文》中近四千个字，系联了大量的同源词；辑出的《尔雅音训》在寻求语族共同遵循的声韵规律的同时，也系联了非常多的同源词。黄氏在《文字声韵训诂笔记》中也有很多推源系源的例子。

杨树达“循声类以探语源，因语源而得条贯”，写有《释伯》等 180 多篇文字探源的文章，主要收在《积微居小学述林》和《积微居小学金石论丛》中。杨氏广稽古文字字形，排比故训，参验《说文》，以进行文字探源，系联了大量的同源词族。

沈兼士于语源学既有理论建树，如《推阐》评判声训源流，解释训诂原理，还写下了《希、杀、祭古语同原考》《“不”“坯”“芣苢”“桮棬”诸词义类说》《袒裼、但马、亶袜》《“鬼”字原始意义之试探》《“卢”之字族与义类》《与丁声树论释名潏字之义类书》等文章，为他的“字族学”张本，推求同源词。

刘赜作《初文述谊》一书，将初文、准初文分类辑录，逐字阐述其形体旨趣及其音义的关系，并把《说文》音义同源相生之字为名事之属、音义相承之属、事物类象之属等五类。

高本汉作《汉语的词族》，把字头辅音和字尾辅音结合起来作为一个整体研究汉语词族，系联了很多组同源词。高氏的研究可能有语音和语义的失误，但他开创了用现代语音学的描写方法来系联词族。

近代是转型期，其时小学和经学还没有完全实现分野，经学家必然是小学家，有的甚至一家博通文学、史学、哲学和小学，比如章太炎、黄侃、王国维等，走的都是博通的路子。王国维作《〈尔雅〉草木虫鱼鸟兽释例》、刘师培作《物名溯源》、《〈尔雅〉虫名今释》，探索物名得名之由；罗常培作《语言与文化》考证汉语借词来源；梁启超作《从发音上研究中国文字之源》论证有关的声义关系。尽管语源研究非其术业专攻，但都可算是近代语源研究理论或实践上的大力尝试。

近代诸家于语源上的探索，是“新训诂学”的方向。他们作为传统“小学”走向现代汉语言文字学的实践者和见证者，为当代的语源研究奠定了基础：不仅为现代语源学提供了许多珍贵的探源材料、为现代语源学提供了经验，也为藤堂明保《汉字语源辞典》、王力《同源字典》的问世乃至现代语源学的建立，准备了条件。

二、近代语源学的研究方法

（一）根于传统

学术研究，没有继承，不得创新。近代语源学来源于两千多年来的传统训诂学，是清代乾嘉段王之学的继承和发扬。

1、继承发扬乾嘉“声近义通”之旨

汉字是表意文字，古代训诂学家总是通过汉字的形体来研究汉语，而拘泥于形体的直接后果就是不分字、词，文字与语言混淆。因此，古代训诂学家对于汉语音义关系的科学认识非常缓慢，又因语文学长期作为经学附庸的地位，汉语语源学较不发达：他们或泥于声音而主观臆断，如《释名》的一些声训；或拘于形体而执偏概全，如“右文说”。直到乾嘉“段王”发现“声近义通”之旨，关于音义关系的认识才臻于科学，也为近代的语源研究准备了条件。诚如李建国先生所说：“清代训诂学家发现‘训诂之旨在声音不在文字’的原理，……为近代训诂学家由语音和语义的结合上推导语源和研究语义开启了先河。”①

近代的语源研究与乾嘉“段王”之学一脉相承。王力先生指出：“同源字的研究，可以认为是一门新的训诂学。”②近代诸家的语源研究实际上都是在训诂学研究的基础上进行的，他们传统小学造诣精深，深得乾嘉“声近义通”之要领。兹仅述章、黄、杨三家，以见其端。

章太炎是著名国学大师，有“朴学”学统：他是清末经学大师俞樾的高足，而俞樾私淑高邮王氏之学。章太炎是传统小学的终结者，首创“语言文字学”之名。他考察了传统小学文字、音韵、训诂三科的历史流变，认为“这种学问，中国称为小学，与那欧洲比较语言学范围相同，性质也有几分相近”（《国学讲演录》），并认为小学“当名语言文字之学为确切”（《语言缘起说》）。章氏于乾嘉之学固有继承，“凡治小学，非专辨章形体，要于推寻故言，得其经脉，不明音韵，不知一字数义所由生。”（《国故论衡》）并在乾嘉“声近义通”

---

①李建国：《汉语训诂学史》，上海辞书出版社2002年版，第288—289页。

②王力：《同源字典》，商务印书馆1982年版，第45页。

的基础上，发明义变条例以成《文始》："义相同者，多从一声而变；义相近者，多从一声之变；义相对相反者，亦多从一声而变。"（《转注假借说》）

黄侃学术远绍汉唐、近接乾嘉，师承章氏。黄侃深得乾嘉之旨，提出"以声音贯通训诂"：

> 音韵者何？所以贯串训诂而即本之以求文字之推演者也。故非通音韵，即不能通文字训诂，理因如此。然不通文字训诂，亦不足以通音韵，此则征其实也。音韵不能孤立，孤立则为空言，入于微茫矣。故必以文字训诂为依归。然则音韵虽在三者为先知，而必归于形义，始可为之锁钥也。（《文字声韵训诂笔记》）

黄氏也正是以"声音即训诂"为管钥进行语源研究的。

杨树达曾自述其所受乾嘉之学的影响："予年十五，家君授以郝氏《尔雅》、王氏《广雅》，颇知声近义通之说。"①罗常培先生认为杨氏的研究"得之于高邮王氏父子和金坛段氏。"②当然，杨氏在继承的基础上又前进了一步，试比较一下：

> 凡从曾之字皆取加高之意。（段玉裁《说文解字注・土部》）
> 赠从曾声，故有增益之义。……曾有益义，故从曾声之字多含加益之义。"（杨树达《论丛・释赠》）

> 凡巠声之字皆训直而长者。（段玉裁《说文解字注・阜部》）
> 巠声多含直立之义。（杨树达《论丛・字义同缘于语源同例证》）

> 凡农声之字皆训厚。（段玉裁《说文解字注・衣部》）
> 重声、竹声、农声字多含厚义。（杨树达《论丛・形声字声中有义略证》）

可见，杨树达于段玉裁"声近义通"之说兼有扬弃。段氏概用"凡""皆"等全称肯定判断词，病同"右文"说，执偏以赅全；杨氏只言"多"，因为他发现不仅"一声可表多义"，而且"多声可表一义"，如：《论丛・释雌雄》："叚声字多含大义。"《论丛・形声字声中有义略证》："叚声字多含赤义。"既然叚声之字多含"大"义，又多含"赤"义，杨氏就不言

①杨树达：《形声字声中有义略证》，《积微居小学金石论丛》，中华书局1983年版，第39—51页。

②罗长培：《悼杨树达（遇夫）先生》，《杨树达诞辰百周年纪念集》，湖南教育出版社1985年版，第254—257页。

"凡"、"皆"等全称词而只云特称词"多",以去执偏之虞。

语源探求,声音是最重要的线索;而近代的语源诸家也汲收了清代的古音研究成果,音韵学造诣都非常精深。仅以黄侃、瑞典汉学家高本汉为例。黄侃集清人音韵研究之大成,继承师说,博采诸家,择善而从,考定古声19纽、古韵28部,论定"照二归精、照三归端",构建了自己的古音韵体系,被誉为三百年间音韵学的殿军;高本汉作《中国音韵学研究》,用历史比较之法构拟古代汉语音值,开创了中国现代音韵学史,也为现代的语源研究运用历史比较法奠定了基础。深厚的古音学功底使得近代语源诸家在研究语源时能以声为义,不限形体,纵横旁达而游刃有余。

2、以"右文"为突破口

传统训诂多宗"右文说",但其流弊有二:局限形体,挂一漏万;忽视变例,以偏概全。但是,研究语源,形声字之声符应当作为一个重要的线索。现代许多学者认为大多数的形声字声符都具有示源功能;①甚至认为形声字的声旁还是表义的主体。② 原因有二:一是形声字产生于文字的孳乳,而词语的派生和文字的孳乳具有很大程度的一致性;二是造字时声旁相同的形声字其声音的联想理据相近。所以,利用形声字的声旁研究语源是一重要突破口,诚如林语堂先生所言:"右文诚然为研究语根之终南捷径。"③

杨树达的文字探源一般都是从形声字入手,他在《述林·自序》中说:"《说文解字》载了九千多字,形声字占七千多,占许慎全书中一个绝大部分,所以研究中国文字的语源应该拿形声字做对象。"杨氏汲取了"右文说"的合理成份,指出"形声字中声旁往往有义"(《述林·自序》)。杨氏还认为形声字声中含义并不限于声旁之形体,而是在其声音,他通过大量例证论述了一个观点:形声字声类有假借。如《论丛·释雌雄》中训"慈"为爱子,认为慈从兹声就是从子声,借"兹"为"子"。

黄侃的语源研究也从"右文"入手,他认为:"《说文》字从何声,即从其义者,实居多数"(《黄侃论学杂著》)。又说"凡形声字以声兼义者为正例,以声不兼义者为变例"(《文字学笔记》)。黄侃也提出形声字的声旁有假借:"形声之字虽以取声为主,然所取之声必兼形、义方为正派。……而或以字体不便,古字不足,造字者遂以假借之法施之形声矣。假借与形声之关系,盖所以济形声取声之不足者也。是故不通假借,不足以言形声。"(《文字学笔记》)

①比如,黄金贵《古汉语同义词辨释论》、殷寄明《汉语语源义初探》等论著均持该种观点。

②黄巽斋:《形声字声旁表义的几个问题》,《说文学研究》(第一辑),崇文书局2004年版,第187—203页。

③林语堂:《林语堂先生来书》,《沈兼士学术论文集》,中华书局1986年版,第180页。

这里试比较杨树达和黄侃利用“右文”探源一例：

> 容之字训盛，而古与欲通用，《庄子·天下篇》：“语心之容”，即语心之欲也；欲从谷声，而得谷义，是以知容之语义由谷来也。（黄侃《黄侃论学杂著·论变易孳乳二大例》）
>
> 《说文·八篇上·衣部》云：“裕，衣物饶也，从衣，谷声。”按字从谷而训为饶者，谷之为物，空广能容，容字从谷，即其义也。（杨树达《述林·释裕》）

由于都利用了“右文”，二氏均得出“容得义于谷”之结论，也是很正确的。

沈兼士运用形声字的“右文”研究语源主要在以下三端：一是利用形声字谐声系统进行“字族”研究，二是利用“右文”探求“语根”，认为“中国文字虽已由意符变为音符，然所谓音符者，别无拼音字母，只以固有之意符字借来比拟声音。音托于是，义亦寄于是”。（《推阐》之八）三是利用形声字的“右文”来矫正传统声训随意附会之弊端。

刘师培的语源研究也宗“右文说”，认为：“古人制字，义本于声，声即是义。声音训诂，本出一原。”（《正名隅论》）他作《字义起于字音说》，在近代学者中第一个提出形声字“若所从之声与所取之义不符，则所从得声之字必与所从得义之字声近义同”，即形声字声旁有假借。可惜，刘氏认为形声字声符皆含有义，而且同韵同部之字义都相同，又袭“右文说”之流弊。

更为可惜的是，章太炎的语源研究没有充分利用“右文”，“《文始》所说亦有专取本声者，无过十之一二。”（《文始·叙例》）其实，以章氏的小学功底，他不可能没注意到“右文”的语源学价值，之所以仅取“十之一二”，是为了给他的二十三部通转和附会成均图留下空间。这恰是其语源研究多为人诟病之所在，其弟子沈兼士就批评说：“舍八千余形声字自然之途径，从二十三部成均图假定之学说，其方法复改弦更张。”台湾学者黄永武先生也批评道：“（《文始》）舍形声字自然分化之途径，而依据韵图籀绎，其说难以尽信者，诚非妄疑。”①

3、以《说文》作为研究根柢

《说文解字》在传统小学中一直占据主导地位，中国小学史，从某种意义上说，几乎就是一部“许学史”。近代诸家都凭小学根柢以入语源，其语源研究自然也本《说文》。

许嘉璐先生指出：“近代治《说文》之学的，首推余杭章氏。其后则北有蕲春黄季刚

---

①黄永武：《形声多兼会意考》，（台湾）文史哲出版社 1994 年版，第 44 页。

(侃)先生,南则当属长沙杨遇夫先生。”①章太炎的《文始》,其实就是从《说文》中挑出510个字,作为初文、准初文,称之为“语根”,进而以“语根”为端绪,系联《说文》中的同族词;《新方言》系联同源词族以求得方言本字,也是以《说文》的研究为核心。两部语源学著作,前者以《说文》证古,后者以《说文》明今。

黄侃于《说文》的研究用力尤多,萃其一生精力于斯,他手批的大徐本《说文》,有几十万言之多。黄侃说:“以轻重次序之:一、《说文》、二、《尔雅》、三、《方言》、四、《释名》。《尔雅》一书,本为诸经之翼,离经则无所用;即离《说文》,而其用亦不彰。此如根本之与枝叶也。《方言》、《释名》解释不备,亦次于《说文》。《释名》以声为训,而音韵变迁,训诂歧异,皆必征之《说文》。故《释名》亦以《说文》为依归。《说文》一书,于小学实主中之主也。”(《文字声韵训诂笔记》)他还说:“《说文》为一切字书之根柢,亦即一切字书之权度。”(《黄侃论学杂著·说文略说》)陆宗达、王宁先生就说:“章黄说文学实含文字形义学、理论训诂学、词根字源学、方言词汇学与实证音韵学等等。”②有人以两端总结黄氏的语言学成就,其一就是“以《说文》贯通字源、语源。”③可见,《说文》是黄侃学术的根柢和治学的核心。

杨树达治学也是以《说文》为根柢,所写180余篇文字探源的文章,其开篇必引《说文》,而且主要是拿《说文》中的形声字为研究对象。杨氏云:“吾国文字,莫精于许氏《说文解字》。”(《论丛·形声字声中有义略证》)又:“盖许书实为今日根究古义唯一之宝书。”杨氏研究方言和音韵,依据的材料也以《说文》为主。他也是金甲文研究的著名大家,曾作《新识字之由来》,阐述研究铭文的理论与方法,第一条就是据《说文》释字;但杨氏的语源研究利用《说文》而不囿《说文》,他“于许书不肯过信,亦不欲轻诋,可信者信之,疑而不能决者阙之”(《答人论文字学书》)。

沈兼士利用形声字的谐声系统研究字族,也以《说文》为本。但沈氏也不盲从《说文》,云:“《说文》本为一家之言,其说字形字义,未必尽与古契……今研右文,固不能不本诸《说文》,然亦宜旁参古训,钩通音理,以求其纵横旁达之势。”(《推阐》)

章太炎是著名的宗许大师,他的语源研究不仅依据《说文》,也迷信《说文》,好多东西《说文》解释错了,章氏也跟着出错。章氏在迷信《说文》的同时,语源研究还排斥古文

---

①许嘉璐:《苍史功臣,叔重净友——〈说文〉杨氏学述略》,《杨树达诞辰百周年纪念集》,湖南教育出版社,1985年,第65—80页。

②陆宗达、王宁:《论章太炎、黄季刚的〈说文〉学》,《汉字文化》1990年第4期。

③李开:《论黄侃先生的字源学说和方法》,《南京大学学报》,1986年第1期。

字的利用。这是因为，一旦承认甲金文字，就得承认《说文》的许多错误，这样他从《说文》中挑出的510个“语根”就有错误，从而在根本上动摇了他的词族体系。杨树达就曾批评章氏说：

> 柬声及简声字皆含去恶存善之义，如瀾、湅、煉、練、鍊、諫皆怡然理顺。而《文始》不立柬为纲者，有意避免义从声类者也。（《积微翁回忆录》，1947年9月15日日记）

试比较以下例：

> 《说文》：“干，犯也，从反入，从一。”按干头与戈头同，云从反入，实未成字，此合体指事也。然入下云象从上俱下，反入者从下俱上。（章太炎《文始》一）
>
> 《说文·三篇上·干部》云：“干，犯也，从反入，从一。”按许君说干字恐非朔义。寻金文《毛公鼎》干字作Ỵ，象器分枝可以刺人及有柄之形。……余谓干当为古兵器之一，……许君训干为犯，乃干之引申义，非初义也。（杨树达《述林·释干》）

可见，二者都释“干”字，章氏完全依据说文，而杨氏则根据金文形解释，又不迷信《说文》，且指出了许说之误。

章氏一尊许说，黄侃又笃守章说，这样就注定了黄侃在研究《说文》时不可能离章氏很远，虽然他晚年手批《说文》时也用到了一些甲骨文、金文字形。

（二）利用新材料

十九世纪末二十世纪初，传统学术因材料不足而步履蹒跚之际，卜辞大出，也带动了金石之学，古文字研究方兴未艾。王国维“取地下之实物与纸上之遗文互相释证”，发明“二重证据法”，其时的文史研究也因之而有了利器。但面对甲骨文这一新材料，有人观望保留，如钱穆，有人否定怀疑，如章太炎和黄侃（黄氏晚年态度有所改变）；杨树达尊信甲金文字，积极研究，终因甲金之学名家：自1934年刊布首篇卜辞研究论文以后的20多年，作研究甲金文字的专著4种，论文达数百篇。

新发现必然带来新学问，陈寅恪先生就说：“一时代之学术，必有其新材料与新问题。取用此材料以研求问题，则为此时代学术之新潮流。”①杨树达因应时势，其语源研究的最大特点，就是把文字探源和甲金文研究相结合，并能充分利用当时古文字研究的最新成果。杨氏180多篇文字探源的文章，几乎每篇都用到甲金文字形，兹仅举一例：

①陈寅恪：《陈垣敦煌劫余录序》，《金明馆丛稿二编》，三联书店2001年版，第266页。

今按许君释“正”从一止，以为会意字，说不剀切。今考之甲文，字作[illegible]，或作[illegible]，字或从二止，或从一止，而皆从口，以足趾向之。据形求义，此即征、廷之初文也。（《述林·释正韦》）

有人在和章、黄比较时评价说，杨树达“在用现代科学研究许学的道路上走得更远”①，不唯许学，语源研究也“走得更远”，其原因当然也在于他能充分利用甲骨文、金文等新见材料。

沈兼士的语源研究亦重视新见古文字材料，他作《声训论》，将审辨声训义类之法别为七类，首条即为“用卜辞金文校正篆体以明其形义相依之理”。杨树达、沈兼士均不囿于《说文》，以金甲古训参验《说文》以探语源，比章氏进步。

三、近代语源学研究的特点

近代语源学，根于传统，贵在纳新。学术研究，材料和方法至关重要。近代甲骨大出，甲金之学勃兴；西学东渐，西方语源学方法引入。近代诸家因应时势，利用新材料，借鉴新方法，在“新训诂学”（语源学）的研究上取得了很大成绩。

（一）西学影响

记录印欧语言的是表音文字，其特点是音义直接联系；西方语源学也因为这一特点而较为发达。近代语源诸家章太炎、杨树达、沈兼士、黄侃、刘师培、王国维、梁启超等，不仅深得乾嘉之旨，而且都曾游学日本，接触到了西方音义之学；基于中西方语言文字的对比，他们不仅眼界大开，探源意识也更加浓烈。

章太炎流亡日本期间（1906—1911）举办国学讲习会，聚徒讲学，两部语源学著作《新方言》（1906）和《文始》（1909 始撰）就是在日期间写的，由以下章氏的自述可以看到两部书所受到了西方语言及其语源学的启发和影响：

顷斯宾塞为社会学，往往考查异言，寻其语根。造端至小而所证明者至大。……中国审寻语根，诚不能繁博如欧洲，然即以禹域一隅言之，所得固已多矣。（《与吴君遂书·九》）

世人学欧罗巴语，多寻其语根，溯之希腊、罗甸，今于国语顾不欲推见本始，此尚

①常耀华：《许学研究综述》，《辞书研究》1993 年第 4 期。

不足齿于冠带之伦,何有于问学乎?(《新方言·序》)

再看杨树达的自述也可管窥这种影响:

> 我研究文字学的方法,是受了欧洲文字语源学 etymology 的影响的。少年时代留学日本,学外国文字,知道他们有所谓语源学。偶然翻检他们的大字典,每一个字,语源都说得明明白白,心窃羡之。因此我后来治文字学,尽量地寻求语源……这是我研究的思想来源。(《积微居小学金石论丛·自序》)

如果说传统训诂有关音义关系的认识深化是近代语源研究发展的内因,那么西方语源学的渐入就是其发展的外因。

(二)理论、方法的推陈出新

章太炎是近代语源研究的开山,有筚路蓝缕之功。“《文始》的问世,标志着新训诂学的开始。”①章氏在《文始》中发明“孳乳”和“变易”两大条例来系联同源词,以“同状异所”和“异状同所”概括同源字的意义关系。音义相同、相近但字形不同的字,称为“变易”,转化成其他声音和意义叫“孳乳”。而“孳乳”是在章氏的古韵 23 部、21 个古声纽和成均图的基础上实现对转和旁转的。章氏在《新方言》中还提出了推求语源的“六例”理论,它们是:“一曰:一字二音,莫如其正;二曰:一语二字,声近相乱;三曰:就声为训,皮傅失根;四曰:余音重语,迷误语根;五曰:音训互异,凌杂难晓;六曰:总别不同,假借相贸。”“六例”揭示了汉语言文字形音义的内在联系,较为宏通。陈平原评价章太炎就说:“治学既有乾嘉汉学根基,又能融会国外各种新知,故其学问能突破清学藩篱,为现代中国学术之前驱”。②

黄侃的“纳新”主要在于他继承发展师说,进一步发展完善了章氏的“孳乳”“变易”理论,进而揭示了同源词产生的途径和规律。他说:

> 变易者,形异而声、义俱通;孳乳者,声通而形、义小变。试为取譬,变易,譬之一字重文;孳乳,譬之一声数字。今字或一字两体,则变易之例所行也;或一字数音数义,则孳乳之例所行也。(《黄侃论学杂著》)

> 古今文字之变,不外二例:一曰变易,一曰孳乳。变易者,声、义全同而别作一字。孳乳者,譬之生子,血脉相连,而子不可谓之父。中国字由孳乳而生者,皆可存之字;由

①杨润陆:《〈文始〉说略》,《北京师范大学学报》,1989 年第 4 期。

②陈平原:《太炎先生小传》,《中国现代学术经典·章太炎卷》,河北教育出版社 1996 年版,第 1 页。

变易而生之字，则多可废，虽《说文》中字亦然。……语言之变化有二。一、由语根生出之分化语；二、因时间或空间之变动而发生之转语。(《文字声韵训诂笔记》)

综合以上黄氏所论，黄氏的“文字孳乳”其实就是因词义分化而产生的分化造词，而现代语言学认为，同源词产生的主要途径就是分化造词。黄氏的“变易”则和他所说的“转语”相当，指由于时空不同而导致的语音和词形变化；从黄侃所举的例子看，变易既可指声近义通的同源字，又可指声义全同的异体字。此外，黄侃还揭示了“声音即训诂”、“形声字声符多兼义”、“形声字声符假借”、“反义同根”等声义规律。

杨树达充分吸收了“右文说”的合理成分，发明“形声字声符有假借”之探源条例，如前所述，训“慈”为爱子，认为字从兹声就是从子声，假兹为子。杨氏仅利用“声符有假借”之条例就诠释了近百个词的语源。在《述林》《论丛》中，杨氏还发扬高邮王氏“虚实兼治”之长，以语法、修辞明语源，并综合运用对文、连文，异文、语境、比较互证、归纳演绎等方法，归纳了“侣、旅、闾、梠”“卷、拳、眷”“经、廷、径、侹”等101组同源词。

沈兼士在语源研究上长于理论推阐，其代表作《右文说在训诂学上之沿革及其推阐》，洋洋洒洒六万言，拾遗补缺，区别声训右文，评论各家得失，总结右文之一般公式和“右文”在探求语源上的诸多应用，尽去以往“右文说”论者之陈陈相因陋习。沈氏评论道：“诸家所论，或偏重理论，或仅述现象，或执偏以该全，或舍本而逐末，若夫具历史的眼光，用科学的方法，以为综合归纳之研究，殊不多观。”(《推阐》之六)沈氏另作《声训论》，阐明声训理论，匡正声训流弊，微观入手，宏观把握，将声训义类概括为“六类”，总结出审辨声训的“七法”，多宏观大旨。

四、近代语源学研究的局限

(一)拘泥文字

词的形式来源是字源(形源)，词的意义来源是语源(义源)。要探求语源，当然应该找出其意义来源。① 章太炎找出510个独体字称为“初文”，用初文来当作所谓的“语

①广义的汉语语源，指的是语词的形式和意义来源，因此，如果探求的是记录汉语的文字形式的来源，就是“字源”或“形源”；如果探求的是汉语词的意义来源，就是“词源”或“义源”。字源和词源可能有交叉(比如声符含义的形声字)，因为文字和语言有相当程度的一致性。(相比之下，表音文字的这种一致性会更高。)一般说来，语源指的是汉语词的意义来源，即狭义的语源，比如，《释名》所探求的事物得名之由。

根”,其实就是用研究文字的方法去研究语言问题。文字虽记录语言,但二者分属两个系统:独体字在前,其记录的词未必出现得更早;合体字在后,其记录的词也未必出现得更晚。也就是说,独体不一定是初文,初文也不一定是独体。所以,字源未必是语源。而且,初文很难判定,王力先生就说:“语言在文字之先。可以想象,在原始社会千万年的漫长岁月中,有语言而无文字,何来初文?……许慎距离中国开始创造文字的时代至少有二三千年,他怎么知道哪些字是初文?”①

杨树达的语源探求主要局限在形声字的范围内,忽略了形声字之外的同源词(字);他摆脱了“右文”形体的局限,提出形声字声符有假借,但他又在本字上刨根问底,似乎要为所有的声符假借字找到本字。但对没有本字的假借又如何可以找到?而且有些也不必云声符假借,如:

> 《一篇上·士部》云:“壻,夫也。从士,胥声。”按壻从胥声者,当受其义于谞惰。……谞惰皆从胥声,故得借胥为谞惰也。(《述林·造字时有通借证》)

既然壻、谞、惰等都同从胥声,为何要说壻所从之胥借为谞、惰?直接用“胥声多具某义”或“声近义通”便可解释,而云“壻之胥声借为谞、惰”,还是拘泥文字。

杨氏又把语源扩展到“字义相同缘于组织构造相同”,他说:

> 语源同或云构造同。悉言之,构造同谓象形会意字,如第十六条戍与役以下皆是也。语源同为形声字,如第一条壻与倩至第十五条皆是也。两者虽别,亦可互用也。文字先有义而后有形,义同,故以相同之构造表之也。(《述林·字义同缘于语源同续证》)

“两者虽别,亦可互用”暴露了杨氏字词不分的探源缺陷。戍从人持戈,役从人持殳,二者都具有“守”义,但这种“构造之意”和形声字的“声符示源”有根本不同:前者是文字问题,后者是语言问题。

黄侃的语源研究和其师一样,也有字词不分的缺点,如把所谓“初文”当“语根”。相比之下,沈兼士在利用“右文”研究语源时处理得更宏通一些,他认为音符借音可以有本字,也可无本字,比如吾分化为“明义”的一组“悟、晤、寤”就属借音无本字分化,只是由于他们具有“最大公约数之意义”。近代诸家的学术根柢都在《说文解字》,但他们得失均在于兹;拿文字学的形义之书探寻语源,不仅会陷入字形的泥坑,而且违背了历史,因

---

①王力:《同源字典》,商务印书馆1982年版,第40页。

为文字比语言后出。当然,这是那个时代的局限,是传统语文学走向现代语言文字之学的必由之路。

（二）比附西学

语源研究有两个层次,一个是探源,一个是系流。但是,建立在传统训诂学之上的语源研究,只能做到“系流”,即系联同源词,而不能真正做到“探源”。这是因为,传统训诂学的音义材料先天不足:所有的音韵研究成果和故训材料只能说明“声近义通”,而不能辨明源流关系,更不能据以找到所谓“语根”。

章太炎的《文始》根据字形找出510个独体字称为“初文”(其实是否为初文也很难说清楚),这种研究其实一种“形源”研究,但他又把“初文”当作“语根”,这就走入了字源和语源混为一谈的误区。虽然文字与语言存在一定程度的一致性,所以这种形源的研究也许和汉语语源的部分事实相符,但传统训诂学的音义关系材料也无法证明这种一致性。

杨树达受章太炎的影响,在《文字孳乳之一斑》中也谈到“文字孳乳”,其实就是同源词的分化问题。杨氏多依古音故训,说“声近义通”很可靠,所系联的同源关系几乎没任何问题;但又常说“某孳乳为某”,这样就又走入了文字的误区。如他在《论丛·释䣾》说䣾和椋同得京声的杂义,即二字同源;但后面又说:“椋则又由䣾孳乳耳。”这就是杨氏的演绎了,即便从字形上都看不出来。正像王宁先生所评价的那样:“如果从历史推源的的角度看,这类声训是不合理的,而用平面的系源的观点来看,这类声训显然是可以成立的。”(《训诂与训诂学》)

传统语源学中一旦说到“某语源为某”,或者是主观演绎,或者用的是文字的方法。比如杨树达在《述林·释伯》中认为“伯”的语源是“霸”:“伯之为言霸,伯从白声,犹从霸也。……月之始生者谓之霸,子之始生者谓之伯,造文者引天象于人事也。”但王力先生的观点则与杨氏相左:“五伯写成五霸以后,就很少人知道霸来源于伯。”(《同源字论》)可见,杨氏主观臆测,王氏则是从文字上找语源。我们只能从音义关系上说明伯、霸声近义通,即是同源词;但哪个是语源,就很难说清楚了。

近代语源诸家几乎都提到了要探索“语根”,其实是直接比附西方语源学的结果。但是,文字在语言之后,拿文字的线索肯定是找不到所谓“语根”的。要厘清源流分化关系,就需要借助两种材料:亲属语言和汉语方言。这样就进入了历史比较语言学的范畴:“通过对亲属语言、方言等现有语言事实的比较研究而推求无文献时期的远古语言状况,以已知推未知,就进入历史比较语言学的领域了。”①

①任继昉:《汉语语源学》,重庆出版社2005年版,第10页。

（三）偏执于传统训诂

严格地说，近代的语源研究还不能称之为“语源学”，只能是“新训诂学”：尽管其带有“探源”的新质，但带有诸多传统训诂的局限。比如，《说文》由于时代和材料的限制，有很多说解错误，如董莲池先生在《说文解字考正》中参证多家成果考释出《说文》中 875 个汉字的解释错误。传统训诂学把《说文》当作圭臬，以《说文》为根柢的近代语源诸家也因偏信许说而出现一些错误。

章氏完全盲从《说文》，许多解释《说文》弄错了，章氏也因循其误；杨树达在个别字的解释上也沿袭《说文》之误，比如“也”字的说解，《说文》训“也”为女阴，误；也甲文作[illegible]，金文作[illegible]、[illegible]、[illegible]，象蛇虫之形，《金文编》：“与‘它’为一字。”章氏《文始》和杨氏《述林》都因袭《说文》“也”字之说，亦误。

但是，应当指出，杨树达沿袭许误“偶一为之”，章太炎则是“一以贯之”。处于语言学转型时期的杨氏，虽然对《说文》批判接受，并多处用到甲金文字证证明字源，但所受传统训诂影响毕竟太深，要他完全挣脱《说文》的影响，几近苛求。

西学影响下的近代汉语言文字研究不仅仅探源，还有系流，即方言研究，从而表现出源流并重的特点。章太炎除了作《新方言》外，还有《岭外三州语》；黄侃作《蕲春语》和《读集韵证俗语》，杨氏作《长沙方言考》和《长沙方言续考》。但这些早期研究方言的学者都注重运用传统文字学、训诂学、音韵学的知识来寻找方言、俗语的本字，多从《尔雅》《说文解字》等故训材料中为方言俗语寻找证据。这种方言研究，虽然是为了“证今”，却带上了浓厚的“训诂”色彩，正如章太炎所自述的那样：“虽递相嬗代，未有不归其宗。故今语犹古语也。”①但语言的形成不是单一的，而是多元的，不可能仅从几部古书中为所有的方言俗语找到来源或本字，若一意孤行，很容易张冠李戴。

五、结语

近代的语源研究（或谓“新训诂学”）脱胎于传统训诂学，或多或少会带有传统训诂的诸多局限：字词不分，孤立、静止、共时的研究观念，崇古的倾向。卜辞新出，西方语源学的沾溉，又使得近代的语源诸家具有了初步的现代观念：理论的推陈出新，历史比较法的借鉴，新见材料的使用。但在利用基于表音文字的西学语源理论研究汉语语源上不能

①章太炎：《自述学术次弟》，收入章太炎，刘师培《中国近三百年学术史论》，上海古籍出版社 2006 年版，第 124 页。

仅仅是诸如“探求语根”的比附,还需要结合民族语文特点的嫁接。在传统和现代之间,近代的语源诸家不仅摆脱了经学附庸,见证和实践了了传统“小学”向现代语言文字之学的过渡和转型,还为现代词源学奠定了基础和格局。但他们留给后来研究者的不仅仅是经验,还有教训。如今,词源研究不再奉《说文》为圭臬,“语根”“字根”再也无人提及;无论是王力《同源字典》及其刘钧杰之二补,殷寄明“同源字词”丛考和《汉语同源词大典》,还是张希峰“汉语词族”之三考,走的都是同源系联的路子。

On the Study of Modern Etymology From a Historical Perspective

Bian Renhai Zeng Zhaocong

(Shenzhen University;Jinan University)

Abstract: The history of modern etymology is an important part of the whole history of Chinese Etymology,and it has a historical significance inheriting the past and opening future in the history of etymology. Studies on the etymology of this historical stage being rooted in the traditional academic, focusing on the use of new materials such as oracle and bronze inscriptions,absorbing the theories and methods of Western etymology, have achieved fruitful results. But the studies of etymology have some common limitations of that times. Firstly, some methods of studying Chinese characters should not be used for etymology;Secondly, there are some incorrect views on the source and stream of the words. Thirdly, their etymological studies have the limitations of traditional exegesis.

Keywords:Modern etymology;New exegesis;Academic history

钱玄同与新式标点符号的创设

秦素银

（北京鲁迅博物馆、北京新文化运动纪念馆）

提要：钱玄同很早就开始关注标点符号问题，在他成为《新青年》作者后，倡议《新青年》改用横排并使用西式标点。在钱玄同等人的积极推动下，《新青年》从第4卷第1号起使用较完备的标点。钱玄同是《请颁行新式标点符号议案》提案人之一，在其中所起作用仅次于该议案的草拟者胡适。钱玄同草拟了《新青年·本誌所用标点符号和行款的说明》，促成《新青年》从第7卷第1号起所有文章采用统一的标点符号和格式。

关键词：钱玄同；标点符号；《新青年》

新式标点符号是五四新文化运动留给我们的宝贵遗产之一，新文化运动的主将之一钱玄同对新式标点的诞生、推广做了许多工作，这在关于标点符号的研究中屡有提及①。在这些研究中，论者都认可钱玄同对于《新青年》使用新式标点符号方面做出的努力，认为他是《新青年》同人中最早提出标点符号问题的，并始终坚持，从而促成了《新青年》全面使用新式标点符号②。这些论述主要基于钱玄同在《新青年》上发表的文章，而很少有人使用钱玄同的其他一些材料。笔者服务的北京鲁迅博物馆（北京新文化运动纪念馆）收藏有一批钱玄同文物，结合这些材料与钱玄同日记、书信，发现钱玄同对于《请颁行新

①袁晖、管锡华、岳方遂著：《汉语标点符号流变史》，武汉：湖北教育出版社，2002年，第314—316页，第319—320页。张向东：《"五四"文学革命中的"书写形式"革命——横行书写分段新式标点符号》，《兰州学刊》2010年第3期。邓伟：《试析〈新青年〉"左行横迻"与标点符号的倡导》，《杭州师范大学学报》（社会科学版），2018年第5期。

②陈方竞：《"横行与标点"：〈新青年〉新文化倡导的一个并非轻松的话题》，《文艺研究》2009年第7期。

式标点符号议案(修正案)》、《新青年·本誌所用标点符号和行款的说明》等标点符号方案撰写有重要贡献。

一、钱玄同早年对标点符号问题的关注

我们现在能看到的钱玄同最早关注句读的文字是在1910年。当时正在日本留学的钱玄同在当年1月25日的日记中对中国古书没有句读提出批评,并认为无论做文章还是出版古籍都应该施以句读。他在日记中写道:"中国古书每每不施句度,此实最不便者。……愚谓今后刊书,无论自作、刊古,概当施点。惟浓圈密点则必当禁绝,此实批时文之法以及东洋小鬼之刻书耳,必当禁绝之也。"①

1912年11月28日,钱玄同再次在日记中论述句读问题。他首先说明中国古籍无句读给读者带来的不便之处:"余思吾国旧时刊书悉无圈点,阅者实不便。"然后分析为何古书没有句读:"惟因浓圈密点之批八股相,故凡刊书者悉以无圈点为雅"。但其实古人是有句读的。钱玄同联系自己,说明句读的必要性:"余性最钝,遇无点书,骤看往往有不能句读者,此固余之无学,然作一书总期人之易解,则刻书必当点断也。"钱玄同想起自己的老师章太炎,"除初刻之《春秋左传读》《訄书》及《国学略说》讲义外,无不点者。"章太炎还讲过一些刻书原则:凡刻书必断句,识断句者用楷则不如用点。……凡遇人名、地名可用篆书以别之,犹欧文于人名、地名则首字大写……又引他人语,欧文多用“”,日本人变为「」、『』,此法亦善。②

1916年春,钱玄同读到胡适的《论句读及文字符号》,许多自己想说的话被胡适说出来了,感到"钦佩无似"③。1917年1月,任教于北京大学文科的钱玄同,正打算和同事沈尹默、马裕藻"选有关中国古今学术升降之文百余篇"编一部书,负责主持此项工作的沈尹默打算在编书时用西文点句之法,加施种种符号,钱玄同十分赞同。当月7日,钱玄同特意给沈尹默带去印有胡适《论句读及文字符号》的《科学》杂志,供沈尹默参考④。

也就是在这个时候,钱玄同与胡适有了交集,这个交集就是《新青年》。1917年1月,胡适在《新青年》第2卷第5号发表《文学改良刍议》,钱玄同立刻向《新青年》投书表示赞同胡适的观点,之后又连续在《新青年》发表文章,成为继胡适之后又一位《新青年》重

①杨天石主编:《钱玄同日记》(整理本)上,北京:北京大学出版社,2014年,第213页。
②《钱玄同日记》(整理本)上,第241页。
③钱玄同:《论白话小说》,《钱玄同文集》第一卷,北京:人民大学出版社,1999年,第43页。
④《钱玄同日记》(整理本)上,第299页。

要作者。两人多次讨论标点符号问题，促成《新青年》使用新式标点符号。

二、钱玄同促成《新青年》使用新式标点符号

1、《新青年》第4卷以前关于标点符号的使用与讨论

《新青年》这本杂志在创刊之初，就是以一种新的面貌出现的，刊登的文章就有句读，而且所用标点一直在更新。最开始的时候，用“。”句读。文中也会出现括号(())、引号(「」『』)、①省略号(……)、叹号(!)、顿号(、)②等与现在标点符号用法相同的符号。

1916年9月，《青年杂志》更名为《新青年》，标点符号也有所变化。不再仅仅通过“。”来断句，句读上有了“、”与“。”的区别③。胡适从《新青年》第2卷第1号起成了该杂志的作者。该期刊登的他翻译的《决斗》中使用了顿(、)、句(。)、括号(())、引号(「」『』)、省略号(……)等符号。在同期刊登的陈嘏译戏剧《弗罗连斯》中首次使用了问号(?)。《新青年》此时使用的标点符号排在文字右方，不占格。陈文中用到“?”“、”“!”的地方同时加了句号，共占一格。可能编者注意到了这样排版不是很美观，也没有必要。到了第2卷第3期，“?”“、”“!”这些符号旁就没有“。”了，单独占一格。

相比于提倡白话文的高调，胡适默默地在《新青年》上试验着他的标点符号，发表于《新青年》第3卷第1号的《藏晖室劄记》中，胡适引入了单线号(“|”)标记人名、地名。可能是纯为试验的缘故，此篇文章涉及人名、地名甚多，但只有七处，包括3个人名、4个地名，加了线号，其中一处“绮色佳”右边加了双线号(“‖”)。在这次试验当中，还出现了一处地名“康可”，因在句尾，应加句号，但由于排版时句号标在“可”右边，线号就只能排在“康”右边，而不是“康可”右边，再次显露出标点符号不占格的缺陷。但这毕竟能证明线号排版是没有问题的，所以胡适又开始进行新一轮的实验。在《新青年》第3卷第2号刊登的胡适译《梅吕哀》一文中，全篇人名、地名使用线号，并新引入了表示断句的住号(·)，排在字右方正中。

有别于胡适的默默尝试，1917年7月，钱玄同在《新青年》第3卷第5号发表《致陈独秀》(也称《论应用文之亟宜改良》)，在这篇文章中，钱玄同提出关于应用文改革的13件事，其中一件就是：“无论何种文章(除无句读文，如门牌、名刺之类)，必施句读及符号。”

---

①李亦民编译：《世界说苑》，《青年杂志》第1卷第1号，北京：人民出版社，1954年影印本，第1页。

②陈嘏译：《春潮》，《青年杂志》第1卷第1号，第2、3页。省略号用8个点。

③《通告》，《新青年》第2卷第1号。

"无论""必"的使用，说明钱玄同在这个问题上是非常坚决的。之后，钱玄同再次致函陈独秀，建议《新青年》从第4卷第1号起改用横排，并讨论了标点符号的使用问题。钱玄同认为，改用横式以后，符号和句读"全改西式"。针对胡适、刘半农等人认为疑问号"?"、嗟叹号"!"可以不用，而以语气词代替的主张，钱玄同表示了激烈的反对，他分析了一些带有语气词的句子，说"诸如此类，倘使不加符号，实在不能明白。所以我以为这两种符号，也是必不可少的。"然后进一步指出："我所主张中国书籍须加符号一层，并不限于现在的书。就是古书，将来如其有人重刻，也非加符号不可。"①

2、钱玄同关于标点符号与胡适的讨论

1917年9月，胡适受聘于北京大学，与钱玄同成了同事。神交已久的两人开始了频繁的交往，讨论了许多感兴趣的问题，这其中就包括标点符号。目前，我们能看3封胡适致钱玄同的信讨论了标点符号问题，从而能看到钱玄同对于标点符号的看法。

在1917年9月28日的信中，胡适写道：

> "再，适以为行文用横行固好，但是中文似乎宜用"。"为名号。"."太小了，不很明白。若能效西文，于每句之末，留一片空地，则用"."还可勉强应用。否则适意还是用"。"为便。"②

可见钱玄同与胡适讨论了用"。"还是"."为句号的问题。

9月30日胡适致函钱玄同：

> 先生说的，每句的后面，应该留一个字的空地。这话我极以为然。从前也曾劝《科学》诸君用这法。不知如何不曾采用。但此法非能随写随加符号的人，不能用的。若必须写完了再加符号，定必不能预定何处应有一个字的空白。
>
> 至于'；'的'。'的后面空与不空，都不甚要紧。我这几年觉得这个"；"或"△"号，简直可以不用，有时可以用"、"去代他。有时可以用"。"去代他。③

从胡适的这封信可以看到，钱玄同认为"每句的后面，应该留一个字的空地"，但对于"'；'的'。'的后面空与不空"还不确定。

10月2日，胡适再次致信钱玄同，认同钱玄同"中文符号宜多不宜少"的观点：

①《新青年》第3卷第6号。

②收入季羡林主编：《胡适全集》23卷，合肥：安徽教育出版社，2003年，第130、131页。

③《胡适全集》，第23卷，第133页。

> 先生所讲中文符号宜多不宜少。这话很对。我从前讲的话，一则因为自己的文法观念略深了；二则因为自己有点儿懒病；三则因为中国的排印工太不行了，自己又不能去花工夫训练他们。①

这可能是因为胡适在上一封信中提到“；”号可以不用，用“、”“。”代替，钱玄同认为中文标点符号还是要多一些。

在与胡适讨论标点符号的同时，钱玄同开始全方位地进行新式标点符号的实验，无论是印讲义、点书还是写信都使用了新式标点符号。钱玄同在1917年9月14日的日记中记到：

> 晨起录讲义中所用符号凡例一纸付排印。凡用西文中符号者六，即。，：；?！是。用西文符号而略改其形使便于直行者三，即改‘ ’为∟ ㄱ，改“ ”为﹄﹃，改……为⋮是。更用｜以表人名，‖以表地名，○以表声韵标目。其注释之语用西文 footnote 之例，记于每页左栏外，如《甲寅杂志》所用之式。②

目前我们能看到最早一封钱玄同致胡适的信的手稿是1917年10月31日的，钱玄同横写并标注了标点符号。在这封信中，钱玄同使用了：，“”!?. 等符号。句号钱玄同采用了西式符号中的“.”。③

3、《新青年》全面使用新式标点符号后钱玄同对标点符号问题的继续关注

1917年下半年，在陈独秀、胡适、钱玄同、刘半农等人的联合推动下，由陈独秀一人主编的《新青年》杂志，从1918年1月出版的第4卷第1号起开始转型为同人刊物，并以一种全新的面貌出现：所刊同人文章都用白话文撰写，并标有较完备的标点。1918年1月21日，钱玄同收到新出版的《新青年》第4卷第1号，头一反应是：“其中所用新式圈点居然印得很象样子，可喜可喜！”④可见在推动《新青年》使用新式标点这一事情上，钱玄同是尽了力的。

翻看《新青年》第4卷第1号可以看到，版式虽仍是竖排，但以往铅字旁的浓圈密点一律不见了，各种符号，特别是表人名、地点的线号（｜）和书名号（⌇）因较占空间，格外醒目。同人们使用的标点符号与我们现今使用的标点符号基本相同，但每篇文章使用标

---

①《胡适全集》23卷，第135页。

②《钱玄同日记》（整理本）上，第316页。

③收入耿云志主编：《胡适遗稿及秘藏书信》第40册，合肥：黄山书社，1994年，第252页。

④《钱玄同日记》（整理版）上，第329、330页。

点符号的情况却不尽相同，主要区别集中在句号有的用“。”，有的用“.”，点号有的用“、”，有的用“，”。钱玄同注意到了这一问题，所以特地撰写《句读符号》一文，发表在他自己编辑的《新青年》第4卷第2号上。在这篇文章中钱玄同主张句读可采用繁简二式。繁式用西文六种符号：（，）读；（；）长读；（：）冒或结；（.）或（。）句；（？）问；（！）唉。简式：仍照以前用句读符号：（、）或（。）。关于繁式的句读，钱玄同提到与胡适的讨论，认为句号如用西号“.”，则其后必空一格，如不空，可改用“。”。关于简式，钱玄同也根据胡适的意见，认为用“；”“：”的地方，可以用“。”或者“、”。对于别造一种符号代替西文中的“；”“：”两号，如以“△”代“；”，以“、、”代替“：”，钱玄同认为这些符号皆铅模所无，与其定铸，不如全用西号。

在《新青年》实验新式标点符号的过程中，钱玄同注意到胡适早期试验标点符号时就遇到的问题，“本志从三卷以来，改用西文句读的符号，又加直线曲线，往往于每句或每读的末一字，如有须加直线或曲线者，就不能再摆句读的符号；如其摆了句读符号，就不能再加直线或曲线。”钱玄同认为这样“因为地位冲突的缘故，不能排两种符号，便牺牲一种，则符号的作用不免失去几分。”解决这个问题的最好办法就是改用横行，但出版商群益来信说，“这么一改，印刷工资的加多几及一倍”，看来横行一时很难实行，钱玄同经过与周作人商议，提出了一个解决办法：把直线、曲线，移到字的左边；留出右边地位，专摆句读的符号。1918年11月26日，钱玄同就此事写信给陈独秀、刘半农、胡适、沈尹默、陶孟和等《新青年》同人，争求他们的意见。① 但当时没有得到大家的赞同。1919年1月31日，钱玄同写信向鲁迅吐槽此事：“句读之事，独应君（周作人）所主张者，浑然（钱玄同）去冬曾经提议过，竟没有人赞同。大约左边放上，他们印局里又要麻烦，说，右边因放，；等，已经要费手脚去安排空铅条。若左边再放，则又要费手脚安排空铅条也。”②这一目标直到《新青年》第6卷第5号才得以实现。这期间胡适应该起了一定作用，因为钱玄同在《新青年》第6卷第6号致陈大齐信中提到此法的推行时，他这样说：“今天春天，和适之、启明两君商酌，把私名号、书名号搬到字的左旁，期与句号逗号不相冲突，《新青年》从六卷五号起就照此改排了。”但钱玄同还是认为这个方法不是很好：第一层，是一个字的笔势，大都是自左而右，写完一个字，在右旁加符号，是很便利的；如倒过去，在左旁加私名号、书名号，再在右加句号、逗号，实在不甚便利。第二层，将来注音字母推行以后，必有许多书籍要在字的右旁加注音字母的，遇到每句每逗的末了一个字，那就注音字母和句

①《钱玄同文集》第六卷，北京：中国人民大学出版社，2000年，第127、128页。
②《钱玄同文集》第六卷，第9、10页。

号、逗号又要冲突了。如其改为横行,则句号、逗号在字的右旁,私名号、书名号在字的底下,注音字母在字的上面,毫无冲突①。

《新青年》还存在标点符号用法不统一的问题。《新青年》第 6 卷第 1 号上刊登的陈望道致《新青年》诸子函就对《新青年》提出批评,"圈点与标点杂用,这是东人尾崎红叶的遗毒,诸子却有人仿他,并且前后互异,使浅识者莫明其妙。"对此钱玄同解释道:"标识句读,全用西文符号固然很好;然用尖点标逗,圆圈标句,仅分句读二种,亦颇适用,我以为不妨并存。《新青年》本是自由发表思想的杂志,各人的言论,不必尽同;各人的文笔,亦不能完全一致;则各人所用的句读符号,亦不必定须统一,只要相差不远,大致相向,便得。"其实钱玄同一直希望《新青年》可以实现标点符号统一,但理想与现实毕竟是有差距的,也只能向现实妥协。但这一机会很快就来了。

三、钱玄同与《请颁行新式标点符号议案》《请颁行新式标点符号议案(修正案)》

1、《请颁行新式标点符号议案(修正案)》的出台

1919 年 4 月,国语统一筹备会在北京成立,钱玄同、胡适、刘半农、周作人、马裕藻、朱希祖等作为学校代表被推举为该会会员,钱玄同还成为该会的常驻干事。筹备会会员可提出议案,经教育部通过后,即可通令全国实行。钱玄同、胡适等商议向教育部提出"请颁行新式标点符号议案"。由于胡适在标点符号方面早有著述,众人公推其负责议案的草拟。1919 年 11 月 29 日,胡适完成《请颁行新式标点符号议案(修正案)》,后以国语统一筹备会名义提交教育部。议案共分释名、标点符号的名称和用法、理由三个部分。其中关于标点符号的名称和用法部分,规定符号 12 种:(1)句号。或.(2)点号、或,(3)分号;(4)冒号:(5)问号?(6)惊叹号!(7)引号」「、』『(8)破折号——(9)删节号……(10)夹注号()、〔〕(11)私名号(12)书名号。针对标点符号的使用,《议案》特意指出私名号、书名号要放在文字的左边,每句之末,最好是空一格②。我们从前文知道,这些都是钱玄同的意见。

《议案》的标点符号完全针对竖行排版,最具争议的句号和点号提供了两种用法,减少了新式标点符号颁行的阻力。1920 年 2 月 2 日,北洋政府教育部发布了《咨各省区请将新式标点符号全案酌量转发各校俾资采用文》,附上《请颁行新式标点符号(修正案)》

①钱玄同:《中文改用横行的讨论》,《新青年》第 6 卷第 6 号,北京:人民出版社,1954 年影印本,第 651 页。
②《教育公报》,1920 年第 7 卷第 3 期。

原案，请各校采用。《请颁行新式标点符号（修正案）》的颁布，标志着新式标点符号得到了官方的承认。

为什么这部议案叫“修正案”呢？它是如何修正的呢？

2、《请颁行新式标点符号议案（修正案）》撰写过程考

北京鲁迅博物馆（北京新文化运动纪念馆）于 2002 年入藏了一批钱玄同文物，其中有《请颁行新式标点符号议案》手稿（见图 1）、油印稿各一份。从手稿字迹看，应为胡适亲笔所写，从文稿上诸多删改痕迹，最明显莫过于手稿上的私名号，先写到右边，又改到左边，这应是该议案的初稿。油印稿为手稿的整理稿，与手稿相比，在内容上有两处略微做了改动。油印稿上还有两处删改痕迹，不能判断出是谁做的记号，但这份油印稿保存在钱玄同手中，极有可能是钱玄同做的。对比油印稿与《请颁行新式标点符号议案（修正案）》，可明显看出二者的区别。那么，《请颁行新式标点符号议案》初稿做于何时？为什么会在钱玄同手中？手稿与油印稿有什么关系？这份议案的修订过程又是怎样的？笔者通过翻阅文献，基本搞清了《请颁行新式标点符号议案（修正案）》的撰写过程。

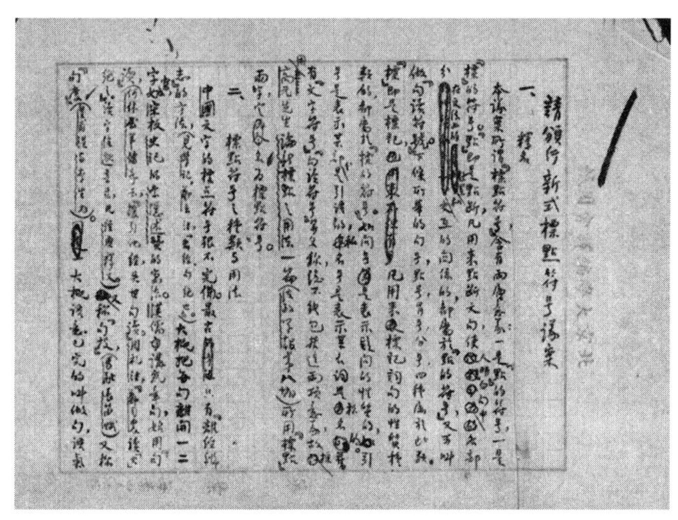
請頒行新式標點符號議案

一、釋名

图 1 胡适《请颁行新式标点符号议案》手稿

1919 年 4 月出版的《北京大学月刊》第 1 卷第 4 号刊登了题为《国语统一筹备会议案三件》的文章，文章简要记述了 1919 年 4 月 21 日到 25 日国语统一筹备会召开第一次大会的情况，并把会上北大代表提出的三件议案，包括《请从速加添闰音字母以利通俗教育的议案》《请颁行新式标点符号的议案》和《国语统一进行方法的议案》全文刊载。对比《北京大学月刊》刊载的《请颁行新式标点符号议案》（以下简称刊发稿）和我馆藏议案油

印稿,发现两处不同。一处是油印稿中"点号、或、"后有"这两种现在都有人用,不易去取,故两存之。"字样,又被墨笔删除(见图2),而刊发稿中没有这句话。第二处是油印稿私名号后"向来我们都用在右边,后来觉得不方便,故改到左边"一句被墨笔删除(见图3),但刊发稿中保留了这句话。

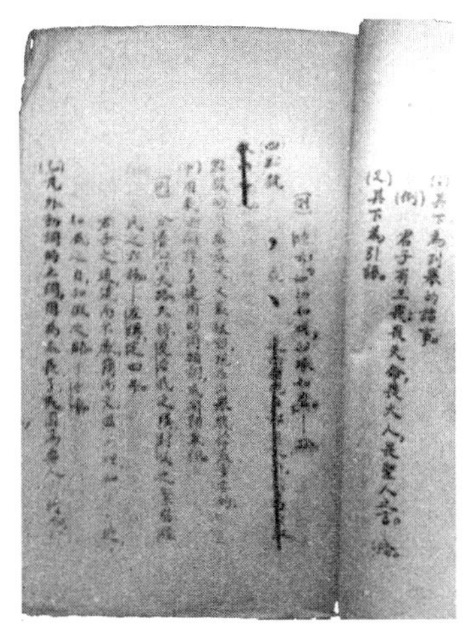

图2

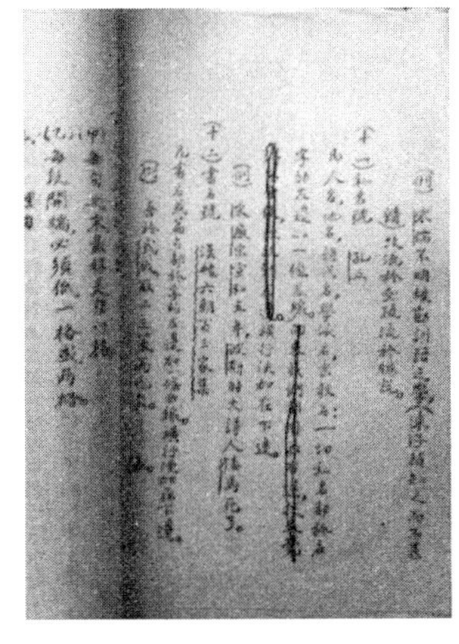

图3

1919年9月16日,钱玄同致信给胡适,提到了《请颁行新式标点符号议案》油印稿:

又,《请颁行标点符号的议案》油印本,亦寄上一份,要请你把用"、""。"的那种简式加他上去,附几句说明。因为我近来很觉得简式也很有用处。将来自然渐渐要一律改用完备之繁式,但现在中国印刷工人智识太浅,而古书中往往有句读欠明晰者,故简式亦颇适用。此乃两年前先生告我者,我当时不甚以为然;如今想想,确是很合于实用,所以主张和繁式并用。

现在要请教你:凡用"如左:——"者,若用简式,还是作"如左。——"呢,还是作"如左、——"呢?又如,两排平列之句(即先生所谓"伉读"),若其前有冒,此两排之字(如"所谓","然而"……),则两排之中可应圈断?又如(五行:一曰水;二曰火;……五曰土。)行下之":"应作"、"呢,还是作"。"呢?诸如此类,我实是委决不下,务请详示。如其加入议案内详细说明,俾人人皆得所遵循,则更好了。①

①钱玄同:《致胡适》,杜春和、韩荣芳、耿来金编:《胡适论学往来书信选》,石家庄:河北人民出版社,1998年,第1118、1119页。原信没有标明年代,《胡适论学往来书信选》编者因信开头提到吴又陵文章,误以为是《吴虞文录》序,所以把信年代判断为1921年。实际上钱玄同1919年9月任《新青年》第6卷第6号编辑,正在收集稿件。吴虞的文章应指收入《新青年》第6卷第6号的《吃人与礼教》。

综合上文我们可以做出如下判断：钱玄同、刘半农等委托胡适在国语统一筹备会正式开会前草拟《请颁行新式标点符号议案（修正案）》，胡适写好后，便把稿子交给钱玄同，钱玄同接到后修改了几处，随即找人誊写原稿并将原稿油印数册，以备会上讨论使用。1919年4月21日到25日，国语统一筹备会第一次会议召开，胡适、钱玄同等人向大会提交了这件议案。可能是会前，也可能是会上，钱玄同认为油印本中有两句可以删掉，便在一份油印稿上做了记号，与胡适等人讨论，结果只有一处得到赞同。会议结束后，胡适在《北京大学月刊》上全文刊载了这件议案。

由于材料缺失，我们目前无法得知谁提出要对议案进行修正，1919年9月16日，钱玄同给胡适寄上一份《请颁行新式标点符号的议案》油印本，请胡适把简式标点符号的用法加上。钱玄同在寄给胡适的同时，也可能把油印本寄给了其他人，再由胡适综合大家的意见，形成《请颁行新式标点符号议案（修正案）》。对比胡适《请颁行新式标点符号议案》手稿与议案修正案，可以看到胡适完全采纳了钱玄同的意见，把"旧式点句符号"作为附录加入了修正案。修正案变更及增加的主要内容包括标点符号顺序的改变、分号用法的增加、私名号说明的增加以及例句的更换等。可以看出，钱玄同的意见是个结构性的意见，是非常重要的。

据《胡适日记》记载，1919年11月29日，胡适完成了《请颁行新式标点符号议案（修正案）》，这距钱玄同提出加"旧式点句符号"的意见的时间已有两个多月了，可能胡适在对议案做最后的完善工作。第二天下午，胡适参加了国语统一筹备会的会议①，很有可能就在这次会议上胡适等人提交了该议案。

北京鲁迅博物馆（北京新文化运动纪念馆）馆藏钱玄同文物中还有两页与新式标点符号有关的手稿：一是钱玄同抄写的胡适《论句读及文字符号》、高元《新标点之用法》、胡适《请颁行新式标点符号议案》目录（图4），一是钱玄同书写的"胡"、"高"、"会"标点符号对比（图5）。从图4可以看出钱玄同对标点符号的关注，他把《论句读及文字符号》、《新标点之用法》以及《请颁行新式标点符号议案》都看作关于标点符号问题的重要文献。图5中"胡"应指胡适，"高"应指高元，"会"应指国语统一筹备会，"会"中标点的顺序是《请颁行新式标点符号议案（修正案）》的顺序，可以看出钱玄同认为修正案是集体智慧的结晶。《请颁行新式标点符号议案（修正案）》有六位提议人，顺序是马裕藻、周作人、朱希祖、刘复、钱玄同、胡适。胡适把自己写在最后，钱玄同写在次后，由此可以推测出钱玄同在提案中的地位是仅次于胡适的。

①胡适著、曹伯言整理：《胡适日记全编》第3册，合肥：安徽教育出版社，2001年，第29、30页。

《请颁行新式标点符号议案(修正案)》的颁布,标志着我国第一套法定的新式标点符号的诞生,在我国语言发展史和文化发展史上具有重要意义。①《请颁行新式标点符号议案(修正案)被胡适收入《胡适文存》,胡适对于该案的贡献众所周知,而钱玄同对于该案的贡献却不为人知,通过对相关文物史料的梳理,钱玄同对该案所做的工作就清楚了。

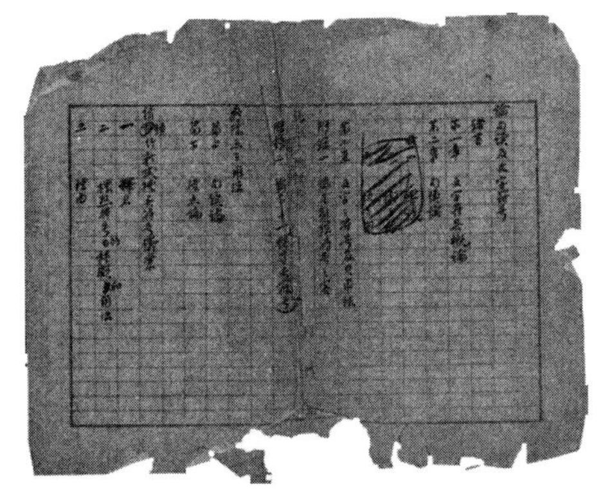

图 4

图 5

四、钱玄同与《新青年·本誌所用标点符号和行款的说明》的出台

《请颁行新式标点符号议案(修正案)》是集体智慧的结晶,这一集体主要是《新青年》的同人,这也让《新青年》的同人有机会对标点符号有了统一的认识,《新青年》标点符号统一的时机成熟了。从 1919 年 12 月出版的《新青年》七卷一号起,《新青年》上所有文章采用统一的标点符号和格式,为让投稿者清楚标点符号和格式,《新青年》编者刊布了一篇《本誌所用标点符号和行款的说明》(以下简称《说明》)。《说明》没有标明作者,但笔者查到一封钱玄同致胡适、陈独秀的信,得知《说明》是钱玄同编制的。全信如下:

适之、独秀两兄:

标点符号和行款的说明,已经制成了。现在寄上,请两公改正!我因为既将圈点排在字的底下,所排的字又是五号字,则读号用"、",似乎较","好看些。因为";"":""?""!""。"的铅粒,是把符号刻在中间的,其式为[；][：][？][！][。],所以排在字的

①袁晖、管锡华、岳方遂著:《汉语标点符号流变史》,第 332 页。

底下,很不难看。惟“,”号是刻在铅粒的下端,其式为□,排在字下,上面空的太多,很不好看。——看《解放与改造》,便可知道。——而“、”则也是刻在铅粒中间,其式为[、],以配[;]……[。]五个符号,颇为合宜。《每周评论》可以为例。《每周评论》不仅用“、”“。”两号,有时也兼用“;”“:”“?”“!”四号,排得很好看。所以我主张改“,”为“、”。我想符号本所以须用,“,”“.”“""”等号,用于横行,则宜;用于直行、则否;则改为“、”“。”“『』”等号,甚为适用,似不必以不伦不类为虑。

两兄以为然否?

弟玄同①

该信未注明时间,根据信中提到的《解放与改造》创刊号出版于1919年9月1日,则该信作于1919年9月之后。查钱玄同日记,钱玄同于1920年1月4日购得《新青年》第7卷第2号,则《新青年》第7卷第1号没有延期,就是按杂志上标注的时间1919年12月1日出版的。那么这封信的写成时间不能晚于1919年11月。

钱玄同编制好《说明》后,随即寄给胡适和陈独秀,请两人改正。在这封信中,钱玄同为美观起见,主张点号改“,”为“、”,但看《说明》就可以知道,大家综合的意见还是用“,”表“顿和读”。钱玄同的建议毕竟有其道理,翻开《新青年》七卷一号可以看到,“,”号上面并没有空的太多,这可能是《新青年》编辑部要求印局另铸了铅粒。

对比《说明》和《请颁行新式标点符号议案(修正案)》会发现,《说明》中标点符号及顺序与《请颁行新式标点符号议案(修正案)》大致相同。但句读符号只选一种用“,”表“顿”和“读”,用“。”表句,并把“、”单独拿出来,表“形容词间和名词间的隔离”。值得注意的是,《说明》与《议案》相反,规定把私名号和书名号放在字的右边,而《新青年》第6卷第5号、第6号恰恰刚把私名号改到左边,这么快就改过来了。这是因为《说明》规定“。?!,;:等符号,必置字下佔一格。”这样就不会有这些标点符号与私名号、书名号相冲突的情况,就还按照人的写字习惯,把私名号、书名号放在字右边了。这是个很好的办法,不知为何《请颁行新式标点符号议案(修正案)》没有采用,因为根据胡适最后完成该案的时间,是完全有机会把这条改过来的。

《新青年》刊布标点符号和行款说明的办法,得到其他一些书报杂志的响应。浙江临海青年团1920年1月创办的《青年周刊》也刊登了《本刊所用标点符号的说明》,所用标点符号与《新青年·本誌所用标点符号和行款的说明》完全一样。

①《胡适遗稿及秘藏书信》第40卷,第459页。

五、结论

早在 1910 年,钱玄同就开始关注标点符号问题,认为“认为无论做文章还是出版古籍都应该施以句读”。1917 年,钱玄同成为《新青年》杂志的作者,是他在文章中坚决地提出“无论何种文章(除无句读文,如门牌、名刺之类),必施句读及符号”,并首先提议《新青年》改用横排并使用西式标点。在与胡适等人的讨论中,中文新式标点符号的使用趋于成熟,钱玄同积极促成《新青年》从第 4 卷第 1 号起使用较完备的标点,并在实践中发现问题,解决问题,使标点符号的使用更贴合于实际。《请颁行新式标点符号议案(修正案)》是中国语言发展史上的一部重要文献,钱玄同参与了该议案最初内容的讨论,并对其修正案提出重要意见,钱玄同在其中起的作用仅次于该议案的草拟者胡适。钱玄同草拟了《新青年·本誌所用标点符号和行款的说明》,促成《新青年》从第 7 卷第 1 号起所有文章采用统一的标点符号和格式。在新式标点符号创设方面,钱玄同功不可没。

Qian Xuantong and the Creation of New Punctuation Marks

Qin Suyin

(Beijing Luxun Museum and the Culture Movement Memorial of Beijing)

Abstract: QianXuantong began to pay attention to punctuation marks very early. After he became the author of *New Youth*, he advocated that *New Youth* should use horizontal rows and Western punctuation. Under the active promotion of Qian Xuan and his colleagues, *New Youth* has used more complete punctuation since Volume 4, No. 1. Qian Xuantong is one of the sponsors of Bill of Promulgating the New Punctuation Marks, which plays a second role only to Hu Shih, the drafter of the Bill. Qian Xuantong drafted the explanations of punctuation marks and passages used in *New Youth*, which led to the adoption of uniform punctuation marks and formats in all articles of *New Youth* from Volume 7, No. 1.

Keywords: Qian Xuantong; Punctuation Marks; *New Youth*

◎书　评

汉语双音合成构词研究的新成果

——《源于先秦的现代汉语复合词研究》评介*

王　诚　周　勤

（浙江大学古籍研究所、汉语史研究中心；重庆三峡学院文学院）

提要：《源于先秦的现代汉语复合词研究》是双音合成构词研究的一部理论性、创新性和实践性相结合的颇具特色的著作。本文对该书作了评介：其一，介绍了研究的学术背景、全书的结构框架和各章的主要内容；其二，从词汇语义研究的独立性、沟通先秦汉语和现代汉语、理论方法具有创新性、微观分析和宏观视野相结合、注重对现象和规律的解释等五个方面评述了该书的研究特色；其三，对该书提出了一些进一步完善的建议。

关键词：《源于先秦的现代汉语复合词研究》；双音合成构词；词汇语义；理论

一、引言

双音合成词在汉语词汇中占有很大的比重。双音词的研究由来有自，以近代西方语言学的传入为界，可以把双音词的研究史分为近代以前和近代以来两个时期，前者主要

* 本研究得到教育部人文社科重点研究基地重大项目“汉语历史词汇语义专题研究”（19JJD740006）和教育部人文社科基金青年项目“语义角色视角下的先秦至东汉单音动词词义演变研究”（18YJC740093）的资助。

属于训诂学的内容，后者多被纳入语法学的范畴。从整体来看，故训对词语的解释主要集中于单音词，但复合词并未被历代训诂家所忽视，汉代毛亨就对《诗经》中的双音词有精审的解说，历代训诂专书也收录了一部分复合词，清代学者在词义训释的基础上，还提出了带有理论性质的观点（如王念孙的“连语”概念①），但尚未能对复合词作全面、系统的考察。自 19 世纪末《马氏文通》问世以来，在西方语言学的影响下，复合词的研究进入了新的阶段，在复合词的语法结构和语义结构以及复合词的成词等方面都有较为深入、具体的探讨。但正如王宁先生指出的，20 世纪 80 年代以前，汉语双音合成词的构词研究受两种方法原则的支配，“在处理内容与形式的问题上，采用句法与构词法同一的纯形式方法成为主流”，“在时间层次问题上，采用现代汉语共时方法和历史层次法绝对分离的方法成为主流”②。这两种研究方法存在的局限已为学界所认识。王宁先生主张汉语双音构词的研究应该从中国语言学自己的方法中寻找出路，从 90 年代中期开始，她就本着古今沟通的原则探讨汉语双音词产生的原因，从意义上阐发双音词语素结合的理据③。卜师霞教授的《源于先秦的现代汉语复合词研究》正是遵循这一思路深入探索所取得的重要成果。

二、主要内容

本书的研究对象是先秦传承复合词，即源头上可以追溯到先秦的现代汉语复合词。以往复合词研究中共时与历时的对立与割裂，导致人们较少注意汉语双音合成词的非共时特征。这种偏差和忽略也源于对文言与白话的关系认识得不够全面。因此，作者在绪论中首先就文言与白话的关系做了阐述，论证了文言词汇④对现代汉语的影响和渗透，由此说明研究现代汉语中的先秦传承复合词的必要性，这同时也决定了本书在研究方法上是将共时与跨时代的历时比较相结合。

全书主体部分共分五章。第一章概述了先秦传承复合词的来源，即短语凝固和词素

①参见李运富：《王念孙父子的“连语”观及其训解实践》，《古汉语研究》，1990 年第 4 期、1991 年第 2 期。

②参见王宁：《当代理论训诂学与汉语双音合成词的构词研究》，《当代语言学理论和汉语研究》，北京：商务印书馆，2008 年，第 406 页。

③参见王宁：《现代汉语双音词的构词理据与古今汉语的沟通》，《庆祝中国社会科学院语言研究所建所 45 周年学术论文集》，北京：商务印书馆，1997 年，第 125—131 页。

④文言一般被认为是先秦口语的书面化，作者基于语言系统的内部特征，把先秦汉语和文言作为基本同质的语言。

直接拼合，并介绍了确定复合词的来源是短语还是词的两条标准。作者指出，在先秦已经成词的条目中，大部分是短语词汇化的产物，语素直接拼合而成的只有很少一部分，并对2618个词条的语法属性、语法结构和词义变化情况作了统计。第二章分析了先秦传承复合词意义变化的类型和方式，按影响词义发展的因素分为三类：与认知心理（主要是概念化）相关的词义变化、词汇系统调整引起的词义变化和由于特殊语用造成的词义变化。第三章分析了先秦传承复合词意义结构和形式结构的变化，前者包括词义缩减、扩增、偏移和显现等类型，后者以“语义结构模式”为分析框架，讨论了变化的类型和规律。第四章分析了先秦传承复合词词汇化的系统动因和个体动因。第五章论述了先秦传承复合词对现代汉语构词的影响，包括将先秦句法模式带入到现代汉语的词法层面和为现代汉语带入大量的高频构词语素两方面。

结语部分总结了汉语词汇发展的累积性和系统性这两条总体规律，并强调了词汇语义研究的独立性。

三、本书特色

通观全书，结构清晰，环环相扣，前后呼应，对先秦传承复合词作了多角度、多层面、由表及里、由浅入深的系统研究。本书理论性强，同时例证丰富，但又要言不烦，节奏明快。以下从五个角度略述本书的研究特色。

1. 词汇语义研究的独立性

由于结构主义语言学的影响，以往汉语复合词研究大多采用句法分析的方法，构词法实际上等同于语法结构的分析，构词研究往往被归为语法课题。近二十年来，双音词的研究视角趋于多元，一些学者关注到复合词内部复杂的语义关系，试图摆脱句法的框架，从语义角度研究构词，“但在实际操作上，仍较少从真正意义上将词汇的独立分析贯彻始终”（第23页）。而本书在研究中，“无论是词义的整体变化研究，还是意义结构与形式结构的研究，均没有采用句法视角，但同样能够有效地描写传承复合词的变化情况”（第211页）。这就用实践证明了词汇语义研究的独立性。

这种独立性在复合词形式结构分析中得到突出体现。形式结构分析一直受句法结构模式的影响，即使是立足于词汇语义的视角，也较多地关注语素与语素之间的关系。作者对此作了釐清，指出“多数复合词语素显义的不充分性，以及词义与语素之间关系的多变性决定了共时层面的复合词结构分析不能从语素与语素之间的关系入手，而应该从语素与词之间的关系进行”（第102页），语素与词不在同一层面，只存在意义的联系，而没有句法的制约,这正好为词汇语义研究的独立性提供了理论依据。

2. 沟通先秦汉语和现代汉语

共时与历时、文言与白话的对立造成古今的隔离,现代汉语的研究者较少关注先秦汉语,研究古代汉语的人则强调古今的差异,担心用现代语言附会文言而错会古人之意①。而本书则在一定程度上打破了学科的壁垒,在现代汉语的共时层面中建立起跨时代的历时比较,进行立体的、有纵深的研究,在比较古今差异的同时更注重古今的沟通,为现代汉语的研究注入了丰富的内容、提供了解释的依据,也增强和凸显了古代汉语研究的现实关切。

本书用数据和例证告诉我们现代汉语承袭了大量的文言成分,其中有相当一部分使用频率较高的复合词源自先秦,这些词跨越了两千多年至今依然活跃在现实语言中。当然,不少词的意义或结构发生了变化,有的微殊,有的迥别。作者一方面揭示出古今词义的细微差异,例如,"朋友"的旧义是同师和同志的人,新义是彼此有交情的人,"限定性义素的置换使前后意义在外延上发生交叉"(第 50—51 页);另一方面也关注区别较为明显的古今词之间的关联,例如,"勉强"本指"尽力而为",后变为"能力不足而强为之",虽然词义发生了改变,但由于语素义与词义共同发展,"勉强"的语义结构模式未变②。总之,作者对先秦文言词汇与现代汉语词汇的比较是多角度、多方位的,沿流溯源、由源竟委,细化至义素的层面,深入到结构的剖析,以期更深入地认识古今的变与不变、差异与统一,更好地把现代汉语双音词与先秦汉语沟通起来。

3. 理论方法具有创新性

本书的理论基础是从训诂学里体现出来的语义观,主要立足于王宁先生所概括的语义主体论和词汇意义系统论③。双音词的研究本属训诂学,后被纳入语法学,但是单一的语法结构难以解释语素结合的复杂情况,语义因素的介入成为必然的趋势。从这个角度来看,本书对先秦传承复合词的研究可以说是返本复初,当然这是在主要借鉴西方的语法学已经建立、语义有了语法系统做参照系之后的更高层次的一种回归。

在方法论层面上,注重运用系统方法是本书的一个显著特点。相较于语音和语法,词汇的系统性不容易被认识,更难以描写和论证。作者以结构主义语言学的系统理论和

---

①参见王宁:《现代汉语双音词的构词理据与古今汉语的沟通》,《庆祝中国社会科学院语言研究所建所 45 周年学术论文集》,第 125 页。

②参看原书第 115 页。

③参见王宁:《当代理论训诂学与汉语双音合成词的构词研究》,《当代语言学理论和汉语研究》,第 416 页。

中国传统训诂学的系统观念为依据①，将系统的思想和方法融入复合词的研究。举例来说，第二章指出词汇系统内部调整是复合词意义变化的重要因素，包括：其一，新要素的加入，如具有口语色彩的"老师""同辈""市场"的出现，使得源自先秦的"先生""同侪""市井"具有书面语的色彩②；其二，语素义的易位，如"穷"的"不得志"这个含义发生易位，导致"贫穷"的词义有了部分的脱落；其三，词汇的复音化，如"知道"和"知识"承担了单音词"知"所分化的义项。再举一例，第四章探讨先秦传承复合词词汇化的系统性因素：一是"词义泛化"与"词形类化"，如"洗""沐""浴""沬""澡""盥"在先秦都表示洗身体的某个部位，但"洗"的词义逐步泛化，并在词形上对其他词起到类化作用，作者认为这是"汉语从派生阶段到合成阶段的词汇系统变化调整的必然结果"（第155页）；二是系统中新的同义词的进入，如"怕"作为新要素进入"惧怕"语义场后，由于其表义的泛化性，使"惮""恐""惧""畏"等其他词变为黏着语素，导致相关短语的词汇化。

在分析复合词形式结构的具体方法上，采用了王宁先生提出的"语义结构模式"分析法。"语义结构模式"指的是"语素义与其组构的双音词意义的关系模式"③，分为三类：直接生成式、半直接生成式和非直接生成式。语义结构分析方法是"汉语双音词研究中可以替代句法分析或与句法分析互相参照的不可缺少的方法"④。根据研究对象的特点，作者对这一分析方法作了细化和调整，通过大量语料的处理，证明了"语义结构模式"分析的可操作性和有效性，它"使复合词结构分析形式化、可视化，每个语素在每个义位中均可以找到对应的位置和类别，具有一定的普遍性和适用性"（第137页）。

4. 微观分析和宏观视野相结合

本书的观点和论证建立在研究材料的扎实积累和细致分析的基础之上。作者选取《辞源》（修订版）和《现代汉语词典》（第5版），通过二者的对比，提取出《辞源》中首见义的时代为先秦并在《现汉》中存在的词条，总目3026条，在排除叠音词和联绵词、处理异形同构和同形异构等特殊情况之后，筛选出具有衍生关系的先秦传承复合词词条2618个，由此得到数量充足、具有代表性而又相对封闭的研究语料。从材料选取的原则和方法上已可想见工作量之巨，而作者所下的功夫更体现在词条的微观分析。尽管书中所举的多为常用词，但也离不开训诂考证，如"假寐"多被释作和衣而睡，甚至误释为假装睡

①作者对二者的区别作了分析，参见原书第15页。

②参看原书第60—61页。

③王宁《当代理论训诂学与汉语双音合成词的构词研究》，《当代语言学理论和汉语研究》，第416页。

④王宁《当代理论训诂学与汉语双音合成词的构词研究》，《当代语言学理论和汉语研究》，第418页。

着,而作者准确地指出“假”在此处的含义为“暂时”①;古今词义微殊的辨析更是考验学者的功底,如“品尝”的“品”表示进行鉴定是后出的意义,而在先秦“品”是物类众多的意思,作者精审地指出“品尝”的本来含义是“一样一样地尝”②。类似的例子还有不少,虽然为行文避枝蔓,书中较少有详细的考证,但明白剀切、当理惬意的释义正是源自作者在训诂上的修养。

本书的研究对象源自先秦,一直保留到现在,有很大的时间跨度,而且涉及“文言”对“白话”的影响这一汉语发展史上的重要课题,这要求作者有整体性的视野和宏观把握能力。例如,第五章指出传承复合词为现代汉语带入了大量的构词模式和构词语素,作者认为“它们对现代汉语词汇的影响是系统且具有建设性的”(第173页)。从“名词作状语”“使动用法”和“动词作状语”等类型的一系列实例中归纳出句法模式向词法领域转移的总体趋势,从大量语料的分析中概括出动态构词语素在现代汉语的构词中存在类型化的总体倾向,都可以看出作者整体性的观察视野。本书通过微观的考察和个案的分析,揭示出先秦传承复合词从文言传承到现代汉语过程中的具体规律,又在这些具体规律的基础上,在宏观层面概括或证明汉语词汇发展的总体规律,充分体现了宏观与微观的有机结合。

5. 注重对现象和规律的解释

单一的语法结构难以解释双音合成构词的复杂现象,也就无法深入发掘其中所蕴含的规律。本书则从词汇语义入手,对先秦传承复合词意义和结构变化的原因、词汇化的动因以及先秦传承动态构词语素进入现代汉语的机制等作了细致的解释,揭示了深层次的规律。

本着形式与内容相结合的原则,本书对复合词的意义结构和形式结构的关系作了解释,分为意义结构变化促使形式结构弱化和语素意义变化促使形式结构强化两种情况,由此揭示了形式结构的变化规律。本着微观与宏观相结合的原则,本书从个体和系统两个层面解释有关问题。例如,第四章指出传承复合词词汇化的主要动因,一是词汇系统的制约,二是短语个体的意义变化,“前者主要包括黏着语素的产生和句法模式的演变;后者是由于词义的整体演变导致语义结构模式的弱化,使内部凝固性加强”(第171页)。两种因素相辅相成,乃至共同作用,“有些看似个体要素的变化,实则有着系统的制约”(第211页)。同时,正是这种个体变化数量的增多,引发了文言系统向现代汉语系统的

①参看原书第153页。

②参看原书第88页。

整体演变。王宁先生在序中认为，本书的这些结论“对基于训诂学的汉语词汇语义研究的深化起了推动的作用”。

此外，作者还借鉴和运用了认知心理学的概念和原理以及其他相关的语言学理论。例如，运用概念的范畴化、相似联想和相关联想来解释复合词词义变化的动因，借鉴基本层次概念来说明传承动态语素能产性的根源。又如，从词库和词法的差异性来看静态构词语素和动态构词语素的区别等。

四、余论

综上所述，本书是双音合成构词研究的一部富有理论性和创新性的颇具特色的著作。它用实践证明汉语双音构词研究是可以从词汇语义的视角和手段独立进行的，大量的训诂材料对于探求双音词语素凝结的语义规律具有重要参考价值。它探讨了文言成分在现代白话中的存留情况，指出现代汉语复合词系统的词、语素、词法模式三个层面都有先秦成分的累积，由此说明汉语词汇古今沟通的重要性。它从系统性的视角考察先秦传承复合词的词义发展和词汇化，以及传承语素进入现代汉语的机制等，阐释了系统在汉语词汇发展中的制约作用。本书带给我们很多启发，它使我们重新思考文言与白话的关系、共时与历时的关系、意义与形式的关系等等。

当然，本书也有一些可以改进和完善之处。比如，对学界最新的研究成果反映还不够，举例来说，作者讨论“自”与“己”的结合成词，引用了王云路、方一新(1992)的说法，指出“自己”在三国时期已经出现①，但似未注意到朱冠明(2007)以中古佛典为语料对“自己”词汇化所作的考证，后者指出并列连用的“自己”最早见于东汉佛经，“自己”至迟在中古末期已经凝固成词。又如，对个别词语意义变化的考察还有待细化，举例来说，作者以“一概”为例说明“语素义与词义的并行发展”，指出“概”到了明代就已经有了“全部”之义，但“一概”表示“一律，全部”只引了《现汉》②。其实，“一概”在唐代已作总括副词，如《朝野佥载》卷二：“开元六年，水泛滥，河口堰破，棣州百姓，一概没尽。”卷六：“成都人一概呼求事官人为‘乞措大’。”③再如，如果能把 2618 个先秦传承复合词词条作为附录，可以使读者对本书的研究对象有更全面的认识，也可以为读者提供更多的参考。

①参见原书第 169 页。

②参见原书第 131—132 页。

③参看刘红妮《“一概”的词汇化、语法化以及认知阐释》，《忻州师范学院学报》，2008 年第 3 期。

另外，本书所举的词例如能编制索引，可以方便读者查找相关词条的解释和论述。最后，正如作者在后记中指出的，本书是在早年博士论文基础上修改而成的，由于基本框架不易改动，未能体现新的思路和研究。我们期待作者新的研究成果的问世，以推动汉语双音合成构词理论进一步向前发展。

参考文献

卜师霞：《源于先秦的现代汉语复合词研究》，北京：中华书局，2018 年。

王宁：《现代汉语双音词的构词理据与古今汉语的沟通》，《庆祝中国社会科学院语言研究所建所 45 周年学术论文集》，北京：商务印书馆，1997 年。

王宁：《当代理论训诂学与汉语双音合成词的构词研究》，《当代语言学理论和汉语研究》，北京：商务印书馆，2008 年。

王云路、方一新：《中古汉语语词例释》，长春：吉林教育出版社，1992 年。

朱冠明：《从中古佛典看"自己"的形成》，《中国语文》，2007 年第 5 期。

New Achievement in the Study of Chinese Compound Word Formation: A Review of "The Study of Modern Chinese Compound Words Originated from the Pre-Qin Dynasty"

Wang Cheng　Zhou Qin

(Zhejiang University; Chongqing Three Gorges University)

Abstract: "The Study of Modern Chinese Compound Words Originated from the Pre-Qin Dynasty" is an innovative work with theoretical significance. This review is structured in three sections. First, the academic background of the study, the framework of the book and the main contents of each chapter are introduced. Second, the research characteristics of the book are commented on in five aspects: (1) the independence of lexical semantic research, (2) the connection between pre-Qin Chinese and modern Chinese, (3) the innovation of theory and method, (4) the combination of micro-analysis and macro-vision, (5) the interpretation of phenomena and rules. Third, some suggestions for further improvement is proposed.

Keywords: "The Study of Modern Chinese Compound Words Originated from the Pre-Qin Dynasty"; compound word formation; lexical semantics; theory

一部赢得港澳台及大陆地区普遍重视的现代汉语教材

曹德和

（安徽大学文学院）

提要：程祥徽先生和田小琳女士撰著的《现代汉语》上世纪80年代面世以来在港澳台多次印行备受欢迎。该著于2018年起开始以简体版形式在大陆地区刊行。一部仅靠两人之力推出的大学教材之所以能够赢得两岸各地广泛重视，主要原因在于其内容安排、科学含量、实用价值以及叙述方式都有值得称道之处。

关键词：程田本《现代汉语》；社会影响；主要特色

上世纪80年代初，应承香港三联书店萧滋总编邀约，当时在港澳高校任教的程祥徽先生和田小琳女士，联手撰著了后来被学界称之为“程田本”的《现代汉语》教材。这部起初只是为满足港澳地区需要而著就的大学教科书，1989年由香港三联书店发行不久，旋即引起台湾书林出版有限公司的关注，1990年在获得印行权之后，将其引入台湾岛。在港澳台三地，旧版程田本先后刊行13次，成为当地畅销书。2013年，在充实完善的基础上，程祥徽先生和田小琳女士拿出该著修订版。2013年7月香港举行国际书展，修订后的程田本作为重点图书参展。其后，新版程田本在港澳台的印行始终保持久盛不衰势头。2016年，全国高等院校现代汉语教学研究会第十五届学术研讨会在广西桂林召开，基于该著被公认为《现代汉语》教材建设的成功范例，作者之一田小琳女士应邀作了介绍发言。多年来程田本都是以繁体汉字为载体。2018年6月，该著开始推出简体版。简体版由北京师范大学出版社负责印行。该社相信它对于大陆地区不仅具有推广价值同时具有借鉴意义，故承担此任。邵敬敏先生曾经说过这样的话：“以往的经验告诉我们，凡是个人或某个学校自己编写的教材往往只能够在一个学校或者一个城市或一个地区使用,很难打开局面。"①建立在调查统计基础上的以上说法几乎可谓百验百灵,但它在程田本面前却遭遇了滑铁卢。一部仅靠俩人联手著就的大学教材,首先在港澳继而在台湾后来在大陆广受欢迎,这无疑是一件值得玩味探究的事情。根据笔者考察,前述反例的出现既在规律之外又在情理之中,具体地说,程田本之所以能够创造奇迹,全因为它具有以下值得称道的地方。

一、不拘一格,因需制宜设计内容

自上世纪80年代末史有为先生《十字路口的"现代汉语"课》一文发表②,在大陆学界关于应当如何设计现代汉语教材的讨论一刻不曾停止。尽管众说纷纭,但大家显然业已达成以下共识,即:基于现代汉语、古代汉语、语言学概论三门课程各有分工,编写《现代汉语》应严守边界,避免将《古代汉语》《语言学概论》讲授的知识杂入其中。如果你拘泥于此,那么检视程田本则会认为该著存在越俎代庖之嫌。因为其"绪论"部分讲述了不少本属《语言学概论》讲述的论题,如"语言与言语""世界语言与中国语言""官方语言与双语或多语社会",等等;"第二章 汉字"部分介绍了不少本归《古代汉语》介绍的知识,如"汉字的历史功绩""六书造字法",等等。但当你发现,该著面对的学生每天生活在多语(不同民族语言)多言(不同汉语方言)的环境里,却不知道英语、葡萄牙语与普通话作为官方语言使用时的区别,不知道汉语共同语与汉语方言的关系,不少人崇拜洋文鄙视汉字且搞不清使用后者时应当如何处理繁简问题;以及当你注意到,该著在汉字运用上主张"繁简由之",而繁简汉字构造法无异乃是其主要理论根据;以及当你了解到,港澳高校率先引入的语言学科目是现代汉语,那里的大学生很可能始终没有机会接受古代汉语、语言学概论课程教育③。概言之,当你发现、注意、了解到这些,可以肯定,你不仅不会觉得前述安排不尽适当,相反还会为以上做法即根据需要设计教材内容而佩服不已。

---

①邵敬敏:《现代汉语课程教材的改革与创新意识》,收入邵敬敏:《汉语广视角研究》,长春:东北师范大学出版社,2015年,第304页。

②史有为:《十字路口的"现代汉语"课》,《语文建设》,1987年第1期。

③参见田小琳:《现代汉语教材框架和体系比较研究——关于修订〈现代汉语〉程田本的思考》,收入田小琳:《香港语言生活研究论集》,北京:人民教育出版社,2012年。

二、与时俱进,重视提升科学含量

一部教材的高下除了取决于它是否具有“针对性”,即前文谈到的能否从学生需要以及当地实际出发;同时还取决于它是否具有“时代性”①。基于“时代性”实指“现代性”和“科学性”,故而衡量其“时代性”也就是看它能否适时提升自身科学含量。应当说程祥徽先生和田小琳女士对此是高度重视的。在1989年初版程田本中,你可以看到1986年年底汉字问题学术讨论会关于汉字历史评价的科学共识,可以看到此前面世的《繁简由之》(程祥徽1984)关于如何化解繁体汉字与简体汉字矛盾的务实主张,可以看到根据1981年全国语法和语法教学讨论会以及《汉语语法分析问题》(吕叔湘1979)以及《语法答问》(朱德熙1985)等宏观导向著作构建的新语法体系,可以看到从《句群漫谈》(吴为章1982)、《句组试析》(田小琳1983)以及《句群》(吴为章、田小琳1984)等著述中凝炼出的句群知识,可以看到《语言风格初探》(程祥徽1985)一书关于语言风格的科学阐释,等等②;在2013修订版程田本中,你可以看到有关汉语方言分区的崭新观点,可以看到应当区分“社会双语”和“个人双语”的睿智见解,可以看到基于对香港等地的社会语言学考察创造的“社区词”新概念,可以看到根据外来词新发展建构的“字母词”新术语,可以看到有关网络语言的及时介绍和包容性评论,可以看到通过对语法的多维观照应运而生、日趋成熟的“三个平面”理论,等等③。无论初版还是修订版程田本,其知识内容的科学性与语言研究的新进展始终保持同步关系。总之,这是一部与时偕行且科学含量极高的现代汉语教材。

---

①吕叔湘:《程田本〈现代汉语〉序》,收入程祥徽、田小琳:《现代汉语》,香港:香港三联书店,1989年。

②中国社会科学院语言文字应用研究所编:《汉字问题学术讨论会论文集》,北京:语文出版社,1988年;程祥徽:《繁简由之》,香港:香港三联书店,1984年;吕叔湘:《汉语语法分析问题》,北京:商务印书馆,1979年;朱德熙:《语法答问》,北京:商务印书馆,1985年;吴为章《句群漫谈》,《汉语学习》,1982年第5期;田小琳:《句组试析》,《语文研究》,1983年第3期;吴为章、田小琳:《句群》,上海:上海教育出版社,1984年;程祥徽:《语言风格初探》,香港:香港三联书店,1985年。

③程祥徽:《双语释义与澳门双语》,《中文变迁在澳门》,香港:香港三联书店,2005年;田小琳:《社区词》,《第五届国际汉语教学讨论会论文选》,北京:北京大学出版社,1996年;刘涌泉:《谈谈字母词》,《语文建设》,1994年第10期;朱德熙:《语法讲义》,北京:商务印书馆,1982年,第95页;胡裕树、范晓:《试论语法研究的三个平面》,《新疆师范大学学报》,1985年第2期。

三、知行兼举，释疑解难讲求实用

明代哲学家王廷相认为“学之术二：曰致知，曰履事，兼之者上也”①。这里的“致知”“履事”乃指“由行得知”“持知导行”②。王氏因倡导“知行兼举”而在中国思想史上留下了浓彩重墨的一笔。后人之所以高度认同其“知行兼举”观，全因为“知”（理性认识）与“行”（具体实践）乃为相互作用关系，即二者始终处于相互启发、相互验证、相互促进的联系之中。通过前文已知程田本在“知”“行”关系处理上极其重视“知”的一面，该著对于另一面态度如何呢？回答之前先让我们看看该著以下几处安排。其一，“第一章 语音”部分拿出相当篇幅，揭示港澳地区主要方言粤语在声母、韵母、声调等方面有别于普通话之处（北师大版第53—79页），并阐明粤语与普通话语音对应规律（北师大版第118—124页）；其二，“第二章 文字”部分拿出一定页张说明《通用规范汉字表》与目前港澳台地区通行汉字之间的繁简对应状况（北师大版第182—197页）；其三，“第四章 语法”部分论及第五级语法单位“句群”时，对于内部结构关系的介绍主要立足于“章法”；其四，“第五章 修辞和风格”部分论及修辞时既涵括积极修辞亦涵括消极修辞（北师大版第450—461页），论及风格时连带介绍了与之关系密切的语体知识（北师大版第490—502页）。而作此安排，则或是为了帮助学生通过普方语音对应规律的利用加快普通话学习步伐，或是为了帮助学生在全面弄清繁简汉字形体差异的基础上更加自如地贯彻“繁简由之”原则；或是为了帮助学生通过掌握句群的篇章组织规律提高写作能力；或是为了帮助学生在弄清修辞、语体、风格关系以及了解修辞、语体、风格知识之后，通过“语体先行”“风格得体”原则的贯彻，将修辞手段的驾驭水平提升到更为自觉的层面③。缘上可明，程田本一手抓“知”，一手抓“行”，两手都很硬。如果说通过教材中以下论述——即现代汉语课程“一方面要提高学生的科学文化水平，另一方面要培养学生综合运用语言的应变能力”（北师大版第508页）——不难发现王廷相倡导的“知行兼举”早已被两位

---

①王廷相：《慎言 · 小宗篇》，收入《王廷相集》，北京：中华书局，1989年，第788页。

②参见曹德和：《祝畹瑾〈新编社会语言学概论〉介评》，《中国社会语言学》，2013年第2期。

③吕叔湘先生曾经预言：“语文教学的进一步发展就走上修辞学、风格学的道路。”（吕叔湘：《把我国语言科学推向前进》，《吕叔湘语文论集》，北京：商务印书馆，1983年，第9页）但以上观点显然并未得到广泛认同。在结构主义语言学居于主导地位的前段时期，许多现代汉语课本缩减甚至删除了修辞方面的教学内容。北大本《现代汉语》起初设有“修辞”章节（1958年版），后来删除“修辞”章节（2004年版），最近恢复“修辞”章节（2014年版），走了一段“之”形路。程田本《现代汉语》坚持“知行兼举”原则，不为潮流所左右，实属难能可贵。

作者确立为教材设计的行动指南，那么通过前面有关考察，可以看出他们圆满实现了预先构想。

四、厚积薄发，浅白易懂选例独到

前面谈到邵敬敏先生注意到，由个别单位个别学者编写的现代汉语教材通常难以产生广泛影响。以上情况的出现很好理解。现代汉语教材涉及的知识面很广，由众多学者分工合作，可以保证基本质量；而开设现代汉语课程的高校，总是乐于选择本单位教师参编的现代汉语课本，这就使得建立在多校合作基础上的教科书在销售上具有较广的覆盖面。反之则不然。程田本《现代汉语》之所以广受欢迎，无疑因为质量过硬；而仅凭两人之力推出的这部教材之所以能够达到令人瞩目的水平，则主要因为：首先，二位作者师承有自，学得正传。程先生和田女士先后求学于北京大学，有幸共同承蒙王力、吕叔湘、魏建功、高名凯、岑麒祥、周祖谟、林焘、袁家骅、朱德熙等名师教诲①；我国现代汉语课程为北京大学所开创，他们均接受过前述课程正规培训。其次，二位作者涉猎广泛，积厚养深。根据在校时所修科目以及其间其后撰写的论文和发表的作品，可知他们对语言学诸多领域都有所问津且造诣不菲。再次，二位作者各有所长，相得益彰。程先生最为眩目的业绩是语音学、文字学、风格学以及语言学理论研究。早在北大读书期间，他就在《中国语文》《语文知识》等国家级刊物上发表多篇有关语音和文字的研究文章②；其完成于文革前发表于文革后的《汉语风格论》，尤其是后来推出的《语言风格初探》，被誉为“汉语语言风格学的开创性著作”③；在北大期间因高名凯师的熏陶浸染，他高度重视“知”对“行”的指导作用，起初致力于“语言”（langue）与“言语”（parole）关系的辨析，后来倾心于“语言”（language）与“社会”（society）关系的探讨，有关见解深得好评产生广泛影响④。

---

①程祥徽先生是随王力师由中山大学转入北京大学，在中大期间以及进入北大后，还曾谛闻过商承祚、容庚、郑奠、杨伯峻、梁东汉等名家课程；而田小琳女士在山东大学读硕期间，还亲炙过殷孟伦、殷焕先、蒋维崧、周迟明等名家教诲，虽然师承不尽相同但所从皆为鸿儒。

②参见李晓楠：《程祥徽教授年谱》，张建华：《语海文江踏浪来——程祥徽评传》，香港：和平图书有限公司，2019年，第388—402页。

③程祥徽：《汉语风格论》，《青海民族学院学报》，1979年第1期；程祥徽：《语言风格初探》，香港：香港三联书店，1985年；吴礼权、邓明以：《中国修辞学通史·当代卷》，长春：吉林教育出版社，1998年，第421页。

④曹德和：《敏锐率真 包容务实——程祥徽先生社会语言学观点述评》，《中国社会语言学》，2011年第2期。

而田女士最为耀眼的成就则是词汇学和语法学研究。1963 年本科毕业后，因当时北大语言专业没有硕士生培养任务，她报考山东大学殷孟伦先生且如愿以偿。殷先生为训诂学大家，章黄学派嫡传弟子。得益于殷先生耳提面命，她在古代汉语词汇以及词义系统研究上扎下深厚根柢①。1985 年定居香港后，她通过香港词汇与内地词汇的对比研究，井喷式地发表了一系列极具影响力的词汇学文章，并在此基础上创造性地提出"社区词"这重要概念。而在此之前，因为在人民教育出版社供职期间担任著名语法学家张志公先生的助理，在张先生影响下且基于工作需要，她主要从事现代汉语语法研究。她直接参与了中学教学语法新体系的建设，是电大本《现代汉语》语法部分主要撰稿人，其句群研究被誉为"我国目前有关句群最前沿的研究"②。程田本由六大块组成，即："绪论""语音""汉字""词汇""语法""修辞和风格"。其中第一至第三块以及第六块程先生主笔，第四和第五块田女士主撰，可谓优势互补，璧合珠联。以上所述江蓝生女士和邵敬敏先生在有关书评中早已有所论及，③这里只是作点具体化补充而已。毫无疑问，程田本之所以能够质登上乘，与前述原因不无关系。程先生和田女士很谦虚，在北师大版后记中谈及合作成果，片言未提质量如何，只是说主要特点有二：一是浅白易懂，二是选例独到（北师大版第 552 页）。以上两点通常不为教材编著者所重视，或许他们认为那不难做到。这显然是误会。厚积才能薄发，深入才能浅出。可以肯定，未能"厚积"且不能"深入"，编著出的教材绝无可能做到以上两点。概言之，程田本在行文和选例上能够做到"浅白"而"独到"，与笔者所总结的原因亦有着直接关系。

程田本不久前即 2013 年刚刚完成修订工作，2018 年由北师大出版社繁改简，两位作者只是增写了"简体字版后记"，其它未作任何改动。诚如真理探索始终在路上，教材修订亦永远在途中。像程田本这样重印多次、好评如潮的《现代汉语》教材，肯定还会不断修订以日臻完善。笔者以为再次修订有一处似有必要加以考虑，即"句群"语法性质的说明。过去普遍认为语法研究当以句子为上限④。上世纪 70 年代末开始，不少学者将语法研究上限延伸到"句群"。程田本对此表示支持，并将其作为语法最高一级单位加以介绍。但为什么说"句群"属于语法单位则语焉不详。众所周知，语法学主要研究语法成分

---

①田小琳：《师恩重如山》，收入樊丽明等主编：《百年山大群星璀璨》，济南：山东大学出版社，2001 年，第 400—404 页。

②邵敬敏：《新时期汉语语法学史 1978—2008》，北京：商务印书馆，2011 年，第 235 页。

③江蓝生、邵敬敏：《时代性与针对性的有机结合——简评一部通行于港澳台地区的现代汉语教材》，《中国语文》，2014 年第 5 期。

④参见叶宝奎：《语言学概论》，厦门：厦门大学出版社，1992 年，第 222—223 页。

与词类、短语类的对应情况，主要研究各种语法成分或语法要素的分布位置、作用范围以及彼此的组合方式和结构关系，主要研究语法单位的基本结构类型以及形式与功能的对应规律，而这些一般通过句内考察即可完成，也正因为如此，语法研究以句子为上限，也就被视为天经地义的事情。以上范式主要建立在英语之类“形合”语言基础上，属于舶来品。近年来随着汉语语法研究的不断深入，人们发现该范式对于汉语之类“意合”语言未必适宜。“形合”语言和“意合”语言之分与“主语”和“话题”之分有着一定的内在联系。根据李讷先生和汤姆森先生观点，英语为“主语凸显”的语言，汉语为“话题凸显”的语言①；而根据赵元任先生和沈家煊先生看法，汉语不是什么“话题凸显”，汉语的“主语就是话题”②。既然对于汉语来说话题如此重要，研究汉语语法，则不能不对话题从分布位置、作用范围等方面加以细致深入的考察和研究。

事实显示，英语之类的“形合”语言，其主语的作用范围通常局限于句内，而汉语之类的“意合”语言，其话题的作用范围每每跨越句界——

> 老李始终没找到一句适当的话，大嫂已经走出去。Ø 心里舒坦了些。Ø 把大衣脱下来，Ø 找了半天地方，Ø 结果搭在自己的胳臂上。Ø 坐下，Ø 没敢动大嫂的点心，Ø 只拿起一个瓜子在手指间捻着玩。（老舍《离婚》）③

---

①Li, Charles N. & S. A. Thompson, *Subject and topic: a new typology of language*. In Charles N. Li(ed.) Subject and Topic. New York: Academic Press, 1976. Pinker, Steven, *The Language Instinct*. Penguin Science, 1994; Shen Jiaxuan & Gu Yueguo, *Conversation and sentence—hood*. Text 17-4: 477-490, 1997.

②Chao, Yuen Ren, *A Grammar of Spoken Chinese*. Berkeley and Los Angeles: University of California Press, 1968. 赵元任著，丁邦新译：《中国话的文法》，香港：香港中文大学出版社，1980年；沈家煊：《“零句”和“流水句”——为赵元任先生诞辰120周年而作》，《中国语文》，2012年第5期。

③类似表现并不罕见，且看以下例证：a. 老宋是个结实精干的壮年人，Ø 眉毛漆黑，Ø 眼睛好像瞌睡无神，Ø 人却是像当地人说的：机灵得像海马一样。Ø 半辈子在山风海浪里滚，Ø 斗船主，Ø 闹革命，Ø 现时是一个生产大队的总支书记。（杨朔《海市》）b. 我的父亲曾经为我苦了一生，Ø 把我养大，Ø 送我进学校，Ø 为了造屋子，Ø 买了几亩田地。Ø 六十岁那一年，Ø 还到汉口去做生意，Ø 怕人家嫌他年老，Ø 只说五十几岁。（鲁彦《父亲》）c. 这些书都是在全国解放以后，来到我家的。Ø 最初零零碎碎，Ø 中间成套成批。Ø 有的来自京沪，Ø 有的来自苏杭。（孙犁《告别》） d. 管大爷身材很高，Ø 腰板不太直溜。Ø 三角眼，Ø 尖下颏，Ø 脖子很长，有点鸟的样子。Ø 一个很大的喉结，随着他说话上下滑动。（莫言《木匠和狗》）吕叔湘先生曾指出：“汉语口语里特多流水句，一个小句接一个小句，很多地方可断可连”。（吕叔湘：《汉语语法分析问题》，北京：商务印书馆，1979年，第27页）对于前述现象无疑应予充分注意。但同时似乎也应注意到，在汉语成段语篇中，有的地方倾向于“断”，有的地方倾向于“连”，这时并无多少自由选择的余地。譬如前面提到的五个例子，其中的句号便不宜换为逗号。概言之，笔者有关句群性质的讨论并不存在立论基础是否可靠的问题。

上例中“老李”为话题。该话题在第一句中以显性形式出现，在第二、第三、第四句中以隐性形式出现（显性话题以添加下划线“__”的方式表示，隐性话题以置入零形符号“Ø”的方式表示），通过显隐结合共同构成一个独立完整的话题链。前述话题的作用范围不是局限于句子内部而是横贯于整个句群。这说明什么？说明从事汉语语法研究需要把视野延伸到句群，因为拘泥以句子为上限的研究范式，有关话题作用范围的考察则难免见木不见林。语法成分（或语法要素）的作用范围乃是确立语法单位的重要根据，已知话题作用范围每每通彻整个句群，自然可以理直气壮断言：句群亦属语法单位。赞同将句群纳入语法范畴的学者一直试图说明这样做的合理性，但有关论证或是从代词入手或是从关联词语着眼，因为不是依据语法关系而是依据逻辑语义关系，总是难以令人心悦诚服①。不知程先生和田女士是否认同笔者以上尝试，亦即为证明句群属于语法单位所作的尝试，但愿他们认同，因为笔者很希望能够为该著的锦上添花作点贡献，哪怕极其微小的贡献。

①参见张晞奕：《句群不是语法单位》，北京师范大学中文系《学术之声》，1990 年，第 294—304 页。

《励耘语言学刊》征稿启事

《励耘语言学刊》是北京师范大学文学院主办的学术集刊，为半年刊，主要刊发汉语言文字学领域的研究成果。创刊于 2005 年，2017 年起由中华书局出版。

本刊的宗旨是：继承、弘扬中国传统语言文字学的理论、方法和求实的学风，积极吸取现代语言学的最新成果，关注新兴学科的发展和语言文字的社会应用，追求学术真理，提倡探索创新。

本刊常设栏目主要有：特稿、学术争鸣、文字学研究、音韵学研究、训诂学研究、汉语史研究、《说文》学研究、章黄学术研究、现代汉语研究、语法研究、词汇语义学研究、语言学理论研究、方言调查与研究、学术动态等。

本刊一贯秉持学术的公正性，采用匿名审稿制度，在语言文字学界享有良好的声誉。现已被"中国期刊网"、"万方数据"、"维普网"等文献数据库收录，属于《中文社会科学引文索引（CSSCI）》（2017—2018）来源集刊。

本刊诚邀海内外同仁赐稿。稿件相关事项如下：

（一）刊物实行匿名审稿制度，采用、修改或退稿的意见或通知，由编辑部转达作者。审稿时间一般为三个月。审稿期间，请勿一稿多投。除特别转载的文章，本刊只发表第一次发表的稿件。

（二）稿件字数以 10000 字以内为宜，就重要或复杂理论问题的探讨，不受字数限制。刊物使用简化字，文中的古文字，请扫描成像。

（三）来稿请附 300—400 字的中文提要，以及 3—5 个关键词，并译成英文。提要请指出本文的主要结论、观点和方法，主要创新点。在正文导语中说明本文研究课题的前人研究情况，本课题研究的必要性。基金项目等请在标题下以" * "注释形式标注。另页附作者简介及联系方式（工作单位、通信地址、电子邮箱、手机号码）。

（四）正文、标题一概使用宋体五号字，引文用仿宋体，左侧缩进 2 字符。请规范、准确使用标点符号。文章内所分各节,小标题序数大写(一、二……);各节内若再分小节,用阿拉伯数字(1.1、1.2……);注释采用页下注,每页重新编号。常用古籍可不注,其他注释及参考文献格式请参考以下格式,同一篇内再次引用可省去出版社,出版年:

[清]戴震:《书〈广韵〉四江后》,《戴震文集》,北京:中华书局,1980年,第84页。

吕叔湘:《疑问·否定·肯定》,《中国语文》,1985年第4期。

中国社会科学院语言研究所词典编辑室编:《现代汉语词典》(第7版),北京:商务印书馆,2016年。

Fangkui Li, *Languages and Dialects of China. Chinese Linguistics*, Volume 1, 1973.

Chomsky&Halle, *The Sound Pattern of English*. New York: Harper and Row, 1968.

引文用仿宋体,左侧缩进2字符,引文出处请于句后注明。如:

(1)牧获羌。(《合集》39490)

(2)游文于六经之中,留意于仁义之际。(《汉书·艺文志》)

(3)黯然销魂者,惟别而已矣。(《文选·别赋》)

(五)来稿从网上提交电子文本,请同时以word格式和pdf两种格式附件发送至编辑部电子邮件地址:liyunyuyan@126.com。纸质稿件请寄:北京新街口外大街19号北京师范大学文学院《励耘语言学刊》编辑部收,邮编:100875。